U0789149

史記

珍藏版

赵文博 主编

陆

辽海出版社

刺客列传第二十六（续）

荆卿好读书击剑，以术说卫元君①，卫元君不用。其后秦伐魏，置东郡②，徙卫元君之支属于野王③。

【注释】

①术：指剑术。说（shuì）：游说。卫元君：前252—前230年在位。②东郡：郡名。地在今河南省山东省交界地区，治所在濮阳（今河南濮阳县西南）。③徙卫元君之支属：这次所徙者包括卫元君在内，不只是他的支属（旁支亲属）。

荆轲尝游过榆次①，与盖聂论剑②，盖聂怒而目之③。荆轲出，人或言复召荆卿。盖聂曰："曩者吾与论剑有不称者④，吾目之；试往，是宜去⑤，不敢留。"使使往之主人⑥，荆卿则已驾而去榆次矣⑦。使者还报，盖聂曰："固去也，吾曩者目摄之⑧。"

【注释】

①榆次：赵邑名。即今山西省榆次县。②盖聂：人名。③目：视；看。④曩（nǎng）者：过去。这里指不久以前。不称（chèn）：不适宜。称，适宜。⑤是宜去：在这种情况下，他当走了。是，此；这。宜，当。⑥之：其；他（们）的。⑦驾：乘车。⑧摄：有两解：一、整治；降伏。二、通"慑"。震慑，威慑。

荆轲游于邯郸①，鲁勾践与荆轲博②，争道③，鲁勾践怒而叱之④，荆轲嘿而逃去⑤，遂不复会。

【注释】

①邯郸：赵都城。在今河北省邯郸市西。②鲁勾践：人名。③争道：在博局上争取通路。④叱：大声呵斥。⑤嘿：通"默"。

荆轲与高渐离饮于燕市图

　　荆轲既至燕，爱燕之狗屠及善击筑者高渐离①。荆轲嗜酒，日与狗屠及高渐离饮于燕市，酒酣以往②，高渐离击筑，荆轲和而歌于市中，相乐也③，已而相泣④，旁若无人者。荆轲虽游于酒人乎⑤，然其为人沉深好书⑥；其所游诸侯⑦，尽与其贤豪长者相结⑧。其之燕，燕之处士田光先生亦善待之⑨，知其非庸人也。

【注释】

　　①狗屠：以宰狗为职业的人。善：精通。筑：古代弦乐器，像琴，用竹尺敲打发声。高渐（jiān）离：人名。②以往：以后。③相乐：共同娱乐。④已而：随即；不久。时间副词。⑤游：交往。酒人：酒徒。⑥沉深：深沉稳重。⑦诸侯：指各诸侯国。⑧贤豪长者：贤能豪杰和德高望重的人。⑨处（chǔ）士：隐居不做官的贤人。

　　居顷之，会燕太子丹质秦亡归燕①。燕太子丹者，故尝质于赵，而秦王政生于赵，其少时与丹欢。及政立为秦王，而丹质于秦。秦王之遇

燕太子丹不善^②，故丹怨而亡归。归而求为报秦王者^③，国小，力不能。其后秦日出兵山东以伐齐、楚、三晋^④，稍蚕食诸侯^⑤，且至于燕，燕君臣皆恐祸之至。太子丹患之，问其傅鞠武^⑥。武对曰："秦地遍天下，威胁韩、魏、赵氏，北有甘泉、谷口之固^⑦，南有泾、渭之沃^⑧，擅巴、汉之饶^⑨，右陇、蜀之山^⑩，左关、殽之险^⑪，民众而士厉^⑫，兵革有余^⑬。意有所出^⑭，则长城之南^⑮，易水以北^⑯，未有所定也^⑰。奈何以见陵之怨^⑱，欲批其逆鳞哉^⑲！"丹曰："然则何由？"对曰："请入图之^⑳。"

【注释】

①会：适逢。质：抵押品。这里作动词用。亡：逃跑。②遇：待遇。不善：不友好。③报：报仇。④山东：战国时代，通称崤山或华山以东为山东，一般特指黄河流域，有时也泛指秦国以外的六国。三晋疆域屡有变迁，战国晚期约当今山西省，河南省中部、北部和河北省南部、中部。⑤稍：逐渐。蚕食：像蚕吃桑叶一样地渐渐侵吞。⑥傅：师傅，有太傅、少傅之分。⑦甘泉：山名，在今陕西省淳化县西北。谷口：在今陕西省泾阳县西北，礼泉县东北，当泾水出山之处，俗称寒门。⑧泾、渭之沃：泾，即泾河。渭，即渭河。泾、渭流域上游在今甘肃省境内，下游在今陕西省境内，土地肥沃。⑨擅巴、汉之饶：擅，专有。巴，巴郡（今四川东部）。汉，汉中郡（今陕西省南部和湖北省西北部）。饶。富饶。指物产丰富。⑩陇、蜀：陇，陇山，在今陕西省陇县西北。蜀，指四川省境内的山。⑪关：指函谷关，在今河南省灵宝市东北。⑫士厉：士卒奋勇。⑬兵革：指武器装备。兵，武器。革，皮革制的甲胄等。⑭意有所出：意，意图；有所出，有所表现，有所指向。此指向外出兵。⑮长城：指燕国筑以防御匈奴的长城，在今河北省、辽宁省境内，为燕国的北界。⑯易水以北：此句连上句所言，即指燕国的全部疆土。易水，古水名，有北易水、中易水、南易水之分，其源皆出于今河北省易县附近，为燕国的南界。⑰未有所定：指燕国的全部领土都不会稳定（也指燕国的局势不稳）。⑱见陵：被欺凌。⑲批：触击；冒犯。逆鳞：相传龙颈上有逆生着的鳞甲，触动了它就要吃人，用来比喻暴君的凶残。⑳入：深入。图：谋划，考虑。

居有间^①，秦将樊於期得罪于秦王^②，亡之燕，太子受而舍之^③。鞠武谏曰："不可。夫以秦王之暴而积怒于燕，足为寒心^④，又况闻樊将军之所在乎？是谓'委肉当饿虎之蹊'也⑤，祸必不振矣！虽有管、晏⑥，不能为之谋也。愿太子疾遣樊将军入匈奴以灭口⑦。请西约三晋，南连齐、楚，北购于单于⑧，其后乃可图也。"太子曰："太傅之计，旷日弥久⑨，心惛然⑩，恐不能须臾⑪。且非独于此也，夫樊将军穷困于天下，归身于丹，丹终不以迫于强秦而弃所哀怜之交，置之匈奴，是固丹命卒之时也。愿太傅更虑之⑫。"鞠武曰："夫行危欲求安，造祸而求福，计浅而怨深，连结一人之后交⑬，不顾国家之大害，此所谓'资怨而助祸'矣⑭。夫以鸿毛燎于炉炭之上⑮，必无事矣！且以雕鸷之秦⑯，行怨暴之怒，岂足道哉！燕有田光先生，其为人智深而勇沉⑰，可与谋。"太子曰："愿因太傅而得交于田先生，可乎？"鞠武曰："敬诺。"出见田先生，道"太子愿图国事于先生也"。田光曰："敬奉教。"乃造焉⑱。

【注释】

①居有间：过了不久。间，顷；不久。②樊於（wū）期：秦将。③舍：居住。使动用法。④寒心：害怕；战栗。⑤委肉当饿虎之蹊（xī）：把肉抛在饿虎出入的路口，比喻祸患不能幸免。⑥管、晏：管，管仲，齐桓公的相。晏，晏婴，齐景公的相。⑦疾：快速；赶快。灭口：消灭物证。⑧购：通"媾"。和好。单（chán）于：匈奴君主的称号。⑨旷日弥久：时间长久。旷，弥，皆为长久之意。⑩惛（hūn）然：忧闷烦乱。⑪须臾：片刻。⑫更虑：重新考虑。⑬后交：晚交；新交。⑭资怨：积蓄仇怨。⑭鸿毛：大雁的羽毛，比喻燕国力量的微弱。⑯雕鸷：猛禽类的通称，如鸷、雕之类。⑰智深而勇沉：智谋藏于内而勇气潜于心，表面上非常含蓄沉着。⑱造：拜访。

太子逢迎，却行为导①，跪而蔽席②。田光坐定，左右无人，太子避席而请曰③："燕秦不两立，愿先生留意也。"田光曰："臣闻骐骥盛壮之时④，一日而驰千里；至其衰老，驽马先之⑤。今太子闻光盛壮之时，不知臣精已消亡矣⑥。虽然，光不敢以图国事，所善荆卿可使也。"太子曰："愿因先生得结交于荆卿，可乎？"田光曰："敬诺。"即起，趋出。太子送至门，戒曰⑦："丹所报，先生所言者，国之大事也，愿先生勿泄也！"田光俯而笑曰："诺。"偻行见荆卿⑧，曰："光与子相善，燕国莫不知。今太子闻光壮盛之时，不知吾形已不逮也⑨，幸而教之曰：'燕秦不两立，愿先生留意也'。光窃不自外⑩，言足下于太子也，愿足下过太子于宫。"荆轲曰："谨奉教。"田光曰："吾闻之，长者为行，不使人疑之。今太子告光曰'所言者，国之大事也，愿先生勿泄'，是太子疑光也。夫为行而使人疑之，非节侠也⑪。"欲自杀以激荆卿，曰："愿足下急过太子，言光已死，明不言也⑫。"因遂自刎而死。

【注释】

①却行为导：慢慢后退给田光引路，表示尊敬。②跪而蔽（piē）席：跪下来掸拂坐垫上的灰尘。蔽：掸拂，揩。③避席：离开自己的座位。请：谒见；拜见。④骐骥：好马。⑤驽马：劣马。⑥精：精力；精神。⑦戒：告诫；嘱咐。⑧偻（lǚ）行：曲背弯腰而行。⑨形：形体；身体。⑩窃：私下。谦辞。⑪节侠：节操，侠义。⑫明：表白；表露。

荆轲遂见太子，言田光已死，致光之言。太子再拜而跪，膝行流涕，有顷而后言曰："丹所以诫田先生毋言者①，欲以成大事之谋也。今田先生以死明不言，岂丹之心哉！"荆轲坐定，太子避席顿首曰："田先生不知丹之不肖②，使得至前③，敢有所道，此天之所以哀燕而不弃其孤也④。今秦有贪利之心，而欲不可足也⑤。非尽天下之地，臣海内之王者⑥，其意不厌⑦。今秦已虏韩王⑧，尽纳其地⑨。又举兵南伐楚，北临赵⑩；王翦将数十万之众距漳、邺⑪，而李信出太原、云中⑫。赵不能支秦，必入臣⑬，入臣则祸至燕。燕小弱，数困于兵，今计举国不足以当秦。诸侯服秦，莫敢合从⑭。丹之私计愚，以为诚得天下之勇士使于秦，窥以重利⑮；秦王贪，其势必得所愿矣。诚得劫秦王，使悉反诸侯侵地，若曹沫之与齐桓公，则大善矣。则不可⑯，因而刺杀之。彼秦大将擅兵于外而内有乱⑰，则君臣相疑，以其间诸侯得合从⑱，其破秦必矣。此丹之上愿，而不知所委命⑲，唯荆卿留意焉。"久之，荆轲曰："此国之大事也，臣驽下，恐不足任使。"太子前顿首，固请毋让，然后许诺。于是尊荆卿为上卿，舍上舍。太子日造门下，供太牢具⑳，异物间进㉑，车骑美女恣荆轲所欲㉒，以顺适其意。

【注释】

①毋：勿；不要。②不肖：不贤。自谦之词。③前：指荆轲面前。④孤：穷独；无依无靠。⑤欲：欲望。⑥尽：全部占有。臣：使之臣服。使动用法。⑦厌：通"餍"。满足。⑧韩王：韩安。⑨纳：收取。⑩临：临

近；逼近。⑪王翦：秦将。详见《白起王翦列传》。距：至；抵达。漳、邺：
赵国的南境，即今河北省临漳县至河南省安阳市一带地方。⑫李信：秦将。
太原：秦郡名。地在今山西省中部，治所在晋阳（今太原市西南）。⑬支：
支撑；招架。入臣：向秦国称臣。⑭合从（zōng）：即"合纵"，指六
国联合抗秦。⑮窥：示；引诱。⑯则：如果；假设。⑰擅兵于外：掌握
重兵在外。⑱以其间（jiàn）：趁这个机会。间，间隙。⑲上愿：最高的
愿望。委命：以使命相委托。⑳太牢具：用大型食器盛着牛、羊、猪各
一只成一套。㉑异物间（jiàn）进：隔不了多时就把珍异的东西送给荆轲。
㉒恣：放纵；听任。

　　久之，荆轲未有行意。秦将王翦破赵，虏赵王①，尽收入其地，进
兵北略地至燕南界②。太子丹恐惧，乃请荆轲曰："秦兵旦暮渡易水③，
则虽欲长侍足下，岂可得哉！"荆轲曰："微太子言④，臣愿谒之⑤，今
行而毋信⑥，则秦未可亲也。夫樊将军，秦王购之金千斤，邑万家⑦。诚
得樊将军首与燕督亢之地图⑧，奉献秦王，秦王必说见臣⑨，臣乃得有以
报。"太子曰："樊将军穷困来归丹，丹不忍以己之私而伤长者之意，
愿足下更虑之！"

【注释】

　　①赵王：赵迁。②略：侵夺。③旦暮：早晚间。指很短的时间。④微：
无。⑤谒：请求；请示。⑥毋：通"无"。⑦邑万家：有一万户人家的
封地。⑧督亢：燕国南界的肥沃之地，约当今河北省涿州市、定兴、新城、
固安一带。⑨说："通悦"。喜欢。

　　荆轲知太子不忍，乃遂私见樊於期曰："秦之遇将军可谓深矣①，
父母宗族皆为戮没②。今闻购将军首金千斤，邑万家，将奈何？"於期
仰天太息流涕曰："於期每念之，常痛于骨髓③，顾计不知所出耳④！"
荆轲曰："今有一言可解燕国之患，报将军之仇者，何如？"於期乃前
曰："为之奈何？"荆轲曰："愿得将军之首以献秦王，秦王必喜而见臣，
臣左手把其袖，右手揕其匈⑤，然则将军之仇报而燕见陵之愧除矣⑥。将
军岂有意乎？"樊於期偏袒搤腕而进曰⑦："此臣之日夜切齿腐心也⑧，
乃今得闻教！"遂自刭。太子闻之，驰往，伏尸而哭，极哀。既已不可

奈何，乃遂盛樊於期首函封之⑨。

【注释】

①深：深刻；刻毒。②戮：刑杀。没（mò）：没收当官奴婢。③痛于骨髓：极端的痛楚。④顾：但；只。连词。⑤揕（zhèn）：击刺。⑥见陵：被凌辱。见，被。⑦偏袒搤腕：脱下一边衣袖，露出半边肩膊；用一只手紧紧揑着另一只手腕。搤，通"扼"。⑧切齿：上下牙齿相磨切。⑨盛（chéng）：装入；放进。

于是太子豫求天下之利匕首①，得赵人徐夫人匕首②，取之百金，使工以药焠之③，以试人，血濡缕④，人无不立死者。乃装为遣荆卿⑤。燕国有勇士秦舞阳⑥，年十三，杀人，人不敢忤视⑦。乃令秦舞阳为副。荆轲有所待，欲与俱⑧；其人居远未来，而为治行⑨。顷之，未发，太子迟之⑩，疑其改悔，乃复请曰："日已尽矣，荆卿岂有意哉？丹请得先遣秦舞阳。"荆轲怒，叱太子曰："何太子之遣？往而不返者，竖子也⑪！且提一匕首入不测之强秦，仆所以留者⑫，待吾客与俱。今太子迟之，请辞决矣⑬！"遂发。

【注释】

①豫求：预先访求。豫，通"预"。②徐夫人：人名。一男子，姓徐名夫人。③以药焠（cuì）之：将剑烧红，用毒药液体浸染剑锷。④血濡缕：血出仅沾湿丝缕。意即只要渗出一点点血。⑤装：置办行装。⑥秦舞阳：燕将秦开之孙。⑦忤视：逆视，用反抗的眼光看人。⑧俱：偕行；同行。⑨为治行：替他（荆轲的朋友）准备行装。⑩迟之：嫌他迟了。迟，以动用法。⑪竖子：小子。鄙贱的称呼。⑫仆：古人自称的谦辞。⑬辞决：辞别。决，通"诀"，长别。

太子及宾客知其事者，皆白衣冠以送之①。至易水之上，既祖②，取道，高渐离击筑，荆轲和而歌，为变徵之声③，士皆垂泪涕泣。又前而为歌曰："风萧萧兮易水寒④，壮士一去兮不复还！"复为羽声忼慨⑤，士皆瞋目⑥，发尽上指冠⑦。于是荆轲就车而去，终已不顾⑧。

【注释】

①白衣冠：白衣冠本来是丧服，太子知道荆轲一去难返，所以像送丧

那样送他，同时也含有激励的意思。②祖：古人出行时祭祀路神。③变徵（zhǐ）之声：按，古代音律，分为宫、商、角、变徵、徵、羽、变宫七声，即西乐所用的C、D、E、F、G、A、B七调。④萧萧：象声词。⑤羽声：相当于A调。忼，通"慷"。⑥瞋（chēn）目：瞪出或睁大眼睛。⑦发尽上指冠：头发直立，把帽子都掀开了。夸张的说法。⑧顾：回顾。

遂至秦，持千金之资币物①，厚遗秦王宠臣中庶子蒙嘉②。嘉为先言于秦王曰："燕王诚振怖大王之威③，不敢举兵以逆军吏④，愿举国为内臣，比诸侯之列⑤，给贡职如郡县⑥，而得奉守先王之宗庙⑦。恐惧不敢自陈⑧，谨斩樊於期之头，及献燕督亢之地图，函封，燕王拜送于庭，使使以闻大王⑨，唯大王命之。"秦王闻之，大喜，乃朝服，设九宾⑩，见燕使者咸阳宫⑪，荆轲奉樊於期头函，而秦舞阳奉地图柙⑫，以次进。至陛，秦舞阳色变振恐⑬，群臣怪之。荆轲顾笑舞阳，前谢曰："北蕃蛮夷之鄙人⑭，未尝见天子，故振慴⑮。愿大王少假借之⑯，使得毕使于前⑰"。秦王谓轲曰："取舞阳所持地图。"轲既取图奏之，秦王发图⑱，图穷而匕首见⑲。因左手把秦王之袖，而右手持匕首揕之。未至身，秦王惊，自引而起⑳，袖绝。拔剑，剑长，操其室㉑。时惶急，剑坚㉒，故不可立拔。荆轲逐秦王，秦王环柱而走。群臣皆愕㉓，卒起不意㉔，尽失其度㉕。而秦法，群臣侍殿上者不得持尺寸之兵㉖，诸郎中执兵皆陈殿下㉗，非有诏召不得上㉘。方急时，不及召下兵，以故荆轲乃逐秦王。而卒惶急，无以击轲，而以手共搏之。是时侍医夏无且以其所奉药囊提荆轲也㉙。秦王方环柱走，卒惶急，不知所为，左右乃曰："王负剑㉚！"负剑，遂拔以击荆轲，断其左股㉛。荆轲废，乃引其匕首以擿秦王㉜，不中㉝，中桐柱㉞。秦王复击轲，轲被八创㉟。轲自知事不就㊱，倚柱而笑，箕踞以骂曰㊲："事所以不成者，以欲生劫之，必得约契以报太子也㊳。"于是左右既前杀轲，秦王不怡者良久㊴。已而论功，赏群臣及当坐者各有差㊵，而赐夏无且黄金二百镒，曰："无且爱我，乃以药囊提荆轲也。"

【注释】

①资：资财；价值。币物：礼物。②遗（wèi）：赠予；致送。中庶子：官名。侍从官。③诚：真是；的确。振怖：畏惧。振，通"震"。④逆：抗拒。⑤比诸侯之列：排在朝见秦王的诸侯的行列里。比，比照。意

即和其他已被征服的诸侯国王一样臣服秦国。⑥给：供应；负担。职：赋税。⑦宗庙：帝王、诸侯祭祀祖先的处所。⑧陈：陈述；说明。⑨闻：报闻。被动用法。⑩九宾：有三解：一、九种规格不同的礼节。二、九个接待宾客的礼宾人员。三、九种地位不同的礼宾人员。⑪咸阳宫：秦宫名。⑫柙（xiá）：通"匣"。⑬振恐：惊恐，振，通"震"。⑭北蕃（fán）：北方的藩属。蕃，通"藩"。⑮振慑（zhé）：害怕；恐惧。⑯假借：宽容。⑰毕使：完成使命。⑱发图：把卷成一轴的地图展开。⑲图穷而匕首见（xiàn）：地图被展开到尽头，匕首露出来了。⑳自引而起：自己抽身急跳起来。引，退却，急忙。㉑室：剑鞘。㉒剑坚：指剑与鞘套得很紧。㉓愕：惊慌而发愣。㉔卒（cù）：通"猝"。突然。㉕度：态，常态。㉖尺寸：形容短小。兵：武器。㉗郎中：官名。属郎中令，掌管宫殿门户，是守卫宫禁的近侍人员。㉘诏：皇帝的命令。召：召唤。㉙侍医：随侍的医官。夏无且（jū）：秦王的侍医。提（tí）：掷击。㉚负剑：因佩剑太长不能立拔，使推至背上则前面短就容易拔出来了。㉛股：大腿。㉜擿（zhì）：通"掷"。投郑。㉝中（zhòng）：正对上。㉞桐柱：一作"铜柱"。㉟被：受。㊱就：成功。㊲箕踞：伸出两脚而坐，其形似箕，古人以箕踞而坐为倨傲不敬的表现。㊳约契：诺言。㊴怡：愉快。㊵坐：指办罪的原由。差（cī）：等级；差别。

于是秦王大怒，益发兵诣赵①，诏王翦军以伐燕。十月而拔蓟城②。燕王喜、太子丹等尽率其精兵东保于辽东③。秦将李信追击燕王急，代王嘉乃遗燕王喜书曰④："秦所以尤追燕急者，以太子丹故也。今王诚杀丹献之秦王，秦王必解⑤，而社稷幸得血食⑥。"其后李信追丹，丹匿衍水中⑦，燕王乃使使斩太子丹，欲献之秦⑧。秦复进兵攻之。后五年，秦卒灭燕，虏燕王喜。

【注释】

①益：增加；多。诣（yì）：前往；到……去。②蓟城：燕都城。③辽东：郡名。地在今辽宁省东南部，治所在襄平（今辽阳市）。④代王嘉：赵嘉。赵王迁被虏后，赵国大夫拥立赵嘉为代王。⑤解：宽释。⑥社稷：古代常用作国家的代称。社，土神；稷，谷神。血食：享受祭祀。因祭祀时要宰杀牲畜，故称血食。⑦衍水：水名。在今辽宁省辽阳市北，俗名太

子河，即由太子丹而得名。⑧欲献之秦：准备把太子丹的头献给秦王。

  其明年，秦并天下，立号为皇帝。于是秦逐太子丹、荆轲之客，皆亡。高渐离变名姓为人庸保①，匿作于宋子②。久之，作苦③，闻其家堂上客击筑，傍偟不能去④。每出言曰："彼有善有不善。"从者以告其主，曰："彼庸乃知音，窃言是非。"家大人召使前击筑⑤，一坐称善⑥，赐酒。而高渐离念久隐畏约无穷时⑦，乃退，出其装匣中筑与其善衣⑧，更容貌而前。举坐客皆惊，下与抗礼⑨，以为上客。使击筑而歌，客无不流涕而去者。宋子传客之⑩，闻于秦始皇。秦始皇召见，人有识者，乃曰："高渐离也。"秦皇帝惜其善击筑，重赦之，乃矐其目⑪，使击筑，未尝不称善。稍益近之⑫，高渐离乃以铅置筑中，复进得近，举筑朴秦皇帝⑬，不中。于是遂诛高渐离，终身不复近诸侯之人。

【注释】

  ①庸保：给人当了酒店的店员。《汉书》作"酒家保"。②宋子：邑名。在今河北省赵县北。③苦：辛苦；苦恼。④傍偟：徘徊。⑤家大人：酒家的主人。⑥一坐：在座的人。坐，通座。⑦念：想到。畏：畏缩；害怕。约：贫穷俭约。⑧匣：行李箱笼。⑨抗礼：平等的礼节。⑩客：款待。以动用法。⑪矐（huò）：瞎；弄瞎。⑫稍益：逐渐。⑬朴（pū）：通"扑"。击打。

  鲁勾践已闻荆轲之刺秦王，私曰："嗟乎，惜哉其不讲于刺剑之术也①！甚矣吾不知人也！曩者吾叱之，彼乃以我为非人也②！"

【注释】

  ①讲：讲究；精研。②非人：不是同类人。

  太史公曰：世言荆轲，其称太子丹之命①，"天雨粟，马生角"也②，大过。又言荆轲伤秦王，皆非也。始公孙季功、董生与夏无且游③，具知其事，为余道之如是。自曹沫至荆轲五人，此其义或成或不成，然其立意较然④，不欺其志⑤，名垂后世，岂妄也哉⑥！

【注释】

  ①命：命运；运气。②"天雨（yù）粟，马生角"：据《燕丹子》记

载：燕太子丹在秦想回国，秦王说：如果乌鸦的头变白，天上落下谷子，马头上长出角来，才可以回去。太子丹仰天长叹，果然这些事都出现了。雨：落下。动词。③公孙季功：人名。④较：明显；明白。⑤欺：辱没。⑥妄：荒诞；荒谬。

李斯列传第二十七

李斯者，楚上蔡人也①。年少时，为郡小吏②，见吏舍厕中鼠食不洁③，近人犬④，数惊恐之。斯入仓，观仓中鼠，食积粟⑤，居大庑之下⑥，不见人犬之忧。于是李斯乃叹曰："人之贤不肖譬如鼠矣⑦，在所自处耳⑧！"

荀况像。荀况是战国时期思想家，被时人尊称为荀卿，曾是李斯的老师。

【注释】

①楚：国名。战国七雄之一。②郡：古代行政区。③不洁：脏东西④近：接近。⑤积粟：存粮。⑥大庑（wǔ）：有走廊的大屋子。⑦不肖：不像样；没出息。⑧这句话的意思是：一个人有出息、没出息，好像老鼠一样，在于能不能给自己找到优越的环境和顺利的条件。

　　乃从荀卿学帝王之术①。学已成，度楚王不足事②，而六国皆弱，无可为建功者，欲西入秦③。辞于荀卿曰："斯闻得时无怠④，今万乘方争时⑤，游者主事⑥。今秦王欲吞天下，称帝而治，此布衣驰骛之时而游说者之秋也⑦。处卑贱之位而计不为者⑧，此禽鹿视肉⑨，人面而能强行者耳⑩。故诟莫大于卑贱⑪，而悲莫甚于穷困。久处卑贱之位，困苦之地，非世而恶利⑫，自托于无为⑬，此非士之情也⑭。故斯将西说秦王矣。"

【注释】

　　①荀卿：荀况。荀卿是当时人对他的尊称。战国时赵国人。他曾先后到齐、楚、赵、秦等国讲学，后应楚国的邀请，出任兰陵（今山东省苍山县西南）县令，终于兰陵。他是当时伟大的思想家，批判和总结了先秦诸子的学术思想，对古代唯物主义有所发展，所著有《荀子》。②度（duó）：估计；预料。事：侍奉；服事。③西：向西。④时：时机。无：勿；莫。怠：松懈；放过。⑤乘（shèng）：一辆车四匹马叫一乘。万乘，指万辆车。⑥游者：游说（shuì）之士。主事：掌权。⑦布衣：古代百姓皆穿粗麻布、葛布衣服。故布衣即指平民。这里指游说之士。驰骛（wù）：奔走。秋：时期；时机；机会。⑧计不为：犹豫而不去干。⑨禽鹿：泛指禽兽。禽鹿视肉，意思是只有看到现成的肉才会张嘴吃的禽兽。⑩这句话的意思是：仅仅具有人的面孔，勉强能直立行走罢了。⑪诟（gòu）：耻辱。⑫非：责难；反对。动词。恶（wù）：厌恶。⑬无为：道家标榜的人生哲学，即清心寡欲，与世无争。⑭情：意愿；本意。

　　至秦，会庄襄王卒①，李斯乃求为秦相文信侯吕不韦舍人②；不韦贤之③，任以为郎④。李斯因以得说⑤，说秦王曰⑥："胥人者，去其几也⑦。成大功者，在因瑕衅而遂忍之⑧。昔者秦穆公之霸⑨，终不东并六国者⑩，何也？诸侯尚众⑪，周德未衰⑫，故五伯迭兴⑬，更尊周室⑭。自秦孝公以来⑮，周室卑微⑯，诸侯相兼⑰，关东为六国⑱，秦之乘胜役诸侯⑲，盖六世矣⑳。今诸侯服秦，譬若郡县。夫以秦之强，大王之贤，由灶上骚除㉑，足以灭诸侯，成帝业，为天下一统，此万世之一时也。今怠而不急就㉒，诸侯复强，相聚约从㉓，虽有黄帝之贤㉔，不能并也。"

秦王乃拜斯为长史[25]，听其计，阴遣谋士赍持金玉以游说诸侯[26]。诸侯名士可下以财者[27]，厚遗结之[28]；不肯者，利剑刺之。离其君臣之计[29]，秦王乃使其良将随其后。秦王拜斯为客卿[30]。

【注释】

①会：恰巧；适逢。卒：死。庄襄王：嬴子楚。②吕不韦（？—前235年）：卫国濮阳（今河南省濮阳县西南）人，是阳翟（今河南省禹县）的巨商。③贤：认为贤能。以动用法。④郎：宫廷侍卫官，隶属郎中令。⑤说（shuì）：游说。⑥秦王：指秦王嬴政，即后来的秦始皇。⑦胥人：小人。几（jī）：时机；机会。⑧因：乘；趁着；凭借；利用。瑕衅（xìn）：空隙；可乘之机。忍：忍心；下狠心。⑨秦穆公：嬴任好。⑩东并：东进并吞。⑪诸侯尚众：春秋时代见于记载的诸侯国共有一百四十八个，中经兼并，最后还剩十二个。⑫德：威望；威信。⑬五伯（bà）：即五霸，指齐桓公、晋文公、宋襄公、秦穆公、楚庄王。迭兴：一个接一个地兴起。⑭更：更相；交互。⑮秦孝公（前381—前338年）：嬴渠梁。前361—前338年在位。⑯卑微：衰落。⑰相兼：互相兼并。⑱关东：函谷关以东。⑲役：奴役。控制。动词。⑳六世：指秦孝公、惠文王、武王、昭襄王、孝文王、庄襄王。㉑由：通"犹"。犹如；好像。骚：通"扫"。扫除。㉒就：就时；抓紧时机。㉓从（zōng）：通"纵"。即"合纵"。㉔黄帝：姓公孙，名轩辕。传说中的上古帝王。㉕长（zhǎng）史：官名。㉖赍（jī）：携带。㉗下：收服；收买。㉘遗（wèi）：赠送；给予。结：交结；笼络。㉙离其君臣之计：这些（收买和暗杀）手段都是为了实现离间各国君臣关系的计谋。㉚客卿：战国时任用别国人士在本国任职谓之客卿。

会韩人郑国来间秦[①]，以作注溉渠[②]，已而觉[③]。秦宗室大臣皆言秦王曰[④]："诸侯人来事秦者，大抵为其主游间于秦耳，请一切逐客[⑤]。"李斯议亦在逐中[⑥]。斯乃上书曰[⑦]：

【注释】

①韩：国名。战国七雄之一。郑国：韩国的水利技术人员。②注溉：灌溉。注，灌。③已而：不多久。时间副词。觉：被发觉。④宗室：王

室；王族。⑤一切：一律；一概；尽数。逐：驱逐出境。客：宾客、客卿。
⑥李斯议亦在逐中：经过（宗室大臣）讨论后，李斯也在被逐之列。⑦
李斯在被逐途中，向秦始皇呈交这封《谏逐客书》，秦始皇即派人追赶，
李斯从骊邑返回。

　　臣闻吏议逐客，窃以为过矣①。昔缪公求士，西取由余于戎②，东得
百里奚于宛③，迎蹇叔于宋④，求丕豹、公孙支于晋⑤。此五子者，不产
于秦，而缪公用之，并国二十，遂霸西戎⑥。孝文用商鞅之法⑦，移风易俗，
民以殷盛，国以富强，百姓乐用，诸侯亲服，获楚、魏之师⑧，举地千
里，至今治强⑨。惠王用张仪之计⑩，拔三川之地⑪，西并巴蜀⑫，北收上
郡⑬，南取汉中⑭，包九夷⑮，制鄢郢⑯，东据成皋之险⑰，割膏腴之
壤⑱，遂散六国之从⑲，使之西面事秦，功施到今⑳。昭王得范雎㉑，废穰
侯㉒，逐华阳㉓，强公室㉔，杜私门㉕，蚕食诸侯，使秦成帝业。此四君者，
皆以客之功。由此观之，客何负于秦哉！向使四君却客而不内㉖，疏士
而不用㉗，是使国无富利之实，而秦无强大之名也。

【注释】

①窃：私下。　谦敬副词。过：过失；错误。②由余：原为晋国
人，流寓在戎地，秦穆公时，戎王派他到秦国考察，穆公很赏识他，
由余回国后，因见戎王沉于女色，多次劝谏，戎王不听，他便归顺秦
国。后来穆公采用他的计策，消灭了十二戎国，扩大土地千里，于是
称霸西戎。戎：古代对西方各部族的统称。③百里奚：楚国宛（今河
南省南阳市）人，原为虞国（今山西省平陆县北）大夫。④蹇（jiǎn）
叔：岐（今陕西省岐山县东北）人，曾经在宋国居住，是百里奚的朋
友，经百里奚推荐，秦穆公聘他为上大夫。宋：国名。⑤丕豹：晋大
夫丕郑的儿子。丕郑被晋惠公所杀。公孙支：岐人，曾在晋国居住，
后来到秦国，秦穆公任用他为上大夫。晋：春秋时北方最强大的诸侯
国，国都在绛（今山西省翼城县东南）。⑥遂霸西戎：秦穆公征服诸
戎后，周襄王派召公送金鼓表示祝贺，命他为西方诸侯的领袖。⑦
商鞅（约前390—前338年）：公孙鞅。卫国人。⑧获楚、魏之师：
秦孝公二十二年商鞅率领秦军大破魏军，俘获魏公子卬（áng），
魏国割河西地（今陕西省澄城县以东一带）求和。同年，秦又攻

楚，取得了胜利。⑨治强：安定强盛。⑩惠王：即秦嬴驷。前337—前331年在位。秦国他始称王。张仪：魏国人，游说入秦，惠王任用他为相，封武信君。⑪拔：攻占。三川之地：指今河南省黄河以南的伊、洛河流域和北汝河上游地区。⑫巴、蜀：当时的两个小国。巴在今四川省东部，建都江州（今重庆市北）。蜀在今四川省西部，建都成都（今成都市）。⑬上郡：郡名。原属魏国，地在今陕西省洰水以北到内蒙古河套东南。⑭汉中：楚郡中。郡治南郑，即今陕西省汉中市。⑮九夷：指楚国境内的各少数民族部落。夷，我国古代对东方各部族的统称。九，泛指多数。⑯鄢郢（yān yǐng）：楚都。在今湖北省宜城市南。春秋末，吴侵楚，入郢，楚昭王迁都郜（又名鄢），即以此改名郢，故称鄢郢，以别于旧都郢。鄢郢为一城，而非二地。⑰成皋：韩邑名。在今河南省荥（xíng）阳市汜水镇。是古代军事要地。⑱膏腴（yú）：肥沃；肥美。⑲从：通"纵"。指"合纵"。⑳施（yì）：延续。㉑昭王：秦昭襄王嬴稷。前306—前251年在位。㉒穰（ráng）侯：魏冉。㉓华阳：宣太后弟羋（mǐ）戎，封华阳君，同穰侯一起在朝专政，后来同穰侯一道被逐。华阳，一作"叶阳"，韩地，后属秦，在今河南新郑市北。㉔强：加强。动词。公室：指以国君为首的公族。㉕杜：堵塞；杜绝。私门：指贵戚权门。㉖向使：从前假使。假设连词。内（nà）：通"纳"。㉗疏士：疏远游士。"士"与上句"客"是互文，都指外国人士。

今陛下致昆山之玉①，有随、和之宝②，垂明月之珠③，服太阿之剑④，乘纤离之马⑤，建翠凤之旗⑥，树灵鼍之鼓⑦。此数宝者，秦不生一焉，而陛下说之，何也？必秦国之所生然后可，则是夜光之璧不饰朝廷⑧，犀象之器不为玩好⑨，郑、卫之女不充后宫⑩，而骏良駃騠不实外厩⑪，江南金锡不为用，西蜀丹青不为采⑫。所以饰后宫、充下陈⑬、娱心意、说耳目者，必出于秦然后可，则是宛珠之簪⑭，傅玑之珥⑮，阿缟之衣⑯，锦绣之饰不进于前；而随俗雅化、佳冶窈窕赵女不立于侧也⑰。夫击瓮叩缶、弹筝搏髀⑱，而歌呼呜呜快耳目者，真秦之声也；《郑》《卫》《桑间》《昭》《虞》《武》《象》者⑲，异国之乐也。今弃击瓮叩瓴而就《郑》《卫》，退弹筝而取《昭》《虞》，若是者何也？快意当前，适观而已矣。今取人则不然。不问可否，不论曲直⑳，非秦者去，为客者逐。然则是所重者在乎色乐珠玉，而所轻者在乎人民也。此非所以跨海内制诸侯之术也[21]。

【注释】

①陛下：对帝王的尊称。②随、和之宝：即随侯珠、和氏璧。随，周初小国，在今湖北省随县境内。传说随侯曾救活一条受伤的大蛇，后来此蛇从江中衔来一粒大珠报答他，后人便称之为随珠。和氏璧：楚国人卞和所发现的宝玉。③明月：宝珠名。④太阿：宝剑名。⑤纤离：骏马名。⑥翠凤之旗：用翠凤羽毛装饰的旗子。⑦灵鼍（tuó）：形似鳄鱼，俗名猪婆龙，它的皮可制鼓，声音宏大。⑧夜光之璧：玉名。楚王所献。⑨犀象：犀角象牙。玩好：供人玩赏，令人爱好的东西。⑩郑、卫之女：泛指各国的美女。后宫：妃嫔（pín）所居的宫室。也用作妃嫔的代称。⑪駃騠（jué tí）：良马名。厩（jiù）：马棚。⑫丹青：丹砂、青雘（hù），泛指颜料。采：通"彩"。彩色。⑬下陈：下列。⑭宛珠：宛地出产的珍珠。宛，邑名。即今河南省南阳市。⑮傅玑之珥（ěr）：装饰着小珍珠的耳环。傅，通"附"，粘贴。玑：不圆的小珠。珥，妇女的耳饰。⑯阿：轻细的丝织物。缟：白色的细绢。⑰随俗雅化：娴雅变化应时随俗。佳冶窈窕：形容容颜身段的美好。赵女：泛指美女。⑱瓮、缶（fǒu）：都是瓦器，秦国用作打击乐器。筝：秦国的一种弦乐器。搏：拍打。髀（bì）：大腿。⑲《郑》《卫》：指郑国、卫国的民间乐曲。这里指地方音乐。《昭》《虞》：虞舜时的乐曲。昭，一作"韶"。《武》《象》：周武王时的舞蹈乐曲。⑳曲直：是非。㉑跨：凌驾；统辖。

臣闻地广者粟多，国大者人众，兵强则士勇[1]。是以太山不让土壤[2]，故能成其大；河海不择细流[3]，故能就其深；王者不却众庶，故能明其德[4]。是以地无四方，民无异国，四时充美，鬼神降福，此五帝三王之所以无敌也[5]。今乃弃黔首以资敌国[6]，却宾客以业诸侯[7]，使天下之士退而不敢西向，裹足不入秦[8]，此所谓"借寇兵而赍盗粮"者也[9]。

【注释】

①兵：武器，也可以泛指军队和军事。②太山：即泰山。在今山东省泰安市北。壤：细小的泥土。③择：选择；挑剔。④王者：治理天下的

人。却：推开；舍弃。众庶：百姓。明：显示；表现。⑤五帝：指黄帝、颛顼（zhuān xū）、帝喾（kù）、尧、舜。三王：指夏禹、商汤、周文王、武王。⑥黔首：人民。黔，黑色。人发黑，所以用黔首称人民。资：资助。⑦业：使诸侯成就业绩。使动用法。⑧裹足：双脚如被缠住。⑨借寇兵而赍盗粮：把武器借给敌寇，把粮食送给强盗。

夫物不产于秦，可宝者多；士不产于秦，而愿忠者众。今逐客以资敌国，损民以益仇①，内自虚而外树怨于诸侯②，求国无危，不可得也。

【注释】

①益：增益；增加。②虚：使动用法。

秦王乃除逐客之令，复李斯官，卒用其计谋①。官至廷尉②。二十余年，竟并天下，尊王为皇帝，以斯为丞相。夷郡县城③，销其兵刃④，示不复用。使秦无尺土之封，不立子弟为王，功臣为诸侯者，使后无战攻之患。

【注释】

①卒：终于。②廷尉：主管司法的最高长官，九卿之一。③夷：削平。④销其兵刃：秦灭六国后，收集天下兵器，集中于都城咸阳，熔化销毁，铸成钟架和十二个金（铜）人。

始皇三十四年①，置酒咸阳宫，博士仆射周青臣等颂称始皇威德②。齐人淳于越进谏曰："臣闻之，殷周之王千余岁③，封子弟功臣自为支辅④。今陛下有海内，而子弟为匹夫，卒有田常、六卿之患⑤，臣无辅弼⑥，何以相救哉？事不师古而能长久者⑦，非所闻也。今青臣等又面谀以重陛下过⑧，非忠臣也。"始皇下其议丞相⑨。丞相谬其说，绌其辞⑩，乃上书曰："古者天下散乱，莫能相一⑪，是以诸侯并作，语皆道古以害今⑫，饰虚言以乱实⑬，人善其所私学⑭，以非上所建立⑮。今陛下并有天下，辩白黑而定一尊⑯；而私学乃相与非法教之制⑰，闻令下，即各以其私学议之⑱。入则心非⑲，出则巷议⑳，非主以为名㉑，异趣以为高㉒，率群下以造谤㉓。如此不禁，则主势降乎上，党与成乎下㉔。禁之便。臣请诸有文学《诗》《书》百家语者㉕，蠲除去之㉖。令到满三十日弗去㉗，黥为城旦㉘。所不去者，医药卜筮种树之书。若有欲学者㉙，以吏为师。"始皇可其议㉚，收去《诗》《书》百家之语以愚百姓，使天下无以古非今。明法度，定律令，皆以始皇起。同文书㉛。治离宫别馆㉜，周遍天下。明年，又巡狩㉝，外攘四夷㉞，斯皆有力焉。

【注释】

①始皇三十四年，即前213年。②博士仆射（yè）：领导和考核博士的官员。周青臣：人名。③王（wàng）：统治。动词。④支辅：支持辅助的力量。这里指诸侯。⑤卒（cù）：通"猝"。仓促；突然。田常：春秋时齐国的大夫。六卿：指春秋时晋国大臣范氏、中行氏、智氏、韩氏、魏氏、赵氏。六卿势力强大，公室日渐衰弱。他们经过互相兼并，剩下韩、赵、魏三家瓜分了晋国，各自立国为诸侯。详见《晋世家》。⑥臣无辅弼：犹言下无辅弼之臣。弼，辅佐。⑦师：学习；效法。动词。⑧谀：阿谀奉承。⑨下：下达。动词。⑩谬：认为荒谬。以动用法。绌：通"黜"。废弃不用。⑪相一：统一。⑫害：指责。⑬饰：假托；粉饰。乱：扰乱。⑭善：称道；喜爱。私学：指当时诸子的学说。⑮非：非难；否定。上所建立：指朝廷所建立的制度、法令。⑯别：分别；辨别。⑰法教之制：指秦统一后所颁布的法律、教育制度。⑱"闻令下"二句：听说朝廷的命令一颁布，这些人就各自根据他们自己的一套来批评、议论朝政。⑲入则心非：入，指归家独处。⑳出则巷议：出，指出而聚众。巷议，在街头巷尾议论。㉑非主：批评君主。名：炫耀自己的名声。㉒异趣（qū）：标新立异，与朝廷持不同政见。趣：趋向；意向。㉓群下：下层群众。㉔党与：小集团。㉕文学：泛指书籍。《诗》：《诗经》。㉖蠲（juān）除：废除。㉗弗：不。㉘黥（qíng）：古代刑罚，在罪犯脸上刺字，然后涂黑。城旦：徒刑的一种，判处四年筑城劳役。㉙学：指学习法令。㉚可：同意；批准。㉛同文书：文书就是文字，六国时文字体制不同，到秦始皇时才全面统一。同，统一，使动用法。㉜离宫别馆：皇帝在外巡视和游览时所住的宫室。㉝巡狩：巡视。㉞攘：排除；平定。四夷：指四方各部族。

斯长男由为三川守①，诸男皆尚秦公主②，女悉嫁秦诸公子③。三川守李由告归咸阳④，李斯置酒于家，百官长皆前为寿⑤，门廷车骑以千数⑥。李斯喟然而叹曰⑦："嗟乎！吾闻之荀卿曰'物禁太盛⑧'。夫斯乃上蔡布衣，闾巷之黔首⑨，上不知其驽下⑩，遂擢至此⑪。当今人臣之位无居臣上者⑫，可谓富贵极矣。物极则衰⑬，吾未知所税驾也⑭！"

【注释】

①三川：郡名。治所在洛阳（今河南省洛阳市东北）。守：郡守，一郡的行政长官。②尚：高攀门第结婚称尚。③悉：完全；全部。公子：皇族子弟。④告归：请假回家。⑤前：走向前。动词。⑥以千数：数以千计。⑦喟（kuì）然：长叹的样子。⑧物禁太盛：意思是富贵权势不宜享受太过。物，指事物。⑨闾巷：里弄。⑩驽下：才能低下。⑪擢：提拔。⑫人臣：臣下。⑬物极则衰：事物发展到了顶点，就会走向自己的反面。⑭税驾：本意为停车、驻脚休息，引申为归宿。

始皇三十七年十月，行出游会稽①，并海上②，北抵琅邪③。丞相斯、中车府令赵高兼行符玺令事④，皆从。始皇有二十余子，长子扶苏以数直谏上，上使监兵上郡⑤，蒙恬为将⑥。少子胡亥爱⑦，请从，上许之。余子莫从。

【注释】

①会（kuài）稽：指会稽山，在今浙江省绍兴市东南。②并（bàng）：依傍；沿着。③琅邪（láng yá）：山名。在今山东省胶南市南。④中车府令：掌管皇帝车驾的官员。行：代理。符玺令：掌管皇帝印信的官员。⑤上郡：郡名。地在今陕西省北部和内蒙古自治区鄂托克旗一带。⑥蒙恬：当时驻守上郡，威震匈奴。⑦胡亥：即秦二世。爱：宠爱。被动用法。

其年七月①，始皇帝至沙丘②，病甚，令赵高为书赐公子扶苏曰："以兵属蒙恬，与丧会咸阳而葬③。"书已封，未授使者，始皇崩④。书及玺皆在赵高所⑤，独子胡亥、丞相李斯、赵高及幸宦者五六人知始皇崩⑥，余群臣皆莫知也。李斯以为上在外崩，无真太子⑦，故秘之⑧。置始皇居辒辌车中⑨，百官奏事上食如故，宦者辄从辒辌车中可诸奏事⑩。

【注释】

①其年七月：这一年七月。②沙丘：地名。在今河北平乡县东北。

③与丧：参加丧事。④崩：古代称帝王死亡为崩。⑤所：处所。⑥独：唯独；仅有。⑦真太子：正式确定的太子。⑧秘：保密；封锁消息。⑨辒辌（wēn liáng）车：古代的卧车。车箱两旁装有窗户，闭则温，开则凉。⑩"百官奏事"二句：百官照平时一样向车子里的始皇奏事并进献食物，宦官们假托始皇的命令，从车里批示百官的奏本。

　　赵高因留所赐扶苏玺书①，而谓公子胡亥曰："上崩，无诏封王诸子而独赐长子书②。长子至，即立为皇帝，而子无尺寸之地③，为之奈何？"胡亥曰："固也④。吾闻之，明君知臣，明父知子。父捐命⑤，不封诸子，何可言者！"赵高曰："不然。方今天下之权，存亡在子与高及丞相耳，愿子图之⑥。且夫臣人与见臣于人⑦，制人与见制于人，岂可同日道哉⑧！"胡亥曰："废兄而立弟，是不义也；不奉父诏而畏死⑨，是不孝也；能薄而材谫⑩，强因人之功⑪，是不能也⑫。三者逆德⑬，天下不服，身殆倾危⑭，社稷不血食⑮。"高曰："臣闻汤、武弑其主⑯，天下称义焉，不为不忠。卫君弑其父⑰，而卫国载其德，孔子著之⑱，不为不孝。夫大行不小谨，盛德不辞让⑲，乡曲各有宜而百官不同功⑳。故顾小而忘大，后必有害；狐疑犹豫，后必有悔。断而敢行，鬼神避之，后有成功。愿子遂之㉑！"胡亥喟然叹曰："今大行未发㉒，丧礼未终，岂宜以此事干丞相哉㉓！"赵高曰："时乎时乎，间不及谋㉔！赢粮跃马，唯恐后时㉕！"

【注释】

　　①玺书：盖过皇帝印玺的文书。②王诸子：封诸公子为王。③子：您；古代对男子的尊称。④固：固然；本来就是这样。⑤捐命：舍弃生命；临终。⑥图：图谋；谋划。⑦臣人：使别人向自己称臣。臣，使动用法。⑧岂可同日道哉：难道可以同日而语等量齐观吗！⑨畏死：胡亥设想扶苏做了皇帝，自己就有被杀头的危险，如果因为怕死而阴谋篡位，这是不孝的。⑩谫（jiǎn）：浅陋。⑪强因人之功：勉强去抢夺别人的功业。因，袭，劫取。⑫不能：犹言不智，缺乏自知之明。⑬逆德：违反道德；品行坏。⑭殆：将要；可能。⑮社稷：帝王、诸侯所祭祀的土谷神。常用以代称国家。血食：指祭祀不衰。⑯汤、武弑其主：汤，指商汤，原是夏

桀的臣子。武王建立了周朝。⑰卫君弑其父：《卫世家》有卫国贤君武公杀兄夺权的记载，此事为后世多数史学家所怀疑，赵高大概就是附会此事编造的。⑱孔子著之：孔子曾把这件事记在他所著的《春秋》一书中。⑲大行不小谨，盛德不辞让：做大事的人可以不拘细枝末节，道德高尚的人不必注意细小的礼让。⑳乡曲：穷乡僻壤。㉑遂：依顺；就这样。㉒大行：皇帝新死，称为大行皇帝。一说是去而不复返的意思；一说是称颂死去的皇帝有伟大的功绩。㉓干：告求；麻烦。㉔间（jiàn）：空隙，指时间、机会。极言时间之紧迫。谋：商量；策划。㉕赢：携带；背负。

　　胡亥既然高之言①，高曰："不与丞相谋，恐事不能成，臣请为子与丞相谋之。"高乃谓丞相斯曰："上崩，赐长子书，与丧会咸阳而立为嗣②。书未行，今上崩，未有知者也。所赐长子书及符玺皆在胡亥所③，定太子在君侯与高之口耳④。事将何如？"斯曰："安得亡国之言⑤！此非人臣所当议论也！"高曰："君侯自料能孰与蒙恬⑥？功高孰与蒙恬？谋远不失孰与蒙恬？无怨于天下孰与蒙恬？长子旧而信之孰与蒙恬⑦？"斯曰："此五者皆不及蒙恬，而君责之何深也⑧？"高曰："高固内官之厮役也⑨，幸得以刀笔之文进入秦宫⑩，管事二十余年，未尝见秦罢免丞相功臣有封及二世者也⑪，卒皆以诛亡⑫。皇帝二十余子，皆君之所知。长子刚毅而武勇⑬，信人而奋士⑭，即位必用蒙恬为丞相，君侯终不怀通侯之印归于乡里⑮，明矣。高受诏教习胡亥⑯，使学以法事数年矣⑰，未尝见过失。慈仁笃厚⑱，轻财重士，辩于心而讷于口⑲，尽礼敬士，秦之诸子未有及此者，可以为嗣。君计而定之。"斯曰："君其反位⑳，斯奉主之诏，听天之命，何虑之可定也？"高曰："安可危也，危可安也。安危不定，何以贵圣㉑？"斯曰："斯，上蔡间巷布衣也，上幸擢为丞相，封为通侯，子孙皆至尊位重禄者，故将以存亡安危属臣也。岂可负哉！夫忠臣不避死而庶几㉒，孝子不勤劳而见危㉓，人臣各守其职而已矣。君其勿复言，将令斯得罪。"高曰："盖闻圣人迁徙无常㉔，就变而从时㉕，见末而知本，观指而睹归，物固有之，安得常法哉！方今天下之权命悬于胡亥㉖，高能得志焉㉗。且夫从外制中谓之惑，从下制上谓之贼㉘。故秋霜降者草花落㉙，水摇动者万物作㉚，此必然之效也。君何相

1442

见之晚？"斯曰："吾闻晋易太子，三世不安[31]；齐桓兄弟争位[32]，身死为戮；
纣杀亲戚[33]，不听谏者，国为丘墟，遂危社稷：三者逆天，宗庙不血食。
斯其犹人哉，安足为谋[34]！"高曰："上下合同，可以长久；中外若一，
事无表里[35]。君听臣之计，即长有封侯，世世称孤[36]，必有乔、松之寿[37]，孔、
墨之智[38]。今释此而不从[39]，祸及子孙，足以为寒心[40]。善者因祸为福，
君何处焉[41]？"斯乃仰天而叹，垂泪太息曰[42]："嗟呼！独遭乱世，既以
不能死[43]，安托命哉[44]！"于是斯乃听高。高乃报胡亥曰："臣请奉太子
之明命以报丞相，丞相斯敢不奉令！"

【注释】

①然：同意；赞成。②嗣：继承人。③秦始皇赐扶苏的诏书和符玺本
在赵高手中，赵高说这话的意思是以胡亥来要挟李斯。④君侯：秦时称有
列侯爵位的丞相为君侯。⑤安：怎么。亡国之言：李斯认为赵高有意搞阴
谋，会导致国家灭亡，所以称为"亡国之言"。⑥能：《史记探源》认为，
下面脱"多"字，"能多"与下文"功高""谋远"相对。⑦旧：故旧；
往日的情谊。⑧责：责备；苛求。⑨内官：指宦官。厮役：仆役。⑩刀笔
之文：此指刑法条文。⑪有：保有；保持。二世：指儿辈。⑫卒：终；终
于。⑬刚毅：果断。⑭信人：信任人。奋士：善于鼓励士人，使他们效忠。
⑮通侯：秦汉爵位二十级，最高的一级是彻侯，因避汉武帝刘彻名讳改名
通侯，后改称列侯。⑯教习：教授。⑰法事：法律之事。⑱笃厚：诚实厚道。
⑲辩：通"辨"。有分辨能力，引申为聪明。诎（qū）：言语笨拙。⑳君
其反位：反位，犹言回到本来的职位上去，意思是说赵高应该有自知之
明，不要越权过问朝政。㉑"安可"四句：前二句说局势的安定和危险
是可以互相转化的。后二句是说：如果不能掌握自己命运安危的关键，
怎么能算是像圣人一样的聪明人呢！㉒庶几：或许；侥幸。㉓孝子不勤
劳而见危：孝子不宜过于勤劳而使自己受到危险。㉔迁徙：本意为迁移，
这里引申为善变，意思是为人处事，应灵活多变，不宜固守陈规。㉕就变：
抓紧时机变化。从时：顺应潮流。㉖权命：权柄和命运。悬：系；掌握。
㉗高能得志焉：我赵高能揣摩出胡亥的意志。言外之意是：我可以因胡
亥而得志，为所欲为。㉘从外制中谓之惑，从下制上谓之贼：意思是：
如果由内部控制外部，由中央控制地方，便是正常情况；如果由外部控
制内部，由下面控制上面，那就难免要成为乱臣贼子了。因为扶苏在

外，胡亥在内，始皇为上，扶苏为下，客观形势有利于除去扶苏；如果错过机会，上下内外的形势发生了变化，再想除掉扶苏，那就成为犯上作乱了。㉙秋霜降者草花落：天寒霜降，草木零落凋谢。者，结构助词，下句同。㉚水摇动者万物作：水摇，指春天冰雪融解。㉛晋易太子，三世不安：春秋时晋献公宠爱妃子骊姬，迫使太子申生自杀，改立骊姬子奚齐为太子，导致晋国长期混乱，杀戮时起，直至晋文公回国继位，才扭转形势。㉜齐桓兄弟争位：春秋时齐桓公与他的哥哥公子纠争夺君位，桓公得胜掌权后，迫使鲁国杀死公子纠。详见《齐太公世家》。㉝纣杀亲戚：商纣的叔父比干，见纣无道，屡次劝谏，被纣剖心而死。纣不听规劝，结果国破身亡。亲戚，亲族。㉞谋：指叛逆阴谋。㉟表里：参差；不一致。㊱称孤：称王称侯。孤，古代王侯的谦称。㊲乔、松：王子乔、赤松子。指古代传说中的仙人。㊳孔、墨：指孔丘和墨翟。㊴释：放弃。㊵以：据王念孙考证是衍文。㊶何处（chǔ）：何以自处。㊷太息：叹息。㊸以：通"已"。㊹托命：寄托自己的命运。

　　于是乃相与谋，诈为受始皇诏丞相[1]，立子胡亥为太子。更为书赐长子扶苏曰："朕巡天下[2]，祷祠名山诸神以延寿命[3]。今扶苏与将军蒙恬将师数十万以屯边[4]，十有余年矣，不能进而前[5]，士卒多耗，无尺寸之功，乃反数上书直言诽谤我所为，以不得罢归为太子，日夜怨望[6]。扶苏为人子不孝，其赐剑以自裁！将军恬与扶苏居外，不匡正[7]，宜知其谋。为人臣不忠，其赐死，以兵属裨将王离[8]。"封其书以皇帝玺，遣胡亥客奉书赐扶苏于上郡。

【注释】

　　①"诈为"二句：语意不顺，《史记探源》认为：应改作"诈为受始皇诏，诏丞相立胡亥为太子"。②朕：古人的自称。③祷祠：祈祷，祭祀。④将师：率领军队。屯：驻守；驻扎。⑤进而前：指扩充土地。⑥怨望：怨恨。⑦匡：纠正。⑧裨将：偏将；副将。

　　使者至，发书，扶苏泣，入内舍，欲自杀。蒙恬止扶苏曰："陛下居外，未立太子，使臣将三十万众守边，公子为监，此天下重任也。今一使者来，即自杀，安知其非诈？请复请，复请而后死，未暮也①。"
使者数趣之②。扶苏为人仁，谓蒙恬曰："父而赐子死③，尚安复请！"
即自杀。蒙恬不肯死，使者即以属吏④，系于阳周⑤。

【注释】

①暮：迟暮；晚。②趣（cù）：催促。③而：之。④属吏：交给狱吏看管。属，交给，委托。⑤系：囚禁。阳周：县名。在今陕西省子长县西北。

使者还报，胡亥、斯、高大喜。至咸阳，发丧，太子立为二世皇帝。
以赵高为郎中令①，常侍中用事②。

【注释】

①郎中令：皇帝的亲近大臣，守卫宫殿门户。②侍中：指在宫禁内侍奉皇帝。用事：掌权。

二世燕居①，乃召高与谋事，谓曰："夫人生居世间也，譬犹骋六
骥过决隙也②。吾既已临天下矣③，欲悉耳目之所好④，穷心志之所乐⑤，
以安宗庙而乐万姓⑥，长有天下，终吾年寿，其道可乎？"高曰："此
贤主之所能行也，而昏乱主之所禁也。臣请言之，不敢避斧钺之诛⑦，
愿陛下少留意焉⑧。夫沙丘之谋，诸公子及大臣皆疑焉，而诸公子尽帝
兄，大臣又先帝之所置也。今陛下初立，此其属意怏怏皆不服⑨，恐为变。
且蒙恬已死，蒙毅将兵居外⑩，臣战战栗栗⑪，唯恐不终。且陛下安得为
此乐乎？"二世曰："为之奈何？"赵高曰："严法而刻刑，令有罪者
相坐诛⑫，至收族⑬。灭大臣而远骨肉⑭；贫者富之，贱者贵之⑮。尽除去
先帝之故臣，更置陛下之所亲信者近之。此则阴德归陛下⑯，害除而奸
谋塞⑰，群臣莫不被润泽⑱，蒙厚德，陛下则高枕肆志宠乐矣。计莫出于
此。"二世然高之言，乃更为法律⑲。于是群臣诸公子有罪，辄下高，
令鞫治之⑳。杀大臣蒙毅等，公子十二人戮死咸阳市㉑，十公主矺死于
杜㉒，财物入于县官㉓，相连坐者不可胜数㉔。

【注释】

①燕居：闲居。燕，通"宴"。②骋：奔驰。六骥：六匹骏马所驾的

车子。决隙：裂缝；缝隙。③临：统治。④悉：尽；全部满足。⑤穷：尽；全部做到。⑥宗庙：帝王、诸侯祭祀祖先的处所。万姓：百姓。⑦钺（yuè）：类似斧的兵器，即大柯斧。⑧少：少许。⑨属：类；等辈。怏怏：不乐不平的样子。⑩蒙恬已死，蒙毅将兵居外：据《蒙恬列传》记载，蒙毅先死，蒙恬自杀在后，而在外带兵的是蒙恬。⑪栗栗：恐惧的样子。栗，通"慄"，害怕。⑫相坐：株连；牵连。⑬收族：拘捕犯法者的家族。⑭远：疏远。骨肉：比喻至亲。⑮贫者富之，贱者贵之：贫者、贱者，指原来在政治上没有地位的人。⑯阴德：指被胡亥提拔的人会暗中念记他的恩德。⑰塞：堵塞；杜绝。⑱润泽：雨露滋润。借喻恩惠。⑲更为：修改。⑳鞠治：审讯定罪。鞠，通"鞫"，审讯。㉑缪（lù）：通"戮"。杀；陈尸。㉒矺（tuō）：意同通"磔"。古代酷刑，分裂肢体。杜：县名。在今陕西省西安市西南。㉓入：没收。县官：指皇帝。古时称帝都为内县，县官便是皇帝的别称。后又用以指朝廷、官府。㉔不可胜数（shēng shǔ）：难以数清。胜，尽。

公子高欲奔①，恐收族，乃上书曰："先帝无恙时②，臣入则赐食，出则乘舆③。御府之衣④，臣得赐之；中厩之宝马⑤，臣得赐之。臣当从死而不能，为人子不孝，为人臣不忠。不忠者无名以立于世，臣请从死，愿葬郦山之足⑥。唯上幸哀怜之。"书上，胡亥大说，召赵高而示之，曰："此可谓急乎⑦？"赵高曰："人臣当忧死而不暇⑧，何变之得谋！"胡亥可其书，赐钱十万以葬。

【注释】

①公子高：秦始皇子。②无恙：无病；安好。③舆：车箱；车。④御府：官署名。掌管皇帝衣服，属于少府。⑤中厩：皇宫内的马房。⑥郦山：即骊山。⑦急：急迫无奈；走投无路。⑧当：正遇上；碰到。不暇：没有空闲；来不及。

法令诛罚日益刻深，群臣人人自危，欲畔者众①。又作阿房之宫②，治直道、驰道③，赋敛愈重，戍徭无已。于是楚戍卒陈胜、吴广等乃作乱④，起于山东⑤，杰俊相立，自置为侯王，叛秦，兵至鸿门而却⑥。李斯数欲请间谏⑦，二世不许。而二世责问李斯曰："吾有私议而有所闻于韩子也⑧，曰'尧之有天下也，堂高三尺⑨，采椽不斫⑩，茅茨不翦⑪，虽逆旅之宿不勤于此矣⑫。冬日鹿裘⑬，夏日葛衣⑭，粢粝之食⑮，藜藿之羹⑯，饭土瘟⑰，啜土铏⑱，虽监门之养不觳于此矣⑲。禹凿龙门⑳，通大夏㉑，疏九河㉒，曲九防㉓，决渟水致之海㉔，而股无胈㉕，胫无毛㉖，手足胼胝㉗，面目黎黑，遂以死于外，葬于会稽㉘，臣虏之劳不烈于此矣㉙'。然则夫所贵于有天下者，岂欲苦形劳神，身处逆旅之宿，口食监门之养，手持臣虏之作哉？此不肖人之所勉也㉚，非贤者之所务也。彼贤人之有天下也，专用天下适己而已矣，此所以贵于有天下也。夫所谓贤人者，必能安天下而治万民，今身且不能利，将恶能治天下哉㉛！故吾愿赐志广欲㉜，长享天下而无害，为之奈何？"李斯子由为三川守，群盗吴广等西略地，过去弗能禁。章邯以破逐广等兵㉝，使者复案三川相属㉞，诮让斯居三公位㉟，如何令盗如此。李斯恐惧，重爵禄，不知所出，乃阿二世意㊱，欲求容㊲，以书对曰：

【注释】

①畔：通"叛"。背叛。②阿房（ē páng）之宫：即阿房宫。在今陕西省西安市西。③直道：为迅速通行而开山填谷所修的直通大道。从九原（今内蒙古自治区包头市西）到甘泉（今陕西省淳化县西北），挖山填谷，长达一千八百里。驰道：行车大道。④陈胜：字涉。阳城（今河南省登封市东南）人。被征守边，同吴广在大泽乡（今安徽省宿州市东南），建立我国历史上第一个农民政权，国号楚。详见《陈涉世家》。吴广：字叔。阳夏（jiǎ 今河南太康县）人。和陈胜一同起义。⑤山东：崤（yáo）山以东，泛指战国时除秦以外的六国地区。⑥兵至鸿门而却：陈胜部将周章率兵西击秦，至鸿门（今陕西省西安市临潼区东）附近的戏水，被秦将章邯打败。⑦请间（jiàn）：请求个别接见，单独谈话。间，间隙。⑧韩子：韩非。战国时韩国的贵族，是我国法家思想的集大成者。⑨堂高三尺：殿堂的基地只有三尺高，极言其居室俭朴。⑩采：木名。即柞木。椽：支架屋面和瓦片的木条。斫：音 zhuó，砍削。⑪茅茨：用茅草盖的屋顶。⑫逆旅：迎接宾客。⑬裘：毛皮衣。⑭葛：麻布。⑮粢（zī）：谷类的总称。粝（lì）：粗米。⑯藜：野草，嫩时可以吃。藿：豆叶。⑰饭：吃饭。动

词。土匦（guǐ）：陶土制的食器。匦，通"簋"。⑱啜（chuò）：吸；喝。铏（xíng）：盛汤菜的罐钵。⑲监门：看门人。⑳禹：传说中古代部落联盟领袖。姓姒，名文命。传说他治理洪水有大功。龙门：山名。在今山西省河津市西北、陕西省韩城市东北，分跨黄河两岸，形如门阙。相传禹凿开此山，以通黄河。㉑大夏：地区名。在今山西省中南部。㉒九河：即徒骇河、太史河、马颊河、覆釜河、胡苏河、简河、洁河、钩盘河、鬲津河。㉓曲九防：在黄河的许多弯曲地段修筑堤防。古代称黄河九曲，九，泛指多数。㉔决：开通；疏导。渟（tíng）水：积水。㉕股：大腿。胈（bá）：人体腿脚上的细毛。㉖胫（jìng）：小腿。㉗胼胝（pián zhī）：手脚掌上的厚皮，俗称老茧。㉘会稽（kuài jī）：指会稽山。㉙臣虏：奴仆；奴隶。烈：剧；酷。㉚不肖人：指被剥削、被统治的人民。勉：努力从事。㉛恶（wū）：如何；怎么。疑问副词。㉜赐：一本作肆。尽量；尽情。㉝以：通"已"。㉞复案：调查；核实。㉟诮让：责备。三公：秦时称丞相、太尉、御史大夫为三公。㊱阿：阿顺；迎合。㊲容：宽容；包含。

夫贤主者，必且能全道而行督责之术者也①，督责之，则臣不敢不竭能以徇其主矣②。此臣主之分定③，上下之义明，则天下贤不肖莫敢不尽力竭任以徇其君矣。是故主独制于天下而无所制也。能穷乐之极矣④。贤明之主也，可不察焉！

【注释】

①全道：建立一套办法。②徇：顺从；服从。③分：名分；身份。④穷乐之极：享尽一切乐事；达到享乐的顶点。

故申子曰"有天下而不恣睢①，命之曰以天下为桎梏"者②，无他焉，不能督责，而顾以其身劳于天下之民③，若尧、禹然，故谓之"桎梏"也。夫不能修申、韩之明术，行督责之道，专以天下自适也，而徒务苦形劳神④，以身徇百姓，则是黔首之役，非畜天下者也⑤，何足贵哉！夫以人徇己，则己贵而人贱；以己徇人，则己贱而人贵。故徇人者贱，而人所徇者贵，自古及今，未有不然者也。凡古之所为尊贤者，为其贵也；而所为恶不肖者，为其贱也。而尧、禹以身徇天下者也，因随而尊之⑥，则亦失所为尊贤之心矣！夫可谓大缪矣⑦。谓之为"桎梏"，不亦宜乎？不能督责之过也。

【注释】

①申子：申不害。郑国京邑（今河南省荥阳市南）人。战国初期任韩相。恣睢（suī）：放纵；任所欲为。②桎梏：束缚犯人手脚的刑具，等于现在的镣铐。③顾：反而。转折连词。④形：形质；身体。⑤畜：统治；占有。⑥因随：因循守旧，不加思考地追随前人。⑦缪（miù）：通"谬"。错误。

故韩子曰"慈母有败子而严家无格虏"者①，何也？则能罚之加焉必也②。故商君之法，刑弃灰于道者③。夫弃灰，薄罪也，而被刑，重罚也。彼唯明主为能深督轻罪。夫罪轻且督深，而况有重罪乎？故民不敢犯也。是故韩子曰"布帛寻常④，庸人不释，铄金百溢⑤，盗跖不搏"者⑥，非庸人之心重，寻常之利深，而盗跖之欲浅也；又不以盗跖之行，为轻百镒之重也，搏必随手刑⑦，则盗跖不搏百镒；而罚不必行也，则庸人不释寻常。是故城高五丈，而楼季不轻犯也⑧；泰山之高百仞⑨，而跛牂牧其上⑩。夫楼季也而难五丈之限，岂跛牂也而易百仞之高哉？峭堑之势异也⑪。明主圣王之所以能久处尊位，长持重势而独擅天下之利者，非有异道也，能独断而审督责⑫，必深罚，故天下不敢犯也。今不务所以不犯⑬，而事慈母之所以败子也⑭，则亦不察于圣人之论矣。夫不能行圣人之术，则舍为天下役何事哉⑮？可不哀邪⑯！

【注释】

①格虏：强悍的奴隶。②罚之加焉：惩罚施之于他。加，施用。焉，代词。必：必然的结果，指"严家无格虏"。③刑：判刑；行刑。动词。④寻常：古代的两个长度单位，一寻等于八尺，一常等于十六尺。这里用来指数量不多。⑤铄（shuò）金：熔化了的金子。一镒等于二十两或二十四两。百溢，泛指其多。⑥盗跖：（zhí）：传说中春秋末期的一个大盗，他曾带领九千人横行天下。跖，是他的名字。搏：攫取。者：结构助词，称代以上四句话的内容。⑦随手刑：指手必被熔金灼伤。刑，伤。⑧楼季：战国时魏文侯的弟弟。犯：冒犯；冒险。⑨仞：古代长度单位。八尺或七

尺为一仞。百仞，泛指其高。⑩跛牂（zāng）：瘸腿的羊。牂，母羊。从上下文意看来，跛牂牧其上，似应指在山上的跛脚牧羊人，"牧羊人"与楼季相对。⑪峭：陡峻。堑（qiàn）：陂陁，平缓。⑫审：细；严。⑬务：勉力从事。动词。⑭事：作；从事。⑮舍：舍弃；除去。⑯邪（yé）：通"耶"。疑问语气助词。

　　且夫俭节仁义之人立于朝，则荒肆之乐辍矣①；谏说论理之臣间于侧②，则流漫之志诎矣③；烈士死节之行显于世，则淫康之虞废矣④。故明主能外此三者⑤，而独操主术以制听从之臣，而修其明法，故身尊而势重也。凡贤主者，必将能拂世磨俗⑥，而废其所恶，立其所欲，故生则有尊重之势，死则有贤明之谥也。是以明君独断，故权不在臣也。然后能灭仁义之涂⑦掩驰说之口，困烈士之行，塞聪掩明⑧，内独视听⑨，故外不可倾以仁义烈士之行⑩，而内不可夺以谏说忿争之辩⑪。故能荦然独行恣睢之心而莫之敢逆⑫。若此然后可谓能明申、韩之术，而修商君之法。法修术明而天下乱者，未之闻也。故曰"王道约而易操"也⑬。唯明主为能行之。若此，则谓督责之诚，则臣无邪⑭，臣无邪则天下安，天下安则主严尊，主严尊则督责必⑮，督责必则所求得，所求得则国家富，国家富则君乐丰⑯。故督责之术设，则所欲无不得矣。群臣百姓救过不给⑰，何变之敢图？若此则帝道备，而可谓能明君臣之术矣⑱。虽申、韩复生，不能加也。

【注释】

　　①辍（chuò）：停止；中断。②间（jiàn）：插入；参与。③流漫：放荡不拘。④淫：过度；尽情。康：乐。虞：通"娱"。娱乐。⑤外：排除。动词。⑥拂世：超世；和世情相反。⑦涂：通"途"。⑧塞聪掩明：塞住耳朵，蒙住眼睛。⑨内独视听：即内视独听，一切全凭个人的眼光，个人的见解。⑩倾以：为之倾倒，因而改变自己的原意。⑪夺：更改。⑫荦（luò）然：独立特出的样子。⑬约：简明；简要。操：掌握。⑭若此，则谓督责之诚，则臣无邪：语意不顺，中间似有脱漏，宜作"若此，则谓之督责成，督责成则臣无邪"。⑮必：必行；一定能严格执行。⑯乐丰：逸乐丰裕。⑰给（jǐ）：暇，空闲。⑱君：统治；驾驭。动词。

　　书奏，二世悦。于是行督责益严，税民深者为明吏①。二世曰："若此则可谓能督责矣。"刑者相半于道②，而死人日成积于市③，杀人众者为忠臣，二世曰："若此则可谓能督责矣。"

【注释】

　　①税民：向人民征税。②刑者相半于道：在路上行走的人，有一半是受过刑罚的。③成积：成堆。

　　初，赵高为郎中令，所杀及报私怨众多，恐大臣入朝奏事毁恶之①，乃说二世曰："天子所以贵者，但以闻声，群臣莫得见其面，故号曰'朕'②。且陛下富于春秋③，未必尽通诸事，今坐朝廷，谴举有不当者④，则见短于大臣，非所以示神明于天下也。且陛下深拱禁中⑤，与臣及侍中习法者待事⑥，事来有以揆之⑦。如此则大臣不敢奏疑事⑧，天下称圣主矣。"二世用其计，乃不坐朝廷见大臣，居禁中。赵高常侍中用事，事皆决于赵高。

【注释】

　　①毁恶（wù）：毁谤；说人坏话。②朕：本意为朕兆，表明事物发生前的一种预兆，是看不见的。赵高从字义牵强附会，愚弄二世。③富于春秋：春秋指年龄，年轻人未来的时日还多，所以说富于春秋。④谴：谴责；责罚。举：推荐；选拔。⑤拱：本意为拱手，引申为闲坐无事。⑥侍中：官名。秦汉时为皇帝的侍从人员。待事：等待事情来了再处理。⑦揆：研究；参议。⑧疑事：有疑难或不真实的事。

　　高闻李斯以为言①，乃见丞相曰："关东群盗多，今上急益发繇治阿房宫②，聚狗马无用之物。臣欲谏，为位贱。此真君侯之事，君何不谏？"李斯曰："固也，吾欲言之久矣。今时上不坐朝廷，上居深宫，吾有所言者，不可传也，欲见无间③。"赵高谓曰："君诚能谏，请为君侯上间语君④。"于是赵高待二世方燕乐⑤，妇女居前，使人告丞相："上方间，可奏事。"丞相至宫门上谒⑥，如此者三。二世怒曰："吾常多闲日，丞相不来。吾方燕私，丞相辄来请事。丞相岂少我哉⑦？且固我哉⑧？"赵高因曰："如此殆矣⑨！夫沙丘之谋，丞相与焉。今陛下已立为帝，而

丞相贵不益，此其意亦望裂地而王矣。且陛下不问臣，臣不敢言。丞相长男为三川守，楚盗陈胜等皆丞相傍县之子⑩，以故楚盗公行，过三川，城守不肯击⑪。高闻其文书相往来，未得其审⑫，故未敢以闻。且丞相居外，权重于陛下。"二世以为然。欲案丞相⑬，恐其不审，乃使人案验三川守与盗通状⑭。李斯闻之。

【注释】

①以为言：以此为言，指李斯对这事（二世不坐朝廷）不满而有非议。②繇（yáo）：通"徭"。徭役，这里指服徭役的百姓。③无间（jiàn）：无空隙；无机会。④语（yù）：告诉；通知。⑤燕乐：安闲取乐。⑥谒：名片。⑦少：轻视；瞧不起。⑧固：陋；鄙视。⑨殆：危险。⑩傍县：邻县。⑪城守：据城防守。⑫审：确实。这里作名词用。⑬案：通"按"。审问。⑭状：形状；情况。

是时，二世在甘泉①，方作觳抵优俳之观②，李斯不得见，因上书言赵高之短曰："臣闻之，臣疑其君③，无不危国，妾疑其夫，无不危家。今有大臣于陛下擅利擅害④，与陛下无异，此甚不便。昔者司城子罕相宋⑤，身行刑罚，以威行之，期年遂劫其君⑥。田常为简公臣⑦，爵列无敌于国，私家之富与公家均，布惠施德⑧，下得百姓，上得群臣，阴取齐国，杀宰予于庭⑨，即弑简公于朝，遂有齐国。此天下所明知也。今高有邪佚之志⑩，危反之行⑪，如子罕相宋也；私家之富，若田氏之于齐也。兼行田常、子罕之逆道而劫陛下之威信⑫，其志若韩玘为韩安相也⑬。陛下不图⑭，臣恐其为变也。"二世曰："何哉？夫高，故宦人也，然不为安肆志，不以危易心，洁行修善，自使至此。以忠得进，以信守位，朕实贤之，而君疑之，何也？且朕少失先人，无所识知，不习治民，而君又老，恐与天下绝矣⑮。朕非属赵君⑯，当谁任哉？且赵君为人精廉强力，下知人情，上能适朕，君其勿疑。"李斯曰："不然，夫高，故贱人也。无识于理，贪欲无厌，求利不止，列势次主⑰，求欲无穷，臣故曰殆。"二世已前信赵高，恐李斯杀之，乃私告赵高。高曰："丞相所患者独高，高已死，丞相即欲为田常所为。"于是二世曰："其以李斯属郎中令⑱。"

【注释】

①甘泉：山名。在今陕西省淳化县西北。②方：正好；正在。毂抵：通"角抵"。古代摔跤表演，是一种杂技与舞蹈相结合的游戏。优俳（pái）：优，古代杂戏之一种，可以化装表演；俳，也是杂戏的一种，带诙谐滑稽的性质。③疑（nǐ）：通"拟"。比拟。即势均力敌、不相上下的意思。④擅：专擅；独揽。⑤司城子罕相宋：据《韩非子·二柄》说，子罕为宋国相，他对宋君说："庆贺赏赐的事是臣民所喜欢的，您来执行，诛杀刑罚的事是臣民所厌恨的，我来担当好了。"宋君说："好！我来当美差，您来做恶人。"⑥期（jī）年：一周年。⑦田常：齐国大臣。简公：齐简公。姜壬。前484—前481年在位。⑧布惠施德：田常曾用大斗借粮给人民，用小斗收回，以收买人心。⑨宰予：字子我，鲁国人，孔丘弟子。田常所杀之人名监止，字子我，与田常同为齐相，不是宰予。⑩邪佚：邪恶。佚，放纵。⑪危反：危害，反叛。⑫劫：窃取。⑬韩玘（qǐ）为韩安相：此事可能为李斯所经历，但史传无记载。⑭图：设法对付。⑮绝：指断绝联系，失取统治管理能力。⑯属：托付；依靠。⑰列势：地位、权势。⑱属郎中令：交给郎中令查办。

　　赵高案治李斯。李斯拘执束缚①，居囹圄中②，仰天而叹曰："嗟乎，悲夫！不道之君，何可为计哉③！昔者桀杀关龙逢④，纣杀王子比干⑤，吴王夫差杀伍子胥⑥。此三臣者，岂不忠哉！然而不免于死，身死而所忠者非也。今吾智不及三子，而二世之无道过于桀、纣、夫差，吾以忠死，宜矣。且二世之治岂不乱哉！日者夷其兄弟而自立也⑦，杀忠臣而贵贱人，作为阿房之宫，赋敛天下。吾非不谏也，而不吾听也⑧。凡古圣王，饮食有节，车器有数，宫室有度，出令造事，加费而无益于民利者禁，故能长治久安。今行逆于昆弟⑨，不顾其咎⑩；侵杀忠臣⑪，不思其殃；大为宫室，厚赋天下，不爱其费。三者已行，天下不听。今反者已有天下之半矣，而心尚未寤也⑫，而以赵高为佐，吾必见寇至咸阳，麋鹿游于朝也⑬。"

【注释】

　　①拘执束缚：被拘捕而且上了刑具。②囹圄（líng yǔ）：监狱。③为

计：为他谋虑打算。④桀（jié）：夏朝末代暴君。⑤纣：商朝末代暴君。比干：商纣叔父，因极力劝谏，被纣剖心而死。⑥吴王夫差：春秋末期吴国国君。前495—前473年在位，被越王勾践所灭。伍子胥：伍员，字子胥。春秋时楚国人。⑦日者：往日。⑧不吾听："不听吾"的倒装句。否定句中，代词宾语提前。⑨行逆：倒行逆施。昆弟：兄弟。⑩咎：灾祸；罪过。⑪侵杀：枉杀；错杀。⑫寤：通"悟"。⑬麋（mí）鹿：鹿的一种，即四不像。

于是二世乃使高案丞相狱，治罪，责斯与子由谋反状，皆收捕宗族宾客。赵高治斯，榜掠千余①，不胜痛，自诬服②。斯所以不死者，自负其辩，有功，实无反心，幸得上书自陈，幸二世之寤而赦之。李斯乃从狱中上书曰："臣为丞相治民，三十余年矣。逮秦地之狭隘③。先王之时秦地不过千里，兵数十万。臣尽薄材，谨奉法令，阴行谋臣④，资之金玉⑤，使游说诸侯，阴修甲兵⑥，饰政教⑦，官斗士⑧，尊功臣，盛其爵禄⑨，故终以胁韩弱魏，破燕、赵，夷齐、楚，卒兼六国，虏其王，立秦为天子。罪一矣。地非不广，又北逐胡、貉⑩，南定百越⑪，以见秦之强。罪二矣。尊大臣，盛其爵位，以固其亲⑫。罪三矣。立社稷，修宗庙，以明主之贤。罪四矣。更克画⑬，平斗斛度量文章⑭，布之天下，以树秦之名。罪五矣。治驰道，兴游观⑮，以见主之得意。罪六矣。缓刑罚，薄赋敛，以遂主得众之心，万民载主，死而不忘。罪七矣。若斯之为臣者，罪足以死固久矣。上幸尽其能力，乃得至今，愿陛下察之！"书上，赵高使吏弃去不奏，曰："囚安得上书！"

【注释】

①榜：通"搒"。捶打。掠：拷打。②诬服：冤屈地认了罪。③逮：及；赶上。④行：派遣；派出。⑤资：供给。动词。⑥甲兵：武器；军队。⑦饰：整顿；修明。⑧官：授予官职。使动用法。⑨盛：满，广大，多。使动用法。⑩胡：古代对北方和西方各部族的泛称。貉（mò）：也作"貊"。东北部族名。⑪百越：东南部族名。⑫固：巩固。亲：指大臣与皇帝之间的亲密关系。⑬克画：书写。克，通"刻"。⑭平：平衡；统一。斗：量器。十升为一斗。斛：量器。十斗为一斛。度：量长度的标准。量：

量容积的标准。文章：即文字。⑮游观：周游巡视。

　　赵高使其客十余辈诈为御史、谒者、侍中①，更往复讯斯②。斯更以其实对，辄使人复榜之。后二世使人验斯，斯以为如前，终不敢更言，辞服③。奏当上④，二世喜曰："微赵君⑤，几为丞相所卖⑥。"及二世所使案三川之守至⑦，则项梁已击杀之⑧。使者来，会丞相下吏，赵高皆妄为反辞⑨。

【注释】

　　①御史：官员。掌管内廷图籍秘书，兼管监察弹劾，属御史大夫统管。②更：更替；轮流。③辞服：招供认罪。④奏：进呈。当：判决；判罪。⑤微：没有。⑥几（jī）：几乎。⑦案：调查。⑧项梁：战国末期楚国人。⑨妄：捏造；诬陷。

　　二世二年七月①，具斯五刑②，论腰斩咸阳市。斯出狱，与其中子俱执③，顾谓其中子曰："吾欲与若复牵黄犬俱出上蔡东门逐狡兔④，岂可得乎！"遂父子相哭，而夷三族⑤。

【注释】

　　①二世二年：前208年。②五刑：古代以墨（脸上刺字涂墨）、劓（割鼻）、刖（剁脚）、宫（男割生殖器、女幽闭）、大辟（砍头）为五刑。③中（zhòng）子：次子；中间的儿子。④若：你（们）。⑤夷：诛灭。三族：指父母、兄弟、妻子。

　　李斯已死，二世拜赵高为中丞相①，事无大小辄决于高。高自知权重，乃献鹿，谓之马。二世问左右："此乃鹿也？"左右皆曰："马也。"二世惊，自以为惑②，乃召太卜③，令卦之。太卜曰："陛下春秋郊祀④，奉宗庙鬼神，斋戒不明⑤，故至于此。可依盛德而明斋戒。"于是乃入上林斋戒⑥。日游弋猎⑦，有行人入上林中，二世自射杀之。赵高教其女婿咸阳令阎乐劾不知何人贼杀人移上林⑧，高乃谏二世曰："天子无故贼杀不辜人，此上帝之禁也，鬼神不享⑨，天且降殃，当远避宫以禳之⑩。"二世乃出居望夷之宫⑪。

【注释】

①中丞相：一说因为在宫中执政，一说因赵高为中人（宦官），故名。②惑：神经错乱。③太卜：官名。④郊祀：祭祀名。⑤斋戒：古人在祭祀之前，不近女色，不饮酒，不胡思乱想，称为斋戒，表示虔诚。⑥上林：即上林苑，秦朝皇帝的打猎游乐场所。⑦弋（yì）：用绳系在箭上射。代指射猎。⑧令：县令。秦代万户以上的县所设的行政长官。贼杀：杀害。贼，劫杀。⑨不享：不享受祭祀。⑩禳（rǎng）：祈祷消除灾祸。⑪望夷之宫：望夷宫。旧址在今陕西省泾阳县东南。

留三日，赵高诈诏卫士，令士皆素服持兵内乡①，入告二世曰："山东群盗兵大至！"二世上观而见之，恐惧，高即因劫令自杀②，引玺而佩之，左右百官莫从，上殿，殿欲坏者三。高自知天弗与，群臣弗许，乃召始皇弟③，授之玺。

【注释】

①乡（xiàng）：通"向"。②劫：强迫。③始皇弟：一本作"始皇弟子婴"，《秦本纪》云"二世之兄子"，故"弟"误，当为"孙"。

子婴即位，患之，乃称疾不听事，与宦者韩谈及其子谋杀高①。高上谒，请病，因召入，令韩谈刺杀之，夷其三族。

【注释】

①其子：指子婴的儿子。

子婴立三月，沛公兵从武关入①，至咸阳，群臣百官皆畔，不適②。子婴与妻子自系其颈以组③，降轵道旁④。沛公因以属吏，项王至而斩之，遂以亡天下。

【注释】

①沛公：即汉高帝刘邦。武关：关名。旧址在今陕西省丹凤县东南丹江上。②適（dí）：通"敌"。抵御。③自系其颈以组：这是古代投降者的礼节，表示服罪。组，丝带。④轵道：驿亭名。

太史公曰：李斯以闾阎历诸侯①，入事秦，因以瑕衅，以辅始皇，卒成帝业，斯为三公，可谓尊用矣。斯知《六艺》之归②，不务明政以补主上之缺，持爵禄之重，阿顺苟合，严威酷刑，听高邪说，废适立庶③。诸侯已畔，斯乃欲谏争，不亦末乎④！人皆以斯极忠而被五刑死，察其本，乃与俗议之异⑤。不然，斯之功且与周、召列矣⑥。

【注释】

①闾阎：里巷的门；借指平民。历：选择。②《六艺》：即"六经"。指《诗》《书》《礼》《乐》《易》《春秋》。归：宗旨；旨趣。③适（dí）：通"嫡"。④末：指非根本的、不重要的事物。⑤俗议：一般人的看法。异：有区别、出入。⑥周：周公姬旦，周武王的弟弟，周成王叔父。召（shào）：召公姬奭（shì），周宗室大臣，成王时任太保，与周公一周辅佐成王。

蒙恬列传第二十八

蒙恬者，其先齐人也①。恬大父蒙骜②，自齐事秦昭王③，官至上卿④。秦庄襄王元年⑤，蒙骜为秦将，伐韩⑥，取成皋、荥阳⑦，作置三川郡⑧。二年，蒙骜攻赵⑨，取三十七城。始皇三年，蒙骜攻韩，取十三城。五年，蒙骜攻魏，取二十城，作置东郡⑩。始皇七年，蒙骜卒⑪。骜子曰武，武子曰恬。恬尝书狱典文学⑫。始皇二十三年，蒙武为秦裨将军⑬，与王翦攻楚⑭，大破之，杀项燕。二十四年，蒙武攻楚，虏楚王⑮。蒙恬弟毅。

【注释】

①先：祖先。齐：前11世纪周武王封给姜尚的诸侯国。②大父：祖父。③事：侍奉；服事。秦昭王（前324—前251年）：嬴稷。即秦昭襄王。前306—前251年在位。④上卿：诸侯国的最高级大臣。⑤秦庄襄王（前282—前246年）：嬴子楚。前249—前247年在位。⑥韩：国名。开国君主韩虔。⑦成皋：韩邑名。古代为军事要地。在今河南省荥阳市西北汜水镇。荥阳：韩邑名。在今河南省荥阳市东北。⑧三川郡：郡名。地在今河南省黄河以南的伊河、洛河流域。治所在雒阳（今洛阳市东北）。⑨赵：国名。开国君主赵籍。⑩东郡：郡名。地在今河南省东部和山东省西部交界地区，治所在濮阳（今河南省濮阳县西南）。⑪卒：古代称大夫死亡和年老寿终，后来作为死亡的通称。⑫书狱：学习治理刑狱的法律。典文学：担任审理狱讼的文书工作。⑬裨将军：次于主将的副将，或称偏将。⑭王翦：秦将。频阳（今陕西省富平县）人。楚：国名。⑮楚王：熊负刍。前227—前223年在位。

始皇二十六年，蒙恬因家世得为秦将，攻齐，大破之，拜为内史①，秦已并天下，乃使蒙恬将三十万众北逐戎狄②，收河南③。筑长城，因地形，用险制塞④，起临洮⑤，至辽东⑥，延袤万余里⑦。于是渡河⑧，据阳山[9]，逶蛇而北[10]。暴师于外十余年[11]，居上郡[12]。是时蒙恬威振匈奴。始皇甚尊宠蒙氏，信任贤之[13]。而亲近蒙毅，位至上卿，出则参乘[14]，入则御前[15]。恬任外事而毅常为内谋[16]，名为忠信，故虽诸将相莫敢与之争焉。

【注释】

①内史：官名。秦朝京城的最高行政长官。②将：率领。动词。戎狄：古代泛指我国西北和北方的各部族。戎，古族名，主要居住在西北地区。狄，古族名，主要居住在北方。③河南：地区名。秦汉时期指今内蒙古河套一带。④险塞：艰险阻塞的形势。⑤临洮（táo）：县名。在今甘肃省岷县。⑥辽东：郡名。地在今辽宁省大凌河以东地区。治所在襄平（今辽宁辽阳市）。⑦延袤（mào）：连绵不断。袤，南北长度。⑧河：古代黄河的专名。⑨阳山：秦汉时把阴山最西的一段称为阳山，即今内蒙古乌拉特后旗的狼山。⑩逶蛇（wēi yí）：同"逶迤"。⑪暴（pù）师：指军队经受风霜雨雪驻守在外。⑫上郡：郡名。⑬贤：认为贤能。以动用法。⑭参乘（chéng）：也作"骖乘"。指陪乘的人，居车之右。⑮御：侍奉。⑯内谋：为内政出谋献策。

赵高者，诸赵疏远属也[1]。赵高昆弟数人[2]，皆生隐宫[3]，其母被刑僇[4]，世世卑贱。秦王闻高强力[5]，通于狱法[6]，举以为中车府令[7]。高即私事公子胡亥[8]，喻之决狱[9]。高有大罪，秦王令蒙毅法治之[10]。毅不敢阿法[11]，当高罪死[12]，除其宦籍。帝以高之敦于事也[13]，赦之，复其官爵[14]。

【注释】

①诸赵：指赵国王族赵氏的各支派。②昆弟：兄和弟。③隐宫：指宫刑。④刑僇（lù）：刑罚。僇，杀戮。⑤强力：指办事能力很强。⑥狱法：刑法。⑦举：推荐；选拔。中车府令：车府令是掌管皇帝出巡车辆的官吏。⑧私事：私自交结。胡亥（前230—前207年）：即秦二世。秦始皇少子。前210—前207年在位。后被赵高逼迫自杀。⑨喻：开导；告诉。决狱：审理和判决诉讼案。⑩法治：依法惩治。⑪阿：歪曲；违背。⑫当：处以相当的刑罚；判罪。⑬敦：办事认真努力。⑭官爵：官职，爵位。

始皇欲游天下，道九原①，直抵甘泉②，乃使蒙恬通道，自九原抵甘泉堑山堙谷③，千八百里。道未就④。

【注释】

①道：道经；经过。九原：地名，在现在的内蒙古包头市西。又为郡名。地在今内蒙古包头市一带。②甘泉：山名，又为汉宫名。③堑（qiàn）：同"堑"。挖掘。堙：堵塞。④就：成功；完成。

始皇三十七年冬，行出游会稽①，并海上②，北走琅邪③。道病，使蒙毅还祷山川④，未反⑤。

【注释】

①会（kuài）稽：山名。在今浙江省绍兴市东南。②并（bàng）：通"傍"。③琅邪（láng yá）：山名。在今山东省胶南市南部。④祷：祭神求福。⑤反：通"返"。

始皇至沙丘崩①，秘之②，群臣莫知。是时丞相李斯、少子胡亥、中车府令赵高常从③，高雅得幸于胡亥④，欲立之，又怨蒙毅法治之而不为己也⑤，因有贼心⑥，乃与丞相李斯、少子胡亥阴谋⑦，立胡亥为太子⑧。太子已立，遣使者以罪赐公子扶苏、蒙恬死⑨。扶苏已死，蒙恬疑而复请之⑩。使者以蒙恬属吏⑪，更置⑫。胡亥以李斯舍人为护军⑬。使者还报，胡亥已闻扶苏死，即欲释蒙恬。赵高恐蒙氏复贵而用事⑭，怨之。

【注释】

①沙丘：地名。在今河北省平乡县东北。崩：旧称帝王死。②秘：不公开；封锁消息。③李斯（？—前208年）：楚国上蔡人。④雅：素来；一向。⑤为：帮助；卫护。⑥贼心：阴狠害人之心。⑦阴谋：暗中策划。⑧太子：确定继承皇位的皇子，一般为嫡长子。⑨扶苏：秦始皇长子。因谏阻秦始皇焚书坑儒，被派驻上郡监蒙恬军。⑩复请：再次请求申诉。⑪属：交付；委托。吏：指执法官吏。⑫更置：调换接替。⑬舍人：派有职务的门客；家臣。护军：武官名。负责调节各将领的关系。⑭用事：掌权；执政。

毅还至，赵高因为胡亥忠计，欲以灭蒙氏，乃言曰："臣闻先帝欲举贤立太子久矣①，而毅谏曰'不可'。若知贤而俞弗立②，则是不忠而惑主也③。以臣愚意，不若诛之。"胡亥听而系蒙毅于代④。前已囚蒙恬于阳周⑤。丧至咸阳⑥，已葬，太子立为二世皇帝，而赵高亲近，日夜毁恶蒙氏⑦，求其罪过⑧，举劾之⑨。

【注释】

①先帝：指秦始皇。举贤立太子：选贤才确定太子。②若：此；其。俞：通"逾"。③惑：迷惑；蛊惑。④代：县名。在今河北省蔚县东北。⑤阳周：县名。在今陕西省子长县西北。⑥丧：指秦始皇的丧车。⑦毁恶：诽谤中伤。⑧求：寻求；寻找。⑨举劾：检举，弹劾。

子婴①进谏曰："臣闻故赵王迁杀其良臣，李牧而用颜聚②，燕王喜因用荆轲之谋，而倍秦之约③，齐王建杀其故世忠臣而用后胜之议④。此三君者，皆各以变古者失其国而殃及其身，今蒙氏，秦之大臣谋士也⑤，而主欲一旦弃去之⑥，臣窃以为不可⑦。臣闻轻虑者不可以治国⑧，独智者不可以存君⑨，诛杀忠臣而立无节行之人⑩，是内使群臣不相信而外使斗士之意离也⑪，臣窃以为不可。"

【注释】

①子婴：嬴子婴。②赵王迁：赵迁。前235—前228年在位，被秦国所房。李牧：赵将。赵王中了秦国的反间计，将他杀了。③燕王喜：姬喜。前254—前222年在位，被秦国所房。荆轲：卫国人。刺客。公元前227年受燕太子丹派遣去行刺秦王，未成，被杀。详见《刺客列传》。④齐王建：田建。前264—前221年在位，被秦国所房。故世忠臣：前代忠臣；元老。后胜：齐国相。前221年秦兵攻齐，齐王建听信他的意见，向秦国投降，终于使齐国灭亡。⑤谋士：出谋献策的人。⑥一旦：一时；忽然。⑦窃：私下；私自。谦敬副词。⑧轻虑：考虑问题轻率。⑨独智：独断专行，自以为是。⑩节行（xíng）：节操品行。⑪意：意志；思想。离：离散。

胡亥不听。而遣御史曲宫乘传之代①，令蒙毅曰："先主欲立太子而卿难之②。今丞相以卿为不忠，罪及其宗③。朕不忍④，乃赐卿死，亦甚幸矣。卿其图之⑤！"毅对曰："以臣不能得先主之意⑥，则臣少宦⑦，顺

蒙恬像

幸没世[8]，可谓知意矣。以臣不知太子之能，则太子独从，周旋天下[9]，去诸公子绝远[10]，臣无所疑矣。夫先主之举用太子[11]，数年之积也[12]，臣乃何言之敢谏，何虑之敢谋！非敢饰辞以避死也[13]，为羞累先主之名，愿大夫为虑焉[14]，使臣得死情实[15]。且夫顺成全者，道之所贵也[16]；刑杀者，道之所卒也[17]。昔者秦穆公杀三良而死[18]，罪百里奚而非其罪也[19]，故立号曰'缪'[20]。昭襄王杀武安君白起[21]。楚平王杀伍奢[22]。吴王夫差杀伍子胥[23]。此四君者，皆为大失，而天下非之[24]，以其君为不明，以是籍于诸侯[25]。故曰'用道治者不杀无罪，而罚不加于无辜。'唯大夫留心[26]！"使者知胡亥之意，不听蒙毅之言，遂杀之。

【注释】

①御史：官名。春秋战国时各国皆有御史，掌管文书和记事。曲宫：人名。传（zhuàn）：指驿站或驿站的车马。之：去到。②难（nàn）：非难；责问。③宗：宗族；族家。④朕（zhèn）：古人自称，从秦始皇起专用作皇帝的自称。⑤其：应当。祈使副词。图：图谋；考虑。⑥以：以

为；认为。先主：指秦始皇。⑦少：年少时。宦：做官。⑧顺幸：顺意而得到宠幸。⑨周旋：周游。⑩去：距离；超过。⑪夫：发语词。⑫积：积累。⑬饰辞：托词粉饰。⑭大夫：官阶名。这里作为尊称。⑮情实：实情；真相。⑯道：事物的规律；道理；道义。贵：重视；崇尚。⑰卒：穷尽。⑱秦穆公：嬴任好。前659—前621年在位。三良：三位贤臣。⑲前"罪"字：加罪；惩罚。动词。百里奚：春秋时虞国人。⑳立号曰"缪"："缪"作为谥号用字，有两音两义：一、音义均同"穆"，是美谥；二、音义均同"谬"，是恶谥。史籍通常认为嬴任好的谥号是美谥，故多作"穆"。㉑白起：秦国郿（今陕西省眉县）人，秦将。以战功封武安君。后因与秦昭王意见不合，又遭秦将范雎忌刻，被赐死。详见《白起列传》。㉒楚平王：熊居。春秋时楚国国君，前528—前516年在位。伍奢：春秋时楚国人，任太子太傅。因少傅费无忌诬陷太子，伍奢劝平王不要听谗言而疏远骨肉，平王怒，将伍奢和他的儿子伍尚一道杀死。㉓吴王夫差：春秋时吴国国君，前495—前473年在位。伍子胥：伍员。伍奢的次子。㉔非：非议；责怪。㉕籍（jiè）：通"藉"（jí）。狼藉；名声不好。㉖唯：表示希望的意思。

二世又遣使者之阳周，令蒙恬曰："君之过多矣①，而卿弟毅有大罪，法及内史②。"恬曰："自吾先人③，及至子孙，积功信于秦三世矣④。今臣将兵三十余万，身虽囚系，其势足以倍畔⑤，然自知必死而守义者⑥，不敢辱先人之教，以不忘先主也。昔周成王初立⑦，未离襁褓，周公旦负王以朝⑧，卒定天下⑨。及成王有病甚殆⑩，公旦自揃其爪以沉于河⑪，曰：'王未有识⑫，是旦执事⑬。有罪殃，旦受其不祥⑭。'乃书而藏之记府⑮，可谓信矣。及王能治国，有贼臣言：'周公旦欲为乱久矣，王若不备⑯，必有大事。'王乃大怒，周公旦走而奔于楚，成王观于记府，得周公旦沉书，乃流涕曰：'孰谓周公旦欲为乱乎⑰！'杀言之者而反周公旦⑱。故《周书》曰：'必参而伍之'⑲。今恬之宗，世无二心，而事卒于此，是必孽臣逆乱⑳，内陵之道也㉑。夫成王失而复振则卒昌㉒；桀杀关龙逢㉓，纣杀王子比干而不悔㉔，则身死国亡。臣故曰过可振而谏可觉也㉕，察于参伍㉖，上圣之法也㉗，凡臣之言，非以求免于咎也㉘，将以谏而死，愿陛下为万民思从道也。"使者曰："臣受诏行法于将军[29]，不敢以将军言闻于上也[30]。”蒙恬喟然太息曰：“我何罪于天，无过而死乎？”良久[31]，徐曰[32]：“恬罪固当死矣。起临洮属之辽东[33]，城堑万余里[34]，此其中不能无绝地脉哉[35]！此乃恬之罪也。”乃吞药自杀。

【注释】

①君：古代对男子的尊称。②法及：依法律涉及；株连。③先人：祖先。指蒙骜、蒙武。④功信：功劳；忠信。⑤倍畔：同“背叛”。⑥义：适宜合理。这里指所谓君臣大义。⑦周成王：姬诵。西周国王。⑧襁褓：包裹婴儿的布幅被子。周公旦：姬旦。⑨卒：终于。⑩殆：危险。⑪揃（jiǎn）：剪断手足指甲。⑫识：知识；识别事物的能力。⑬执事：掌管国家大事。⑭不祥：灾祸；灾难。⑮记府：收藏文书的地方；档案馆。⑯备：提防。⑰孰：谁。⑱反：通“返”。使动用法。⑲周书：指《逸周书》。参（sān）而伍之：多方咨询，反复审察。⑳孽臣：乱臣贼子。暗指赵高。㉑陵：通“凌”。侵犯；欺侮。㉒失：过失；过错。振：挽救；弥补。㉓桀（jié）：夏朝末代君主。历史上有名的暴君。后被商汤所放逐。关龙逢：夏桀的大臣，因劝谏桀而被杀。㉔纣：商朝末代君主。比干：商纣的叔父。㉕觉：觉悟；省悟。㉖察：考察；询问。㉗上圣：最英明的君主。㉘咎：灾祸；罪过。㉙诏：皇帝的命令文告。㉚闻：传报。㉛良久：很久。㉜徐：慢慢地。㉝固：本来。属：连接。㉞城：指城墙。堑：壕沟，即护城河。㉟绝地脉：古代的迷信观点，以为断绝土地脉络的人是要受上天惩罚的。

太史公曰：吾适北边[1]，自直道归[2]，行观蒙恬所为秦筑长城亭障[3]，堑山堙谷，通直道，固轻百姓力矣[4]。夫秦之初灭诸侯，天下之心未定，痍伤者未瘳[5]，而恬为名将，不以此时强谏[6]，振百姓之急[7]，养老存孤，务修众庶之和[8]，而阿意兴功[9]，此其兄弟遇诛，不亦宜乎！何乃罪地脉哉？

【注释】

①适：去；到。②直道：指秦从九原直达甘泉的大道。③亭障：供防守用的堡垒。④轻：轻视；乱用。⑤痍：创伤。瘳（chōu）：痊愈。⑥强（qiǎng）谏：极力劝说。⑦振：振救；救济。⑧务：努力维护。和：和平；和睦。⑨阿：迎合；曲从。

张耳陈馀列传第二十九

张耳者，大梁人也①。其少时，及魏公子毋忌为客②。张耳尝亡命游外黄③。外黄富人女甚美，嫁庸奴，亡其夫④，去抵父客⑤。父客素知张耳，乃谓女曰："必欲求贤夫从张耳。"女听，乃卒为请决⑥，嫁之张耳。张耳是时脱身游，女家厚奉给张耳，张耳以故致千里客⑦。乃宦魏为外黄令。名由此益贤。陈馀者。亦大梁人也，好儒术⑧，数游赵苦陉⑨。富人公乘氏以其女妻之⑩，亦知陈馀非庸人也。馀年少，父事张耳，两人相与为刎颈交⑪。

【注释】

①大梁：战国时魏国都城，故址在今河南省开封市西北。②毋忌：魏毋（通作"无"）忌。③亡命：改名换姓，逃亡在外。外黄：县名。在今河南省民权县西北。④亡其夫：潜逃离开她的丈夫。亡，逃亡。⑤抵：投奔。父客：父亲旧时的朋友或宾客。⑥卒：终于。请决：要求离婚。决，决裂。⑦致：招致；招引。⑧儒术：儒家学术思想。⑨赵：战国时国名。苦陉：赵邑名。在今河北省定县东南。⑩妻（qì）：以女嫁人。动词。⑪刎颈交：生死之交。

秦之灭大梁也①，张耳家外黄。高祖为布衣时②，尝数从张耳游，客数月。秦灭魏数岁，已闻此两人魏之名士也，购求有得张耳千金，陈馀五百金。张耳、陈馀乃变名姓，俱之陈③，为里监门以自食④。两人相对。里吏尝有过笞陈馀⑤，陈馀欲起，张耳蹑之⑥，使受笞。吏去，张耳乃引陈馀之桑下而数之曰⑦："始吾与公言何如？今见小辱而欲死一吏乎⑧？"陈馀然之⑨。秦诏书购求两人，两人亦反用门者以令里中。

【注释】

①公元前225年，王贲攻魏，引河水灌大梁，大梁城坏，魏王假请降，魏国灭亡。②高祖（前256—前195年）。布衣：穿粗布衣服的人

，即平民。③俱：同行；一道。之：去；到。陈：郡名。地在今河南省东部，治所在陈县（今淮阳县）。④里：古代居民区，在周代为二十五户，后代户数有变更。监门：看守里门的人。⑤笞（chī）：用竹板打。⑥蹙：蹈；踩。⑦数（shǔ）：数落；批评。⑧死：拼死；拼命。⑨然：是；对。以动用法。

陈涉起蕲①，至入陈，兵数万。张耳、陈馀上谒陈涉②。涉及左右生平数闻张耳、陈馀贤，未尝见，见即大喜。

【注释】

①陈涉：陈胜，字涉。阳城（今河南省登封市东南）人。蕲（qí）：县名。在今安徽省宿州市东南。②谒：名片。

陈中豪杰父老乃说陈涉曰："将军身被坚执锐①，率士卒以诛暴秦，复立楚社稷②，存亡继绝，功德宜为王。且夫监临天下诸将③，不为王不可，愿将军立为楚王也。"陈涉问此两人，两人对曰："夫秦为无道，破人国家，灭人社稷，绝人后世，罢百姓之力④，尽百姓之财。将军瞋目张胆⑤，出万死不顾一生之计，为天下除残也。今始至陈而王之⑥，示天下私。愿将军毋王⑦，急引兵而西，遣人立六国后⑧，自为树党，为秦益敌也⑨。敌多则力分，与众则兵强⑩。如此野无交兵，县无守城，诛暴秦，据咸阳以令诸侯⑪。诸侯亡而得立，以德服之，如此则帝业成矣。今独王陈，恐天下解也⑫。"陈涉不听，遂立为王。

【注释】

①被（pī）坚执锐：身披坚甲，手执锐利武器。②社稷：帝王、诸侯所祭祀的土神和谷神。常用以代称国家。③监临：监督；察看。④罢（pí）：通"疲"。疲困。使动用法。⑤瞋（chēn）目张胆：怒目圆睁，英勇无畏。⑥王（wàng）：称王。动词。⑦毋：莫；不要。⑧六国：指战国时的齐、楚、燕、韩、魏、赵国。⑨益：增益；增加。⑩与：同盟者。⑪咸阳：秦朝都城，在今陕西省咸阳市东北。⑫解：瓦解；解体。

陈馀乃复说陈王曰："大王举梁、楚而西①，务在入关②，未及收河北也③。臣尝游赵，知其豪桀及地形④，愿请奇兵北略赵地⑤"，于是陈

王以故所善陈人武臣为将军[6]，邵骚为护军[7]，以张耳、陈馀为左右校尉[8]，予卒三千人，北略赵地。

【注释】

①举：兴起。梁：陈胜建都陈县，陈县在战国时是魏地，而魏国别称为梁国，故称梁。楚：陈胜在蕲县起义，蕲县在战国时是楚地，故称楚。西：西进。秦朝都城在陈县以西，所以说西进。②务：任务；奋斗目标。关：指函谷关，旧址在今河南省灵宝市东北。当时是东方入秦的要道。③河北：泛指黄河以北地区。河，古代黄河的专称。④桀（jié）：通"杰"。⑤奇兵：出乎敌人意料的军队。⑥善：要好。将军：武官名。⑦护军：武官名。⑧校尉：武官名。职位略次于将军。

武臣等从白马渡河[1]，至诸县，说其豪桀曰："秦为乱政虐刑以残贼天下，数十年矣。北有长城之役[2]，南有五岭之戍[3]，外内骚动，百姓罢敝[4]，头会箕敛[5]，以供军费，财匮力尽[6]，民不聊生[7]。重之以苛法峻刑，使天下父子不相安。陈王奋臂为天下倡始，王楚之地，方二千里[8]，莫不响应，家自为怒，人自为斗，各报其怨而攻其仇，县杀其令丞[9]，郡杀其守尉[10]。今已张大楚[11]，王陈，使吴广、周文将卒百万西击秦[12]。于此时而不成封侯之业者，非人豪也。诸君试相与计之！夫天下同心而苦秦久矣。因天下之力而攻无道之君[13]，报父兄之怨而成割地有土之业[14]，此士之一时也[15]。"豪桀皆然其言。乃行收兵，得数万人，号武臣为武信君。下赵十城[16]，余皆城守[17]，莫肯下。

【注释】

①白马：黄河渡口名。旧址在今河南省滑县东北。②长城之役：秦始皇三十三年（前214年），蒙恬率领三十万人北筑长城，西起临洮（今甘肃省岷县），东至辽东（至今朝鲜境），连绵一万多里。百姓徭役不息，人力耗尽。③五岭之戍：秦始皇曾派五十万人防守五岭。④罢（pí）敝：困苦穷乏。罢，通"疲"。⑤头会（kuài）箕敛：说赋税苛刻繁重。⑥匮：缺乏。⑦聊生：赖以维持生活。⑧方：纵横见方。⑨令：县令。辖区在万户以上的县的长官称令，在万户以下的称长。丞：县丞。县级的主要助理官员。⑩郡：秦、汉时代的最高地方行政区域，设郡守掌管郡政，另设郡尉辅佐郡守，并掌管全郡军事。⑪张大楚："楚"本是陈胜的国号。"张

楚"，取张大楚国的意思。⑫吴广：阳夏（今河南省太康县）人。与陈胜同时领导了大泽乡起义。周文：陈县人。⑬因：以；用。⑭割地有土：割据土地，即封王封侯。⑮时：时机；机会。⑯下：攻克；降服。⑰城守（shòu）：据城防守。

乃引兵东北击范阳①。范阳人蒯通说范阳令曰②："窃闻公之将死，故吊③。虽然，贺公得通而生。"范阳令曰："何以吊之？"对曰："秦法重，足下为范阳令十年矣，杀人之父，孤人之子④，断人之足，黥人之首⑤，不可胜数⑥。然而慈父孝子莫敢倳刃公之腹中者⑦，畏秦法耳。今天下大乱，秦法不施，然则慈父孝子且倳刃公之腹中以成其名⑧，此臣之所以吊公也。今诸侯畔秦矣⑨，武信君兵且至，而君坚守范阳，少年皆争杀君，下武信君。君急遣臣见武信君，可转祸为福，在今矣。"

章邯像，选自《剑锋春秋》

【注释】

①范阳：县名。在今河北省徐水县北。②蒯通：辩士。③吊：慰问遭遇不幸的人。④孤：使人家的孩子成为孤儿。使动用法。⑤黥：墨刑。即用刀刺人面额后用墨涂染。⑥胜（shēng）：尽。⑦傅（zì）刃：用刀刺入人体。⑧且：将要；快要。副词。⑨畔：通"叛"。

范阳令乃使蒯通见武信君曰："足下必将战胜然后略地，攻得然后下城，臣窃以为过矣①。诚听臣之计②，可不攻而降城，不战而略地，传檄而千里定③，可乎？"武信君曰："何谓也？"蒯通曰："今范阳令宜整顿其士卒以守战者也，怯而畏死，贪而重富贵，故欲先天下降，畏君以为秦所置吏，诛杀如前十城也。然今范阳少年亦方杀其令④。自以城距君⑤。君何不赍臣侯印⑥，拜范阳令，范阳令则以城下君，少年亦不敢杀其令。令范阳令乘朱轮华毂⑦，使驱驰燕、赵郊⑧。燕、赵郊见之，皆曰此范阳令，先下者也，即喜矣，燕、赵城可毋战而降也。此臣之所谓传檄而千里定者也。"武信君从其计，因使蒯通赐范阳令侯印。赵地闻之，不战以城下者三十余城。

【注释】

①窃：私下里。②诚：如果；果真。③檄（xí）：古代写在木板上的公文，用以征召、晓喻或声讨。④方：将要；正准备。时间副词。⑤距：通"拒"。抗拒。⑥赍（jī）：以物送人；让人带着。⑦朱轮华毂（gǔ）：指装饰富丽堂皇的车辆。⑧驱驰：乘车马飞快行驶。燕（yān）：战国时国名。地在今河北省北部和辽宁省西端，公元前222年为秦所灭。这里指燕国旧地。

至邯郸，张耳、陈馀闻周章军入关①，至戏却②；又闻诸将为陈王徇地③，多以谗毁得罪诛④，怨陈王不用其策不以为将而以为校尉。乃说武臣曰："陈王起蕲，至陈而王，非必立六国后。将军今以三千人下赵数十城，独介居河北⑤，不王无以填之⑥。且陈王听谗，还报，恐不脱于祸。又不如立其兄弟；不⑦，即立赵后。将军毋失时，时间不容息⑧。"武臣乃听之，遂立为赵王。以陈馀为大将军，张耳为右丞相，邵骚为左丞相。

【注释】

①周章：即周文。②戏（xī）：戏水。在今陕西省西安市临潼区东。③徇（xùn）：夺取。④谗（chán）毁：谗言毁谤。⑤介：隔开。⑥填（zhèn）：通"镇"。⑦不（fǒu）：通"否"。⑧时间（jiàn）不容息：极言时间紧迫，不容许有一分半秒的迟疑。间，间隔。

使人报陈王，陈王大怒，欲尽族武臣等家①，而发兵击赵。陈王相国房君谏曰②："秦未亡而诛武臣等家，此又生一秦也③。不如因而贺之，使急引兵西击秦。"陈王然之，从其计，徙系武臣等家宫中④，封张耳子敖为成都君⑤。

【注释】

①族：灭族。②相国：陈胜起义之初，多沿用楚国官制，楚国有上柱国（或称柱国），此误。③又生一秦：又树一敌。④系：拘囚。⑤成都：今四川成都市。

陈王使使者贺赵①，令趣发兵西入关②。张耳、陈馀说武臣曰："王王赵，非楚意，特以计贺王③。楚已灭秦，必加兵于赵。愿王毋西兵，北徇燕、代④，南收河内以自广⑤。赵南据大河，北有燕、代，楚虽胜秦，必不敢制赵。"赵王以为然，因不西兵，而使韩广略燕，李良略常山⑥，张黡略上党⑦。

【注释】

①使使（shǔ shǐ）：前"使"字是动词，意为派遣；后"使"字是名词，意为使者。②趣（cù）：催促，赶快。③计：权宜之计：策略。④代：春秋战国时国名。地在今河北省西北部，治所在代（今河北蔚县东北），后为赵国所灭。这里指代国旧址。⑤河内：地区名。指今河南省黄河以北的地区。⑥常山：郡名。地在今河北省西部。郡治元氏（今元氏县西北）。⑦上党：郡名。地在今山西省东南部。秦时郡治壶关（今山西长治市北）。

韩广至燕，燕人因立为燕王。赵王乃与张耳、陈馀北略地燕界。赵王间出①，为燕军所得。燕将囚之，欲与分赵地半，乃归王。使者往，燕辄杀之以求地②。张耳、陈馀患之。有厮养卒谢其舍中曰③："吾为公

说燕④，与赵王载归。"舍中皆笑曰："使者往十余辈⑤，辄死，若何以能得王⑥？"乃走燕壁⑦，燕将见之，问燕将曰："知臣何欲？"燕将曰："若欲得赵王耳。"曰："君知张耳、陈馀何如人也？"燕将曰："贤人也。"曰："知其志何欲？"曰："欲得其王耳。"赵养卒乃笑曰："君未知此两人所欲也。夫武臣、张耳、陈馀杖马捶下赵数十城⑧，此亦各欲南面而王，岂欲为卿相终已邪⑨？夫臣与主岂可同日而道哉，顾其势初定⑩，未敢参分而王⑪，且以少长先立武臣为王，以持赵心⑫。今赵地已服，此两人亦欲分赵而王，时未可耳。今君乃囚赵王。此两人名为求赵王，实欲燕杀之，此两人分赵自立。夫以一赵尚易燕⑬，况以两贤王左提右挈⑭，而责杀王之罪，灭燕易矣。"燕将以为然，乃归赵王，养卒为御而归⑮。

【注释】

①间出：空余的时间私自外出。②辄：就。③厮养卒：即炊事兵。谢：诉说；告诉。舍中：指同宿舍的人。④公：指张耳、陈馀。⑤辈：同类的人；批。⑥若：你（们）。代词。⑦壁：军营的墙壁，引申为军营。⑧杖：执持。动词。马捶（chuí）：马鞭。⑨邪（yé）：通"耶"。疑问语气助词。⑩顾：思念；考虑。⑪参（sān）：通"三"。⑫持：稳住。⑬易：轻视。⑭左提右挈（qiè）：互相扶持。⑮御：驾车。

　　李良已定常山，还报，赵王复使良略太原①。至石邑②，秦兵塞井陉③，未能前。秦将诈称二世使人遗李良书④，不封，曰："良尝事我得显幸。良诚能反赵为秦，赦良罪，贵良。"良得书，疑不信。乃还之邯郸，益请兵。未至，道逢赵王姊出饮，从百余骑。李良望见，以为王，伏谒道旁。王姊醉，不知其将，使骑谢李良。李良素贵，起，惭其从官。从官有一人曰："天下畔秦⑤，能者先立。且赵王素出将军下，今女儿乃不为将军下车，请追杀之。"李良已得秦书，固欲反赵，未决，因此怒，遣人追杀王姊道中，乃遂将其兵袭邯郸⑥。邯郸不知，竟杀武臣、邵骚。赵人多为张耳、陈馀耳目者，以故得脱出。收其兵，得数万人。客有说张耳曰："两君羁旅⑦，而欲附赵⑧，难；独立赵后⑨，扶以义，可就功。"乃求得赵歇⑩，立为赵王。居信都⑪。李良进兵击陈馀，陈馀败李良，李良走归章邯⑫。

【注释】

①太原：郡名。地在今山西省中部。郡治晋阳（今太原市西南）。②石邑：县名。在今河北省石家庄市西南。③井陉（xíng）：关名。④遗（wèi）：赠送；致送。⑤畔：通"叛"。⑥将：率领。动词。⑦羁旅：寄居在外；作客他乡。⑧附：归附。使动用法。⑨独：唯独；只有。⑩赵歇：赵国王族的后代。⑪信都：县名。⑫章邯：秦末将领。

　　章邯引兵至邯郸，皆徙其民河内①，夷其城郭②。张耳与赵王歇走入巨鹿城③，王离围之④。陈馀北收常山兵，得数万人，军巨鹿北。章邯军巨鹿南棘原⑤，筑甬道属河⑥，饷王离⑦。王离兵食多，急攻巨鹿。巨鹿城中食尽兵少，张耳数使人召前陈馀，陈馀自度兵少，不敌秦，不敢前。数月，张耳大怒，怨陈馀，使张黡、陈泽往让陈馀曰⑧："始吾与公为刎颈交，今王与耳旦暮且死，而公拥兵数万，不肯相救，安在其相为死！苟必信⑨，胡不赴秦军俱死⑩？且有十一二相全。"陈馀曰："吾度前终不能救赵，徒尽亡军⑪。且馀所以不俱死，欲为赵王、张君报秦。今必俱死，如以肉委饿虎，何益？"张黡、陈泽曰："事已急，要以俱死立信，安知后虑⑫！陈馀曰："吾死顾以为无益，必如公言。"乃使五千人令张黡、陈泽先尝秦军⑬，至皆没。

【注释】

①河内：泛指黄河以北。②夷：荡平；毁坏。城郭：内城和外城。城，内城。郭，外城。③巨鹿：县名。在今河北省平乡县西南。④王离：秦将。后被项羽所俘。⑤棘原：地名。在今河北省平乡县南。⑥甬道：两侧筑有墙壁的通道。属（zhǔ）：连接。⑦饷：军粮。此处作动词用。⑧让：谴责；责问。⑨苟：假如；如果。⑩胡：为什么。疑问副词。⑪徒：徒然；白白地。⑫安：何；哪。⑬尝：尝试；试一试。

　　当是时，燕、齐、楚闻赵急，皆来救。张敖亦北收代兵，得万余人，来，皆壁馀旁①，未敢击秦。项羽兵数绝章邯甬道，王离军乏食，项羽悉引兵渡河，遂破章邯。章邯引兵解②，诸侯军乃敢击围巨鹿秦军，遂虏王离。涉间自杀③。卒存巨鹿者，楚力也。

【注释】

①壁：本意为营垒，此处活用为动词，意为扎营驻守。②解：溃散；瓦解。③涉间：秦将。

于是赵王歇、张耳乃得出巨鹿，谢诸侯。张耳与陈馀相见，责让陈馀以不肯救赵，及问张黡、陈泽所在。陈馀怒曰："张黡、陈泽以必死责臣，臣使将五千人先尝秦军，皆没不出。"张耳不信，以为杀之，数问陈馀。陈馀怒曰："不意君之望臣深也①！岂以臣为重去将哉②？"乃脱解印绶③，推予张耳。张耳亦愕不受。陈馀起如厕④。客有说张耳曰："臣闻'天与不取，反受其咎'⑤。今陈将军与君印，君不受，反天不祥。急取之！"张耳乃佩其印，收其麾下⑥。而陈馀还，亦望张耳不让⑦，遂趋出⑧。张耳遂收其兵。陈馀独与麾下所善数百人之河上泽中渔猎⑨。由此陈馀、张耳遂有郤⑩。

【注释】

①望：怨恨。②重：为难；珍惜。③印绶（shòu）：指印信。绶，系印纽的丝带。④如：去往。⑤天与不取，反受其咎：语本《国语》。⑥麾（huī）下：部下。指指挥部的官兵。⑦望：怨恨。不让：指不让还印绶。⑧趋：急走。⑨之：去；到。⑩郤（xì）：通"隙"。缝隙。

赵王歇复居信都。张耳从项羽诸侯入关。汉元年二月，项羽立诸侯王，张耳雅游①，人多为之言，项羽亦素数闻张耳贤，乃分赵立张耳为常山王，治信都。信都更名襄国。陈馀客多说项羽曰："陈馀、张耳一体有功于赵。"项羽以陈馀不从入关，闻其在南皮②，即以南皮旁三县以封之③，而徙赵王歇王代④。

【注释】

①雅：素来；向来。游：交游。②南皮：县名。在今河北省南皮县东北。③县下"以"字是衍文。④徙：迁移。王（wàng）：治理，统治。代：郡名。地在今山西、河北两省北部，治所在代县（今河北省蔚县东北）。

张耳之国，陈馀愈益怒，曰："张耳与馀功等也，今张耳王，馀独

侯，此项羽不平。"及齐王田荣畔楚①，陈馀乃使夏说说田荣曰②："项
羽为天下宰不平，尽王诸将善地，徙故王王恶地，今赵王乃居代！愿王
假臣兵③，请以南皮为扞蔽④。"田荣欲树党于赵以反楚，乃遣兵从陈馀。
陈馀因悉三县兵袭常山王张耳⑤。张耳败走，念诸侯无可归者，曰："汉
王与我有旧故⑥，而项羽又强，立我，我欲之楚。"甘公曰⑦："汉王之
入关，五星聚东井⑧。东井者，秦分也⑨。先至必霸。楚虽强，后必属汉。"
故耳走汉。汉王亦还定三秦⑩，方围章邯废丘⑪。张耳谒汉王，汉王厚
遇之。

【注释】

①田荣：战国时齐国的王族。②夏说（yuè）：人名。③假：借。
④扞蔽：掩护；屏障。扞，通"捍"。⑤悉：尽其所有。动词。⑥旧故：
老交情。⑦甘公：甘德。天文学家。⑧五星聚东井：水、金、火、木、
土五大行星同时出现在井宿天区。东井，井宿，二十八宿中南方七宿的
第一宿。详见《天官书》。⑨东井者，秦分也：古代占星术认为，地上
各州郡邦国和天上一定的区域相对应，在某一天区发生的天象预兆着对
应地方的吉凶。⑩还定三秦：项羽分封天下，三分秦国旧地关中，封秦
降将章邯为雍王，领有今陕西省西部和甘肃省东部地区；司马欣为塞王，
领有今陕西省东部地区；董翳为翟王，领有今陕西省西北地区。合称三秦。
⑪废丘：县名，在今陕西省兴平市南。

陈馀已败张耳，皆复收赵地，迎赵王于代，复为赵王。赵王德陈
馀①，立以为代王。陈馀为赵王弱，国初定，不之国，留傅赵王②，而使
夏说以相国守代。

【注释】

①德：感激恩德。动词。②傅：辅佐。

汉二年，东击楚，使使告赵，欲与俱。陈馀曰："汉杀张耳乃从。"
于是汉王求人类张耳者斩之①，持其头遗陈馀。陈馀乃遣兵助汉。汉之
败于彭城西②，陈馀亦复觉张耳不死，即背汉。汉三年，韩信已定魏
地③，遣张耳与韩信击破赵井陉，斩陈馀泜水上④，追杀赵王歇襄国。
汉立张耳为赵王。汉五年，张耳薨，谥为景王。子敖嗣立为赵王。高祖

长女鲁元公主为赵王敖后。

【注释】

①类：相像。②汉之败于彭城西：汉二年四月，刘邦带领张耳等五王的军队，借项羽北进攻齐的机会，突袭楚国，攻入彭城。项羽闻讯，回军猛攻，在睢水沿岸大败汉军，刘邦向西溃退。③魏地：项羽大封诸侯王时，改封魏豹为西魏王，领有河东地区，大致相当于今山西省西南部。韩信平定魏地后，在那里设置了河东、太原、上党三郡，这样就扩大到了今山西省中部和东南部。④泜（chí）水：即今槐河，发源于河北省赞皇县西南，经柏乡县南流入滏阳河。

汉七年，高祖从平城过赵①，赵王朝夕袒韝蔽②，自上食，礼甚卑，有子婿礼。高祖箕踞詈③，甚慢易之④。赵相贯高、赵午等年六十余，故张耳客也。生平为气⑤，乃怒曰："吾王孱王也⑥！"说王曰："夫天下豪桀并起，能者先立。今王事高祖甚恭，而高祖无礼⑦，请为王杀之！"张敖啮其指出血⑧，曰："君何言之误！且先人亡国，赖高祖得复国，德流子孙，秋毫皆高祖力也。愿君无复出口。"贯高、赵午等十余人皆相谓曰："乃吾等非也。吾王长者，不倍德⑨。且吾等义不辱，今怨高祖辱我王，故欲杀之，何乃污王为乎⑩？令事成归王，事败独身坐耳⑪！"

【注释】

①平城：县名。在今山西省大同市东北。②袒：脱去外衣，露出短衣。韝（gōu）蔽：革制的袖套。③箕踞：张开两脚而坐，形状如簸箕。古人认为这是轻慢的态度。詈：骂；责骂。④慢易：轻慢；轻侮。⑤为气：性情刚强，容易被激怒。⑥孱（chán）：懦弱，软弱。⑦高祖：这是刘邦死后的庙号（定庙号比定谥号更晚一些），当时人不可能这样称呼他，下文还有四处，《汉书》同传都改成了"皇帝"或"帝"，是对的。⑧啮（niè）：咬。⑨倍：通"背"。⑩污：玷污；连累。⑪坐：承担罪责。

汉八年，上从东垣还①，过赵，贯高等乃壁人柏人②，要之置厕③。上过欲宿，心动，问曰："县名为何？"曰："柏人。""柏人者，迫于人也④！"不宿而去。

【注释】

①上：皇上。东垣：县名。在今河北省石家庄市东。②壁人：藏人于夹壁中。壁，指夹壁，作动词用。柏（bó）人：县名。在今河北省隆尧县西。这里指柏人县城的馆舍（招待所）。③要（yāo）：拦截；刺杀。置厕：把人藏在隐蔽处所。④柏人者，迫于人也：柏，通"迫"。

汉九年，贯高怨家知其谋①，乃上变告之②。于是上皆并逮捕赵王、贯高等。十余人皆争自刭，贯高独怒骂曰："谁令公为之？今王实无谋，而并捕王；公等皆死，谁白王不反者③！"乃辒车胶致④，与王诣长安⑤。治张敖之罪。上乃诏赵群臣宾客有敢从王皆族。贯高与客孟舒等十余人⑥，皆自髡钳⑦，为王家奴，从来。贯高至，对狱，曰："独吾属为之⑧，王实不知。"吏治榜笞数千⑨，刺剟⑩，身无可击者，终不复言。吕后数言张王以鲁元公主故⑪，不宜有此。上怒曰："使张敖据天下，岂少而女乎⑫！"不听。廷尉以贯高事辞闻⑬，上曰："壮士！谁知者，以私问之⑭。"中大夫泄公曰⑮："臣子邑子⑯，素知之。此固赵国立名义不侵为然诺者也⑰。"上使泄公持节问之箯舆前⑱。仰视曰："泄公邪？"泄公劳苦如生平欢⑲，与语，问张王果有计谋不⑳。高曰："人情宁不各爱其父母妻子乎？今吾三族皆以论死㉑，岂以王易吾亲哉㉒！顾为王实不反，独吾等为之。"具道本指所以为者王不知状㉓。于是泄公入，具以报，上乃赦赵王。

【注释】

①怨家：仇家。②上变：向朝廷报告紧急事变。③白：表白；洗雪。动词。④辒（jiàn）车：装载猛兽或囚禁押解犯人的车。胶致：密封押送。⑤诣：到；去。⑥贯高：他是主谋，已被逮捕押送，从来的是未与谋的孟舒、田叔等人。⑦髡（kūn）钳：剃去头发和用铁圈束颈，都是古代的刑罚。孟舒等人这样做是表示服罪。⑧属：等辈。⑨榜：捶击；打。⑩刺剟（duó）：刺、击。剟，刺，击。同义词联用。⑪吕后：汉高帝皇后吕雉。⑫而（ér）：你。⑬廷尉：官名。掌管刑狱。为九卿之一。⑭私：私情。⑮中大夫：官名。掌议论。属于郎中令。⑯邑子：同乡人。⑰名义：名誉和道义。侵：辜负；背弃。然诺：许诺；答应。⑱节：符节。古代使者所持的凭证。箯（biān）舆：用竹子编成的躺椅。⑲劳（lào）苦：慰问其辛

1476

苦。⑳不：通"否"。㉑三族：父母、兄弟、妻子。以：通"已"。㉒易：交换。㉓具：都；完全。本指：原意。状：情况；情形。

  上贤贯高为人能立然诺，使泄公具告之，曰："张王已出。"因赦贯高。贯高喜曰："吾王审出乎①？"泄公曰："然。"泄公曰："上多足下②，故赦足下。"贯高曰："所以不死一身无余者，白张王不反也。今王已出，吾责已塞，死不恨矣。且人臣有篡杀之名，何面目复事上哉！纵上不杀我，我不愧于心乎？"乃仰绝肮③，遂死。当此之时，名闻天下。

【注释】

  ①审：的确；果然。②多：称赞；推重。③绝：断绝。肮（háng）：喉咙；一说为颈动脉。

  张敖已出，以尚鲁元公主故①，封为宣平侯。于是上贤张王诸客，以钳奴从张王入关，无不为诸侯相、郡守者。及孝惠、高后、文帝、孝景时②，张王客子孙皆得为二千石③。

【注释】

  ①尚：高攀门第结婚。②孝惠：汉惠帝刘盈。前195—前188年在位。高后：即吕后。文帝：汉文帝，刘恒。前180—前157年在位。孝景：汉景帝刘启。前157—前141年在位。③二千石（shí）：官阶的代称。秦、汉官阶的高低常按俸禄的多少计算，从中二千石递减至百石为止。

  张敖，高后六年薨。子偃为鲁元王。以母吕后女故，吕后封为鲁元王。元王弱，兄弟少，乃封张敖他姬子二人：寿为乐昌侯，侈为信都侯。高后崩，诸吕无道①，大臣诛之，而废鲁元王及乐昌侯、信都侯。孝文帝即位，复封故鲁元王偃为南宫侯，续张氏。

【注释】

  ①诸吕：指吕后的侄儿吕产、吕禄等。

  太史公曰：张耳、陈馀，世传所称贤者；其宾客厮役，莫非天下俊桀，所居国无不取卿相者。然张耳、陈馀始居约时①，相然信以死②，岂顾问哉③。及据国争权，卒相灭亡，何乡者相慕用之诚④，后相倍之戾也⑤！岂非以利哉？名誉虽高，宾客虽盛，所由殆与太伯、延陵季子异矣⑥。

【注释】

①始居约时：当初处在贫贱时。约，贫。②相然信：互相信任。③顾问：顾虑。④乡（xiàng）者：以往；过去。乡，通"向"。⑤戾（lì）：暴；猛烈。⑥殆：大概；恐怕。太伯：周太王的长子，吴国的始祖，以让国著称。

魏豹彭越列传第三十

　　魏豹者，故魏诸公子也。其兄魏咎^①，故魏时封为宁陵君^②。秦灭魏，迁咎为家人^③。陈胜之起王也^④，咎往从之。陈王使魏人周市徇魏地^⑤，魏地已下，欲相与立周市为魏王。周市曰："天下昏乱，忠臣乃见^⑥。今天下共畔秦^⑦，其义必立魏王后乃可。"齐、赵使车各五十乘^⑧，立周市为魏王。市辞不受，迎魏咎于陈。五反，陈王乃遣立咎为魏王^⑨。

【注释】

　　①魏咎：魏豹的堂兄，魏国王族。②宁陵：魏邑名。在今河南省宁陵县东南。③家人：庶人；平民。④王（wàng）：称王。动词。⑤市（fú）："韨"本字，古代祭服。与"市"不同。徇（xùn）：夺取。⑥天下昏乱，忠臣乃见（xiàn）：语本《老子》。⑦畔：通"叛"。⑧齐、赵：陈胜起义后，各地纷纷响应，齐国旧贵族田儋自立为齐王，陈胜部将武臣自立为赵王。⑨当时魏咎在陈县，是陈胜的部下，陈胜不同意立原魏国后裔为魏王，主张立周市。

　　章邯已破陈王^①，乃进兵击魏王于临济^②。魏王乃使周市出请救于齐、楚。齐、楚遣项它、田巴将兵随市救魏^③。章邯遂击破杀周市等军，围临济。咎为其民约降。约定，咎自烧杀。

【注释】

　　①章邯：秦末将领，这时率大军东进镇压起义军。②临济：城名。在今河南封丘县东。③项它：楚将。田巴：齐将。

　　魏豹亡走楚^①。楚怀王予魏豹数千人^②，复徇魏地。项羽已破秦，降章邯^③。豹下魏二十余城，立豹为魏王。豹引精兵从项羽入关。汉元年，项羽封诸侯，欲有梁地^④，乃徙魏王豹于河东^⑤，都平阳^⑥，为西魏王。

【注释】

①亡：逃跑。②楚怀王：熊心。③降：降服。④梁地：即魏地。战国时魏国建都大梁，所以也称魏国为梁国。⑤河东：郡名。地在今山西省西南部，治所在安邑（今夏县西北）。⑥平阳：县名。在今山西省临汾市西南。

汉王还定三秦①，渡临晋②，魏王豹以国属焉。遂从击楚于彭城③。汉败，还至荥阳④，豹请归视亲病，至国，即绝河津畔汉⑤。汉王闻魏豹反，方东忧楚，未及击，谓郦生曰⑥："缓颊往说魏豹⑦，能下之，吾以万户封若。"郦生说豹。豹谢曰："人生一世间，如白驹过隙耳⑧。今汉王慢而侮人，骂詈诸侯群臣如骂奴耳，非有上下礼节也。吾不忍复见也⑨。"于是汉王遣韩信击虏豹于河东，传诣荥阳⑩，以豹国为郡⑪。汉王令豹守荥阳。楚围之急，周苛遂杀魏豹⑫。

【注释】

①还定三秦：见《张耳陈馀列传》同注。②临晋：即临晋关，又叫蒲津关。③彭城：县名。在今江苏省徐州市，当时为楚国都城。④荥阳：县名。在今河南省荥阳市东北，为古代军事要地。⑤绝河津：断绝黄河渡口，阻止汉军渡河。津，渡口。⑥郦生：郦食其（yì jī）。陈留县高阳乡（今河南省杞县西南）人。⑦缓颊：婉言劝解；代人讲情。⑧白驹过隙：极言人生短促，就像骏马驰过隙缝之地。⑨忍：忍耐；容忍。引申为"抑制"。⑩传（zhuàn）：指驿站或驿站的车马。诣：到。⑪以豹国为郡：在西魏地区设置河东、太原、上党三郡。⑫周苛遂杀魏豹：汉三年五月，汉王派周苛、枞公与魏豹守荥阳，周苛、枞公说："反国之王，难与守城。"因杀魏豹。

彭越者，昌邑人也①，字仲。常渔巨野泽中②，为群盗。陈胜、项梁之起，少年或谓越曰："诸豪桀相立畔秦③，仲可以来，亦效之。"彭越曰："两龙方斗④，且待之。"

【注释】

①昌邑：县名。在现在的山东省金乡县西北。②巨野泽：亦称大野泽。在今山东巨野县。③桀（jié）：通"杰"。④两龙：指秦与陈胜。

居岁余，泽间少年相聚百余人，往从彭越，曰："请仲为长。"越谢曰："臣不愿与诸君①。"少年强请，乃许。与期旦日日出会②，后期者斩③。旦日日出，十余人后，后者至日中。于是越谢曰："臣老，请君强以为长。今期而多后，不可尽诛，诛最后者一人。"令校长斩之④。皆笑曰："何至是？请后不敢。"于是越乃引一人斩之，设坛祭，乃令徒属。徒属皆大惊，畏越，莫敢仰视。乃行略地，收诸侯散卒，得千余人。

【注释】

①与：跟随。②旦日：明天。③后期：迟到。④校（xiào）长：武官名。一校之长，校：古代为军以下的一个编制单位。

沛公之从砀北击昌邑①，彭越助之。昌邑未下，沛公引兵西。彭越亦将其众居巨野中，收魏散卒。项籍入关，王诸侯②，还归，彭越众万余人毋所属③。汉元年秋④，齐王田荣畔项王⑤，汉乃使人赐彭越将军印，使下济阴以击楚⑥。楚命萧公角将兵击越⑦。越大破楚军。汉王二年春，与魏王豹及诸侯东击楚。彭越将其兵三万余人归汉于外黄⑧。汉王曰："彭将军收魏地得十余城，欲急立魏后。今西魏王豹亦魏王咎从弟也，真魏后。"乃拜彭越为魏相国，擅将其兵⑨，略定梁地。

【注释】

①砀：郡名。地在今河南省、山东省、安徽省交界地区，治所在砀县（今安徽砀山县南，河南省永城市东北）。②王（wàng）：封王。动词。③毋：通"无"。④汉元年：相当公元前206年，即刘邦进入关中，项羽大封诸侯之年。⑤田荣：田儋从弟。随田儋起兵，楚汉战争之际自立为王。⑥济阴：郡名。地在今山东省西南部，治所在定陶（今定陶县西北）。⑦萧公角：曾任萧县县令，名角。⑧外黄：县名。在今河南省民权县西北。⑨擅：专；独揽。

　　汉王之败彭城解而西也①，彭越皆复亡其所下城，独将其兵北居河上。汉王三年，彭越常往来为汉游兵，击楚，绝其后粮于梁地，汉四年冬，项王与汉王相距荥阳，彭越攻下睢阳、外黄十七城②。项王闻之，乃使曹咎守成皋③，自东收彭越所下城邑，皆复为楚。越将其兵北走谷城④，汉五年秋，项王之南走阳夏⑤，彭越复下昌邑旁二十余城，得谷十余万斛⑥，以给汉王食。

【注释】

　　①汉王之败彭城解而西：汉二年四月，刘邦乘项羽北进攻齐的机会，突袭攻入楚都彭城。项羽随即回军反击刘邦，刘邦大败西逃，屯驻荥阳。②睢（suī）阳：县名。在今河南省商丘市南。③成皋：邑名。在今河南省荥阳市汜水镇，古代军事要地。④谷城：城名。旧址在今山东省平阴县西南。⑤阳夏（xià）：县名。⑥斛（hú）：一种量器，方形或圆形，口小底大。

　　汉王败。使使召彭越并力击楚。越曰："魏地初定，尚畏楚，未可去。"汉王追楚，为项籍所败固陵①。乃谓留侯曰②："诸侯兵不从，为之奈何？"留侯曰："齐王信之立，非君王之意③，信亦不自坚。彭越本定梁地，功多，始君王以魏豹故，拜彭越为魏相国。今豹死毋后，且越亦欲王，而君王不蚤定④。与此两国约：即胜楚，睢阳以北至谷城⑤，皆以王彭相国；从陈以东傅海⑥，与齐王信。齐王信家在楚，此其意欲复得故邑。君王能出捐此地许二人，二人今可致；即不能，事未可知也。"于是汉王乃发使使彭越，如留侯策。使者至，彭越乃悉引兵会垓下⑦，遂破楚。五年，项籍已死。春，立彭越为梁王，都定陶⑧。

【注释】

　　①固陵：地名。在今河南省太康县南。②留侯：张良的封号。留，县名。在今江苏省沛县东南。③齐王信之立，非君王意：据《淮阴侯列传》，韩信平定齐地之后，派人请示刘邦立他为齐国代理国王，以稳定局势。④蚤：通"早"。⑤睢阳以北至谷城：大体包括今河南省东北部和山东省西部一带地区。⑥从陈以东傅海：大体包括今河南省东部、山东省西南部和安徽、江苏两省的北部地区。傅：附近。⑦垓（gāi）下：地名。在今安

徽省灵璧县东南的沱河北岸。⑧定陶：县名。在今山东省定陶县西北。

六年，朝陈①。九年，十年，皆来朝长安②。

【注释】

①陈：县名。在今河南省淮阳县。②长安：西汉都城，在今陕西省西安市西北。

十年秋，陈豨反代地①，高帝自往击，至邯郸，征兵梁王。梁王称病，使将将兵诣邯郸。高帝怒，使人让梁王②。梁王恐，欲自往谢③。其将扈辄曰："王始不往，见让而往，往则为禽矣④。不如遂发兵反。"梁王不听，称病。梁王怒其太仆⑤，欲斩之。太仆亡走汉，告梁王与扈辄谋反。于是上使使掩梁王⑥，梁王不觉，捕梁王，囚之雒阳⑦，有司治反形已具⑧，请论如法⑨。上赦以为庶人，传处蜀青衣⑩，西至郑⑪，逢吕后从长安来，欲之雒阳，道见彭王。彭王为吕后泣涕，自言无罪，愿处故昌邑。吕后许诺，与俱东至雒阳。吕后白上曰："彭王壮士，今徙之蜀，此自遗患，不如遂诛之。妾谨与俱来⑫。"于是吕后乃令其舍人告彭越复谋反⑬。廷尉王恬开奏请族之⑭。上乃可，遂夷越宗族⑮，国除。

【注释】

①陈豨（xī）：宛句（今山东省菏泽市西南）人。②让：责备。③谢：谢罪。④禽：通"擒"。捉拿。⑤太仆：官名。春秋时始设，掌管皇帝的车马和马政。为九卿之一。⑥掩：偷袭。⑦雒（luò）阳：都邑名。即今河南省洛阳市东北。⑧有司：主管官吏。⑨请论如法：请依法判处。⑩蜀：郡名。地在今四川省西部，治所在成都（今成都市）。青衣：县名。在现在的四川省名山县北。⑪郑：县名。⑫妾：古代妇女自称的谦辞。⑬舍人：家臣。⑭廷尉：官名。秦代始设，汉代沿设，掌管刑狱。为九卿之一。王恬开：人名。族：灭族。动词。⑮夷：杀戮；诛灭。

太史公曰：魏豹、彭越虽故贱，然已席卷千里①，南面称孤②，喋血乘胜日有闻矣③。怀畔逆之意，及败，不死而虏囚④，身被刑戮⑤何哉？中材已上且羞其行，况王者乎？彼无异故，智略绝人，独患无身耳⑥。

得摄尺寸之柄⑦，其云蒸龙变⑧，欲有所会其度⑨，以故幽囚而不辞云⑩。

【注释】

①席卷：像卷席子一样全部占有。②南面称孤：建国称王。③喋（dié）血：踏着敌人的血迹前进。④不死：指不自杀。虏囚：被拘捕囚禁。⑤戮：杀。⑥智略绝人，独患无身耳：才智过人，只怕不能够实现自己的抱负，所以权且受辱，留得青山在。⑦摄：取得。尺寸之柄：比喻微小的权力。⑧云蒸龙变：云气上升，飞龙变化。⑨会其度：满足他们的愿望。⑩幽囚：囚禁。云：语尾助词，无义。

黥布列传第三十一

　　黥布者①，六人也②，姓英氏③。秦时为布衣④。少年，有客相之曰⑤："当刑而王⑥。"及壮，坐法黥⑦。布欣然笑曰："人相我当刑而王，几是乎⑧？"人有闻者，共俳笑之⑨。布已论输丽山⑩，丽山之徒数十万人⑪，布皆与其徒长、豪桀交通⑫，乃率其曹偶⑬，亡之江中为群盗⑭。

【注释】

　　①黥（qíng）布（？—前195年）：本名英布。②六：古国名，秦改为县。在今安徽省六安市东北。③姓英氏：英，古国名，在今安徽金寨县东南，一说在今河南固始县北。皋陶的后代，子孙以国为姓。古代姓、氏有区别，氏是姓的支系。到汉代，姓、氏就不分了。④布衣：平民。⑤相（xiàng）：看相，一种迷信行为。⑥王（wàng）：称王。⑦坐法：犯法。坐，指办罪的原由。黥：古代的一种肉刑，用刀在犯人脸上刺字，再涂上墨，所以又叫墨刑。⑧几（jī）：近似；大概。⑨俳（pái）笑：戏笑。⑩论：定罪。⑪徒：刑徒；服劳役的犯人。⑫豪桀（jié）：才能出众的人。桀，通"杰"。交通：交接；来往。⑬曹偶：朋辈；伙伴。曹，辈；偶，类。⑭亡：逃亡。之：往；到。江：古代长江的专称。

　　陈胜之起也①，布乃见番君②，与其众叛秦，聚兵数千人。番君以其女妻之③。章邯之灭陈胜④，破吕臣军⑤，布乃引兵北击秦左、右校⑥，破之清波⑦，引兵而东⑧。闻项梁定江东会稽⑨，涉江而西。陈婴以项氏世为楚将⑩，乃以兵属项梁，渡淮南⑪，英布、蒲将军亦以兵属项梁⑫。

【注释】

　　①陈胜（？—前208年）：字涉，阳城（今河南省登丰县东南）人。秦二世元年（前209年），同吴广在蕲县大泽乡（今安徽省宿州市东南刘村集）起义，后被推为王，国号楚。详见《陈涉世家》。②番（pó）君：即吴芮（ruì。？—前202年）。③妻（qī）：将女儿嫁给别人做妻子。动

词。④章邯之灭陈胜：秦二世二年（前 208 年），陈胜被秦将章邯战败，退至下城父（今安徽省涡阳县东南），被驾车人庄贾杀死。⑤吕臣：陈胜部将。⑥左、右校：左、右校尉。稍次于将军的军官。⑦清波：《陈涉世家》作"青波"，即青陂，古地名。在今河南省新蔡县西南。⑧东：东进。动词。⑨项梁（？—前 208 年）：秦末起义将领之一。江东：长江在芜湖、南京之间作西南东北流向，历史上称自此以下的长江南岸地区为江东。会（kuài）稽：郡名。辖境相当今江苏省长江以南、浙江省北部和安徽省南部。郡治在吴（今江苏苏州市）。⑩陈婴：东阳县（在今江苏省盱眙县东南）书吏。⑪淮南：淮，淮河。南，疑衍字。⑫蒲将军：当时起义军首领，姓名不详。

　　项梁涉淮而西，击景驹、秦嘉等①，布常冠军②。项梁至薛③，闻陈王定死④，乃立楚怀王⑤。项梁号为武信君，英布为当阳君⑥。项梁败死定陶⑦，怀王徙都彭城⑧，诸将英布亦皆保聚彭城。当是时，秦急围赵⑨，赵数使人请救。怀王使宋义为上将⑩，范曾为末将⑪，项籍为次将⑫，英布、蒲将军皆为将军，悉属宋义，北救赵。及项籍杀宋义于河上⑬，怀王因立籍为上将军，诸将皆属项籍。项籍使布先涉渡河击秦⑭，布数有利，籍乃悉引兵涉河从之，遂破秦军，降章邯等⑮。楚兵常胜，功冠诸侯。诸侯兵皆以服属楚者，以布数以少败众也⑯。

【注释】

　　①景驹：楚国贵族的后代。秦嘉：凌县（今江苏省宿迁市东南）人。②冠（guàn）军：在军队中是最勇敢的。冠，为首。③薛：县名。在今山东省滕州市南。④定：确实。⑤楚怀王：陈胜死后，项梁采纳范增的计策，在民间寻访到战国时楚怀王熊槐的孙子熊心，立为楚怀王。⑥当阳：县名。在今湖北省当阳市东北。⑦定陶：县名。在今山东省定陶县西北。⑧徙都彭城：指楚怀王由盱眙（今江苏省盱眙县东北）迁都彭城。彭城，县名，今江苏省徐州市。⑨赵：这时，张耳、陈馀立赵国后代赵歇为赵王。⑩宋义：曾做过战国时楚国的令尹（丞相），这时在项梁军中。上将：主帅。⑪范曾（前 277—前 204 年）：即范增。居鄛（今安徽省巢县东北，一说在今安庆市北。）人。⑫项籍（前 232—前 202 年）：即项羽。后自立为西楚霸王。详见《项羽本纪》。次将：副帅。⑬项籍杀宋义于河上：

英布见汉王刘邦图

宋义与项羽不和，派儿子宋襄去辅佐齐国，项羽怀疑他有异谋，因此借"反楚"的罪名在安阳（今山东省曹县东南）军营中将他杀死。河上：黄河故道南岸，在今山东省北部。⑭河：指漳河。发源于山西，流经河北省南部。⑮降（xiáng）：投降。使动用法。⑯数（shuò）：屡次。

项籍之引兵西至新安①，又使布等夜击坑章邯秦卒二十余万人②。至关③，不得入，又使布等先从间道破关下军④，遂得入，至咸阳⑤。布常为军锋⑥。项王封诸将，立布为九江王⑦，都六。

【注释】

①新安：县名。在今河南省渑池县东。②"又使布"句：章邯等投降项羽时，手下有秦兵二十余万。③关：指函谷关。在今河南省灵宝市东北。公元前207年，刘邦西入咸阳，派兵守关以拒绝诸侯军。因此下文说项羽"不得入"。④间（jiàn）道：偏僻的小路。⑤咸阳：秦国都城。在今陕西省咸阳市东北。⑥军锋：先锋。⑦九江：郡名。辖境相当今安徽省淮

河以南、江苏省长江以北和江西省全省。

汉元年四月①；诸侯皆罢戏下②，各就国③。项氏立怀王为义帝④，徙都长沙⑤，乃阴令九江王布等行击之。其八月，布使将击义帝，追杀之郴县⑥。

【注释】

①汉元年：相当于公元前 206 年。②戏（huī）下：同"麾下"，即帅旗下。③国：诸侯封国。④义帝：义是"义父"的"义"，有外、假、挂名的意思。⑤徙都长沙：逼楚怀王迁离彭越。长沙，郡名，辖境相当今湖南省资水流域以东及广东、广西两省一部分地方。⑥郴（chēn）县：县名。即今湖南省郴县。

汉二年，齐王田荣畔楚①，项王往击齐，征兵九江。九江王布称病不往，遣将将数千人行。汉之败楚彭城②，布又称病不佐楚。项王由此怨布，数使使者诮让③，召布。布愈恐，不敢往。项王方北忧齐、赵，西患汉，所与者独九江王④，又多布材⑤，欲亲用之，以故未击。

【注释】

①齐王田荣畔（叛）楚：田荣，本齐国王族。②汉之败楚彭城：指汉二年三月，汉王趁项羽进攻齐国的机会，胁迫五诸侯的兵力，攻入彭城。③诮（qiào）让：谴责。④与：亲附。⑤多：推重；赞美。

汉三年①，汉王击楚，大战彭城，不利，出梁地②，至虞③，谓左右曰："如彼等者，无足与计天下事。"谒者随何进曰④："不审陛下所谓⑤。"汉王曰："孰能为我使淮南⑥，令之发兵倍楚⑦，留项王于齐数月⑧，我之取天下可以百全。"随何曰："臣请使之。"乃与二十人俱，使淮南。至，因太宰主之⑨，三日不得见。随何因说太宰曰："王之不见何，必以楚为强，以汉为弱，此臣之所以为使。使何得见，言之而是邪⑩，是大王所欲闻也；言之而非邪，使何等二十人伏斧质淮南市⑪，以明王倍汉而与楚也。"太宰乃言之王，王见之。随何曰："汉王使臣敬进书大王御者⑫，窃怪大王与楚何亲也。"淮南王曰："寡人北乡而臣事之⑬。"随何曰："大王与项王俱列为诸侯，北乡而臣事之，必以楚为强，可以托国也。项王伐齐，身负板筑[14]，以为士卒先，大王宜悉淮南之众，身自将之，为楚军前锋，今乃发四千人以助楚。夫北面而臣事人者，固若是乎？夫汉王战于彭城，项王未出齐也，大王宜骚淮南之兵渡淮[15]，日夜会战彭城下，大王抚万人之众，无一人渡淮者，垂拱而观其孰胜[16]。夫托国于人者，固若是乎？大王提空名以乡楚，而欲厚自托，臣窃为大王不取也。然而大王不背楚者，以汉为弱也。夫楚兵虽强，天下负之以不义之名[17]，以其背盟约而杀义帝也[18]。然而楚王恃战胜自强，汉王收诸侯，还守成皋、荥阳[19]，下蜀、汉之粟[20]，深沟壁垒[21]，分卒守徼乘塞[22]，楚人还兵[23]，间以梁地，深入敌国八九百里，欲战则不得，攻城则力不能，老弱转粮千里之外；楚兵至荥阳、成皋，汉坚守而不动，进则不得攻，退则不得解。故曰楚兵不足恃也[24]。使楚胜汉，则诸侯自危惧而相救。夫楚之强，适足以致天下之兵耳。故楚不如汉，其势易见也。今大王不与万全之汉而自托于危亡之楚，臣窃为大王惑之。臣非以淮南之兵足以亡楚也。夫大王发兵而倍楚，项王必留；留数月，汉之取天下可以万全。臣请与大王提剑而归汉，汉王必裂地而封大王[25]，又况淮南，淮南必大王有也。故汉王敬使使臣进愚计，愿大王之留意也。"淮南王曰："请奉命。"阴许畔（叛）楚与汉，未敢泄也。

【注释】

①汉三年：衍文。②梁：泛指战国时魏国旧地，魏国后期建都大梁，所以又称为梁。③虞：县名。在今河南省虞城县。④谒者：官名。为国君掌管传达。随何：说客。名声与陆贾齐称。⑤审：明悉。陛（bì）下：臣下对帝王的尊称。这里应作"大王"，因刘邦当时并没有称帝。⑥淮南：郡、封国名。⑦倍：通"背"。背叛。⑧留项王于齐数月：据《项羽本纪》，项羽去齐然后有彭城之战，汉败彭城然后有随何之说。这里应作"留项王于楚"。⑨太宰：官名。掌管膳食。主：以为主人。以动用法。⑩邪（yé）：通"耶"。语气助词。⑪斧质：杀人的刑具。质，砧板。⑫进书大王御者：表示尊敬的说法。御者，驾驶车马的人。⑬寡人：古时诸侯对下的自称。意思是寡得之人。北乡（xiàng）而臣事之：即向他称臣的意思。乡，通"向"。事，服事。⑭板筑：筑墙的工具。板，筑墙用的夹板；筑，捣土的杵。⑮骚（sǎo）：通"扫"。扫数出动。⑯垂拱：垂衣拱手。袖手旁观的意思。孰：谁。哪个。⑰负：加给。⑱背盟约：指项羽违背楚

怀王与诸侯"先入关中者王之"的约言，而封刘邦为汉王。⑲成皋：又名虎牢。荥（xíng）阳：县名。在今河南省荥阳市东北。⑳蜀：郡名。辖境相当今四川省西部及原西康省东部。治所在成都（今四川省成都市）。汉：即汉中郡。㉑深沟壁垒：壁，应为"坚"。指挖深护营的壕沟，坚固军营的围墙，用以固守。㉒徼（jiào）：边界。乘（chéng）：登。塞（sài）：边界险要之处。㉓"楚人还兵"以下三句：梁地在楚、汉之间。楚军从彭城到荥阳、成皋，当经过梁地。㉔恃：依靠；凭借。㉕裂地：割地。

楚使者在①，方急责英布发兵，舍传舍②。随何直入，坐楚使者上坐，曰："九江王已归汉，楚何以得发兵？"布愕然。楚使者起。何因说布曰："事已构③，可遂杀楚使者，无使归，而疾走汉并力④。"布曰："如使者教，因起兵而击之耳。"于是杀使者，因起兵而攻楚。楚使项声、龙且攻淮南⑤，项王留而攻下邑⑥。数月，龙且击淮南，破布军。布欲引兵走汉，恐楚王杀之，故间行与何俱归汉⑦。

【注释】

①楚使者在：指在九江王所。②舍传（zhuàn）舍：住于客馆。③构：结成；造成。④走：归向。并力：合力。⑤项声：楚军将领。龙且（jū）：齐国人。项羽的勇将，后被韩信杀死。⑥下邑：县名。在今安徽省砀山县。⑦间（jiàn）行：偷偷地从偏僻的小路走。

淮南王至①，上方踞床洗②，召布入见，布大怒，悔来，欲自杀。出就舍，帐御饮食从官如汉王居，布又大喜过望。于是乃使人入九江。楚已使项伯收九江兵③，尽杀布妻子④。布使者颇得故人幸臣⑤，将众数千人归汉。汉益分布兵而与俱北，收兵至成皋。四年七月，立布为淮南王，与击项籍。

【注释】

①淮南王至：汉三年（前204年）十二月，九江王至汉。②上：指汉王。踞：古人席地而坐，一般是两膝着地，两脚向后。洗：洗脚。③项伯：名缠，字伯。项羽的叔父。④妻子：妻子和儿女。⑤故人：老朋友。幸臣：亲近、宠幸的臣子。

汉五年[1]，布使人入九江，得数县。六年[2]，布与刘贾入九江[3]，诱大司马周殷[4]，周殷反楚，遂举九江兵与汉击楚，破之垓下[5]。

【注释】

①汉五年：《汉书》无"汉五年"，系衍文。②六年：黥布与刘贾入九江，系汉五年十一月。十二月，项羽死。③刘贾：刘邦的堂兄，汉初封荆王，后为黥布所杀。④大司马：武官名。主管军事。周殷：项羽部将。⑤垓（gāi）下：地名。在今安徽灵璧县东南。

项籍死，天下定，上置酒。上折随何之功[1]，谓何为腐儒[2]，为天下安用腐儒[3]。随何跪曰："夫陛下引兵攻彭城，楚王未去齐也，陛下发步卒五万人，骑五千，能以取淮南乎？"上曰："不能。"随何曰："陛下使何与二十人使淮南，至，如陛下之意，是何之功贤于步卒五万人骑五千也[4]。然而陛下谓何腐儒，为天下安用腐儒，何也？"上曰："吾方图子之功[5]。"乃以随何为护军中尉[6]。布遂剖符为淮南王[7]，都六，九江、庐江、衡山、豫章郡皆属布[8]。

【注释】

①折：损；毁。②腐儒：指迂腐保守、不合时宜的读书人。③安：怎么；哪里。④于：比。⑤图：考虑。⑥护军中尉：武官名。⑦剖符：封功臣时，把表示凭证的符分成两半，朝廷和功臣各存一半，以示信用。⑧庐江：郡名。在今安徽省潜山县一带。衡山：郡名。治所在邾（今湖北省黄冈市西北）。豫章：郡名。辖境相当今江西省。治所在南昌（今南昌市）。

七年[1]，朝陈[2]。八年，朝雒阳[3]。九年，朝长安[4]。

【注释】

①七年：《高祖本纪》和《汉书·英布传》均作"六年"。②陈：县名。即今河南省淮阳县。③雒（luò）阳：即洛阳。在今河南洛阳市东北。④长安：我国古都之一。汉高帝七年（前200年）建都于此。故城在今陕西省西安市西北。

十一年，高后诛淮阴侯[1]，布因心恐。夏，汉诛梁王彭越[2]，醢之[3]，盛其醢遍赐诸侯。至淮南，淮南王方猎，见醢，因大恐，阴令人部聚兵④，候伺旁郡警急⑤。

【注释】

①高后（前241—前180年）：即吕后，详见《吕太后本纪》。淮阴侯：即韩信。淮阴，县名，在今江苏省淮安市淮阴区东南。②梁王彭越：彭越（？—前196年），字仲，昌邑（今山东省金乡县西北）人。③醢（hǎi）：古代的一种酷刑，把人剁成肉酱。④部聚：部署，积聚。⑤候伺：侦探；侦察。

布所幸姬疾①，请就医。医家与中大夫贲赫对门②，姬数如医家③，贲赫自以为侍中④，乃厚馈遗⑤，从姬饮医家。姬侍王，从容语次⑥，誉赫长者也⑦。王怒曰："汝安从知之？"具说状。王疑其与乱。赫恐，称病。王愈怒，欲捕赫。赫言变事，乘传诣长安⑧。布使人追，不及。赫至，上变⑨，言布谋反有端⑩，可先未发诛也。上读其书，语萧相国⑪。相国曰："布不宜有此，恐仇怨妄诬之。请系赫，使人微验淮南王⑫。"淮南王布见赫以罪亡，上变，固已疑其言国阴事；汉使又来，颇有所验，遂族赫家⑬，发兵反。反书闻，上乃赦贲赫，以为将军。

【注释】

①幸姬：宠爱的妾。②中大夫：官名。掌管议论。属于郎中令。贲（féi）赫（人名，贲也读 bēn）：所封期思侯。③如：往。④侍中：官名。⑤馈遗（kuì wèi）：赠送。⑥从（cōng）容：闲暇无事的样子。⑦长者：忠厚老成的人。⑧乘传（zhuàn）：四匹下等马拉的传车。传，指驿站或驿站的车马。诣（yì）：前往；去到。⑨上变：上书报告急变的事情。⑩端：征兆；苗头。⑪萧相国：即萧何（？—前193年）。刘邦的重要谋臣，西汉王朝的第一任丞相（相国），封酂侯。详见《萧相国世家》。⑫微验：暗地侦察。⑬族：灭族；杀尽全家人。

上召诸将问曰："布反，为之奈何？"皆曰："发兵击之，坑竖子耳①，何能为乎！"汝阴侯滕公召故楚令尹问之②。令尹曰："是故当反。"滕公曰："上裂地而王之，疏爵而贵之③，南面而立万乘之主④，其反何也？"令尹曰："往年杀彭越⑤，前年杀韩信，此三人者，同功一体之人也。自疑祸及身，故反耳。"滕公言之上曰："臣客故楚令尹薛公者，其人有筹策之计⑥，可问。”上乃召见问薛公。薛公对曰：“布反不足怪也。使布出于上计，山东非汉之有也⑦；出于中计，胜败之数未可知也；出于下计，陛下安枕而卧矣。”上曰：“何谓上计？”令尹对曰：“东取吴⑧，西取楚⑨，并齐取鲁⑩，传檄燕、赵⑪，固守其所，山东非汉之有也。”“何谓中计？”“东取吴，西取楚，并韩取魏⑫，据敖庾之粟⑬，塞成皋之口，胜败之数未可知也。”“何谓下计？”“东取吴，西取下蔡⑭，归重于越⑮，身归长沙⑯，陛下安枕而卧，汉无事矣。”上曰：“是计将安出⑰？”令尹对曰：“出下计。”上曰：“何谓废上中计而出下计？”令尹曰：“布故丽山之徒也，自致万乘之主，此皆为身，不顾后为百姓万世虑者也，故曰出下计。”上曰：“善。”封薛公千户。乃立皇子长为淮南王⑱。上遂发兵自将东击布。

【注释】

①竖子：小子。卑贱的称呼。②汝阴侯滕公：即夏侯婴（？—前172年）。刘邦的同乡好友。③疏爵：分赐爵位。疏，分赐。贵：使动用法。④万乘（shèng）之主：指诸侯王。乘，一车四马；万乘，万辆兵车，战国时用以指大国。⑤“往年”以下二句：措辞有错误。韩信、彭越都在汉高帝十一年春被杀，同年七月黥布反叛。⑥筹策：计谋策划。⑦山东：指崤山或华山以东地区，与“关东”的含义相同。战国时也称六国的领土为“山东。”⑧吴：县名。当时为荆国国都。⑨楚：刘邦弟楚王刘交的封国。⑩齐：刘邦长庶子齐悼惠王刘肥的封国。齐都临淄（今山东淄博市东北）。鲁：指春秋战国时鲁国旧地。当时已归入楚境。⑪传檄（xí）：传递檄文。传，从驿站传递。檄，古代官府用来征召、晓喻或声讨的文书。燕：燕王卢绾的封国。赵：刘邦第三个儿子赵隐王刘如意的封国。赵都邯郸（今河北邯郸市）。⑫韩：指战国时韩国旧地。当时淮阳王刘友的封地。魏：指战国时魏国旧地。⑬敖庾（yǔ）：即敖仓。秦代在敖山上建造的大粮仓。旧址在今河南省郑州市西北邙山上。⑭下蔡：县名。在今安徽省凤台县。⑮重：辎重。这里指贵重的财物。越：指南越。当时由赵佗割据的国家。在今广东广西及越南北部一带。⑯长沙：吴芮由衡山王改封长沙王。这时长沙国王是吴芮的儿子吴臣。⑰是：此；这。指代黥布。⑱长：指淮南厉王刘长（前198—前174年）。

　　布之初反，谓其将曰："上老矣，厌兵，必不能来。使诸将，诸将独患淮阴、彭越，今皆已死，余不足畏也。"故遂反。果如薛公筹之，东击荆①，荆王刘贾走死富陵②。尽劫其兵，渡淮击楚。楚发兵与战徐、僮间③，为三军，欲以相救为奇。或说楚将曰："布善用兵，民素畏之。且兵法，诸侯战其地为散地④。今别为三，彼败吾一军，余皆走，安能相救！"不听。布果破其一军，其二军散走。

【注释】

　　①荆：刘邦堂兄荆王刘贾的封国，即上文所说的"吴"。②富陵：县名。已没入今江苏洪泽湖中。③徐：县名。在今江苏泗洪县南。僮：县名。在今安徽省泗县东北。④诸侯战其地为散地：语本《孙子·九地篇》："诸侯自战其地为散地，是故散地则无战。"

　　遂西，与上兵遇蕲西会甀①。布兵精甚，上乃壁庸城②，望布军置陈如项籍军③，上恶之。与布相望见，遥谓布曰："何苦而反？"布曰："欲为帝耳。"上怒骂之，遂大战。布军败走，渡淮，数止战，不利，与百余人走江南④。布故与番君婚，以故长沙哀王使人绐布⑤，伪与亡，诱走越，故信而随之番阳⑥。番阳人杀布兹乡民田舍⑦，遂灭黥布。

【注释】

　　①蕲（qí）：县名。在今安徽省宿州市东南。会甀（kuài chuí）：乡名。在今安徽宿县东南。②壁：壁垒。这里是坚守不出战的意思。在会甀北，相毗邻。③陈（zhèn）：通"阵"。④江：古代长江的专称。⑤长沙哀王：应为成王，吴芮的儿子吴臣。⑥番（pó）阳：县名。在今江西省鄱阳县东。⑦兹乡：番阳县乡名。

　　立皇子长为淮南王，封贲赫为期思侯①，诸将率多以功封者②。

【注释】

　　①期思：县名。在今河南省淮滨县南。②率：通"帅"。这次受封的有六人。

　　太史公曰：英布者，其先岂《春秋》所见楚灭英、六①，皋陶之后哉②？身被刑法③，何其拔兴之暴也④！项氏之所坑杀人以千万数，而布常为首虐⑤。功冠诸侯，用此得王⑥，亦不免于身为世大僇⑦。祸之兴自爱姬殖⑧，妒媚生患⑨，竟以灭国！

【注释】

①英、六：古国名，偃姓，皋陶的后代。前 622 年为楚所灭。②皋陶（yáo）：一作咎繇。传说中东夷族的首领。偃姓。③被：遭；受。④拔兴：迅速兴起。暴：突然。⑤首虐：罪魁；最残暴的。⑥用：因；由。⑦大僇（lù）：大耻辱。⑧殖：滋生；萌发。⑨妒媚（mào）：嫉妒。媚，妒。

淮阴侯列传第三十二

淮阴侯韩信者①，淮阴人也。始为布衣时②，贫，无行③，不得推择为吏④，又不能治生商贾⑤，常从人寄食饮⑥，人多厌之者。常数从其下乡南昌亭长寄食⑦，数月，亭长妻患之⑧，乃晨炊蓐食⑨。食时信往，不为具食⑩。信亦知其意，怒，竟绝去⑪。

韩信登坛拜将图，选自清·马骀《百将传图》。

【注释】

①淮阴：县名。在今江苏省淮安市淮阴区西南。淮阴侯：韩信最后的封爵。②始：当初。布衣：平民。③无行（xìng）：没有好的品行。④推择：推选。⑤治生：谋生。商贾（gǔ）：运货贩卖的叫"商"，囤积营利的叫

"贾"。⑥从人：到人家那里去。寄：依附。⑦常：通"尝"。曾经。数（shuò）：多次。下乡：淮阴的一个乡。南昌亭长：亭，秦、汉时乡以下的一种行政机构，每十里设一亭，置亭长一人，负责治安警卫，兼管过往停留旅客，治理民事。⑧患：嫌恶；讨厌。⑨蓐（rù）食：端到床上吃掉。蓐，草席。⑩具食：准备饭食。⑪竟：终于。绝：断绝关系。

信钓于城下，诸母漂①，有一母见信饥，饭信②，竟漂数十日③。信喜，谓漂母曰："吾必有以重报母④。"母怒曰："大丈夫不能自食⑤，吾哀王孙而进食⑥，岂望报乎！"

【注释】

①母：古代对年老妇女的尊称。②饭：给……饭吃。用作动词。③竟：完毕。④有以："有所以"的省略。⑤大丈夫：泛指有大志、有作为、有气节的男子。自食（sì）：自己养活自己。⑥哀：怜悯。

淮阴屠中少年有侮信者①，曰："若虽长大②，好带刀剑，中情怯耳③。"众辱之曰④："信能死⑤，刺我；不能死，出我袴下⑥。"于是信孰视之⑦，俯出袴下，蒲伏⑧。一市人皆笑信，以为怯。

【注释】

①屠：屠夫；宰杀牲畜的人。②若：你。③中情：内心。怯（qiè）：怯懦；胆小。④众辱之：当众侮辱他（指韩信）。⑤信：有两解：一、指韩信；二、诚然。⑥袴：有两解：一、通"胯（kuà）"。指两腿间。后文"召辱己之少年令出胯下者"正用"胯"。二、同"裤"。⑦孰：通"熟"。仔细。⑧蒲伏：同"匍匐"。在地上用手脚爬行。

及项梁渡淮①，信杖剑从之②，居戏下③，无所知名④。项梁败，又属项羽⑤，羽以为郎中⑥。数以策干项羽⑦，羽不用。汉王之入蜀⑧，信亡楚归汉⑨，未得知名，为连敖⑩。坐法当斩⑪，其辈十三人皆已斩⑫，次至信⑬，信乃仰视，适见滕公⑭，曰："上不欲就天下乎⑮？何为斩壮士！"滕公奇其言⑯，壮其貌，释而不斩。与语，大说之⑰。言于上，上拜以为治粟都尉⑱，上未之奇也⑲。

【注释】

　　①项梁（？—前 208 年）：秦末起义将领之一。下相（今江苏省宿迁市西南）人。②杖：持，执。动词。③戏（huī）下：同"麾下"。即部下。戏，通"麾"。④知名：出名。⑤项羽（前 232—前 202 年）：名籍。⑥郎中：官名。负责警卫工作。⑦干：求。⑧汉王：即汉高祖刘邦。⑨亡楚：即"亡于楚"，从楚军逃出。⑩连敖：即典客。指接待宾客的官员。⑪坐法：犹坐罪。因犯法而获罪。⑫其辈：指韩信的同案犯人。⑬次：按次序。⑭适：恰好。滕公：即夏侯婴，刘邦的同乡好友。⑮上：秦、汉以来对皇帝的通称，这里指汉王。就：成就；得到。⑯奇：以动用法。⑰说（yuè）：通"悦"。⑱拜：授予官职。治粟都尉：管理粮饷的军官。⑲未之奇：即"未奇之"。否定句中代词宾语前置。

　　信数与萧何语①，何奇之。至南郑②，诸将行道亡者数十人③，信度何等已数言上④，上不我用⑤，即亡。何闻信亡，不及以闻⑥，自追之。人有言上曰："丞相何亡。"上大怒，如失左右手。居一二日⑦，何来谒上⑧，上且怒且喜⑨，骂何曰："若亡，何也？"何曰："臣不敢亡也，臣追亡者。"上曰："若所者谁？"何曰："韩信也。"上复骂曰："诸将亡者以十数⑩，公无所追⑪；追信，诈也⑫。"何曰："诸将易得耳。至如信者，国士无双⑬。王必欲长王汉中⑭，无所事信⑮；必欲争天下，非信无所与计事者⑯。顾王策安所决耳⑰。"王曰："吾亦欲东耳⑱，安能郁郁久居此乎？"何曰："王计必欲东，能用信，信即留；不能用，信终亡耳。"王曰："吾为公以为将⑲。"何曰："虽为将，信必不留。"王曰："以为大将。"何曰："幸甚！"于是王欲召信拜之。何曰："王素慢无礼⑳，今拜大将如呼小儿耳，此乃信所以去也。王必欲拜之，择良日，斋戒㉑；设坛场㉒，具礼㉓，乃可耳。"王许之。诸将皆喜，人人各自以为得大将。至拜大将，乃韩信也，一军皆惊。

【注释】

　　①萧何（？—前 193 年）：刘邦的重要谋臣，西汉王朝第一任丞相，封酂（cuó）侯。②南郑：县名。当时为汉的都城，今陕西省汉中市。③行（háng）：等；辈。道亡者：半路逃跑的。④度（duó）：估计；推测。⑤不我用：即"不用我"。⑥闻：让人闻知。使动用法。⑦居：停留；过。

⑧谒（yè）：拜见。⑨且：又。⑩以十数（shǔ）：用十来计算。⑪公：对人的尊称。⑫诈：扯谎。⑬国士：一国中的杰出人物。⑭必：果真；假使。王（wàng）：称王。汉中：郡名。⑮事：用。⑯计事者：商议大事的人。⑰顾：但。策：指"长王汉中"和"争天下"两种计划。⑱东：向东。动词。指出关与项羽争夺天下。⑲为公：看在您的分上。为，因为。⑳素慢：向来傲慢。㉑斋戒：古代在祭祀或举行典礼前，沐浴更衣、独宿、不饮酒、不吃荤，清心洁身，表示诚敬。㉒坛场：指拜将的场所。㉓具礼：准备仪式。

　　信拜礼毕，上坐①。王曰："丞相数言将军，将军何以教寡人计策②？"信谢③，因问王曰："今东乡争权天下④，岂非项王邪⑤？"汉王曰："然。"曰："大王自料勇悍仁强孰与项王⑥？"汉王默然良久，曰："不如也。"信再拜贺曰⑦："惟信亦为大王不如也⑧。然臣尝事之，请言项王之为人也⑨。项王暗恶叱咤⑩，千人皆废⑪，然不能任属贤将⑫，此特匹夫之勇耳⑬。项王见人恭敬慈爱，言语呕呕⑭，人有疾病，涕泣分食饮，至使人有功当封爵者⑮，印刓敝⑯，忍不能予⑰，此所谓妇人之仁也⑱。项王虽霸天下而臣诸侯⑲，不居关中而都彭城⑳。有背义帝之约㉑，而以亲爱王，诸侯不平。诸侯之见项王迁逐义帝置江南㉒，亦皆归逐其主而自王善地。项王所过无不残灭者，天下多怨，百姓不亲附，特劫于威强耳㉓。名虽为霸，实失天下心。故曰其强易弱。今大王诚能反其道㉔：任天下武勇㉕，何所不诛！以天下城邑封功臣，何所不服！以义兵从思东归之士㉖，何所不散！且三秦王为秦将㉗，将秦子弟数岁矣，所杀亡不可胜计㉘，又欺其众降诸侯㉙，至新安㉚，项王诈坑秦降卒二十余万㉛，唯独邯、欣、翳得脱，秦父兄怨此三人，痛入骨髓㉜。今楚强以威王此三人，秦民莫爱也。大王之入武关㉝，秋豪无所害㉞，除秦苛法，与秦民约，法三章耳㉟，秦民无不欲得大王王秦者。于诸侯之约㊱，大王当王关中，关中民咸知之㊲。大王失职入汉中㊳，秦民无不恨者。今大王举而东，三秦可传檄而定也㊴。"于是汉王大喜，自以为得信晚。遂听信计，部署诸将所击㊵。

【注释】

　　①上：指韩信坐上位。②寡人：古代帝王或诸侯对下的自称。③谢：

表示谦让。④东乡（xiàng）：向东方。乡，通"向"。⑤邪（yé）：同
"耶"。语气助词。⑥仁强：兼有精良和强盛的意思。孰：谁。⑦贺：
嘉许；赞同。⑧惟：通"虽"。为：认为。⑨请：表示谦敬。⑩喑恶叱
咤（yìn wù chì zhà）：厉声怒喝。⑪废：偃伏，不敢动弹。⑫任属：任
用委托。⑬匹夫之勇：指不用智谋，单凭个人的血气之勇。匹夫，本指
一个男子，引申为极平常的人。⑭呕（xū）呕：温和的样子。⑮使人：
所任用的人。爵：爵位。贵族、功臣的封位。⑯邡（wán）敝：亦作"邡弊"。
在手里磨损的意思。邡，通"玩"。⑰忍：有舍不得的意思。⑱妇人之仁：
意思是说，不能明大局、识大体，只懂得婆婆妈妈的小恩小惠。⑲臣：
使之臣服。⑳关中：古地区名。一般指函谷关以西、散关以东为关中。
都：建都。彭城：县名。即今江苏省徐州市。㉑有（yòu）：通"又"。
义帝（？—前205年）：战国时楚怀王的孙子，名熊心。㉒江南：秦、
汉时一般指今湖北省南部和湖南省、江西省一带。㉓特：只不过。劫：
被逼迫。㉔诚：果真。㉕任：任用，信任。㉖思东归之士：指刘邦的将士。
㉗且：况且。三秦王：指章邯、司马欣、董翳。㉘胜（shēng）：尽。㉙
降诸侯：指向项羽的投降。㉚新安：县名。在今河南省渑池县东。㉛"项
王"句：章邯等投降项羽时，手下有秦兵二十万。阬，活埋。㉜痛：恨。
㉝武关：古代通往关中的重要关口，在今陕西商南县东南丹江上。㉞秋豪：
通"秋毫"。鸟兽在秋天新长出来的细毛，比喻极细微的东西。㉟法三章：
刘邦进驻咸阳后，废除秦朝的苛法，与关中父老约法三章，即"杀人者死，
伤人及盗抵罪"。㊱于诸侯之约：指"先入关中者王之"的约言。㊲咸：
都；全。㊳失职：失去应得的封地和爵位。㊴传檄（xí）而定：指不必用兵，
只要下一道文书就可以平定。传，从驿站递送。㊵部署：布置。

八月，汉王举兵东出陈仓①，定三秦②。汉二年③，出关④，收魏、
河南⑤，韩、殷王皆降⑥。合齐、赵共击楚⑦。四月，至彭城，汉兵败散
而还。信复收兵与汉王会荥阳⑧，复击破楚京、索之间⑨。以故，楚兵卒
不能西⑩。

【注释】

①陈仓：县名。在今陕西省宝鸡市东。②定三秦：公元前206年，
刘邦采用韩信的计策，暗度陈仓，击败雍王章邯，进入咸阳，塞王司马欣、

翟王董翳投降。③汉二年：即公元前205年。④关：指函谷关。在今河南省灵宝市东北。⑤魏：指魏王魏豹。⑥韩、殷王：指韩王郑昌和殷王司马卬。⑦齐、赵：齐，指齐王田荣；赵，指赵王歇及赵相陈馀。这时都已叛楚从汉。⑧荥（xíng）阳：县名。在今河南省荥阳市东北。⑨京：县名。在今河南省荥阳市东南。⑩西：西进。动词。

汉之败却彭城①，塞王欣、翟王翳亡汉降楚，齐、赵亦反汉与楚和。六月，魏王豹谒归视亲疾②，至国，即绝河关反汉③，与楚约和。汉王使郦生说豹④，不下。其八月，以信为左丞相，击魏。魏王盛兵蒲坂⑤，塞临晋⑥，信乃益为疑兵⑦，陈船欲度临晋⑧，而伏兵从夏阳以木罂缻渡军⑨，袭安邑⑩。魏王豹惊，引兵迎信⑪，信遂虏豹，定魏为河东郡⑫。汉王遣张耳与信俱⑬，引兵东，北击赵、代⑭。后九月⑮，破代兵，禽夏说阏与⑯。信之下魏破代，汉辄使人收其精兵⑰，诣荥阳以距楚⑱。

韩信像，出自清·上官周绘《晚笑堂画传》。

【注释】

①却：退。②谒归：请假回家。谒，请求。亲：母亲。③河关：黄河的渡口临晋关，后来改名蒲津关。④郦生：郦食其（lì yì jī）。刘邦的谋士。⑤盛：聚集很多。用作动词。蒲坂：邑名。即今山西省永济市西蒲州镇，隔黄河与临晋关相对。⑥塞：封锁。⑦疑兵：虚张旗鼓，以迷惑敌人。⑧度：通"渡"。⑨夏阳：县名。在今陕西省韩城市南。木罂缻（yīng fǒu）：木制的盆瓮，用来缚在身上渡河。罂，小口大腹的盛酒器；缻，同"缶"，盛酒器，形状像罂而较小。⑩安邑：县名。在今山西省夏县西北。⑪迎：迎击。⑫《高祖本纪》作"遂定魏地，置三郡，曰河东、太原、上党"。⑬俱：同行。⑭赵、代：指赵王歇和代王陈馀。⑮后九月：即汉二年的闰九月。⑯禽：通"擒"。阏（yù）与：古邑名。在今山西省和顺县西北。⑰辄：就，总是。⑱诣（yì）：前往。距：通"拒"。

信与张耳以兵数万，欲东下井陉击赵①。赵王、成安君陈馀闻汉且袭之也，聚兵井陉口，号称二十万。广武君李左车说成安君曰②："闻汉将韩信涉西河③，虏魏王，禽夏说，新喋血阏与④，今乃辅以张耳，议欲下赵，此乘胜而去国远斗，其锋不可当。臣闻'千里馈粮⑤，士有饥色；樵苏后爨，师不宿饱⑥'。今井陉之道，车不得方轨⑦，骑不得成列，行数百里，其势粮食必在其后。愿足下假臣奇兵三万人⑧，从间道绝其辎重⑨；足下深沟高垒⑩，坚营勿与战。彼前不得斗，退不得还，吾奇兵绝其后，使野无所掠，不至十日，而两将之头可致于戏下⑪。愿君留意臣之计。否，必为二子所禽矣。"成安君，儒者也⑫，常称义兵不用诈谋奇计，曰："吾闻兵法'十则围之，倍则战⑬'。今韩信兵号数万，其实不过数千。能千里而袭我⑭，亦已罢极⑮。今如此避而不击，后有大者，何以加之⑯！则诸侯谓吾怯，而轻来伐我⑰。"不听广武君策。

【注释】

①井陉（xíng）：即井陉口。在现在的河北省井陉县东北的井陉山上，称井陉关，又叫土门关。②李左车：赵国的谋士。③涉：渡。西河：指今山西、陕西间龙门以南一段黄河。④喋（dié）血：踩着血走。⑤馈（kuì）：运送。⑥樵苏后爨（cuàn），师不宿饱：意思是说，靠临时打柴割草来点火做饭，部队就不可能安饱。⑦方轨：两车并行。方，并列；轨，

车子两轮间的距离。⑧足下：称对方的敬辞。古时下称上或同辈相称，都可用"足下"。假：暂时拨给。奇兵：从事偷袭的突击部队。⑨间（jiàn）道：偏僻抄近的小路。绝：拦截。辎（zī）重：泛指一切军需物资。这里主要指粮草。⑩深沟高垒：挖深护营的壕沟，加高军营的围墙，用以固守。⑪致：送到。⑫儒者：信奉儒家学说的书生。⑬十则围之，倍则战：语出《孙子·谋攻篇》，文字略有出入。⑭能：乃；竟。⑮罢（pí）：通"疲"。⑯加：胜过；压倒。⑰轻：轻易。

　　广武君策不用。韩信使人间视①，知其不用，还报，则大喜，乃敢引兵遂下。未至井陉口三十里，止舍②。夜半传发③，选轻骑二千人④，人持一赤帜，从间道萆山而望赵军⑤，诫曰⑥："赵见我走⑦，必空壁逐我⑧，若疾入赵壁⑨，拔赵帜，立汉赤帜。"令其裨将传飧⑩，曰："今日破赵会食！"诸将皆莫信，详应曰⑪："诺。"谓军吏曰："赵已先据便地为壁⑫，且彼未见吾大将旗鼓⑬，未肯击前行⑭，恐吾至阻险而还。"信乃使万人先行，出⑮，背水陈⑯。赵军望见而大笑。平旦⑰，信建大将之旗鼓，鼓行出井陉口⑱，赵开壁击之，大战良久。于是信、张耳详弃鼓旗，走水上军。水上军开入之⑲，复疾战。赵果空壁争汉鼓旗，逐韩信、张耳。韩信、张耳已入水上军，军皆殊死战⑳，不可败。信所出奇兵二千骑，共候赵空壁逐利㉑，则驰入赵壁，皆拔赵旗，立汉赤帜二千。赵军已不胜，不能得信等㉒，欲还归壁，壁皆汉赤帜，而大惊㉓，以为汉皆已得赵王将矣㉔，兵遂乱，遁走㉕，赵将虽斩之，不能禁也。于是汉兵夹击，大破虏赵军，斩成安君泜水上㉖，禽赵王歇。

【注释】

　　①间（jiàn）视：探听。②止舍：停止行军，驻扎宿营。舍，古代称住一夜为舍。③传发：传令军队出发。④轻骑（jì）：轻装的骑兵。⑤萆（bì）山：在山上隐蔽。萆，通"蔽"。⑥诫：告诫；命令。⑦走：败逃。⑧空壁：全军出动。壁，营垒；空，使动用法。⑨若：你们。⑩裨（pí）将：副将。⑪详（yáng）：通"佯"，假装。⑫便地：有利的地形。⑬大将旗鼓：军中主将的旗帜和仪仗鼓吹。⑭前行：先遣部队。⑮出：指出井陉口。⑯背水陈：背水列阵。水，指绵蔓水，发源于山西省寿阳县东，东经河北省井陉县，流入滹沱河。⑰平旦：太阳刚露出地面。⑱鼓行：击鼓

前进。⑲入：使动用法。⑳殊死战：拼命战斗。殊，决绝，竭尽。㉑逐利：追夺战利品。㉒得：捉住。㉓而：通"乃"。始，才。㉔得：收降。㉕遁（dùn）走：逃跑。㉖泜（zhī，又读 chí 或 dī）水：即今槐河（此处"泜"读 chí）。发源于河北省赞皇县西南，东经元氏县向南流入滏阳河。

信乃令军中毋杀广武君，有能生得者购千金①。于是有缚广武君而致戏下者，信乃解其缚，东乡坐②，西乡对，师事之。

【注释】

①生得：活捉。购：悬赏征求。②东乡坐：当时接见宾客以向东的座位为尊贵。

诸将效首虏①，毕贺②，因问信曰："兵法'右、倍山陵，前、左水泽③'。今者将军令臣等反背水陈，曰'破赵会食'，臣等不服。然竟以胜，此何术也？"信曰："此在兵法，顾诸君不察耳。兵法不曰'陷之死地而后生，置之亡地而后存④'？且信非得素拊循士大夫也⑤，此所谓'驱市人而战之⑥'，其势非置之死地，使人人自为战⑦；今予之生地⑧，皆走，宁尚可得而用之乎⑨？"诸将皆服，曰："善。非臣所及也。"

【注释】

①效：呈献。首虏：首级和俘虏。②毕：都。③"右、倍"二句：语出《孙子·行军篇》："丘陵堤防，必处其阳（南）而右背之。"倍，背向，背着。④"陷之死地"二句：语出《孙子·九地篇》："投之亡地然后存，陷之死地然后生，夫众陷于害，然后能为胜败。"意思是，必须把士兵置于生死关头，才能拼死作战，然后死中求生，获得胜利。⑤素：平素。拊：同"抚"。抚爱。循：顺从。士大夫：指将士。⑥市人：集市上的老百姓。⑦"非置之"二句：意思是，非置之死地，使人人自为战不可。人人自为战，每个人都主动独立作战。⑧予：给；置。生地：有活路的地方。⑨宁：怎么；哪里。

于是信问广武君曰："仆欲北攻燕①，东伐齐，何若而有功②？"广武君辞谢曰："臣闻'败军之将不可以言勇，亡国之大夫不可以图存③'。今臣败亡之虏，何足以权大事乎④！"信曰："仆闻之，百里奚居虞而虞亡⑤，在秦而秦霸，非愚于虞而智于秦也，用与不用，听与不听也。诚令成安君听足下计，若信者亦已为禽矣。以不用足下，故信得侍耳⑥。”因固问曰："仆委心归计⑦，愿足下勿辞。"广武君曰："臣闻'智者千虑，必有一失；愚者千虑，必有一得'。故曰'狂夫之言，圣人择焉'。顾恐臣计未必足用，愿效愚忠。夫成安君有百战百胜之计，一旦而失之，军败鄗下⑧，身死泜上。今将军涉西河，虏魏王，禽夏说阏与，一举而下井陉，不终朝破赵二十万众⑨，诛成安君。名闻海内，威震天下，农夫莫不辍耕释耒⑩，褕衣甘食⑪，倾耳以待命者⑫，此将军之所长也。然而众劳卒罢，其实难用。今将军欲举倦弊之兵⑬，顿之燕坚城之下⑭，欲战恐久力不能拔，情见势屈⑮，旷日粮竭⑯，而弱燕不服，齐必距境以自强也⑰。燕、齐相持而不下⑱，则刘、项之权未有所分也⑲。若此者，将军所短也。臣愚，窃以为亦过矣⑳。故善用兵者不以短击长，而以长击短。"韩信曰："然则何由㉑？"广武君对曰："方今为将军计，莫如案甲休兵㉒，镇赵抚其孤，百里之内，牛酒日至，以飨士大夫醳兵㉓，北首燕路㉔，而后遣辩士奉咫尺之书㉕，暴其所长于燕㉖，燕必不敢不听从。燕已从，使諠言者东告齐㉗，齐必从风而服，虽有智者，亦不知为齐计矣。如是，则天下事皆可图也。兵固有先声而后实者㉘，此之谓也。"韩信曰："善。"从其策，发使使燕，燕从风而靡㉙。乃遣使报汉，因请立张耳为赵王，以镇抚其国。汉王许之，乃立张耳为赵王。

【注释】

①仆：自称谦辞。燕：项羽封燕将臧荼为燕王，都蓟（今北京市西南）。②何若：若何；如何。③"败军之将"两句：当时流行的成语。图存：图谋国家存亡的大事。④权：权衡。⑤百里奚：春秋时虞国人。⑥侍：侍奉。这里韩信不说广武君被俘，而说自己能有机会事奉他，以表示对广武君的敬重。⑦委心归计：完全听从他的计策。委，丢弃；委心，自己不作主张。归，依从。⑧鄗（hào）：古邑名。在今河北省高邑县东。⑨不终朝：不到一上午。⑩辍（chuò）耕：停止耕作。⑪褕（yú）衣甘食：美好的衣服，香甜的食物。褕，美。⑫倾耳：侧耳静听，表示专心。以上三句，意思是说农民预感到兵灾的到来，十分害怕，因而停止耕作，只顾眼前享受，不作长远打算，专心倾听韩信下令进军的消息。⑬倦弊：疲惫劳乏。弊，仆倒，引申为疲乏。⑭顿：停顿。使动用法。⑮情见（xiàn）势

屈：军队的实情暴露给敌方，自己的威势就削弱了。见，通"现"。⑯旷日：空废时日。旷，耽误，荒废。⑰距境：在边境上拒守距，通"拒"。⑱燕、齐相持：指韩信同燕、齐相持。不下：指燕、齐不肯降服。⑲权：秤锤。这里比喻胜负的比重。⑳窃：私下。谦辞。过：过失；失策。动词。㉑由：遵循。㉒案：通"按"。㉓飨（xiǎng）：宴请。醳（yì）：醉酒。使动用法。㉔首（shòu）：向着。㉕咫（zhǐ）尺：指当时写信使用的木简的尺寸，或八寸或一尺。咫，八寸。㉖暴（pù）：显露。㉗諼（xuān）言者：善于诡辩的人，即说客、辩士。諼：通"谖"，诡诈。㉘声：虚张声势。㉙从风而靡：听到消息，立即投降。靡，倒下，这里指降服。

楚数使奇兵渡河击赵，赵王耳、韩信往来救赵，因行定赵城邑，发兵诣汉。楚方急围汉王于荥阳，汉王南出，之宛、叶间[1]，得黥布[2]，走入成皋[3]，楚又复急围之。六月，汉王出成皋，东渡河，独与滕公俱，从张耳军修武[4]。至，宿传舍[5]。晨自称汉使，驰入赵壁。张耳、韩信未起，即其卧内，上夺其印符[6]，以麾召诸将[7]，易置之。信、耳起，乃知汉王来，大惊。汉王夺两人军，即令张耳备守赵地，拜韩信为相国，收赵兵未发者击齐。

【注释】

①宛（yuān）：县名。即今河南省南阳市。叶（shè）：县名。在今河南省叶县南。②黥（qíng）布：原名英布详见《黥布列传》。③成皋：古邑名。即今河南省荥阳市汜水镇。④修武：县名。在今河南省获嘉县境。⑤传（zhuàn）舍：客馆。⑥上：指汉王。⑦麾（huī）：旌麾，军队中用来召唤将领的旗子。

信引兵东，未渡平原[1]，闻汉王使郦食其已说下齐，韩信欲止。范阳辩士蒯通说信曰[2]："将军受诏击齐，而汉独发间使下齐[3]，宁有诏止将军乎？何以得毋行也！且郦生一士，伏轼掉三寸之舌[4]，下齐七十余城，将军将数万众，岁余乃下赵五十余城，为将数岁，反不如一竖儒之功乎[5]？"于是信然之[6]，从其计，遂渡河。齐已听郦生，即留纵酒，罢备汉守御[7]。信因袭齐历下军[8]，遂至临菑[9]。齐王田广以郦生卖己[10]，乃亨之[11]，而走高密[12]，使使之楚请救。

【注释】

①平原：平原津，当时黄河渡口。在今山东省平原县境。②范阳：县名。在今河北省定兴县南。蒯（kuǎi）通：楚、汉之际有名的辩士。③独：只不过。间使：密使。④伏轼：为了表示敬意，乘车的人将身子伏在车前的横木上。掉：摇；鼓弄。⑤竖儒：鄙贱的称谓，犹"侏儒"。⑥然之：即"以之为然"。认为蒯通的话正确。然，对。⑦罢：撤除。⑧历下：古邑名。即今山东省济南市。⑨临菑（zī）：即临淄，古邑名，当时齐国的都城。在今山东省淄博市东北。⑩田广：齐国贵族的后裔，田荣的儿子。⑪亨（pēng）：通"烹"。⑫高密：县名。在今山东省高密市西南。

韩信已定临菑，遂东追广至高密西。楚亦使龙且将①，号称二十万，救齐。齐王广、龙且并军与信战，未合。人或说龙且曰："汉兵远斗穷战②，其锋不可当。齐、楚自居其地战，兵易败散③。不如深壁④，令齐王使其信臣招所亡城，亡城闻其王在，楚来救，必反汉。汉兵二千里客居，齐城皆反之，其势无所得食，可无战而降也。"龙且曰："吾平生知韩信为人，易与耳。且夫救齐，不战而降之⑤，吾何功？今战而胜之，齐之半可得⑥，何为止！"遂战，与信夹潍水陈⑦。韩信乃夜令人为万余囊，满盛沙，壅水上流⑧，引军半渡，击龙且。佯不胜，还走。龙且果喜曰："固知信怯也。"遂追信渡水。信使人决壅囊，水大至。龙且军大半不得渡，即急击，杀龙且。龙且水东军散走，齐王广亡去⑨。信遂追北至城阳⑩，皆虏楚卒。

【注释】

①龙且（jū）：项羽部下将领。②穷战：尽力战斗。穷，尽、极。③兵易败散：是说齐、楚兵士在自己乡土作战，眷恋家室，容易逃散。④深壁：深沟高垒，坚守不战。⑤降：使动用法。⑥齐之半可得：意思是说，如果战胜了韩信，就可以受封而得到半个齐国。⑦潍水：指今山东省的潍河。⑧壅：堵塞。⑨齐王广亡去：《高祖本纪》和本传说田广在这次战役中逃跑，而《秦楚之际月表》和《田儋列传》说田广在这次战役中被杀。⑩追北：追赶败兵。北，败。城阳：古地名。在今山东省菏泽市东北。

汉四年①，遂皆降，平齐。使人言汉王曰："齐伪诈多变，反复之国也。南边楚②。不为假王以镇之③，其势不定。愿为假王便④。"当是时，楚方急围汉王于荥阳，韩信使者至，发书⑤，汉王大怒，骂曰："吾困于此，旦暮望若来佐我，乃欲自立为王！"张良、陈平蹑汉王足⑥，因附耳语曰："汉方不利，宁能禁信之王乎？不如因而立，善遇之，使自为守；不然，变生⑦。"汉王亦悟，因复骂曰："大丈夫定诸侯，即为真王耳，何以假为！"乃遣张良往，立信为齐王，征其兵击楚。

【注释】

①汉四年：公元前203年。②边：接近；连接。③假王：暂时代理的王。④便：便利。⑤发书：打开书信。⑥张良（？—前186年）：字子房，韩国贵族的后裔。秦末农民战争中，聚众归刘邦，为刘邦重要谋士。汉朝建立后，被封为留侯。陈平（？—前178年）：陈胜起义时，他依附魏咎，为太仆。后从项羽入关，任都尉。不久投奔刘邦，是刘邦的重要谋士。汉朝建立后，封曲逆侯。⑦变生：发生变乱。

楚已亡龙且，项王恐，使盱眙人武涉往说齐王信曰①："天下共苦秦久矣，相与戮力击秦②。秦已破，计功割地，分土而王之③，以休士卒。今汉王复兴兵而东，侵人之分④，夺人之地；已破三秦，引兵出关，收诸侯之兵以东击楚，其意非尽吞天下者不休，其不知厌足如是甚也！且汉王不可必⑤，身居项王掌握中数矣，项王怜而活之⑥；然得脱，辄倍约，复击项王，其不可亲信如此。今足下虽自以与汉王为厚交，为之尽力用兵，终为之所禽矣。足下所以得须臾至今者⑦，以项王尚存也。当今二王之事，权在足下：足下右投则汉王胜，左投则项王胜⑧。项王今日亡，则次取足下。足下与项王有故⑨，何不反汉与楚连和，叁分天下王之⑩？今释此时，而自必于汉以击楚，且为智者固若此乎！"韩信谢曰："臣事项王，官不过郎中，位不过执戟⑪，言不听，画不用⑫，故倍楚而归汉。汉王授我上将军印，予我数万众，解衣衣我⑬，推食食我⑭，言听计用，故吾得以至于此。夫人深亲信我⑮，我倍之不祥，虽死不易。幸为信谢项王⑯！"

【注释】

①盱眙（xū yí）：县名。②戮力：合力。③"计功"二句：指项羽分封诸侯王。④分（fèn）：职分；职权。⑤必：信任；靠得住。⑥活之：使

刘邦活。活，使动用法。⑦须史：一会儿。这里引申为"苟延""从容"。⑧"足下"二句：右投，指依附刘邦；左投，指依附项羽。右，指向西方；左，指向东方。⑨故：老交情。⑩叁（sān）：古"三"字。⑪执戟（jǐ）：与上句"郎中"为互文。⑫画：计谋。⑬衣（yì）我：给我穿。衣，动词。⑭推：让。⑮夫（fú）人：那个人。指刘邦。夫，指示代词。⑯幸：希望。

　　武涉已去，齐人蒯通知天下权在韩信①，欲为奇策而感动之，以相人说韩信曰②："仆尝受相人之术。"韩信曰："先生相人何如？"对曰："贵贱在于骨法③，忧喜在于容色④，成败在于决断，以此参之⑤，万不失一。"韩信曰："善。先生相寡人何如？"对曰："愿少间⑥。"信曰："左右去矣。"通曰："相君之面⑦，不过封侯，又危不安；相君之背，贵乃不可言。"韩信曰："何谓也？"蒯通曰："天下初发难也，俊雄豪桀建号壹呼⑧，天下之士云合雾集⑨，鱼鳞杂遝⑩，熛至风起⑪。当此之时，忧在亡秦而已。今楚、汉分争，使天下无罪之人肝胆涂地⑫，父子暴骸骨于中野，不可胜数。楚人起彭城，转斗逐北，至于荥阳，乘利席卷，威震天下。然兵困于京、索之间，迫西山而不能进者⑬，三年于此矣。汉王将数十万之众，距巩、雒⑭，阻山河之险，一日数战，无尺寸之功，折北不救⑮，败荥阳⑯，伤成皋⑰，遂走宛、叶之间——此所谓智、勇俱困者也⑱。夫锐气挫于险塞⑲，而粮食竭于内府⑳，百姓罢极怨望㉑，容容无所倚㉒。以臣料之，其势非天下之贤圣固不能息天下之祸。当今两主之命县于足下㉓：足下为汉则汉胜，与楚则楚胜。臣愿披腹心，输肝胆㉔，效愚计，恐足下不能用也。诚能听臣之计，莫若两利而俱存之，叁分天下，鼎足而居㉕，其势莫敢先动。夫以足下之贤圣，有甲兵之众，据强齐，从燕、赵㉖，出空虚之地而制其后，因民之欲，西乡为百姓请命，则天下风走而响应矣，孰敢不听！割大弱强㉗，以立诸侯；诸侯已立，天下服听而归德于齐。案齐之故㉘，有胶、泗之地㉙，怀诸侯之德㉚，深拱揖让㉛，则天下之君王相率而朝于齐矣。盖闻'天与弗取，反受其咎；时至不行，反受其殃㉜'。愿足下孰虑之！"韩信曰："汉王遇我甚厚，载我以其车，衣我以其衣，食我以其食。吾闻之，乘人之车者载人之患，衣人之衣者怀人之忧，食人之食者死人之事；吾岂可以乡利倍义乎！"蒯生曰："足下自以为善汉王，欲建万世之业，臣窃以为误矣。始常山王、成安君为布衣时，相与为刎颈之交㉝，后争张黡、陈泽之事，二人相怨㉞。常山王背项王，奉项婴头而窜，逃归于汉王。汉王借兵而东下，杀成安君泜水之南，头足异处，卒为天下笑。此二人相与，天下至欢也。然而卒相禽者，何也？患生于多欲而人心难测也。今足下欲行忠信以交于汉王，必不能固于二君之相与也，而事多大于张黡、陈泽。故臣以为足下必汉王之不危己，亦误矣。大夫种、范蠡存亡越㉟，霸句践㊱，立功成名而身死亡㊲。野兽已尽而猎狗亨。夫以交友言之，则不如张耳之与成安君者也；以忠信言之，则不过大夫种、范蠡之于句践也。此二人者㊳，足以观矣。愿足下深虑之！且臣闻勇略震主者身危，而功盖天下者不赏。臣请言大王功略：足下涉西河，虏魏王，禽夏说，引兵下井陉，诛成安君，徇赵㊴，胁燕，定齐，南摧楚人之兵二十万㊵，东杀龙且，西乡以报。此所谓功无二于天下，而略不世出者也㊶。今足下戴震主之威㊷，挟不赏之功，归楚，楚人不信；归汉，汉人震恐。足下欲持是安归乎㊸？夫势在人臣之位而有震主之威，名高天下，窃为足下危之！"韩信谢曰："先生且休矣，吾将念之。"

【注释】

①齐人蒯通：蒯通原是燕国人，后游于齐，故又称齐人。②相人：给人相面。③骨法：骨骼；骨相。④容色：容貌，气色。⑤参：参验。⑥愿少间（jiàn）：希望稍稍屏退从人。⑦"相君之面"与下文的"相君之背"都是双关语，意即依附刘邦和背叛刘邦。⑧桀（jié）：通"杰"。建号：建立名号，自立为侯王。壹：同"一"。⑨云合雾集：像云雾那样地聚拢来。⑩杂遝（tà）：众多而杂乱的样子。遝，通"沓"。⑪熛（biāo）至风起："熛"和"风"都用作状语，形容响应起义的人的迅速。⑫肝胆涂地：到处是惨死的死尸。⑬迫西山：在成皋以西的山地被阻。迫，阻。⑭巩：县名。在今河南省巩义市西南。雒（luò）：即雒阳（洛阳）。在今洛阳市东北。⑮折北不救：屡战屡败，无法自救。折，挫败；北，败逃。⑯败荥阳：汉三年（前204年）四月，项羽将刘邦围困在荥阳。刘邦采用纪信的计策，率数十骑从城西门逃往成皋。⑰伤成皋：汉四年十月。刘邦驻广武（成皋附近）西城。楚、汉两军隔着广武涧对话。刘邦数项羽十大罪状，项羽伏弩射中刘邦胸部，刘邦回成皋养伤。⑱智：指刘邦。勇：指项羽。意思

是，双方相持不下，结果两败俱伤。⑲锐气挫于险塞：照应上文"迫西山而不能进"，指项羽。锐气，勇气。⑳粮食竭于内府：荥阳一战，刘邦因缺粮而败北。内府，仓库。㉑怨望：怨恨。㉒容容：飞扬貌，动荡不安的样子。㉓命：命运。县：（xuán）：通"悬"。㉔披腹心输肝胆：比喻竭尽忠诚，后来也说"披肝沥胆"。披，披露。输，献出。㉕鼎足：鼎是古时煮东西的器物，有三只脚。㉖从：迫使……服从。使动用法。㉗弱：削弱。使动用法。㉘案：通"按"。占据。故：指故土。㉙胶、泗之地：指胶河和泗水流域，即今山东省的东部和南部。㉚怀：怀柔；安抚。㉛深拱：两手拱得很高，引申为无所事事。揖让：外表做出谦逊的样子。㉜"天与弗取"四句：这是当时流行的谚语。与，赐予；咎，追究罪责。㉝刎颈之交：虽割颈也不反悔的交情，即同生死、共患难的朋友。㉞"后争张黡"二句：张耳和陈馀原是生死与共的朋友。秦二世元年（前208年）闰九月，秦将章邯攻赵，将赵歇和张耳围困在巨鹿城中。当时，陈馀带领几万军队驻扎在巨鹿城以北，章邯军驻扎在巨鹿城以南。章邯急攻巨鹿，城中食尽兵少，张耳多次派人催陈馀救援，而陈馀以为力量单薄，不敢出兵。于是张耳派张黡、陈泽去责备陈馀。陈馀不得已，给张黡、陈泽五千人去对秦军作试探性进攻，结果全军覆没。第二年，项羽解巨鹿之围后，张耳责怪陈馀不肯救援，并一再追问张黡、陈泽的下落。陈馀以实情相告，张耳不信。陈馀一怒之下，交还将印，离开张耳，张耳也就收编了陈馀的军队，从此二人结下怨仇。㉟大夫种、范蠡（lǐ）：文种和范蠡都是春秋末年越王勾践的大臣。㊱霸：使动用法。句（gōu）：通"勾"。㊲死：指文种。亡：逃亡。指范蠡。㊳二人：指陈馀和文种。㊴徇：攻取；占领。㊵"南摧"二句："南摧"和"东杀"虽措辞不同，实际都是指潍水之战。㊶略不世出：谋略在当世不再出现，意即谋略是世上少有的。㊷戴：拥有。㊸是：指代"震主之威"和"不赏之功"。

　　后数日，蒯通复说曰："夫听者事之候也①，计者事之机也②；听过计失而能久安者③，鲜矣④！听不失一二者，不可乱以言⑤；计不失本末者⑥，不可纷以辞⑦。夫随厮养之役者⑧，失万乘之权⑨；守儋石之禄者⑩，阙卿相之位⑪。故知者决之断也⑫，疑者事之害也。审毫釐之小计⑬，遗天下之大数⑭，智诚知之，决弗敢行者⑮，百事之祸也。故曰

'猛虎之犹豫，不若蜂虿之致螫⑯；骐骥之跼躅⑰，不如驽马之安步⑱；孟贲之狐疑⑲，不如庸夫之必至也⑳；虽有舜、禹之智，吟而不言㉑，不如瘖聋之指麾也㉒'。此言贵能行之㉓。夫功者，难成而易败；时者㉔，难得而易失也。时乎时，不再来。愿足下详察之！"韩信犹豫，不忍倍汉，又自以为功多，汉终不夺我齐。遂谢蒯通。蒯通说不听，已详狂为巫㉕。

【注释】

①听者事之候：善于听取意见，就容易预见事物的征兆。候，征候，先兆。②计者事之机：反复思考，就容易掌握事情成败的关键。③听过：听取意见产生错误，即不善于听取意见。计失：考虑问题失误，即不善于思考问题。④鲜（xiǎn）：少。⑤乱以言：即"以言乱之"。用言语来迷惑他。⑥计不失本末者：考虑问题不至于不周到的人。⑦纷：乱。⑧随：顺从。引申为安心。厮养之役：旧指侍候他人的下贱工作。厮，劈柴养马；养，烧柴做饭。⑨万乘之权：即君权。万乘，指天子；战国时代的大国也叫万乘。⑩儋石：形容米粟不多。儋，通"担"。禄：官俸。⑪阙：今通写作"缺"，失掉的意思。⑫知者决之断：王念孙说，应作"决者知之断"。意思是，做事坚决不疑，是聪明果断的表现。⑬审毫釐之小计：在一毫一厘的小事情上用心思。⑭遗：漏掉。大数：大计；大事。⑮"智诚"二句：明明知道事情应该怎样做，但决定了不敢去执行。⑯虿（chài）：蝎子一类的毒虫。致螫（zhē，shì）：用毒刺刺人。螫，毒刺。⑰骐骥：骏马。跼躅（jú zhú）：徘徊不前。⑱驽马：劣马。⑲孟贲（bēn）：战国时著名的勇士。⑳必至：一定达到目的。㉑吟（jìn）：通"噤"。不开口。㉒瘖（yīn）：哑巴。指麾：用手势比画来表达意思。麾，通"挥"。㉓贵：意动用法。㉔时：时机；机会。㉕已：已而；后来。巫：古代装神弄鬼，为人求福或治病的迷信职业者。

汉王之困固陵①，用张良计召齐王信②，遂将兵会垓下③。项羽已破，高祖袭夺齐王军④。汉五年正月⑤，徙齐王信为楚王，都下邳⑥。

【注释】

①汉王之困固陵：汉四年（前203年）八月，刘、项讲和，以鸿沟（古运河名。魏惠王时修成。②"用张良计"句：刘邦采用张良计策，将

陈（今河南省淮阳县）以东至沿海地区划给韩信，诱使韩信等用兵共灭项羽。③垓（gāi）下：古地名。④汉五年十二月，刘邦灭项羽后，回军定陶，夺了韩信的军权。⑤汉五年正月：当时汉以十月为岁首，因此汉五年正月实为五年的第四个月。⑥下邳：县名。在今江苏邳州市西南。

信至国①，召所从食漂母，赐千金。及下乡南昌亭长，赐百钱，曰："公，小人也，为德不卒。"召辱己之少年令出胯下者以为楚中尉②。告诸将相曰："此壮士也。方辱我时，我宁不能杀之邪？杀之无名③，故忍而就于此。"

【注释】

①国：都城。指下邳。②中尉：这里指诸侯王国的中尉，是掌握巡城、捕盗等治安工作的武官。③无名：没有理由。名，名义，名目。

项王亡将钟离眜家在伊庐①，素与信善。项王死后，亡归信。汉王怨眜，闻其在楚，诏楚捕眜。信初之国，行县邑②，陈兵出入。汉六年③，人有上书告楚王信反。高帝以陈平计，天子巡狩会诸侯④，南方有云梦⑤，发使告诸侯会陈⑥："吾将游云梦。"实欲袭信，信弗知。高祖且至楚⑦，信欲发兵反，自度无罪；欲谒上，恐见禽。人或说信曰："斩眜谒上，上必喜，无患。"信见眜计事。眜曰："汉所以不击取楚，以眜在公所。若欲捕我以自媚于汉，吾今日死，公亦随手亡矣。"乃骂信曰："公非长者⑧！"卒自刭。信持其首，谒高祖于陈。上令武士缚信，载后车⑨。信曰："果若人言：'狡兔死，良狗烹；高鸟尽，良弓藏；敌国破，谋臣亡。'天下已定，我固当亨！"上曰："人告公反。"遂械系信⑩。至雒阳，赦信罪，以为淮阴侯。

【注释】

①钟离眜（mò）：复姓钟离，名眜。项羽手下的名将。伊庐：邑名。②行（xíng）：巡视。③汉六年：公元前201年。④巡狩会诸侯：古代天子亲自到诸侯所守备的地区巡视叫"巡狩"。⑤云梦：古泽名。⑥陈：县名。即今河南省淮阳县。⑦且：将要。⑧长者：忠厚诚实的人。⑨后车：跟随皇帝出行的副车。⑩械系：用刑具锁绑。

　　信知汉王畏恶其能①，常称病不朝从②。信由此日夜怨望，居常鞅鞅③，羞与绛、灌等列④。信尝过樊将军哙⑤，哙跪拜送迎，言称臣，曰："大王乃肯临臣⑥！"信出门，笑曰："生乃与哙等为伍⑦！"上常从容与信言诸将能不⑧，各有差⑨。上问曰："如我，能将几何？"信曰："陛下不过能将十万⑩。"上曰："于君何如？"曰："臣多多而益善耳。"上笑曰："多多益善，何为为我禽？"信曰："陛下不能将兵，而善将将，此乃信之所以为陛下禽也。且陛下所谓天授，非人力也。"

【注释】

　　①其：指代韩信自己。②朝从：朝见和从行。③居：平日在家。鞅鞅（yàng）：通"怏怏"。愁闷失意的样子。④羞：意动用法。绛：指绛侯周勃（？—前171年），秦末从刘邦起义，以军功为将军，封绛侯，后来曾任太尉、丞相。灌：指灌婴（？—前176年），秦末从刘邦起义，转战各地，汉朝建立后，任车骑将军，封颍阴侯，后来曾任太尉、丞相。⑤过（guō）：拜访。樊哙（kuài）：刘邦的同乡，随刘邦起义，以军功封贤成君，后封舞阳侯，汉初曾任左丞相。⑥临：有居高视下的意思。⑦生：活着。引申为一生。为伍：同列。⑧从（cōng）容：闲暇无事的样子。能：有才能。形容词。不（fǒu）：通"否"。⑨差（cī）：等差；参差，高低不齐。⑩陛（bì）下：臣下对皇帝的尊称。

　　陈豨拜为巨鹿守①，辞于淮阴侯。淮阴侯挈其手②，辟左右与之步于庭③，仰天叹曰："子可与言乎？欲与子有言也。"豨曰："唯将军令之！"淮阴侯曰："公所居，天下精兵处也；而公，陛下之信幸臣也。人言公之畔④，陛下必不信；再至，陛下乃疑矣；三至，必怒而自将。吾为公从中起⑤，天下可图也。"陈豨素知其能也，信之，曰："谨奉教！"汉十一年⑥，陈豨果反。上自将而往，信病不从。阴使人至豨所⑦，曰："弟举兵⑧，吾从此助公。"信乃谋与家臣夜诈诏赦诸官徒奴⑨，欲发以袭吕后、太子⑩。部署已定，待豨报。其舍人得罪于信⑪，信囚，欲杀之。舍人弟上变⑫，告信欲反状于吕后。吕后欲召，恐其党不就⑬，乃与萧相国谋⑭，诈舍人从上所来，言豨已得死⑮，列侯群臣皆贺。相国绐信曰⑯："虽疾，强入贺。"信入，吕后使武士缚信，斩之长乐钟室⑰。信方斩，曰："吾悔不用蒯通之计，乃为儿女子所诈⑱，岂非天哉！"遂夷信三族[19]。

【注释】

①陈豨（xī）：宛句（今山东省菏泽市西南）人。汉建国后曾多次随刘邦平定叛乱，因功封阳夏侯，为代相国。巨鹿守：巨鹿郡郡守。陈豨任巨鹿郡守一事，《史记》前后说法不一，据《汉书·高帝纪》和《韩信传》，当指担任代相国监边兵。巨鹿，郡名，地在今河北省南部，郡治巨鹿（今平乡县西南）。②挈（qiè）：携着；拉着。③辟：通"避"。使动用法。④畔：通"叛"。⑤中：指京城中。⑥汉十一年：公元前196年。⑦阴：暗中。⑧弟：通"第"。只管。⑨诸官徒奴：各官府的罪犯和奴隶。⑩吕后（前241—前180年）：刘邦的妻子吕雉。太子：指刘邦的儿子刘盈，即汉惠帝。⑪舍人：派有差使的门客。⑫上变：上书报告急变的事情。⑬党（tǎng）：通"倘"。倘若；万一。⑭萧相国：即萧何，当时任相国（即丞相）。⑮得：指陈豨被擒。⑯绐（dài）：欺骗。⑰长乐：汉宫名。故址在今陕西省西安市西北郊。钟室：悬挂钟（乐器）的房子。⑱儿女子：即"妇人"，有轻视的意思。这里指吕后。⑲夷：诛灭。三族：指父母、兄弟、妻子。一说指父族、母族、妻族。

高祖已从豨军来，至①，见信死，且喜且怜之，问："信死亦何言？"吕后曰："信言恨不用蒯通计。"高祖曰："是齐辩士也。"乃诏齐捕蒯通。蒯通至，上曰："若教淮阴侯反乎？"对曰："然，臣固教之。竖子不用臣之策，故令自夷于此②。如彼竖子用臣之计，陛下安得而夷之乎！"上怒曰："亨之！"通曰："嗟乎，冤哉亨也！"上曰："若教韩信反，何冤？"对曰："秦之纲绝而维弛③，山东大扰④，异姓并起⑤，英俊乌集⑥。秦失其鹿⑦，天下共逐之，于是高材疾足者先得焉。跖之狗吠尧⑧，尧非不仁，狗固吠非其主。当是时，臣唯独知韩信，非知陛下也。且天下锐精持锋欲为陛下所为者甚众⑨，顾力不能耳⑩。又可尽亨之邪？"高帝曰："置之⑪。"乃释通之罪。

【注释】

①至：到了京城。②自夷：自己诛杀自己，即自寻死略。夷，灭尽。③纲绝而维弛：纲，网上的总绳；维，系物的大绳。④山东：指战国时秦

以外的六国领土。⑤异姓：指与秦不同姓的各国诸侯。⑥乌集：像乌鸦那样聚集在一起。⑦鹿：与"禄"（禄位）同音，用来比喻帝位。⑧跖（zhí）：人名。相传为春秋时柳下惠之弟，是率九千人横行天下之大盗，故谓之盗跖。尧：即唐尧。传说中上古五帝之一。⑨锐精持锋：磨快武器，拿着利刃。锐，使动用法；精，精铁。锋，利刃。⑩顾：但；只不过。⑪置：饶恕；赦免。

太史公曰：吾如淮阴①，淮阴人为余言，韩信虽为布衣时，其志与众异。其母死，贫无以葬，然乃行营高敞地②，令其旁可置万家③。余视其母冢④，良然。假令韩信学道谦让，不伐己功⑤，不矜其能⑥，则庶几哉⑦，于汉家勋可以比周、召、太公之徒⑧，后世血食矣⑨。不务出此⑩，而天下已集⑪，乃谋畔逆⑫，夷灭宗族，不亦宜乎！

【注释】

①如：往；去。②行营：到处寻求。③令其旁可置万家：使坟墓旁边能住下万户人家。④冢（zhǒng）：高大的坟墓。⑤伐：夸耀。⑥矜：骄傲。⑦庶几：差不多。⑧周、召（shào）：指周公姬旦和召公姬奭（shì）。太公：即吕尚，传说中的姜太公，曾辅佐周武王灭商，后封于齐。徒：一辈人物。⑨血食：受享祭。古代祭祀时要宰杀牲畜做祭品，所以叫"血食"。⑩此：指"学道谦让"。⑪集：通"辑"。和睦；安定。⑫畔：通"叛"。

韩信卢绾列传第三十三

　　韩王信者，故韩襄王孽孙也，长八尺五寸①。及项梁之立楚后怀王也②，燕、齐、赵、魏皆已前王，唯韩无有后③，故立韩诸公子横阳君成为韩王，欲以抚定韩故地④。项梁败死定陶，成奔怀王⑤。沛公引兵击阳城⑥，使张良以韩司徒降下韩故地⑦，得信，以为韩将⑧，将其兵从沛公入武关⑨。

【注释】

　　①韩襄王：名仓，战国韩第十六代君主，前311—前296年在位。孽孙：庶出的孙子。长八尺五寸：身高八尺五寸。汉制1尺约合今0.23米。②项梁（？—前208年）：下相（今江苏省宿迁市西南）人，楚国贵族的后裔。秦二世元年（前209年），他与侄儿项羽一起斩杀秦会稽守殷通，在吴（今江苏省苏州市）起兵。详见《项羽本纪》。楚后怀王：项梁为了号召起义群众，立战国楚怀王的孙子熊心为王，仍称楚怀王。③楚、齐、赵、魏皆已前王：秦二世元年七月，陈胜在大泽乡（今安徽省宿州市东南）起义，自立为楚王。随着，武臣自立为赵王，田儋自立为齐王，韩广自立为燕王，魏咎被陈胜立为魏王。第二年，陈胜死，项梁又立熊心为楚怀王。这样，被秦灭亡的六国，除韩国外，都有了王。王（wàng），称王。④诸公子：庶出的公子。横阳君成：韩成，曾封为横阳君。⑤定陶：今山东省定陶县西北。奔：逃亡到。⑥沛公：秦二世元年九月，刘邦在沛县（今江苏省沛县）起兵，被部下尊为沛公。楚人称县令为公。引兵：带兵。阳城：县名。在今河南省登封市东南。⑦张良（？—前168年）：字子房，城父（今河南平顶山市西北）人。祖父和父亲在韩国做过相国。降（xiáng）下：攻克。⑧以为：把……做。⑨将（jiàng）：统率。武关：在今陕西省商南县东南丹江上。

　　沛公立为汉王，韩信从入汉中①，乃说汉王曰②："项王王诸将近

地③，而王独远居此，此左迁也④。士卒皆山东人，跂而望归⑤，及其锋东乡⑥，可以争天下。"汉王还定三秦⑦，乃许信为韩王，先拜信为韩太尉⑧，将兵略韩地。

【注释】

①汉中：郡名。辖今陕西省秦岭以南和湖北省西北部地区，治所在南郑（今陕西省汉中市）。②说（shuì）：游说；向人申述观点和根据，使听从自己的意见。③王（wàng）诸将：封诸将为王。④左迁：降职。⑤山东：战国、秦、汉时代称崤山或华山以东广大地域为山东，不同如今"山东省"的概念。跂（qì）：踮着脚尖。⑥东乡（xiàng）：向东进军。乡，通"向"。⑦还定三秦：汉元年八月，刘邦采纳韩信的建议，从汉中回兵关中，平定三秦。⑧太尉：官名。秦、汉的太尉是全国军事首脑，与丞相、御史大夫合称"三公"。

项籍之封诸王皆就国①，韩王成以不从无功，不遣就国，更以为列侯②。及闻汉遣韩信略韩地，乃令故项籍游吴时吴令郑昌为韩王以距汉③。汉二年，韩信略定韩十余城。汉王至河南④，韩信急击韩王昌阳城。昌降，汉王乃立韩信为韩王，常将韩兵从。三年，汉王出荥阳⑤，韩王信、周苛等守荥阳。及楚败荥阳⑥，信降楚，已而得亡⑦，复归汉，汉复立以为韩王，竟从击破项籍⑧，天下定。五年春，遂与剖符为韩王，王颍川⑨。

【注释】

①就国：到达所封的地方。②更以为列侯：改封为列侯。列侯，秦汉二十等爵位的最高级，又叫彻侯、通侯。③吴令：吴县（今江苏省苏州市）县令。距：通"拒"。抵抗。④河南：此为黄河之南。塞王司马欣降汉，国除，其地建为河南郡，郡治雒阳（今河南洛阳市东北）。⑤荥（xíng）阳：县名。在今河南省荥阳市东北。这里曾经是楚汉战争的一个重要战场。⑥败：攻破。⑦已而：不久。亡：逃。⑧竟：终于。⑨符：兵符朝廷封拜诸侯将相的凭证。用金、玉、铜或竹、木制成，双方各执一半，合起来可以验真假。王（wàng）颍川：领有颍川郡。

明年春，上以韩信材武①，所王北近巩、洛②，南迫宛、叶③，东有

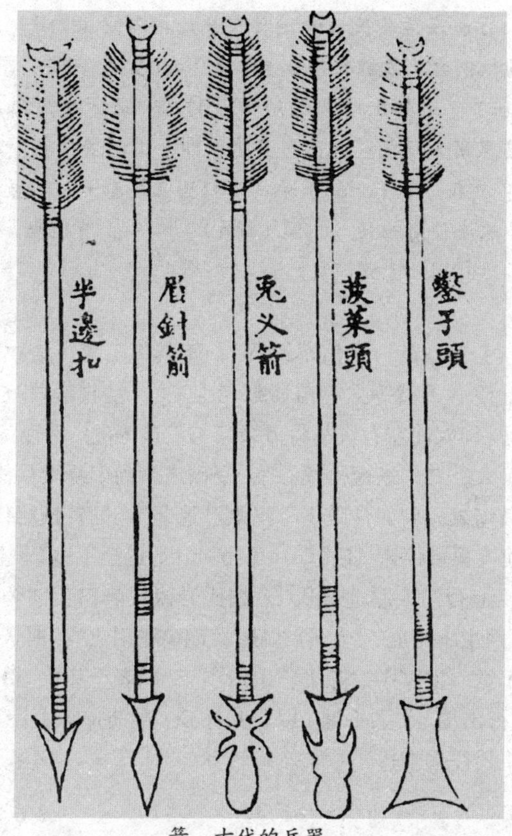

箭，古代的兵器。

淮阳，皆天下劲兵处④，乃诏徙韩王信王太原以北⑤，备御胡，都晋阳⑥。
信上书曰："国被边⑦，匈奴数入⑧，晋阳去塞远⑨，请治马邑⑩。"上许
之，信乃徙治马邑。秋，匈奴冒顿大围信⑪，信数使使胡求和解⑫。汉发
兵救之，疑信数间使，有二心⑬，使人责让信⑭。信恐诛，因与匈奴约共
攻汉⑮，反，以马邑降胡，击太原。

【注释】

①上：皇上，指当时汉高祖刘邦。材武：有雄才武略。②巩：邑名，
在今河南巩义市西南。③宛（yuān）：邑名，今河南南阳市。叶（shè）：
今河南叶县。④劲兵处：可以驻扎强大军队的地方。⑤诏：皇帝颁发的文
告。徙：调任。太原：郡名。治所在晋阳（今山西省太原市西南）。⑥胡：

中国古代对北方和西方各民族的泛称，此处指匈奴。⑦被：覆盖。引申为包括。⑧匈奴：古北方游牧部族名。数（shuò）：频繁；屡次。⑨去：距离。塞（sài）：边界上险要的地方。⑩治：地方政府所在地，如县治、郡治。这里用如动词。马邑：县名。即今山西省朔县。⑪冒顿（mò dú）：匈奴单于名。单（chán）于，匈奴国王的称号。⑫数使使（shuò shǐ shǐ）：多次派使者出使。⑬间（jiàn）：私下；背地里。⑭责让：追究。让，责备。⑮因：于是。

　　七年冬，上自往击，破信军铜鞮①，斩其将王喜。信亡走匈奴。其将白土人曼丘臣、王黄等立赵苗裔赵利为王②，复收信败散兵，而与信及冒顿谋攻汉。匈奴使左右贤王将万余骑与王黄等屯广武以南③，至晋阳，与汉兵战，汉大破之，追至于离石④，复破之。匈奴复聚兵楼烦西北⑤，汉令车骑击破匈奴。匈奴常败走，汉乘胜追北⑥，闻冒顿居代谷⑦，高皇帝居晋阳，使人视冒顿⑧，还报曰"可击"。上遂至平城⑨。上出白登⑩，匈奴骑围上，上乃使人厚遗阏氏⑪。阏氏乃说冒顿曰："今得汉地，犹不能居⑫；且两主不相厄⑬。"居七日⑭，胡骑稍引去⑮。时天大雾，汉使人往来，胡不觉。护军中尉陈平言上曰⑯："胡者全兵⑰，请令强弩傅两矢外向⑱，徐行出围。"入平城，汉救兵亦到，胡骑遂解去。汉亦罢兵归。韩信为匈奴将兵往来击边⑲。

【注释】

　　①铜鞮（dī）：县名。在现在山西省沁县南。②白土：县名。在今内蒙古鄂尔多斯市境准格尔旗。苗裔：后代。③左右贤王：左贤王和右贤王。贤王是匈奴单于下面的最高职官。冒顿夺取单于位以后，自己统率中部，又分置左右贤王统领东、西两部。匈奴语"贤"的发音为"屠耆"，所以又译作屠耆王。骑（jì）：量词。屯：驻扎。广武：县名。在今山西省代县西南。④离石：县名。即今山西省吕梁市离石区。⑤楼烦：县名。在今山西省宁武县。⑥追北：追击败逃的军队。北，败逃。⑦代谷：地名。在今河北蔚县东北。⑧视：侦察。⑨平城：县名。在今山西省大同市东北。城东有白登山。⑩出：登上；出现在。⑪遗（wèi）：赠送；贿赂。阏氏（yān zhī）：单于的正妻。⑫今：即。犹：还是。⑬厄：迫害。⑭居七日：过了七天。居，停留。⑮稍：渐。引去：退去。⑯陈平（？—前178年）：阳武

（今河南省原阳县东南）人。言上：向皇上建议。⑰胡者全兵：意思是胡人要保全自己的兵力，不会死战。⑱弩（nǔ）：用机括发箭的弓。傅：通"附"。⑲将（jiàng）兵：带领军队。击边：骚扰边境。

汉十年，信令王黄等说误陈豨①。十一年春，故韩王信复与胡骑入居参合②，距汉③。汉使柴将军击之④，遗信书曰⑤："陛下宽仁⑥，诸侯虽有畔亡⑦，而复归，辄复故位号，不诛也⑧。大王所知。今王以败亡走胡，非有大罪，急自归！"韩王信报曰："陛下擢仆起闾巷，南面称孤⑨，此仆之幸也。荥阳之事，仆不能死，囚于项籍⑩，此一罪也。及寇攻马邑，仆不能坚守，以城降之，此二罪也。今反为寇将兵，与将军争一旦之命⑪，此三罪也。夫种、蠡无一罪，身死亡⑫；今仆有三罪于陛下，而欲求活于世，此伍子胥所以偾于吴也⑬。今仆亡匿山谷间，旦暮乞贷蛮夷，仆之思归，如痿人不忘起⑭，盲者不忘视也，势不可耳。"遂战。柴将军屠参合⑮，斩韩王信。

【注释】

①信令王黄等说误陈豨：韩信叫王黄等人游说陈豨反汉，害了陈豨。事见下文。②参合：县名。在今山西省阳高县南。③距：通"拒"。④柴将军：柴武。⑤遗（wèi）：给。⑥陛（bì）下：对君主的专称。⑦畔：通"叛"。⑧辄复故位号：总是恢复原来的职位和封号。诛：杀。⑨擢（zhuó）：提拔。仆：自称的谦辞。闾（lú）巷：街巷。借指平民。南面：古代以面向南为尊位，帝王的座位向南，故称居帝王位为"南面"。孤：诸侯王表示谦让的自称。⑩因于项籍：指楚汉荥阳之战中韩信降楚的事。于，被。⑪一旦之命：早晚难保的性命。一旦，一时。⑫夫：语首助词。种、蠡（lǐ）：文种和范蠡。⑬伍子胥（？—前484年）：名员，春秋末期吴国大夫。偾（fèn）：僵仆。⑭痿（wěi）人：瘫痪的人。⑮屠参合：血洗参合城。

信之入匈奴，与太子俱①；及至颓当城②，生子，因名曰颓当。韩太子亦生子，命曰婴③。至孝文十四年④，颓当及婴率其众降汉。汉封颓当为弓高侯，婴为襄城侯。吴楚军时⑤，弓高侯功冠诸将⑥。传子至孙，孙无子，失侯。婴孙以不敬失侯⑦。颓当孽孙韩嫣，贵幸，名富显于当世。其弟说，再封，数称将军，卒为案道侯⑧。子代，岁余坐法死。后岁余，说孙曾拜为龙额侯，续说后。

【注释】

①太子：韩国太子，指韩信的儿子。俱：一起。②颓当：城名。③命：起名。④孝文十四年：汉文帝十四年（前166年）。据《惠景间侯者年表》载，韩颓当和韩婴降汉并封侯是在孝文十六年（前164年）。⑤吴楚军时：指吴楚七国之乱。⑥冠（guàn）：位在第一。⑦这两句与《惠学间侯者年表》的记载有出入。⑧再封：两次受封。

卢绾者，丰人也①，与高祖同里②。卢绾亲与高祖太上皇相爱③，及生男，高祖、卢绾同日生，里中持羊酒贺两家。及高祖、卢绾壮，俱学书，又相爱也。里中嘉两家亲相爱，生子同日，壮又相爱，复贺两家羊酒。高祖为布衣时④，有吏事辟匿⑤，卢绾常随出入上下。及高祖初起沛，卢绾以客从⑥，入汉中为将军，常侍中⑦。从东击项籍，以太尉常从，出入卧内。衣被饮食赏赐，群臣莫敢望。虽萧、曹等⑧，特以事见礼⑨，至其亲幸⑩，莫及卢绾。绾封为长安侯。长安，故咸阳也。

【注释】

①丰：邑名。即今江苏省丰县。②同里：同乡。里，古代基层行政单位。③亲：父。太上皇：刘邦称帝以后尊他的父亲为太上皇。④布衣：平民的穿着，常用以指代平民。⑤吏事：涉及官吏的事，指违法行为。辟：通"避"。⑥客：门客。相当于后世的幕僚。⑦常侍中：经常陪伴在刘邦身边。⑧萧、曹：萧何（？—前193年），沛县人。曹参（？—前190年），沛县人。曾做沛县狱吏。⑨特：只是。见：被。⑩至：至于。

汉五年冬，以破项籍①，乃使卢绾别将，与刘贾击临江王共尉②，破之。七月还，从击燕王臧荼③，臧荼降。高祖已定天下，诸侯非刘氏而王者七人。欲王卢绾，为群臣觖望。④及虏臧荼，乃下诏诸将相列侯，择群臣有功者以为燕王。群臣知上欲王卢绾，皆言曰："太尉长安侯卢绾常从平定天下，功最多，可王燕。"诏许之。汉五年八月⑤，乃立卢绾为燕王。诸侯王得幸莫如燕王。

【注释】

①以：通"已"。②别将：另带军队。刘贾：高祖堂兄。共尉：共敖的儿子。③臧荼（tú）：本为燕将，前206年被项羽立为燕王。④七人：即楚王韩信、韩王韩信、衡山王吴芮、淮南王英布、梁王彭越、赵王张耳、燕王臧荼。觖（jué）望：不满而埋怨。觖，不满。⑤汉五年八月：汉初因袭秦制，以十月为岁首，所以上文"汉五年冬"是这年的开始，此处"汉五年八月"已近这年的岁末了。

汉十一年秋，陈豨反代地，高祖如邯郸击豨兵①，燕王绾亦击其东北。当是时②，陈豨使王黄求救匈奴。燕王绾亦使其臣张胜于匈奴，言豨等军破。张胜至胡，故燕王臧荼子衍出亡在胡，见张胜曰："公所以重于燕者，以习胡事也。燕所以久存者，以诸侯数反，兵连不决也。今公为燕欲急灭豨等，豨等已尽，次亦至燕，公等亦且为虏矣③。公何不令燕且缓陈豨而与胡和④？事宽⑤，得长王燕；即有汉急⑥，可以安国。"张胜以为然⑦，乃私令匈奴助豨等击燕。燕王绾疑张胜与胡反⑧，上书请族张胜⑨。胜还，具道所以为者。燕王寤⑩，乃诈论它人⑪，脱胜家属，使得为匈奴间⑫，而阴使范齐之陈豨所⑬，欲令久亡，连兵勿决。

【注释】

①汉十一年秋：本篇下文"陈豨传"以及《高祖本纪》所载陈豨反叛的时间都作"汉十年九月"。如：往。邯郸：赵国的都城，即今河北省邯郸市。②是：此。③且：将。④且：暂且；姑且。⑤事宽：事情留有余地。⑥即：如果。⑦然：是；对。⑧与（yù）：结交。⑨族：族灭。⑩寤：通"悟"。清醒；明白。⑪论：定罪。⑫间（jiàn）：间谍。⑬之：到。

汉十二年，东击黥布①，豨常将兵居代，汉使樊哙击斩豨。其裨将降②，言燕王绾使范齐通计谋于豨所。高祖使使召卢绾，绾称病。上又使辟阳侯审食其、御史大夫赵尧往迎燕王③，因验问左右④。绾愈恐，闭匿，谓其幸臣曰："非刘氏而王，独我与长沙耳。往年春，汉族淮阴⑤，夏，诛彭越⑥，皆吕后计。今上病，属任吕后⑦。吕后妇人，专欲以事诛异姓王者及大功臣。"乃遂称病不行。其左右皆亡匿。语颇泄，辟阳侯闻之，归具报上，上益怒。又得匈奴降者，降者言张胜亡在匈奴，为燕使。于是上曰："卢绾果反矣！"使樊哙击燕。燕王绾悉将其宫人家属骑数千居长城下，候伺，幸上病愈，自入谢[8]。四月，高祖崩[9]，卢绾遂将其众亡入匈奴，匈奴以为东胡卢王。绾为蛮夷所侵夺，常思复归。居岁余。死胡中。

【注释】

①黥布（？—前195年）：本叫英布。六（今安徽省六安市东北）人。②裨（pí）将：副将。③审食其（yí jī）：吕后的亲信。以舍人身份随刘邦起兵，多年做吕后的侍臣。赵尧：原为御史大夫周昌手下一名年轻的小吏，后调到皇宫做刘邦的侍卫。④左右：近臣；心腹。⑤往年：去年。族淮阴：族灭淮阴侯。淮阴侯即韩信。⑥彭越：（？—前196年）：秦末起兵。楚汉战争中率三万人归刘邦，封梁王。⑦属（zhǔ）：通"嘱"。托付。⑧候伺：等待观望。幸：希冀；想望。谢：请罪。⑨崩：称帝王死为崩。

高后时[1]，卢绾妻子亡降汉[2]，会高后病，不能见，舍燕邸[3]，为欲置酒见之。高后竟崩，不得见。卢绾妻亦病死。

孝景中六年[4]，卢绾孙他之，以东胡王降，封为亚谷侯。

【注释】

①高后：吕后。名雉，刘邦的正妻。②妻子：妻和子。③舍：安排住宿。邸：诸侯王设在京都的馆舍，供进京朝见皇上时住宿用。④孝景中六年：汉景帝中元六年（前144年）。景帝在位十六年，曾两次改元，因而十六年分为三段：第一段七年（前156—前150年），史称前元；第二段六年（前149—前144年），史称中元；第三段三年（前143—前141年），史称后元。

陈豨者，宛朐人也[1]，不知始所以得从[2]。及高祖七年冬，韩王信反，入匈奴，上至平城还，乃封豨为列侯[3]，以赵相国将监赵、代边兵[4]，边兵皆属焉。

【注释】

①宛朐（yuān qú）：县名。在今山东省曹县西北。②不知始所以得从：不知道起初凭什么得以跟随。③乃封豨为列侯：《高祖功臣侯者年表》

说是攻破臧荼以后在高祖六年正月封陈豨为阳夏侯，与此处说法不同。
④赵相国：应为代相国。将监：既是统帅，又是监军。将，统率。监，监督。边兵：边防军。上"边"字为衍文。

　　豨常告归过赵①，赵相周昌见豨宾客随之者千余乘②，邯郸官舍皆满③。豨所以待宾客如布衣交，皆出客下。豨还之代④，周昌乃求入见⑤。见上，具言豨宾客盛甚，擅兵于外数岁⑥，恐有变。上乃令人覆案豨客居代者财物诸不法事⑦，多连引豨。豨恐，阴令客通使王黄、曼丘臣所。及高祖十年七月，太上皇崩，使人召豨，豨称病甚。九月，遂与王黄等反，自立为代王⑧，劫略赵、代。

【注释】

　　①常：通"尝"。曾经。告归：请假回乡探亲。②乘（shèng）：一车四马为一乘。③官舍：官府办的旅店。④之：到。⑤求入见：请求进京拜见（皇上）。⑥擅兵：掌握军队。⑦覆案：调查审讯。⑧自立为代王：当时已经没有代王。

　　上闻，乃赦赵、代吏人为豨所诖误劫略者①，皆赦之。上自往，至邯郸，喜曰："豨不南据漳水，北守邯郸，知其无能为也。"赵相奏斩常山守、尉②，曰："常山二十五城，豨反，亡其二十城③。"上问曰："守、尉反乎？"对曰："不反。"上曰："是力不足也。"赦之，复以为常山守、尉。上问周昌曰："赵亦有壮士可令将者乎？"对曰："有四人。"四人谒④，上谩骂曰⑤："竖子能为将乎⑥？"四人惭伏。上封之各千户，以为将。左右谏曰："从入蜀、汉，伐楚，功未遍行⑦，今此何功而封？"上曰："非若所知⑧！陈豨反，邯郸以北皆豨有，吾以羽檄征天下兵⑨，未有至者，今唯独邯郸中兵耳。吾胡爱四千户封四人⑩，不以慰赵子弟！"皆曰："善。"于是上曰："陈豨将谁？"曰："王黄、曼丘臣，皆故贾人⑪。"上曰："吾知之矣。"乃各以千金购黄、臣等⑫。

【注释】

　　①诖（guà）误：贻误；连累。②守（shòu）：一郡的行政长官。尉：一郡的军事长官。③亡：丢失。④谒（yè）：拜见。⑤谩（màn）骂：辱骂。⑥竖子：小子。⑦功未遍行：《汉书·高帝纪》作"赏未遍行"，当

是。⑧若：你（们）。⑨羽檄（xí）：插上羽毛表示紧急的公文。⑩胡：何。爱：吝惜。⑪贾（gǔ）人：坐地经商的商人。⑫购：悬赏征求；收买。

十一年冬，汉兵击斩陈豨将侯敞、王黄于曲逆下①，破豨将张春于聊城②，斩首万余。太尉勃入定太原、代地③。十二月，上自击东垣④，东垣不下，卒骂上；东垣降⑤，卒骂者斩之，不骂者黥之⑥。更命东垣为真定。王黄、曼丘臣其麾下受购赏之⑦，皆生得，以故陈豨军遂败。

【注释】

①曲逆：县名。在今河北省完县东南。②聊城：县名。即今山东省聊城市西北。③太尉勃：周勃（？—前169年），沛人。④东垣：县名。在今河北省石家庄市东。⑤降：攻克。⑥黥之：《高祖本纪》作"原之"。⑦麾下：部下。麾（huī），军旗。

上还至洛阳。上曰："代居常山北①，赵乃从山南有之，远②。"乃立子恒为代王③，都中都④。代、雁门皆属代⑤。

【注释】

①常山：本名恒山，中国五岳中的北岳，在河南省曲阳县西北。历史上，汉代避文帝刘恒讳，宋代避真宗赵恒讳，曾两度改名常山。今山西恒山，定为北岳是清朝的事。②赵乃从山南有之，远：赵国要从常山以南去统治它，太远了。③子恒：皇子刘恒（前203—前157年），薄姬所生，高祖十一年立为代王。④中都：县名。在今山西省平遥县西南。⑤雁门：郡名。地当今山西省和内蒙古自治区交界地区，治所在善无（今山西省右玉县南）。

高祖十二年冬，樊哙军卒追斩豨于灵丘①。

【注释】

①灵丘：县名。即今山西省灵丘县东。邻接河北省。

太史公曰：韩信、卢绾非素积德累善之世①，徼一时权变②，以诈力成功③，遭汉初定，故得列地④，南面称孤。内见疑强大⑤，外依蛮貊以为援⑥，是以日疏自危⑦，事穷智困，卒赴匈奴，岂不哀哉！陈豨，梁人，其少时数称慕魏公子⑧；及将军守边⑨，招致宾客而下士，名声过实。周昌疑之，疵瑕颇起⑩，惧祸及身⑪，邪人进说，遂陷无道⑫，於戏悲夫⑬！夫计之生孰成败于人也深矣！

【注释】

①世：身世，引申为其人。②徼：同"傲"。侥幸。权变：权宜机变。这里指机遇，时势。③以：凭。诈力：机智勇敢。④列：通"裂"。⑤见：被。⑥蛮貊（mò）：泛指少数民族。⑦日疏：一天天疏远。⑧魏公子：战国时代魏国公子无忌，魏昭王的儿子，封信陵君。⑨将（jiàng）军：统率军队。⑩疵瑕（cī xiá）：本指人身上的痣粒和玉块上的斑点，比喻人的缺点、过失。⑪及：临；到。⑫无道：封建时代所称"十恶"之一，是一种很严重的罪行，多指王侯官吏犯上作乱、逆情背理、妄杀无辜等。⑬於戏（wū hū）：通"呜呼"。

田儋列传第三十四

　　田儋者，狄人也①，故齐王田氏族也②。儋从弟田荣③，荣弟田横，皆豪，宗强④，能得人。

【注释】

　　①儋：音 dān。狄：县名。在今山东省高青县东南。②齐王田氏族：齐国是前11世纪周王朝分封的诸侯国之一，开国君主是吕尚（姜姓，吕氏，名尚）。春秋末年，君权逐渐旁落到大臣陈氏（即田氏）手里。前386年，周天子承认田和为齐侯，姜姓齐国变成了田姓齐国。田儋就是齐王族田氏的后裔。详见《齐太公世家》《田敬仲完世家》。③从弟：堂弟。④豪：地方上有威望的人物。宗强：宗族强大。

　　陈涉之初起王楚也①，使周市略定魏地②，北至狄，狄城守。田儋详为缚其奴③，从少年之廷④，欲谒杀奴⑤。见狄令，因击杀令，而召豪吏、子弟曰⑥："诸侯皆反秦自立，齐，古之建国⑦；儋，田氏，当王。"遂自立为齐王，发兵以击周市。周市军还去，田儋因率兵东，略定齐地⑧。

【注释】

　　①陈涉之初起王楚也：秦二世元年（前209年）七月，陈涉率领戍卒起义反秦，自立为王，国号"楚"。陈涉，名胜，字涉，阳城（今河南省登封市东南）人。王（wàng）：君临一国。动词。②市（fú）：通"韍"。略：夺取。③详：通"佯"。假装。④从少年之廷：让（一伙）年轻人跟随着到官府。在文言中，"跟随某某"和"使某某跟随"都作"从某某"。之，往；到。⑤欲谒（yè）杀奴：想以杀奴相谒告。谒，拜见。⑥豪吏：有声望有权势的长吏。子弟：指年轻人。⑦诸侯皆反秦自立：当时自立为王的除楚王陈涉外，有武臣自立为赵王，韩广自立为燕王等。古之建国：古代受封而建立的国家。⑧因：于是。东：向东。

秦将章邯围魏王咎于临济，急①。魏王请救于齐，齐王田儋将兵救魏②。章邯夜衔枚击③，大破齐、魏军，杀田儋于临济下。儋弟田荣收儋余兵走东阿④。

【注释】

①章邯（？—前205年）：秦朝将领，曾率兵镇压陈涉、项梁起义军。魏王咎：魏咎。战国末年被封于宁陵，故又叫宁陵君。临济：邑名。在今河南省封丘县东。②将（jiàng）兵：统率军队。③枚：状如筷子的小棒，两端有绳带，可以系在颈上。④东阿（ē）：县名。在今山东省东阿县西南。

齐人闻王田儋死，乃立故齐王建之弟田假为齐王①，田角为相，田间为将，以距诸侯②。

【注释】

①齐王建：战国齐的最后一个国君，公元前264—前221年在位。②距：通"拒"。抵抗。

田荣之走东阿，章邯追围之。项梁闻田荣之急，乃引兵击破章邯军东阿下①。章邯走而西②，项梁因追之。而田荣怒齐之立假，乃引兵归，击逐齐王假③。假亡走楚④，齐相角亡走赵，角弟田间前求救赵⑤，因留不敢归。田荣乃立田儋子市为齐王，荣相之⑥，田横为将，平齐地。

【注释】

①引兵：带兵。②走而西：向西逃跑。③逐：驱赶。④亡走楚：逃亡到楚。楚，指楚军。当时楚军的实际领袖是项梁。⑤角弟田间前求救赵：田角的弟弟田间在此之先已到赵国请救兵。当时的赵王是赵歇，赵军的实际领袖是张耳、陈馀。⑥市：音fú。荣相之：田荣辅佐他（做他的相国）。

项梁既追章邯，章邯兵益盛①，项梁使使告赵、齐②，发兵共击章邯。田荣曰："使楚杀田假③，赵杀田角、田间，乃肯出兵④。"楚怀王曰⑤："田假与国之王⑥，穷而归我⑦，杀之不义。"赵亦不杀田角、田间以市于齐⑧。齐曰："蝮螫手则斩手⑨，螫足则斩足。何者？为害于身也⑩。今田假、田角、田间于楚、赵，非直手足戚也⑪，何故不杀？且秦

图为汉将韩信攻齐国田儋，项羽派大将龙且救齐，结果龙且大败于韩信，韩信攻占齐地，被封为齐王。

复得志于天下，则龁龂用事者坟墓矣[12]。"楚、赵不听，齐亦怒，终不肯出兵。章邯果败杀项梁[13]，破楚兵。楚兵东走，而章邯渡河围赵于巨鹿[14]。项羽往救赵，由此怨田荣。

【注释】

①章邯兵益盛：章邯兵力增大。②使使：派遣使者。③使：如果；只要；只有。④乃：就；才。⑤楚怀王：战国楚怀王的孙子熊心。⑥与国：友好国家。与，朋友。⑦穷：困窘；处境艰危。⑧市：交易；做买卖。⑨虺：虺蛇。螫（zhē）：蜂、蝎等刺人。⑩为：因为。⑪非直手足戚也：谈不上手足的亲近关系吧。直，通"值"。相当。戚，亲近。⑫龁龂（hé yǐ）：咬。引申为毁伤。用事者：指起兵反秦的首领们。⑬败杀：打败并杀死。⑭巨鹿：县名。在今河北省平乡县西南。

　　项羽既存赵①，降章邯等②，西屠咸阳③，灭秦而立侯王也，乃徙齐王田市更王胶东④，治即墨⑤。齐将田都从共救赵，因入关⑥，故立都为齐王，治临淄。故齐王建孙田安，项羽方渡河救赵，田安下济北数城⑦，引兵降项羽，项羽立田安为济北王，治博阳。田荣以负项梁不肯出兵助楚、赵攻秦⑧，故不得王；赵将陈馀亦失职⑨，不得王。二人俱怨项王。

【注释】

　　①存：保存；保全。②降章邯等：使章邯等人投降。③西屠咸阳：向西进军血洗咸阳。④徙：调动。更：改。⑤治即墨：以即墨为治所（王国的都城）。⑥因入关：顺势进入关中。因，从而，顺。⑦下：攻克。⑧负：违；背叛。⑨赵将陈馀亦失职：陈馀（？—前204年），大梁（今河南省开封市）人。详见《张耳陈馀列传》。

　　项王既归①，诸侯各就国②，田荣使人将兵助陈馀，令反赵地③。而荣亦发兵以距击田都，田都亡走楚。田荣留齐王市，无令之胶东④。市之左右曰⑤："项王强暴，而王当之胶东；不就国，必危。"市惧，乃亡就国。田荣怒，追击杀齐王市于即墨。还，攻杀济北王安。于是田荣乃自立为齐王，尽并三齐之地⑥。

【注释】

　　①项王既归：项羽分封各灭秦有功的将领为诸侯王，自立为西楚霸王。②就国：到达封国。③令反赵地：让他在赵地反叛项羽。④无令之胶东：不让他到胶东国去。之，到；往。⑤左右：亲信。⑥三齐：项羽把齐地分封给三人为王：田市为胶东王，田都为齐王，田安为济北王，所以叫"三齐"。

　　项王闻之，大怒，乃北伐齐。齐王田荣兵败，走平原①，平原人杀荣。项王遂烧夷齐城郭②，所过者尽屠之③。齐人相聚畔之④。荣弟横收齐散兵，得数万人，反击项羽于城阳⑤。而汉王率诸侯败楚，入彭城⑥。项羽闻之，乃醳齐而归⑦，击汉于彭城。因连与汉战，相距荥阳⑧。以故田横复得收齐城邑⑨，立田荣子广为齐王，而横相之，专国政——政无巨细皆断于相。

【注释】

　　①平原：县名。在今山东省平原县南。②夷：削平。城郭：城墙。③所过者：经过的地方。④畔：通"叛"。⑤城阳：古县名。治所在今山东鄄城县东南。⑥彭城：县名。即今江苏省徐州市。⑦醳（shì）：通"释"，放弃。⑧荥（xíng）阳：县名。⑨以故：因此。

　　横定齐三年，汉王使郦生往说下齐王广及其相国横①。横以为然，解其历下军②。汉将韩信引兵且东击齐③。齐初使华无伤、田解军于历下以距汉④。汉使至，乃罢守战备，纵酒⑤，且遣使与汉平⑥。汉将韩信已平赵、燕，用蒯通计⑦，度平原⑧，袭破齐历下军，因入临淄。齐王广、相横怒，以郦生卖己而亨郦生⑨。齐王广东走高密，相横走博阳，守相田光走城阳⑩，将军田既军于胶东。楚龙且救齐，齐王与合军高密。汉将韩信与曹参破杀龙且，虏齐王广。汉将灌婴追得齐守相田光。至博阳，而横闻齐王死，自立为齐王，还击婴。婴败横之军于嬴下⑪。田横亡走梁，归彭越。彭越是时居梁地，中立，且为汉，且为楚⑫。韩信已杀龙且，因令曹参进兵，破杀田既于胶东，使灌婴破杀齐将田吸于千乘⑬。韩信遂平齐，乞自立为齐假王⑭，汉因而立之。

【注释】

　　①郦生：郦食其（yì jī）。陈留（今河南省开封市东南）高阳乡人，本为里监门吏，秦末农民战争中归附刘邦，成为其重要谋士。说（shuì）：游说。下：攻克。这里是使降服的意思。②历下：历城之下。历城，邑名。即今山东省济南市。③且：将。④军：驻扎。⑤纵酒：放任（士兵）饮酒。⑥平：媾和。⑦蒯通：即蒯彻，司马迁避汉武帝刘彻名讳改作"通"。⑧度：通"渡"。平原：平原津，当时黄河渡口，在今山东平原县西南。⑨亨（pēng）：通"烹"。古代用鼎锅煮死罪人的酷刑。⑩高密：县名。即今山东省高密市西南。博阳：邑名。即博县，在今山东省泰安县东南。守相：暂时署理相国职务。守犹摄。⑪嬴：邑名。在今山东省莱芜市西北。⑫彭越（？—前196年）：昌邑（今山东省金乡县西北）人。秦末聚众起兵。楚汉战争中归附刘邦，平定梁地（今河南省东南部），封梁王。⑬千乘：县名。在今山东省高青县东北。⑭乞：请求。假王：暂时行使权力的国王。

后岁余，汉灭项籍，汉王立为皇帝，以彭越为梁王。田横惧诛，而与其徒属五百余人入海，居岛中。高帝闻之，以为田横兄弟本定齐，齐人贤者多附焉，今在海中不收，后恐为乱，乃使使赦田横罪而召之。田横因谢曰①："臣亨陛下之使郦生，今闻其弟郦商为汉将而贤，臣恐惧，不敢奉诏②，请为庶人③，守海岛中。"使还报，高皇帝乃诏卫尉郦商曰："齐王田横即至④，人马从者敢动摇者致族夷⑤！"乃复使使持节具告以诏商状⑥，曰："田横来，大者王，小者乃侯耳⑦；不来，且举兵加诛焉。"田横乃与其客二人乘传诣雒阳⑧。

【注释】

①谢：推辞。②奉诏：遵命。③庶人：百姓；平民。④即：倘若；如果。⑤人马从者敢动摇者致族夷：敢动摇其随从人马者将获族夷之罪。致，获得。⑥节：皇帝的使者所操的用以证明身份的信物。具告：细告。具，通"俱"。⑦大者王，小者乃侯耳：最大的位置是王，最小的位置也是侯呢。⑧乘传（zhuàn）：传车的一种，为四匹下等马拉的传车。诣（yì）：到。雒（luò）阳：都邑名。在今河南省洛阳市东北。

未至三十里①，至尸乡厩置②，横谢使者曰："人臣见天子当洗沐。"止留。谓其客曰："横始与汉王俱南面称孤③，今汉王为天子，而横乃为亡虏而北面事之④，其耻固已甚矣⑤。且吾亨人之兄，与其弟并肩而事其主，纵彼畏天子之诏不敢动我，我独不愧于心乎⑥？且陛下所以欲见我者，不过欲一见吾面貌耳。今陛下在雒阳，今斩吾头，驰三十里间，形容尚未能败⑦，犹可观也。"遂自到⑧，令客奉其头⑨，从使者驰，奏之高帝。高帝曰："嗟乎，有以也夫⑩！起自布衣⑪，兄弟三人更王，岂不贤乎哉！"为之流涕，而拜其二客为都尉，发卒二千人，以王者礼葬田横。

【注释】

①未至三十里：距离目的地（这里指洛阳）三十里。②尸乡：邑名。在今河南省偃师县西。厩（jiù）置：驿站的马房。③南面称孤：即称王。④亡虏：流亡的贱人。亡，流落他乡。虏，奴隶。这里是田横对自己的贱称。⑤固：本来。已：太；过。⑥纵：即使。⑦形容：面目神态。败：变质。⑧自到（jǐng）：自杀。⑨奉：通"捧"。⑩以：缘故；道理。⑪布衣：

古代平民的穿着，借以指平民。

既葬，二客穿其冢旁孔[1]，皆自刭，下从之[2]。高帝闻之，乃大惊[3]，以田横之客皆贤[4]。吾闻其余尚五百人在海中[5]，使使召之，至[6]，则闻田横死，亦皆自杀。于是乃知田横兄弟能得士也。

【注释】

①穿其冢旁孔：于其冢旁穿孔。②下从之：倒进坑里陪葬。③乃：竟。④以：认为。⑤吾：司马迁自称。⑥至：使者到海岛。

太史公曰：甚矣，蒯通之谋，乱齐骄淮阴[1]，其卒亡此两人[2]！蒯通者，善为长短说[3]，论战国之权变，为八十一首[4]。通善齐人安期生，安期生尝干项羽[5]，项羽不能用其策。已而项羽欲封此两人，两人终不肯受，亡去。田横之高节，宾客慕义而从横死，岂非至贤！余因而列焉[6]。不无善画者，莫能图，何哉？

【注释】

①骄淮阴：使淮阴骄。淮阴，指淮阴侯韩信。②其：语气副词。两人：指田横和韩信。③善为长短说：想把事情说长就能证明长，想欲把事情说短就能证明它短。意即纵横捭阖，能言善辩。④首：篇。⑤干：求取。⑥列：叙列；论列。

樊郦滕灌列传第三十五

舞阳侯樊哙者①，沛人也②。以屠狗为事，与高祖俱隐③。

【注释】

①舞阳侯：樊哙生前的最后封号。②沛：县名。在今江苏省沛县东。③高祖：即刘邦。西汉王朝的建立者。前202—前195年在位。

初从高祖起丰①，攻下沛。高祖为沛公，以哙为舍人②。从攻胡陵、方与③，还守丰，击泗水监丰下④，破之。复东定沛，破泗水守薛西⑤。与司马尼战砀东⑥，却敌⑦，斩首十五级，赐爵国大夫⑧。常从沛公击章邯，军濮阳⑨，攻城先登，斩首二十三级，赐爵列大夫⑩。复常从，从攻城阳⑪，先登。下户牖⑫，破李由军⑬，斩首十六级，赐上间爵⑭。从攻围东郡守、尉于成武⑮，却敌，斩首十四级，捕虏十一人，赐爵五大夫⑯。从击秦军，出亳南⑰。河间守军于杠里⑱，破之。击破赵贲军开封北⑲，以却敌先登，斩候一人⑳，首六十八级，捕虏二十七人，赐爵卿㉑。从攻破杨熊军于曲遇㉒。攻宛陵㉓，先登，斩首八级，捕虏四十四人，赐爵封号贤成君㉔。从攻长社、辕辕㉕，绝河津㉖，东攻秦军于尸㉗，南攻秦军于犨㉘。破南阳守齮于阳城㉙。东攻宛城㉚，先登，西至郦㉛，以却敌，斩首二十四级，捕虏四十人，赐重封㉜。攻武关，至霸上㉝，斩都尉一人㉞，首十级，捕虏百四十六人，降卒二千九百人。

【注释】

①丰：邑名。在今江苏省丰县。②舍人：官名。③胡陵：县名。在今山东省鱼台县东南。方与（fáng yǔ）：县名。在今山东省鱼台县西。④泗水：郡名。辖境相当于今江苏省西北部和安徽省东北部，治所在相县（今安徽淮北市西北）。⑤守（shòu）：郡守。郡的行政长官。⑥司马尼（yí）：秦将。砀（dàng）：县名。在今安徽省砀山县南，今河南永城市东北。⑦却：退却。使动用法。⑧国大夫：即官大夫。⑨章邯：秦末少府，九卿之一。

濮阳：县名。在今河南省濮阳县西南。⑩列大夫：即公大夫。秦汉时爵位名。⑪城阳：县名。在今山东鄄城县东南。⑫户牖：乡名。在今河南省兰考县东北。⑬李由：秦朝丞相李斯的儿子，当时为三川郡守。三川郡，在今河南省西部。郡治雒阳。⑭上间爵：爵位名，不在二十等爵位之内。一作"上闻爵"。⑮东郡：郡名。地在今山东省、河南省交界地区，治所在濮阳（今河南省濮阳县西南）。成武：县名。在今山东省成武县。⑯五大夫：秦汉时第九等爵位名。⑰亳（bó）：古都邑名。⑱河间：郡名。汉高祖设置。秦朝没有河间郡。杠里：地名。在城阳西。⑲开封：县名。在今河南省开封市南。⑳候：军候。古时军队中负责侦察敌情的官官。㉑卿：古代高级长官或爵位的名称。㉒曲遇（qǔ yáng）：即曲遇聚，古城镇名。在今河南省中牟县东。㉓宛（yuān）陵：古城镇名。在今河南省新郑市东北。㉔贤成君：封爵以外加的美称。贤成，美名，非地名。㉕长社：古邑名。在今河南省长葛市东北。辕辕（huán yuán）：山名。㉖河津：指平阴津，黄河重要渡口之一。在今河南省孟津县东。㉗尸：尸乡，在今河南省偃师县西。㉘犨（chōu）：古邑名。在现在的河南省鲁山县东南。㉙南阳：郡名。辖境相当于今河南省西南部和湖北省西北部一带。齮（yǐ）：人名，即吕齮。阳城：秦县名。㉚宛（yuān）：县名。今河南省南阳市。㉛郦：县名。在今河南省南阳市北。㉜赐重（chóng）封：增加封赏。㉝霸上：亦作"灞上"，即灞水西白鹿原，在今陕西省西安市东南。㉞都尉：比将军稍低的武官。

项羽在戏下①，欲攻沛公。沛公从百余骑因项伯面见项羽②，谢无有闭关事③。项羽既飨军士④，中酒⑤，亚父谋欲杀沛公⑥，令项庄拔剑舞坐中⑦，欲击沛公，项伯常屏蔽之。时独沛公与张良得入坐⑧，樊哙在营外，闻事急，乃持铁盾入到营。营卫止哙，哙直撞入，立帐下。项羽目之，问为谁。张良曰："沛公参乘樊哙⑨。"项羽曰："壮士。"赐之卮酒彘肩⑩。哙既饮酒，拔剑切肉食，尽之。项羽曰："能复饮乎？"哙曰："臣死且不辞，岂特卮酒乎⑪！且沛公先入定咸阳⑫，暴师霸上⑬，以待大王⑭。大王今日至，听小人之言，与沛公有隙⑮，臣恐天下解⑯，心疑大王也。"项羽默然。沛公如厕⑰，麾樊哙去⑱。既出，沛公留车骑，独骑一马，与樊哙等四人步从，从间道山下归走霸上军⑲，而使张良谢

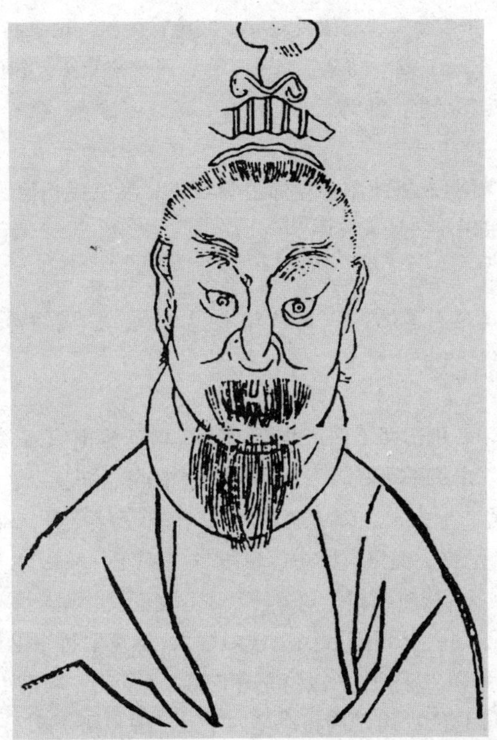

樊哙像，出自《维扬樊氏重修族谱》。樊哙为西汉
名将，随刘邦起兵反秦、灭楚。

项羽。项羽亦因遂已[20]，无诛沛公之心矣。是日微樊哙奔入营谯让项羽[21]，沛公事几殆[22]。

【注释】

①戏（xī）下：地名。在今陕西省西安市临潼区东。②项伯：名缠，字伯，项羽的叔父，曾任楚军左尹。③闭关事：指刘邦进入咸阳后，想在关中称王，派兵把守函谷关，不让其他诸侯进入。④飨（xiǎng）：用酒肉款待。⑤中（zhòng）酒：酒酣。⑥亚父：次于父，是一种尊称。⑦项庄：项羽的堂弟。⑧张良：字子房，刘邦的重要谋臣。⑨参乘：即骖乘，也叫陪乘，位于车右。如同后来的近侍警卫。⑩卮（zhī）：古代一种盛酒器。彘（zhì）肩：猪腿。彘，猪。⑪特：独。⑫咸阳：当时的秦都，在今陕西省咸阳市东北。⑬暴（pù）师霸上：这里指驻军霸上，没有进入宫室。⑭大

王：当时项羽并未称王，这里是追记。⑮隙：缝隙。这里指不和。⑯解：解体；分裂。⑰如：往。⑱麾：用手示意，叫樊哙出来。⑲间道：小路。⑳遂已：满足了心意。㉑微：非；没有。谯让：谴责。㉒殆：危险。

　　明日①，项羽入屠咸阳，立沛公为汉王。汉王赐哙爵为列侯，号临武侯②。迁为郎中③，从入汉中④。

【注释】

　　①明日：《项羽本纪》为"居数日"。②临武：邑名，在今湖南临武县。③迁：提升。④汉中：郡名。

　　还定三秦①，别击西丞白水北②，雍轻车骑于雍南③，破之。从攻雍、
敬城④，先登。击章平军好畤⑤，攻城，先登陷阵，斩县令、丞各一人⑥，
首十一级，虏二十人，迁郎中骑将。从击秦车骑壤东⑦，却敌，迁为将
军。攻赵贲，下郿、槐里、柳中、咸阳⑧；灌废丘⑨，最⑩。至栎阳⑪，赐
食邑杜之樊乡⑫。从攻项籍，屠煮枣⑬。击破王武、程处军于外黄⑭。攻
邹、鲁、瑕丘、薛⑮。项羽败汉王于彭城⑯，尽复取鲁、梁地⑰。哙还至
荥阳⑱，益食平阴二千户⑲，以将军守广武⑳。一岁，项羽引而东。从高
祖击项籍，下阳夏㉑，虏楚周将军卒四千人。围项籍于陈㉒，大破之。屠
胡陵。

【注释】

　　①三秦：指项羽以原秦王朝的关中地区分封章邯为雍王、司马欣为塞
王、董翳为翟王，共三个诸侯国，所以合称为"三秦"。②西：即西县，
在今甘肃省天水市西南。③雍：前面的"雍"，指被项羽封为雍王的秦降
将章邯。后面的"雍"，原为春秋秦都，汉置雍县，在今陕西省凤翔县南。
④敬（tái）：县名。在今陕西省武功县东北。⑤章平：章邯的弟弟。好畤
（zhì）：县名。⑥县令：一县的行政长官。丞：县丞，县令的副手。⑦壤：
乡名。在今陕西省武功县东南。⑧郿：县名。在今陕西省眉县东。槐里：
县名。在今陕西省兴平市东南。柳中：即细柳。古地名。在今陕西省咸阳
市西南渭河北岸。⑨废丘：即槐里。秦代名废丘。⑩最：功劳最大。⑪栎
（yuè）阳：县名。在今陕西省西安市临潼区东北。⑫食邑：也叫"采邑"。杜：
县名。在今陕西省西安市东南。樊乡：又名樊川，在当时的杜县南，即今

西安市长安区南。⑬煮枣：古邑名。在今山东省东明县南。⑭外黄：县名。在今河南兰考县东南。⑮邹：县名。在今山东邹县。鲁：县名。在今山东省曲阜市。瑕丘：县名。在今山东省兖州市北。薛：邑名，在今山东滕州市南。⑯彭城：县名。在今江苏省徐州市。⑰鲁：指春秋时鲁国管辖的地区，在今山东省西南部。梁：指战国时魏国管辖的地区，因魏惠王由安邑（今山西夏县西北）迁都大梁（今河南省开封市），所以也称梁地。⑱荥（xíng）阳：县名。在今河南省荥阳市东北。⑲平阴：县名。在今河南省孟津县东北。⑳广武：山名。在今河南省荥阳市东北，东连旧荥泽，西接成皋。㉑阳夏：县名。在今河南省太康县。㉒陈：县名。在今河南省淮阳县。

项籍既死，汉王为帝，以哙坚守战有功，益食八百户。从高帝攻反燕王臧荼①，虏荼，定燕地②。楚王韩信反③，哙从至陈，取信，定楚。更赐爵列侯，与诸侯剖符④，世世勿绝，食舞阳，号为舞阳侯，除前所食。以将军从高祖攻反韩王信于代⑤。自霍人以往至云中⑥，与绛侯等共定之⑦，益食千五百户。因击陈豨与曼丘臣军⑧，战襄国⑨，破柏人⑩，先登，降定清河、常山凡二十七县⑪，残东垣⑫，迁为左丞相。破得綦毋印、尹潘军于无终、广昌⑬。破豨别将胡人王黄军于代南⑭，因击韩信军于参合⑮。军所将卒斩韩信，破豨胡骑横谷⑯，斩将军赵既，虏代丞相冯梁、守孙奋、大将王黄、将军、太仆解福等十人⑰。与诸将共定代乡邑七十三。其后燕王卢绾反⑱，哙以相国击卢绾，破其丞相抵蓟南⑲，定燕地，凡县十八，乡邑五十一。益食邑千三百户，定食舞阳五千四百户。从，斩首百七十六级，虏二百八十八人。别⑳，破军七，下城五，定郡六，县五十二，得丞相一人，将军十二人，二千石已下至三百石十一人㉑。

【注释】

①燕王臧荼：臧荼原是燕王韩广的部将，曾随项羽救赵，又跟从入关，被封为燕王，后叛楚归汉，高祖五年，因反叛被俘。②燕：这里指燕王臧荼所统辖的地区，主要在河北省北部。③楚王韩信：韩信先跟随项羽，后投靠刘邦，曾自立为齐王，刘邦改封他为楚王，后降为淮阴侯。④剖符：封功臣时，把表示凭证的符分成两半，朝廷和被封的人各拿一半，以示信用。⑤韩王信：战国韩襄王的后代，曾引兵随刘邦到汉中，后被封

为韩王，高祖七年投降匈奴。一般称他为韩王信，以区别于淮阴侯韩信。详见《韩信卢绾列传》。代：指代地，约当今山西东北、河北省西北部。⑥霍人：古邑名。在今山西省繁峙（zhì）县东北。云中：县名。在今内蒙古自治区托克托县东北。⑦绛侯：即周勃，刘邦的重要将领。详见《绛侯周勃世家》。⑧陈豨：刘邦的将领，汉初任赵国的相国。曼丘臣：韩王信的将领，跟随韩王信举兵反叛，战败后潜逃，投降匈奴。⑨襄国：县名。在今河北省邢台市西南。⑩柏人：县名。在今河北省隆尧县西。⑪清河：郡名。地当今河北省中部和山西一部分，治所在元氏（今河北省元氏县西北）。⑫东垣：县名。在今河北石家庄市东北。⑬綦毋卬（qí wú áng）：人名。姓綦毋，名卬。⑭别将：分统另一支军队的将领。⑮参合：县名。在今山西省阳高县南。⑯横谷：县名。在今河北省蔚县西北。⑰太仆：九卿之一。为皇帝或诸侯王掌管车马。⑱卢绾（wǎn）：曾跟随刘邦起兵，汉初被封为燕王，后投降匈奴。⑲抵：人名。蓟（jì）：县名。在今北京市西南隅。⑳别：另外。这里指另率一支军队作战。㉑二千石已下至三百石：按汉朝官吏的俸给共分十五等，年俸万石至百石不等。已：通"以"。

　　哙以吕后女弟吕须为妇①，生子伉，故其比诸将最亲。

【注释】

　　①吕后：刘邦的妻子。名雉，字娥姁。女弟：妹妹。

　　先黥布反时①，高祖尝病甚，恶见人，卧禁中②，诏户者无得入群臣③。群臣绛、灌等莫敢入④。十余日，哙乃排闼直入⑤，大臣随之。上独枕一宦者卧⑥。哙等见上流涕曰："始陛下与臣等起丰、沛⑦，定天下，何其壮也！今天下已定，又何惫也！且陛下病甚，大臣震恐，不见臣等计事，顾独与一宦者绝乎⑧？且陛下独不见赵高之事乎⑨？"高帝笑而起。

【注释】

　　①黥（qíng）布：原名英布。②禁中：宫中。③户者：守卫门户的人。入：使动用法。④降：即绛侯周勃。灌：即灌婴。⑤排闼（tà）：推门。闼，宫中小门。⑥宦者：宦官、太监。⑦陛下：对帝王的尊称。⑧顾：却。⑨赵高：秦朝宦官，任中车府令。

其后卢绾反，高帝使哙以相国击燕。是时高帝病甚，人有恶哙党于吕氏①，即上一日宫车晏驾②，则哙欲以兵尽诛灭戚氏、赵王如意之属③。高帝闻之大怒，乃使陈平载绛侯代将④，而即军中斩哙。陈平畏吕后，执哙诣长安⑤。至则高祖已崩⑥，吕后释哙，使复爵邑。

【注释】

①恶：说人坏话。党：结党。用作动词。②即：如果。一日：一旦。宫车晏驾：是皇帝死亡的一种避讳说法。③戚氏：戚夫人，刘邦的妃嫔，赵王如意的母亲。赵王如意：刘邦的第三个儿子。④陈平：刘邦的重要谋臣，后为丞相。⑤诣（yì）：到。长安：西汉的国都，在今陕西省西安市西北。⑥崩：古代称皇帝死为"崩"。

孝惠六年①，樊哙卒②，谥为武侯③。子伉代侯，而伉母吕须亦为临光侯④。高后时用事专权，大臣尽畏之。伉代侯九岁，高后崩。大臣诛诸吕、吕须婘属⑤，因诛伉。舞阳侯中绝数月。孝文帝既立⑥，乃复封哙他庶子市人为舞阳侯⑦，复故爵邑。市人立二十九岁卒，谥为荒侯。子他广代侯。六岁，侯家舍人得罪他广，怨之，乃上书曰："荒侯市人病不能为人⑧，令其夫人与其弟乱而生他广，他广实非荒侯子，不当代后。"诏下吏。孝景中六年⑨，他广夺侯为庶人⑩，国除⑪。

【注释】

①孝惠：刘盈的谥号。孝惠六年，即公元前189年。②卒：死。③谥（shì）：封建时代在人死后按他生前事迹评定褒贬给予的称号。④临光侯：《吕后本纪》作"林光侯"。⑤诸吕：指吕氏诸子弟。婘属：通"眷属"。⑥孝文帝：刘恒。⑦庶子：古时称姬妾所生的儿子为庶子。⑧为人：生殖人，行人道。指性交。⑨孝景：汉景帝刘启，前157—前141年在位。⑩庶人：平民。⑪国：封国。

曲周侯郦商者①，高阳人②。陈胜起时③，商聚少年东西略人④，得数千。沛公略地至陈留⑤，六月余，商以将卒四千人属沛公于岐⑥。从攻长社，先登，赐爵封信成君。从沛公攻缑氏⑦，绝河津，破秦军洛阳东⑧。从攻下宛、穰⑨，定十七县。别将攻旬关⑩，定汉中。

【注释】

①曲周侯：郦商生前的最后封号。曲周，县名，在今河北省曲周县东北。②高阳：地名。在今河南省杞县西南。③陈胜：字涉。秦末农民起义领袖。④略：带强制性的争取。⑤陈留：县名。在今河南省开封市东南。⑥岐：地名。在今河南省开封市陈留镇附近。⑦缑（gōu）氏：一作侯氏。县名。在今河南省偃师县西南。⑧洛阳：古都邑名。在今河南省洛阳市东北。⑨穰：县名。在今河南省邓州市。⑩旬关：古关名。

项羽灭秦，立沛公为汉王。汉王赐商爵信成君①，以将军为陇西都尉②。别将定北地③、上郡④。破雍将军焉氏⑤，周类军枸邑⑥，苏驵军于泥阳⑦。赐食邑武成六千户⑧。以陇西都尉从击项籍军。五月，出巨野⑨，与钟离眜战⑩，疾斗，受梁相国印，益食邑四千户。以梁相国将从击项羽二岁三月，攻胡陵。

【注释】

①信成君：乃封号，非实封地。②陇西：郡名。③北地：郡名。④上郡：郡名。辖境当今陕西省北部及内蒙古自治区旧鄂尔多斯左翼。郡治肤施（今陕西榆林县东南）⑤雍将军：雍王章邯的将军。焉氏（zhī）：县名。在今甘肃省泾川县东。⑥枸邑：县名。在今陕西省旬邑县东北。⑦泥阳：古邑名。宁县东南。⑧武成：县名。在今陕西省华县东北。成，或作"城"。⑨巨野：县名。在今山东省巨野县东北。⑩钟离眜：复姓钟离，名眜。

项羽既已死，汉王为帝。其秋，燕王臧荼反，商以将军从击荼，战龙脱①，先登陷阵，破荼军易下②，却敌，迁为右丞相，赐爵列侯，与诸侯剖符，世世勿绝，食邑涿五千户③，号曰涿侯。以右丞相别定上谷④，因攻代，受赵相国印。以右丞相赵相国别与绛侯等定代、雁门⑤，得代丞相程纵、守相郭同⑥、将军已下至六百石十九人。还，以将军为太上皇卫一岁七月⑦。以右丞相击陈豨，残东垣。又以右丞相从高帝击黥布，攻其前拒⑧，陷两陈，得以破布军，更食曲周五千一百户，除前所食。凡别破军三，降定郡六，县七十三，得丞相、守相、大将各一人，小将二人，二千石已下至六百石十九人。

【注释】

　　①龙脱：地名。在今河北省徐水县西。②易：易县，地在现在的河北雄县西北。③涿：县名。即今河北省涿州市。④上谷：郡名。辖境相当今河北省西北部。郡治沮阳（今河北怀来县东南）⑤雁门：郡名。郡治善无（今山西右玉县南）。⑥守相：代理丞相。⑦太上皇：汉高祖尊称他的父亲太公为太上皇。⑧前拒：前沿阵地。

　　商事孝惠、高后时，商病，不治①。其子寄，字况，与吕禄善②。及高后崩，大臣欲诛诸吕。吕禄为将军，军于北军③。太尉勃不得入北军④，于是乃使人劫郦商⑤，令其子况绐吕禄⑥。吕禄信之，故与出游，而太尉勃乃得入据北军，遂诛诸吕。是岁商卒，谥为景侯。子寄代侯。天下称郦况卖交也⑦。

【注释】

　　①不治：不能理事。②吕禄：吕后的哥哥吕释之的儿子，吕后执政时封他为赵王，后被周勃等杀死。③北军：汉朝守卫京师的部队，因驻在长安城北，所以称"北军"。④太尉：秦和西汉时的最高军事长官。⑤劫：挟制。⑥绐（dài）：欺骗。⑦卖交：出卖朋友。

　　孝景前三年①，吴、楚、齐、赵反②，上以寄为将军，围赵城，十月不能下。得俞侯栾布自平齐来③，乃下赵城，灭赵，王自杀④，除国。孝景中二年⑤，寄欲取平原君为夫人⑥，景帝怒，下寄吏⑦，有罪，夺侯。景帝乃以商他子坚封为缪侯，续郦氏后。缪靖侯卒⑧，子康侯遂成立。遂成卒，子怀侯世宗立。世宗卒，子侯终根立，为太常⑨，坐法⑩，国除。

【注释】

　　①前三年：孝景帝前元三年，即公元前154年。②吴、楚、齐、赵反：指吴王刘濞、楚王刘戊、赵王刘遂、胶西王刘卬、胶东王刘雄渠、菑川王刘贤、济南王刘辟光等七个诸侯王国联合发动的武装叛乱。齐，胶西、胶东、菑川、济南都是由原齐国分出来的。③栾布：原是彭越的部下，后为臧荼的将领，文帝时任燕国相国，景帝时被封为俞（shū）侯。详见《季布栾布列传》。④王：指赵王刘遂，刘邦的孙子。⑤中二年：孝

景中元二年，相当于公元前148年。⑥平原君：景帝王皇后母臧儿的尊号。⑦下寄吏：把郦寄交给官吏议罪。⑧缪（mù）靖侯：缪，郦坚的封邑，今地不详。靖侯，郦坚的谥号。⑨太常：官名。⑩坐法：即坐罪。

汝阴侯夏侯婴①，沛人也。为沛厩司御②。每送使客还，过沛泗上亭③，与高祖语，未尝不移日也④。婴已而试补县吏⑤，与高祖相爱。高祖戏而伤婴，人有告高祖。高祖时为亭长⑥，重坐伤人⑦，告故不伤婴⑧，婴证之。后狱覆⑨，婴坐高祖系岁余⑩，掠笞数百⑪，终以是脱高祖⑫。

【注释】

①汝阴侯：夏侯婴生前的最后封号。②厩（jiù）：马房。司御：掌管养马驾车的人。③泗上亭：即泗水亭，在今江苏省沛县东。④移日：日影移动。形容时间很久。⑤已而：不久。试补：试用充任。⑥亭长：当时的乡官。秦时十里设一亭，亭有亭长。⑦重坐伤人：官吏伤人，加重治罪。⑧告：自告；自白。⑨狱覆：狱辞翻覆。⑩系：关押。⑪掠笞（chī）：用竹板、木棍或荆条打人。⑫脱：开脱。

高祖之初与徒属欲攻沛也①，婴时以县令史为高祖使②。上降沛一日③，高祖为沛公，赐婴爵七大夫④，以为太仆。从攻胡陵，婴与萧何降泗水监平⑤，平以胡陵降，赐婴爵五大夫。从击秦军砀东，攻济阳⑥，下户牖，破李由军雍丘下⑦，以兵车趣攻战疾⑧，赐爵执帛⑨。常以太仆奉车从击章邯军东阿、濮阳下⑩，以兵车趣攻战疾，破之，赐爵执珪⑪。复常奉车从击赵贲军开封，杨熊军曲遇。婴从捕虏六十八人，降卒八百五十人，得印一匮⑫。因复常奉车从击秦军雒阳东，以兵车趣攻战疾，赐爵封转为滕公。因复奉车从攻南阳，战于蓝田、芷阳⑬，以兵车趣攻战疾，至霸上。项羽至，灭秦，立沛公为汉王。汉王赐婴爵列侯，号昭平侯⑭，复为太仆，从入蜀、汉⑮。

【注释】

①徒属：服劳役的民夫。②县令史：县令手下掌管文书的小官吏。③上：指刘邦。④七大夫：即公大夫。⑤萧何：刘邦的重要谋臣，辅佐刘邦统一天下，西汉王朝的第一任丞相，被封为酇（cuó）侯。⑥济阳：县名。

在今河南省兰考县东北。⑦雍丘：县名。在今河南省杞县。⑧趣（cù）攻：急攻。趣，快，速。⑨执帛：爵位名。⑩东阿：即今山东省阳谷县东北的阿城镇。⑪执珪：爵位名。⑫匮（guì）：匣。⑬蓝田：县名。在今陕西省蓝田县西。芷阳：县名。在今陕西省西安市长安市东。⑭昭平侯：是封号，非实封邑。⑮蜀：郡名。辖境约当今四川省中部。郡治成都（今成都市）汉：即汉中郡。

还定三秦，从击项籍。至彭城，项羽大破汉军。汉王败，不利，驰去。见孝惠、鲁元①，载之。汉王急，马罢②，虏在后③，常蹶两儿欲弃之④。婴常收，竟载之，徐行面雍树乃驰⑤。汉王怒，行欲斩婴者十余，卒得脱，而致孝惠、鲁元于丰。

【注释】

①鲁元：刘邦的女儿，死后谥为鲁元太后，所以称"鲁元"。②罢（pí）：通"疲"。③虏：生俘之敌、奴隶皆曰虏。这里是对敌人的蔑称。④蹶（jué）：《汉书》作"跋"，用脚扒拉开。⑤雍树：当时方言。

汉王既至荥阳，收散兵，复振，赐婴食祈阳①。复常奉车从击项籍，追至陈，卒定楚②，至鲁，益食兹氏③。

【注释】

①祈阳：乡名。《汉书》作"沂阳"。②楚：指项羽统辖的地区。③兹氏：县名。在今山西省汾阳市东南。

汉王立为帝。其秋，燕王臧荼反，婴以太仆从击荼。明年，从至陈，取楚王信。更食汝阴①，剖符世世勿绝。以太仆从击代，至武泉、云中②，益食千户。因从击韩信军胡骑晋阳旁③，大破之。追北至平城④，为胡所围，七日不得通。高帝使使厚遗阏氏⑤，冒顿开围一角⑥。高帝出欲驰，婴固徐行，弩皆持满外向，卒得脱。益食婴细阳千户⑦。复以太仆从击胡骑句注北⑧，大破之。以太仆击胡骑平城南，三陷陈⑨，功为多，赐所夺邑五百户。以太仆击陈豨、黥布军，陷陈却敌，益食千户，定食汝阴六千九百户，除前所食。

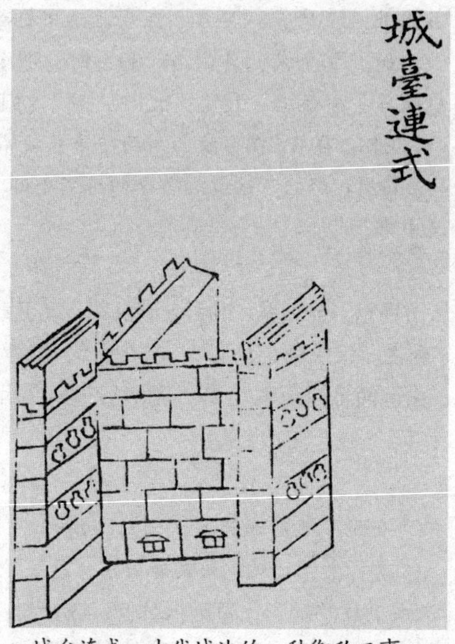

城台连式，古代城池的一种御敌工事。

【注释】

①汝阴：县名。在今安徽省阜阳市。②武泉：县名。在今内蒙古呼和浩特市东北武川县境。③胡：指匈奴。晋阳：县名。在今山西省太原市西南。④追北：追击逃跑的败兵。平城：县名。在今山西省大同市东北。⑤阏氏（yān zhī）：亦作"焉提"。汉时对匈奴王后的称号。⑥冒顿（mò dú）：匈奴单于（即匈奴王）名。秦二世元年（前209年）杀父头曼自立。他加强内部组织，建立军政制度，大量吞并弱小民族，势力强大。西汉初年，经常南下侵扰，对西汉王朝形成严重威胁。详见《匈奴列传》。⑦细阳：县名。在今安徽省太和县东南。⑧句注：即句注山，又名雁门山、西陉山。在今山西省代县西北，古为北方军事要地。谭其骧《中国历史地图集》标明句注山在今宁武县东。⑨陈：同"阵"。

婴自上初起沛，常为太仆，竟高祖崩。以太仆事孝惠。孝惠帝及高后德婴之脱孝惠、鲁元于下邑之间也①，乃赐婴县北第第一②，曰"近我"，以尊异之。孝惠帝崩，以太仆事高后。高后崩，代王之来③，婴以太仆

与东牟侯入清宫④，废少帝⑤，以天子法驾迎代王代邸⑥，与大臣共立为
孝文皇帝，复为太仆。八岁卒，谥为文侯。子夷侯灶立，七年卒。子共
侯赐立，三十一年卒。子侯颇尚平阳公主⑦。立十九岁，元鼎二年⑧，坐
与父御婢奸罪⑨，自杀，国除。

【注释】

①德：感激恩德。用作动词。下邑：县名。在今安徽省砀山县。②
县：古代称帝王居住的地方为"县"，即京城。北：北阙。第：前一"第"
字指府第，后一"第"字是次第。③代王：刘邦的儿子刘恒，即后来的文帝。
④东牟侯：齐悼惠王刘肥的儿子刘兴居。清宫：清理宫室。⑤少帝：吕
后把吕氏子冒称惠帝妃嫔所生的儿子刘弘，封为常山王，后立为帝，史
称少帝。⑥法驾：皇帝的车驾。代邸：代王的官邸。⑦尚：古代娶皇帝
的女儿叫"尚"。平阳，今山西临汾市西南。⑧元鼎：汉武帝刘彻的年号。
元鼎二年，即公元前 115 年。⑨御婢：皇帝赐给的婢女。

颍阴侯灌婴者①，睢阳贩缯者也②。高祖之为沛公，略地至雍丘下，
章邯败杀项梁③，而沛公还军于砀，婴初以中涓从击破东郡尉于成武及
秦军于杠里④，疾斗，赐爵七大夫。从攻秦军亳南、开封、曲遇，战疾力，
赐爵执帛，号宣陵君。从攻阳武以西至雒阳⑤，破秦军尸北，北绝河津，
南破南阳守齮阳城东⑥，遂定南阳郡。西入武关，战于蓝田，疾力，至霸上，
赐爵执珪，号昌文君。

【注释】

①颍阴侯：灌婴生前的最后封号。颍阴，县名，今河南省许昌市。
②睢（suī）阳：县名。在今河南省商丘市南。缯（zēng）：丝织品的总
称。③项梁：公元前 209 年陈胜起义后，他和侄儿项羽起兵反秦。④中涓：
官名。皇帝身边亲近的侍臣。杠里，在今山东鄄城县南。⑤阳武：县名。
在今河南省原阳县东南。⑥南阳：郡名。地在今河南省、湖北省交界地区，
治所在宛县（今河南省南阳市）。

沛公立为汉王，拜婴为郎中，从入汉中，十月，拜为中谒者①。
从还定三秦，下栎阳，降塞王②。还围章邯于废丘，未拔。从东出临晋
关③；击降殷王④，定其地。击项羽将龙且、魏相项他军定陶南⑤，疾

夏侯婴像，选自《桂林夏氏宗谱》。夏侯婴为西汉
开国功臣，封汝阳侯。

战，破之。赐婴爵列侯，号昌文侯，食杜平乡⑥。

【注释】

①中谒者：皇帝身边管传达的官员。②塞王：项羽所封的秦朝降将司马欣。③临晋关：在今陕西省大荔县黄河西岸，是历代秦、晋之间的险要通道。④殷王：项羽所封的赵将司马。⑤定陶：县名。在今山东省定陶县西北。⑥杜：县名。在今陕西省西安市东南。平乡：杜县的乡名。

复以中谒者从降下砀，以至彭城。项羽击，大破汉王。汉王遁而西①，婴从还，军于雍丘。王武、魏公申徒反，从击破之。攻下黄②，西收兵，军于荥阳。楚骑来众，汉王乃择军中可为车骑将者，皆推故秦骑士重泉人李必、骆甲习骑兵③，今为校尉④，可为骑将。汉王欲拜之，必、甲曰："臣故秦民，恐军不信臣，臣愿得大王左右善骑者傅之⑤。"灌婴虽少，然数力战，乃拜灌婴为中大夫⑥，令李必、骆甲为左右校尉，将郎中骑兵击楚骑于荥阳东，大破之。受诏别击楚军后，绝其饷道，起阳

武至襄邑⑦。击项羽之将项冠于鲁下，破之，所将卒斩右司马、骑将各一人⑧。击破柘公王武⑨，军于燕西⑩，所将卒斩楼烦将五人⑪，连尹一人⑫。击王武别将桓婴白马下⑬，破之，所将卒斩都尉一人。以骑渡河南⑭，送汉王到雒阳，使北迎相国韩信军于邯郸⑮。还至敖仓⑯，婴迁为御史大夫⑰。

【注释】

①遁：逃跑。②黄：外黄，县名。在现在的河南省民权县西北，兰考县东南。③重泉：县名。在今陕西省蒲城县东南。④校尉：汉代仅次于将军的武官。⑤傅：辅佐。⑥中大夫：御史大夫的顾问官。⑦襄邑：县名。在今河南省睢县。⑧右司马：掌管军马的官员。⑨柘（zhè）：县名。在今河南省柘城县西北。⑩燕：古国名。在今河南省延津县东北。⑪楼烦：古族名。⑫连尹：官名。春秋时楚国主管射箭的官员。⑬白马：县名。在今河南省滑县东。⑭河：黄河。⑮邯郸：古都邑名。即今河北省邯郸市。⑯敖仓：敖，地名。在今河南省荥阳市东北敖山上，即今郑州市西北邙山上。⑰御史大夫：秦、汉时仅低于丞相的中央最高长官。

三年①，以列侯食邑杜平乡②。以御史大夫受诏将郎中骑兵东属相国韩信，击破齐军于历下③，所将卒虏车骑将军华毋伤及将吏四十六人。降下临菑④，得齐守相田光。追齐相田横至嬴、博⑤，破其骑，所将卒斩骑将一人，生得骑将四人。攻下嬴、博，破齐将军田吸于千乘⑥，所将卒斩吸。东从韩信攻龙且、留公于高密⑦，卒斩龙且，生得右司马、连尹各一人，楼烦将十人，身生得亚将周兰⑧。

【注释】

①三年：汉王三年，即公元前 204 年。②以列侯食邑杜平乡：前已为列侯，食邑杜平乡。③历下：古邑名。即今山东省济南市。④临菑：即临淄。县名。在今山东省淄博市东北。⑤田横：本齐国贵族。楚汉战争中自立为齐王，不久被汉军战败。嬴：县名。在今山东省莱芜市西北。博：即博阳。在今山东省泰安县东南。⑥千乘：县名。在今山东省高青县东北。⑦高密：县名。在今山东省高密市西南。⑧亚将：副将。

齐地已定，韩信自立为齐王，使婴别将击楚将公杲于鲁北，破之。

转南，破薛郡长①，身虏骑将一人。攻博阳②，前至下相以东南僮、取虑、徐③。度淮④，尽降其城邑，至广陵。项羽使项声、薛公、郯公复定淮北。婴度淮北，击破项声、郯公下邳⑤，斩薛公，下下邳，击破楚骑于平阳⑥，遂降彭城⑦，虏柱国项佗⑧，降留、薛、沛、酂、萧、相⑨。攻苦、谯⑩，复得亚将周兰。与汉王会颐乡⑪。从击项籍军于陈下，破之，所将卒斩楼烦将二人，虏骑将八人。赐益食邑二千五百户。

【注释】

①薛郡：郡名。②博阳：古邑名。在今山东枣庄市南。③下相：县名。在今江苏省宿迁市西南。僮：古邑名。在今江苏省睢宁县东南。取虑（qiū lú）：古邑名。在今江苏省睢宁县西南。徐：古邑名。在今江苏泗洪县南。④度：同"渡"。⑤下邳：县名。在今江苏省睢宁县西北邳州市西南。⑥平阳：县名。在今山东省邹县西北。⑦"降"应为"围"。⑧柱国：楚国官名，又称上柱国。⑨留：县名。在今江苏省沛县东南。酂（cuó）：县名。在今河南省永城市西北。萧：县名。在今安徽省萧县西北。相：县名。在今安徽省淮北市西北。⑩苦：县名。在今河南省鹿邑县。⑪颐乡：地名。在今河南省鹿邑县东。

项籍败垓下去也①，婴以御史大夫受诏将车骑别追项籍至东城②，破之。所将卒五人共斩项籍，皆赐爵列侯。降左右司马各一人，卒万二千人，尽得其军将吏。下东城、历阳③。渡江，破吴郡长吴下④，得吴守，遂定吴、豫章、会稽郡⑤。还定淮北，凡五十二县。

【注释】

①垓（gāi）下：地名。在今安徽省灵璧县东南沱河北岸。②东城：县名。在今安徽省定远县东南。③历阳：县名。在今安徽省和县。④吴郡：楚汉之际分会稽郡置。吴：县名。在今江苏省苏州市。⑤豫章：郡名。会（kuài）稽郡：郡名。辖境相当今浙江省大部。和江苏南部。郡治吴（今江苏苏州市）。

汉王立为皇帝，赐益婴邑三千户。其秋，以车骑将军从击破燕王臧荼。明年，从至陈，取楚王信。还，剖符，世世勿绝，食颍阴二千五百户，号曰颍阴侯。

　　以车骑将军从击反韩王信于代，至马邑[1]，受诏别降楼烦以北六县[2]，斩代左相，破胡骑于武泉北[3]。复从击韩信胡骑晋阳下，所将卒斩胡白题将一人[4]。受诏并将燕、赵、齐、梁、楚车骑，击破胡骑于硰石[5]。至平城，为胡所围，从还军东垣。

【注释】

　　①马邑：县名。在今山西省朔县。②楼烦：县名。在今山西省宁武县。③武泉：县名。在今内蒙呼和浩特东北武川县。④白题：匈奴的一支。⑤硰（shā）石：古邑名。在今山西省静乐县东北。

　　从击陈豨，受诏别攻豨丞相侯敞军曲逆下，破之，卒斩敞及特将五人[1]。降曲逆、卢奴、上曲阳、安国、安平[2]。攻下东垣。

【注释】

　　①特将：秦、汉时将领的名称。指统军作战独当一面的将领。②卢奴：县名。在今河北省定县。上曲阳：县名。在今河北省曲阳县西。安国：县名。在今河北省安国市东南。安平：县名。在今河北省安平县。

　　黥布反，以车骑将军先出，攻布别将于相，破之，斩亚将、楼烦将三人。又进击破布上柱国军及大司马军[1]。又进破布别将肥诛[2]。婴身生得左司马一人[3]，所将卒斩其小将十人，追北至淮上。益食二千五百户。布已破，高帝归，定令婴食颍阴五千户，除前所食邑。凡从得二千石二人，别破军十六，降城四十六，定国一，郡二，县五十二，得将军二人，柱国、相国各一人，二千石十人。

【注释】

　　①大司马：官名。周代大司马掌管邦政。此为英布所设置。②肥诛：人名。诛，一本作"铢"。③身：亲身，亲自。

　　婴自破布归，高帝崩，婴以列侯事孝惠帝及吕太后。太后崩，吕禄等以赵王自置为将军，军长安，为乱[1]。齐哀王闻之[2]，举兵西，且入诛不当为王者。上将军吕禄等闻之，乃遣婴为大将，将军往击之。婴行至荥阳，乃与绛侯等谋，因屯兵荥阳，风齐王以诛吕氏事[3]，齐兵止不前。绛侯等既诛诸吕，齐王罢兵归，婴亦罢兵自荥阳归，与绛侯、陈平共立代王为孝文皇帝。孝文皇帝于是益封婴三千户，赐黄金千斤，拜为太尉④。

【注释】

①为乱：《汉书》在"为"前有一"欲"字。②齐哀王：刘襄。齐悼惠王刘肥的儿子。③风（fěng）：通"讽"。示意。④太尉：秦、汉时全国最高军事长官。

三岁，绛侯勃免相就国，婴为丞相，罢太尉官。是岁，匈奴大入北地、上郡①，令丞相婴将骑八万五千往击匈奴。匈奴去，济北王反②，诏乃罢婴之兵。后岁余，婴以丞相卒，谥曰懿侯。子平侯阿代侯③。二十八年卒，子强代侯。十二年，强有罪，绝二岁。元光三年④，天子封灌婴孙贤为临汝侯，续灌氏后。八岁，坐行赇有罪⑤，国除。

【注释】

①北地：郡名。上郡：郡名。辖境相当今无定河流域及内蒙古鄂托克旗等地，治所在肤施（今陕西省榆林县东南）。②济北王：刘兴居。齐悼惠王刘肥的儿子。济北，汉诸侯国，都卢（今山东济南市长清区南）。③阿：应为"何"。《功臣表》、《灌夫传》等都作"何"。④元光：汉武帝刘彻的年号。元光三年，相当于公元前132年。⑤赇（qiú）：贿赂。

太史公曰："吾适丰、沛①，问其遗老，观故萧、曹、樊哙、滕公之家②，及其素③，异哉所闻！方其鼓刀屠狗卖缯之时，岂自知附骥之尾④，垂名汉廷，德流子孙哉？余与他广通⑤，为言高祖功臣之兴时若此云。"

【注释】

①适：往；到。②曹：曹参。③素：平素。这里指平素为人。④附骥之尾：比喻依附他人而成名。⑤通：有交往。

张丞相列传第三十六

　　张丞相苍者，阳武人也①。好书律历②。秦时为御史，主柱下方书③。有罪，亡归④。及沛公略地过阳武，苍以客从⑤，攻南阳⑥。苍坐法当斩，解衣伏质⑦，身长大，肥白如瓠⑧。时王陵见而怪其美士⑨，乃言沛公，赦勿斩。遂从西入武关，至咸阳⑩。沛公立为汉王，入汉中，还定三秦⑪。陈馀击走常山王张耳，耳归汉⑫，汉乃以张苍为常山守⑬。从淮阴侯击赵⑭，苍得陈馀。赵地已平，汉王以苍为代相，备边寇⑮。已而徙为赵相，相赵王耳。耳卒，相赵王敖⑯。复徙相代王。燕王臧荼反⑰，高祖往击之，苍以代相从攻臧荼有功，以六年中封为北平侯，食邑千二百户⑱。

【注释】

　　①阳武：县名。在今河南省原阳县东南。②好书律历：爱好诗书、音律、历算。③御史：官名。主柱下方书：从事在殿柱之下收录四方文书的工作。方书，四方文书；一说为方版文书。④亡归：逃跑回家。⑤及：等到；赶上。沛公：刘邦在沛县起兵反秦，自称沛公。略：攻占。以客从：以宾客身份跟随着。宾客相当于后世的幕僚。⑥南阳：郡名。地当今河南省西南部和湖北省西北部交界地区，治所在宛（yuān）县（今河南省南阳市）。⑦坐：指办罪的因由。质：通"锧"。古代执行死刑的刑具，象砧板。⑧瓠（hù）：葫芦瓜。⑨王陵（？—前181年）：沛（今江苏省沛县）人。怪：惊异。⑩武关：在今陕西省商南县东南丹江上。谭其骧《中国历史地图集》标在今商南县南丹江上。咸阳：都邑名。秦朝都城，在今陕西省咸阳市东北。⑪还定三秦：汉元年（前208年）八月，刘邦从汉中回兵关中，平定三秦。⑫陈馀击走常山王张耳，耳归汉：张耳（？—前202年）、陈馀（？—前204年）都是大梁（今河南省开封市）人，为刎颈交。陈胜起义后，两人投奔起义队伍，跟随武臣平定赵地。巨鹿之战中，张耳被秦兵包围，陈馀不往援救，因生嫌隙。后来张耳随项羽入关破

秦，封常山王；陈馀未从入关不得封王，两人矛盾加剧，导致陈馀袭击张耳。张耳被陈馀打败后投奔刘邦，后被刘邦立为赵王。详见《张耳陈馀列传》。⑬常山：郡名。郡治元氏（今河北元氏县西北）。本名恒山，汉代人避汉文帝刘恒讳改名。守（shòu）：秦官名。一郡的行政长官。汉沿用。⑭淮阴侯：即韩信。⑮为代相：做代王的相国。当时的代王是韩王信。边寇：指匈奴。⑯卒：死。敖：张耳的儿子张敖。⑰臧荼（tú）：本是燕王韩广的将军，因为跟随项羽救赵入关有功，被封为燕王。项羽失败以后，臧荼归汉。汉高祖五年（前202年）七月，臧荼反叛，高祖率军亲征；九月，臧荼被俘。⑱以：于；在。食邑：封侯的领地。

迁为计相①，一月，更以列侯为主计四岁②。是时萧何为相国③，而张苍乃自秦时为柱下史，明习天下图书计籍；苍又善用算律历④，故令苍以列侯居相府，领主郡国上计者⑤。黥布反亡⑥，汉立皇子长为淮南王⑦，而张苍相之。十四年，迁为御史大夫⑧。

【注释】

①计相：汉初设立的临时职官，主管朝廷财政收支。②主计：由计相改名的临时职官。③萧何（？—前193年）：沛人。秦末随刘邦起兵。④善：懂；会。用算：应用数学。律历：乐律和历法。⑤领主郡国上计者：负责管理郡县及诸侯王国呈报朝廷的财政收支统计报表等。⑥黥布（？—前195年）：即英布。六（今安徽省六安市北）人。⑦皇子长：刘长。刘邦最小的儿子。高祖十一年（前196年）封淮南王。文帝前元六年（前174年）因犯罪流放蜀地，途中绝食自杀。详见《淮南衡山列传》。⑧十四年：指淮南王刘长十四年（前183年），也就是高后五年。御史大夫：官名。

周昌者，沛人也。其从兄曰周苛①，秦时皆为泗水卒史②。及高祖起沛，击破泗水守、监③，于是周昌、周苛自卒史从沛公④。沛公以周昌为职志⑤，周苛为客。从入关，破秦。沛公立为汉王，以周苛为御史大夫，周昌为中尉⑥。

【注释】

①从兄：堂兄。②泗水：郡名。汉更名沛郡，治所在相（今安徽淮北

市西北）。卒史：官署的属吏。俸禄百石。③监：监御史的省称，秦代驻郡的地方监察官。④自卒史从：以卒史出身的资历跟随。⑤职志：负责管理徽标旗帜的官。⑥中尉：秦、汉时代的武官。

　　汉王四年，楚围汉王荥阳急①，汉王遁出，去②，而使周苛守荥阳城。楚破荥阳城，欲令周苛将③。苛骂曰："若趣降汉王④！不然，今为虏矣⑤！"项羽怒，亨周苛⑥。于是乃拜周昌为御史大夫，常从，击破项籍。以六年中与萧、曹等俱封⑦：封周昌为汾阴侯；周苛子周成以父死事⑧，封为高景侯。

【注释】

　　①汉王四年，楚围汉王荥阳急：荥阳是楚汉战争中的重要战场。汉二年（前205年）五月，刘邦在荥阳屯兵拒楚。汉三年四月，项羽重兵包围荥阳；五月，刘邦用计突围，逃出荥阳，留周苛等防守；六月，项羽攻破荥阳，活捉周苛。荥（xíng）阳，县名。在今河南省荥阳市东北。②遁：逃。去：离开。③将（jiàng）：带兵；做将领。④若：你（们）。趣（cù）：赶快。⑤今：即。⑥亨（pēng）：通"烹"。古代用鼎锅煮杀人的酷刑。⑦以：于；在。萧、曹：萧何、曹参。⑧以父死事：凭父亲死于国事。

　　昌为人强力①，敢直言，自萧、曹等皆卑下之②。昌尝燕时入奏事③，高帝方拥戚姬④，昌还走⑤，高帝逐得，骑周昌项⑥，问曰："我何如主也⑦？"昌仰曰："陛下即桀、纣之主也⑧。"于是上笑之⑨，然尤惮周昌⑩。及帝欲废太子，而立戚姬子如意为太子，大臣固争之，莫能得⑪。上以留侯策即止⑫。而周昌廷争之强，上问其说⑬，昌为人吃⑭，又盛怒，曰："臣口不能言，然臣期期知其不可，陛下虽欲废太子，臣期期不奉诏⑮。"上欣然而笑。既罢，吕后侧耳于东箱听⑯，见周昌，为跪谢曰⑰："微君，太子几废⑱。"

【注释】

　　①强力：强悍；倔强有力。②皆卑下之：都比不上他。③燕时：闲暇休息的时候燕，通"宴"。安闲。④拥：拥抱。⑤还走：转身就跑。⑥项：脖颈。⑦何如主：什么样的君主。⑧桀、纣：夏代和商代的两个昏暴君主。⑨上：皇上。⑩惮：敬畏；怕。⑪争：通"诤"直言规劝。⑫上以留

侯策即止：留侯就是张良。吕后所生的儿子刘盈立为太子以后，刘邦因为宠爱戚姬，生了废除刘盈而立戚姬所生子刘如意为太子的念头。为了保住太子，吕后强迫张良出主意。张良让太子把刘邦向来十分敬重而又屡聘不至的四位隐士（"商山四皓"）想方设法收留到身边。刘邦在病中见太子服侍自己时有这四老陪侍，认为太子"羽翼已成"，便打消了废立的念头。⑬廷争：在朝廷上同皇帝力争。⑭吃（jí）：口吃；说话结巴。⑮期期（qī qī）：形容口吃严重。奉诏：遵命。诏是皇帝发布的书面或口头命令。⑯箱：通"厢"厢房（大厅两旁的侧屋）。⑰跪谢：古人席地而坐，两膝着地，臀部落在小腿上。稍欠身便成了"跪"，挺直腰板叫"长跪"跪和长跪都表示对对方的尊重。⑱微：无。几（jī）：近；险些。

  是后戚姬子如意为赵王，年十岁，高祖忧即万岁之后不全也①。赵尧年少，为符玺御史②。赵人方与公谓御史大夫周昌曰③："君之史赵尧，年虽少，然奇才也。君必异之，是且代君之位④。"周昌笑曰："尧年少，刀笔吏耳⑤，何能至是乎！"居顷之⑥，赵尧侍高祖。高祖独心不乐，悲歌，群臣不知上之所以然⑦。赵尧进请问曰⑧："陛下所为不乐，非为赵王年少而戚夫人与吕后有郤邪⑨？备万岁之后而赵王不能自全乎⑩？"高祖曰："然。吾私忧之，不知所出⑪。"尧曰："陛下独宜为赵王置贵强相，及吕后、太子、群臣素所敬惮乃可。"高祖曰："然。吾念之欲如是，而群臣谁可者？"尧曰："御史大夫周昌，其人坚忍质直，且自吕后、太子及大臣皆素敬惮之。独昌可。"高祖曰："善。"于是乃召周昌，谓曰："吾欲固烦公，公强为我相赵王。"周昌泣曰："臣初起从陛下，陛下独奈何中道而弃之于诸侯乎⑫？"高祖曰："吾极知其左迁⑬，然吾私忧赵王，念非公无可者。公不得已强行。"于是徙御史大夫周昌为赵相。

【注释】

  ①即：如果；倘若。不全：不能保全自己。②符玺御史：掌握皇帝符信印章的御史。③方与（fáng yǔ）公：方与县的一位老人（或说是县令），姓名不详。方与，在今山东鱼台县西。④异：特别看待；优待。是：此（人）。⑤刀笔吏：抄抄写写的吏员。⑥居顷之：过了没多久。⑦所以然：为什么这样；原因。⑧进请问：上前请安探问。⑨郤（xì）：通"隙"。嫌

隙；仇怨。⑩备：提防；担心。⑪私：内心；暗地里。不知所出：不知道办法从哪里来。⑫独奈何：怎么为何。⑬左迁：降职。古代尚右，所以左迁是降职。

既行久之，高祖持御史大夫印弄之，曰："谁可以为御史大夫者？"孰视赵尧①，曰："无以易尧②。"遂拜赵尧为御史大夫。尧亦前有军功食邑，及以御史大夫从击陈豨有功③，封为江邑侯。

【注释】

①孰视：注目细看。精审，仔细。②无以易尧：意思是，如果让赵尧做御史大夫，没有谁可以代替他的。易，代替。③陈豨：宛胸（今山东省曹县西北）人。高祖七年封侯，为代国相国，守边。高祖十年反叛，自立为代王。十一年兵败流窜，十二年被追杀。

高祖崩①，吕太后使使召赵王②，其相周昌令王称疾不行。使者三反③，周昌固为不遣赵王④。于是高后患之，乃使使召周昌。周昌至，谒高后⑤，高后怒而骂周昌曰："尔不知我之怨戚氏乎？而不遣赵王，何？"昌既征⑥，高后使使召赵王，赵王果来，至长安月余，饮药而死。周昌因谢病不朝见⑦，三岁而死。

【注释】

①崩：称帝王死为崩。②使使：派遣使者。③三反：三次往返。④固为：坚决地。⑤谒（yè）：拜见。⑥征：召回。⑦谢病：推说有病。谢，推辞。

后五岁①，高后闻御史大夫江邑侯赵尧高祖时定赵王如意之画②，乃抵尧罪③，以广阿侯任敖为御史大夫④。

【注释】

①后五岁：周昌死后五年，也就是高后元年（前187年）。②画：谋划，方案。③抵尧罪：意思是夺去赵尧的爵位，撤销其御史大夫职务以抵他的罪责。抵，当。④广阿：县名，在今河北隆尧县东。

任敖者，故沛狱吏。高祖尝辟吏①，吏系吕后，遇之不谨②。任敖素

善高祖，怒，击伤主吕后吏。及高祖初起，敖以客从，为御史，守丰二岁③。高祖立为汉王，东击项籍，敖迁为上党守④。陈豨反时，敖坚守，封为广阿侯，食千八百户。高后时为御史大夫，三岁免，以平阳侯曹窋为御史大夫⑤。高后崩，不与大臣共诛吕禄等⑥。免，以淮南相张苍为御史大夫。

【注释】

　　①辟吏：躲避吏事。指因犯法而藏匿起来。辟，同"避"。②系（jì）：拘捕。③丰：邑名。即今江苏省丰县。④上党：郡名。⑤曹窋（zhuó）：曹参的儿子。⑥不与大臣共诛吕禄等：据《吕后本纪》载，曹窋参与了诛诸吕事。

　　苍与绛侯等尊立代王为孝文皇帝①。四年②，丞相灌婴卒③，张苍为丞相。

【注释】

　　①苍与绛侯等尊立代王为孝文皇帝：吕后去世后，她的侄儿吕产、吕禄等想篡夺政权，太尉周勃、丞相陈平等发兵诛灭诸吕，迎立代王刘恒为帝，就是汉文帝。②四年：汉文帝前元四年（前176年）。③灌婴（？—前176年）：睢（suī）阳（今河南省商丘市）人，早先以贩丝为业。秦末农民战争中追随刘邦，有军功，封侯。文帝初立时为太尉，不久任丞相。

　　自汉兴至孝文二十余年，会天下初定，将相公卿皆军吏。张苍为计相时，绪正律历①，以高祖十月始至霸上，因故秦时本以十月为岁首，弗革②；推五德之运，以为汉当水德之时，尚黑如故③；吹律调乐，人之音声，及以比定律令，若百工天下作程品④。至于为丞相，卒就之⑤。故汉家言律历者，本之张苍。苍本好书，无所不观，无所不通，而尤善律历。

【注释】

　　①绪正：整理调度使有秩序。②"以高祖十月始至霸上"句：根据高祖最初是在十月到达霸上接受秦皇投降的，由于旧秦时代本来以十月为一年的开始，就不加改革了。③"推五德之运"句：推算五德运行的规律，

认为汉朝正处在水德的时代，就崇尚黑色像先前一样。④"吹律调乐"句：吹奏律管，调整音阶，谱进乐章，以及用它们作类比来确定时令，和天下百工制作的规程模式。⑤至于：直到。卒就之：终于完成了它们。卒，终于。就，成就，完成。

张苍德王陵①。王陵者，安国侯也②。及苍贵，常父事王陵③。陵死后，苍为丞相，洗沐④，常先朝陵夫人上食⑤，然后敢归家。

【注释】

①德王陵：感激王陵的恩德。德，用如动词。②安国：县名，在今河北省安国市。③父事王陵：像对待父亲一样对待王陵。④洗沐：沐浴。⑤上食：伺候饭食。

苍为丞相十余年，鲁人公孙臣上书言汉土德时，其符有黄龙当见①。诏下其议张苍，张苍以为非是，罢之。其后黄龙见成纪②，于是文帝召公孙臣以为博士③，草土德之历制度，更元年④。张丞相由此自绌⑤，谢病称老。苍任人为中候⑥，大为奸利，上以让苍⑦，苍遂病免。苍为丞相十五岁而免。孝景前五年⑧，苍卒，谥为文侯⑨。子康侯代⑩，八年卒。子类代为侯⑪，八年，坐临诸侯丧后就位不敬，国除。

【注释】

①"鲁人公孙臣上书"句：鲁地人公孙臣撰文向皇帝陈说汉朝是处在土德的时代，其验证是会有黄龙出现。见，同"现"。②成纪：县名。在今甘肃省秦安县北。③博士：学官。④草：起稿。汉文帝刘恒在位二十三年分两段，前十六年史称"前元"，后七年史称"后元"。⑤绌：通"黜（chù）"。贬斥。⑥中候：官名。为将作少府（掌治宫室）的属官。⑦让：责备。⑧孝景前五年：汉景帝前元五年（前152年）。⑨卒：古代指大夫死亡或一般人年老寿终。⑩康侯：张苍的儿子张奉，死后谥"康"。⑪子类：张奉的儿子张类。

初，张苍父长不满五尺，及生苍，苍长八尺余①，为侯、丞相。苍子复长。及孙类，长六尺余，坐法失侯。苍之免相后，老，口中无齿，食乳，女子为乳母②。妻妾以百数，尝孕者不复幸③。苍年百有余岁而卒④。

遣幸谢相图。选自明·张居正《帝鉴图说》，讲
申徒嘉见汉文帝，文帝宠臣邓通在侧，有怠慢之相。
申徒嘉欲以法责邓通，汉文帝遣邓通到相府谢罪
之事。

【注释】

①长八尺余：汉制一尺约合今 0.23 米。②女子：青年妇女。③不复
幸：不再同房。④有：通"又"。

申屠丞相嘉者，梁人①，以材官蹶张从高帝击项籍②，迁为队率③。
从击黥布军，为都尉④。孝惠时，为淮阳守⑤。孝文帝元年，举故吏士
二千石从高皇帝者，悉以为关内侯⑥，食邑二十四人，而申屠嘉食邑五百

户。张苍已为丞相，嘉迁为御史大夫。张苍免相，孝文帝欲用皇后弟窦广国为丞相，曰："恐天下以吾私广国⑦。"广国贤有行，故欲相之，念久之，不可。而高帝时大臣又皆多死，馀见无可者⑧，乃以御史大夫嘉为丞相，因故邑封为故安侯⑨。

【注释】

①梁：睢阳，在今河南商丘市南。②材官：勇敢的士兵；特种步兵。蹶张：脚踏机括发射飞箭的强弓，也可以指这种射法或这种射手。③队率：队长。率通"帅"。④都尉：比将军略低的武官。⑤孝惠：汉惠帝刘盈。前194—前188年在位。淮阳：郡、国名。治陈（今河南淮阳县）。高祖十年（前196年）立淮阳国，封皇子刘友。⑥"举故吏士"句：选拔原来追随过高皇帝的二千石级的官吏，全部封为关内侯。⑦私：偏爱。⑧见：觉得；认为。⑨因：沿；就着。故安：县名。战国时为赵之武阳。在今河北省易县东南。

嘉为人廉直，门不受私谒。是时太中大夫邓通方隆爱幸，赏赐累巨万①。文帝尝燕饮通家②，其宠如是。是时丞相入朝，而通居上傍，有怠慢之礼③。丞相奏事毕，因言曰："陛下爱幸臣，则富贵之；至于朝廷之礼，不可以不肃！"上曰："君勿言，吾私之④。"罢朝坐府中，嘉为檄召邓通诣丞相府⑤，不来，且斩通。通恐，入言文帝。文帝曰："汝第往，吾今使人召若⑥。"通至丞相府，免冠，徒跣，顿首谢⑦。嘉坐自如，故不为礼，责曰："夫朝廷者，高皇帝之朝廷也。通小臣，戏殿上，大不敬，当斩。吏！今行斩之！"通顿首，首尽出血，不解。文帝度丞相已困通⑧，使使者持节召通，而谢丞相曰⑨："此吾弄臣⑩，君释之。"邓通既至，为文帝泣曰："丞相几杀臣。"

【注释】

①邓通：汉文帝的近臣。巨万：万万。形容数目极大。②燕：通"宴"。安闲；休息。③傍：通"旁"。④私之：私下里批评他。⑤檄（xí）：文告；书面命令。诣（yì）：到。⑥汝：你（们）。第：但；只。今：即。若：你（们）。⑦徒跣（xiǎn）：赤脚步行。顿首谢：磕头请罪。⑧度（duó）：猜测。⑨节：皇帝的使者持以作凭证的信物。谢：告罪；道歉。⑩弄臣：供戏弄的小臣。

　　嘉为丞相五岁，孝文帝崩，孝景帝即位[1]。二年，晁错为内史[2]，贵幸用事，诸法令多所请变更，议以谪罚侵削诸侯[3]。而丞相嘉自绌所言不用，疾错[4]。错为内史，门东出，不便，更穿一门南出。南出者，太上皇庙埄垣[5]。嘉闻之，欲因此以法错擅穿宗庙垣为门[6]，奏请诛错。错客有语错，错恐，夜入宫上谒，自归景帝[7]。至朝，丞相奏请诛内史错。景帝曰："错所穿非真庙垣，乃外埄垣，故他官居其中[8]，且又我使为之，错无罪。"罢朝，嘉谓长史曰[9]："吾悔不先斩错，乃先请之，为错所卖[10]。"至舍，因欧血而死[11]。谥为节侯。子共侯蔑代，三年卒。子侯去病代，三十一年卒[12]。子侯偃代，六岁，坐为九江太守受故官送有罪，国除。

丙吉像，出自清·顾沅辑《古圣贤像传略》。

【注释】

①孝景帝：汉景帝刘启（前188—前141年）。公元前157—前141年在位。详见《孝景本纪》。②晁错（前200—前154年）：文帝时任太子家令，深得太子刘启的信任，号为"智囊"景帝即位，先任内史，后为御史大夫。被杀。内史：京都地区的行政长官。③谪罚：寻找过失加以处罚。④自绌：委屈了自己。绌，通"屈"。疾，同"嫉"。⑤堧（ruán）垣：隙地外沿的矮墙。堧，余地，隙地。垣，墙。⑥欲因此以法错擅穿宗庙垣为门：想凭这件事用私自打穿皇帝祖庙围墙做门的罪名法办晁错。"以"字倒装文，应该在"法错"的后边，与"擅穿宗庙垣为门"构成介词结构作"法"的状语（后置）。法，依法定罪。动词。⑦自归景帝：向景帝自首。⑧故他官居其中：所以其他的官员住在里面。⑨长（zhǎng）史：官名。⑩卖：出卖；搞鬼。⑪欧：通"呕"。⑫去病：按《惠景间侯者年表》没有去病一代。

自申屠嘉死之后，景帝时开封侯陶青、桃侯刘舍为丞相①。及今上时②，柏至侯许昌、平棘侯薛泽、武强侯庄青翟、高陵侯赵周等为丞相③。皆以列侯继嗣④，娖娖廉谨⑤，为丞相备员而已⑥，无所能发明功名有著于当世者⑦。

【注释】

①开封：地名，在今河南开封市。桃：县名，在今河北衡水市西北。②今上：当今皇上。指汉武帝。③柏至：今地不详。今河南西平西，古为柏国。柏乡，在今河北柏乡县西南。平棘：县名。在今河北赵县南。武强：汉侯邑。在今河南郑州市东北。高陵：今地不详。约在今山东东部古琅邪郡地带。④皆以列侯继嗣：都是凭的列侯继承人身份。⑤娖娖（chuò）：小心拘谨的样子。⑥备员：充数。⑦发明：发扬光大。著：显扬。

太史公曰：张苍文学律历，为汉名相，而绌贾生、公孙臣等言正朔服色事而不遵①，明用秦之颛顼历②，何哉？周昌，木强人也③；任敖以旧德用④；申屠嘉可谓刚毅守节矣。然无术学，殆与萧、曹、陈平异矣⑤。

【注释】

①贾生：贾谊。洛阳人。正（zhēng）朔：指一年的最初起点。正，一年的开始；朔，一月或一天的开始。代表历法。服色：指车马、服饰的颜色。②明用秦之颛顼（zhuān xū）历：执意要用秦代的颛顼历。③木强（jiàng）：质直倔强。④旧德：指任敖早年曾击伤侮辱吕后的秦狱吏。⑤术学：道术和学问。殆：大概；恐怕。

孝武时丞相多甚，不记，莫录其行起居状略，且纪征和以来①。

有车丞相，长陵人也②。卒而有韦丞相代③。韦丞相贤者，鲁人也。以读书术为吏④，至大鸿胪⑤。有相工相之，当至丞相。有男四人，使相工相之，至第二子，其名玄成。相工曰："此子贵，当封⑥。"韦丞相言曰："我即为丞相，有长子，是安从得之⑦？"后竟为丞相，病死，而长子有罪论，不得嗣，而立玄成。玄成时佯狂，不肯立，竟立之，有让国之名。后坐骑至庙⑧，不敬，有诏夺爵一级，为关内侯，失列侯，得食其故国邑。韦丞相卒，有魏丞相代。

【注释】

①这段以下据《索引》说是褚少孙等人补记的。征和：汉武帝年号（前92—前89年）。②车丞相：车千秋。本姓田，长陵（今陕西省咸阳市东）人。③卒而有韦丞相代：韦丞相指韦贤。④书术：书指《诗经》《尚书》等经书；术指乐律、历法之类。⑤大鸿胪：官名，九卿之一。⑥封：封列侯的省称。⑦即：即使；就是。⑧坐：因……犯罪。

魏丞相相者，济阴人也①，以文吏至丞相。其人好武，皆令诸吏带剑，带剑前奏事。或有不带剑者，当入奏事，至乃借剑而敢入奏事②。其时京兆尹赵君③，丞相奏以免罪④，使人执魏丞相⑤，欲求脱罪而不听。复使人胁恐魏丞相，以夫人贼杀侍婢事而私独奏请验之⑥，发吏卒至丞相舍，捕奴婢笞击问之，实不以兵刃杀也。而丞相司直繁君奏京兆尹赵君迫胁丞相⑦，诬以夫人贼杀婢，发吏卒围捕丞相舍，不道⑧；又得擅屏骑士事，赵京兆坐要斩⑨。又有使掾陈平等劾中尚书⑩，疑以独擅劫事而坐之⑪，大不敬⑫，长史以下皆坐死，或下蚕室⑬。而魏丞相竟以丞相病死。子嗣。后坐骑至庙，不敬，有诏夺爵一级，为关内侯，失列侯，得食其故国邑。魏丞相卒，以御史大夫邴吉代。

【注释】

①济阴：郡名。治所在定陶（今山东省定陶县西北）。②至乃：甚至。
③京兆尹：京都地区的行政长官。由内史改名。赵君：赵广汉。④丞相
奏以免罪：丞相以该当免职的罪名报告皇上。⑤执：挟持。⑥贼杀：残杀。
⑦丞相司直：协助丞相检察诸官吏不法事的丞相府要员。繁（音婆pó）君：
繁延寿。⑧不道：封建时代"十恶"之一，是一种很严重的罪行。多指
王侯官吏犯上作乱、逆情悖理、妄杀无辜等。又叫"无道"。⑨赵京兆
坐要斩：赵京兆因而被判腰斩。⑩使掾（yuàn）：丞相府的属官。劾（hé）：
揭发罪行。⑪疑以独擅劫事而坐之：怀疑是（中尚书）主使胁迫魏相的
而株连他（中尚书）。中尚书是皇帝身边的亲近要员。⑫大不敬：对天
子最大的不尊敬。这是封建时代的重罪之一。⑬蚕室：宫刑监狱。

邴丞相吉者，鲁国人也①。以读书好法令至御史大夫。孝宣帝时，
以有旧故②，封为列侯，而因为丞相③。明于事，有大智，后世称之。以
丞相病死。子显嗣。后坐骑至庙，不敬，有诏夺爵一级，失列侯，得食
故国邑。显为吏至太仆，坐官耗乱④，身及子男有奸赃，免为庶人⑤。

【注释】

①鲁国：在今山东曲阜市一带。②有旧故：汉宣帝刘询幼时在一次宫
廷斗争中被牵连下狱，邴吉冒着生命危险保护并收养了他，使他免遭武帝
杀害。③因：凭。④太仆：官名，九卿之一，掌皇帝的舆马和马政。坐官
耗乱：因为在任上滥用职权挥霍浪费。耗（hào），古同"耗"。⑤身：本人。

邴丞相卒，黄丞相代。长安中有善相工田文者①，与韦丞相、魏丞相、
邴丞相微贱时会于客家，田文言曰："今此三君者，皆丞相也。"其后
三人竟更相代为丞相，何见之明也。

【注释】

①善相工：高明的相工。

黄丞相霸者，淮阳人也①。以读书为吏，至颍川太守②。治颍川，以
礼义条教喻告化之③。犯法者，风晓令自杀④。化大行，名声闻。孝宣帝

下制曰⑤："颍川太守霸，以宣布诏令治民，道不拾遗，男女异路，狱中无重囚。赐爵关内侯，黄金百斤。"征为京兆尹而至丞相。复以礼义为治，以丞相病死。子嗣，后为列侯⑥。黄丞相卒，以御史大夫于定国代。于丞相已有《廷尉传》，在《张廷尉》语中⑦。于丞相去，御史大夫韦玄成代。

黄霸像，出自《新安黄氏横槎重修大宗谱》。
黄霸，西汉大臣，官至宰相。

【注释】

①淮阳：县名，在今河南淮阳县。②颍川：郡名，治所在阳翟（今河南禹县）。③化：转移人心风俗。④风：通"讽"。劝告；暗示。⑤制：帝王的命令。⑥为列侯：黄霸曾被封为建成侯。⑦《廷尉传》：《史记》无此篇名，不知所指。在《张廷尉》语中：张廷尉指张释之。

韦丞相玄成者，即前韦丞相子也。代父，后失列侯。其人少时好读书，明于《诗》《论语》。为吏至卫尉，徙为太子太傅。御史大夫薛君免①，为御史大夫。于丞相乞骸骨免②，而为丞相，因封故邑为扶阳侯③。数年，病死，孝元帝亲临丧，赐赏甚厚。子嗣后。其治容容随世俗浮沉④，而见谓谄巧。而相工本谓之当为侯代父，而后失之；复自游宦而起⑤，至丞相。父子俱为丞相，世间美之，岂不命哉！相工其先知之。韦丞相卒，御史大夫匡衡代。

【注释】

①薛君：指薛广德。②乞骸骨：封建时代官吏自请退休，称为"乞骸骨"。③扶阳：孟康云"属沛郡"，此为汉侯国，在今安徽萧县西南。④容容：苟且敷衍的样子。⑤游宦：在外做官。

丞相匡衡者，东海人也①。好读书，从博士受《诗》。家贫，衡佣作以给食饮②。才下，数射策不中③，至九，乃中丙科。其经以不中科故明习④。补平原文学卒史⑤。数年，郡不尊敬。御史征之，以补百石属荐为郎⑥，而补博士，拜为太子少傅，而事孝元帝。孝元好《诗》，而迁为光禄勋⑦，居殿中为师，授教左右，而县官坐其旁听⑧，甚善之，日以尊贵。御史大夫郑弘坐事免，而匡君为御史大夫。岁余，韦丞相死，匡君代为丞相，封乐安侯。以十年之间不出长安城门而至丞相，岂非遇时而命也哉！

【注释】

①东海：郡名。②佣作：给人帮工。③数射策不中，多次参加考试没有考中。射策是古代考试方法之一。④丙科：等外名额；备取。⑤补：表示品位的性质，犹今天的"候补"。⑥属：种类；等辈。郎：皇帝侍从官的通称。⑦光禄勋：掌领宿卫侍从的官。⑧县官：指皇帝。夏代国都为王畿内县，故称天子为县官。这里指汉元帝。

深惟士之游宦所以至封侯者，微甚。然多至御史大夫即去者。诸为大夫而丞相次也①，其心冀幸丞相物故也②。或乃阴私相毁害，欲代之。然守之日久不得，或为之日少而得之，至于封侯，真命也夫！御史大夫郑君守之数年不得，匡君居之未满岁，而韦丞相死，即代之矣，岂可以智巧得哉！多有贤圣之才，困厄不得者众甚也。

【注释】

①丞相次：汉代的御史大夫是副相位。②冀幸：希望。物故：死。④郑君：指郑弘。

郦生陆贾列传第三十七

郦生食其者①，陈留高阳人也②。好读书，家贫落魄③，无以为衣食业，为里监门吏④。然县中贤豪不敢役，县中皆谓之狂生⑤。

【注释】

①郦生：即郦食其（lì yì jī）。②陈留：县名。在今河南省开封市东南陈留镇。高阳：古乡名。在今河南省杞县西南。③落魄：通"落泊"。④里监门吏：协助里正管理治安的小吏。⑤狂生：放荡不羁的人。

及陈胜、项梁等起①，诸将徇地过高阳者数十人②，郦生闻其将皆握龊好苛礼自用③，不能听大度之言，郦生乃深自藏匿。后闻沛公将兵略地陈留郊④，沛公麾下骑士适郦生里中子也⑤，沛公时时问邑中贤士豪俊。骑士归，郦生见谓之曰："吾闻沛公慢而易人⑥，多大略，此真吾所愿从游，莫为我先⑦。若见沛公⑧，谓曰'臣里中有郦生，年六十余，长八尺，人皆谓之狂生，生自谓我非狂生'。"骑士曰："沛公不好儒，诸客冠儒冠来者，沛公辄解其冠，溲溺其中⑨。与人言，常大骂。未可以儒生说也。"郦生曰："弟言之⑩。"骑士从容言如郦生所诫者⑪。

【注释】

①陈胜：字涉。项梁：秦末农民起义军首领。贵族出身，战国末楚将项燕之子。陈胜起义后，项梁与其侄项羽杀秦会稽郡守殷通。在吴县（会稽郡治，今江苏省苏州市）起义。②徇（xùn）：略，以武力夺取。③握龊（wò chuò）：器量狭窄。苛礼：苛细烦琐的礼节。自用：自以为是。④沛公：刘邦。⑤麾（huī）下：部下。麾，古代用以指挥军队的旗帜。⑥慢而易人：傲慢，看不起人。⑦莫为我先：没有人替我介绍。⑧若：你。⑨溲溺：（sōu niào）解小便。⑩弟：但；只管。⑪从容：舒缓不迫。

沛公至高阳传舍①，使人召郦生。郦生至，入谒②，沛公方倨床使

两女子洗足③，而见郦生。郦生入，则长揖不拜④，曰："足下欲助秦攻诸侯乎⑤？且欲率诸侯破秦也？"沛公骂曰："竖儒⑥！夫天下同苦秦久矣⑦，故诸侯相率而攻秦，何谓助秦攻诸侯乎？"郦生曰："必聚徒合义兵诛无道秦，不宜倨见长者。"于是沛公辍洗⑧，起摄衣⑨，延郦生上坐，谢之。郦生因言六国从横时⑩。沛公喜，赐郦生食，问曰："计将安出？"郦生曰："足下起纠合之众⑪，收散乱之兵，不满万人，欲以径入强秦，此所谓探虎口者也。夫陈留，天下之冲⑫，四通五达之郊也⑬，今其城又多积粟。臣善其令⑭，请得使之，令下足下⑮。即不听，足下举兵攻之，臣为内应。"于是遣郦生行，沛公引兵随之，遂下陈留。号郦食其为广野君⑯。

【注释】

①传（zhuàn）舍：古时供来往行人居住的旅舍、客舍。②入谒（yè）：递上求见的名片。③倨床：坐在床边。④长揖不拜：行一个大的拱手礼而不跪拜。⑤足下：称呼对方的敬辞。⑥竖儒：骂人的话，指无见识的儒生。⑦苦秦：被秦所残害。苦，用如被动。⑧辍（chuò）：停止。⑨起摄衣：起身整理衣服。⑩言六国从（zōng）横时：讲战国时各诸侯国家相互兼并斗争可供借鉴的史事。⑪纠合：一作"乌合"，与下句"散乱"同义，指缺乏组织、训练。⑫冲：交通要道。⑬郊：处所。⑭善其令：与陈留县令友好。⑮令下足下：让他向您投降。下，降服。⑯广野君：郦食其替刘邦谋划扩大势力范围，所以号广野君。

郦生言其弟郦商①，使将数千人从沛公西南略地。郦生常为说客②，驰使诸侯。

【注释】

①郦商：刘邦的重要将领，在楚汉战争和汉初平定诸侯王反叛的战争中屡立战功，被封为曲周侯。②说（shuì）客：游说之士。指善于用言语说动对方的人。

汉三年秋①，项羽击汉，拔荥阳②，汉兵遁保巩、洛③。楚人闻淮阴侯破赵④，彭越数反梁地⑤，则分兵救之。淮阴方东击齐⑥，汉王数困荥阳、成皋，计欲捐成皋以东⑦，屯巩、洛以拒楚。郦生因曰："臣闻知天之天者⑧，王事可成；不知天之天者，王事不可成。王者以民人为天，而民人以食为天⑨。夫敖仓⑩，天下转输久矣，臣闻其下乃有藏粟甚多。楚人拔荥阳，不坚守敖仓，乃引而东，令適卒分守成皋⑪，此乃天所以资汉也。方今楚易取而汉反却⑫，自夺其便⑬，臣窃以为过矣。且两雄不俱立，楚汉久相持不决，百姓骚动⑭，海内摇荡，农夫释耒⑮，工女下机，天下之心未有所定也。愿足下急复进兵，收取荥阳，据敖仓之粟，塞成皋之险，杜大行之道⑯，距蜚狐之口⑰，守白马之津⑱，以示诸侯效实形制之势⑲，则天下知所归矣。方今燕、赵已定⑳，唯齐未下。今田广据千里之齐㉑，田间将二十万之众㉒，军于历城㉓，诸田宗强㉔，负海阻河济㉕，南近楚，人多变诈，足下虽遣数十万师，未可以岁月破也。臣请得奉明诏说齐王，使为汉而称东藩㉖。"上曰："善。"

【注释】

①汉三年：公元前204年。②荥（xíng）阳：战国韩邑，故城在今河南省荥阳市东北，秦置县。③巩：秦置县，故城在今河南省巩义市西南三十里。洛：古都名，秦置洛阳县，县治在今洛阳市东北。④淮阴侯破赵：刘邦在荥阳、成皋（古镇名，在今河南省荥阳市氾水镇）间与项羽相持时，命韩信（汉四年被立为齐王，五年徙为楚王，六年降为淮阴侯，反以谋反罪被杀）抄袭项羽后路，在井陉口（今河北省井陉山上的井陉关）大破赵军，活捉赵王歇，杀赵相陈余。⑤彭越数反梁地：彭越多次在河南开封一带地区反叛项羽，断绝项羽的粮道。彭越：昌邑（今山东省金乡县西北）人。⑥东击齐：指东击齐王田广。⑦东：东撤。动词。⑧天之天：喻指重要事物中最重要的事物。⑨"王者"两句：语出《管子》："王者以民为天，民以食为天，能知天之天者，斯可矣。"天，大。⑩敖仓：秦代在敖山上建立的大粮仓，在荥阳东北。⑪適（zhé）卒：因罪被征发的士兵。⑫却：撤退。⑬自夺其便：自己丧失便利条件。⑭骚动：不安宁。与下句"摇荡"同义。⑮释耒（lěi）：放下农具。耒，耒的木柄。⑯杜大行之道：堵塞、截断太行的交通。⑰距：通"拒"。蜚狐：要隘名。在河北省涞源县北、蔚县东南，为古代河北平原与北方边郡间的交通咽喉。⑱白马：古渡口名。在今河南省滑县东北古黄河南岸，为古代军事要地。⑲以示诸侯效实形制之势：用来向诸侯显示注重实效，凭借有利地形制服敌手的形势。⑳燕、赵已定：韩信破赵后，用赵降将李左车的计策，示燕以形势，

派使者往燕，说燕王臧荼投降。㉑田广：齐王田荣之子。㉒田间：应为田解。《史记·田儋列传》：“齐初使华无伤，田解军于历下以距汉，汉使至，乃罢守战备。”《史记志疑》：“田间已于汉二年八月奔赵，是时齐方欲杀之，安得为田广将兵历下乎？”㉓历城：即历下，在今山东省济南市。㉔诸田宗强：田族（齐国王族姓田）各支势力强大。㉕负海阻河济：背靠大海（渤海）倚仗黄河，济水为阻隔。㉖东藩：东面的属国。

　　乃从其画[1]，复守敖仓，而使郦生说齐王曰：“王知天下之所归乎？”王曰：“不知也。”曰：“王知天下之所归，则齐国可得而有也；若不知天下之所归，即齐国未可得保也。”齐王曰：“天下何所归？”曰：“归汉。”曰：“先生何以言之？”曰：“汉王与项王戮力西面击秦[2]，约先入咸阳者王之[3]。汉王先入咸阳，项王负约不与而王之汉中[4]。项王迁杀义帝[5]，汉王闻之，起蜀汉之兵击三秦[6]，出关而责义帝之处[7]，收天下之兵，立诸侯之后。降城即以侯其将，得赂即以分其士，与天下同其利，豪英贤才皆乐为之用。诸侯之兵四面而至，蜀汉之粟方船而下[8]。项王有倍约之名[9]，杀义帝之负[10]；于人之功无所记，于人之罪无所忘；战胜而不得其赏，拔城而不得其封；非项氏莫得用事[11]；为人刻印，刓而不能授[12]；攻城得赂，积而不能赏。天下畔之[13]，贤才怨之，而莫为之用。故天下之士归于汉王，可坐而策也[14]。夫汉王发蜀汉，定三秦；涉西河之外[15]，援上党之兵[16]；下井陉，诛成安君[17]；破北魏[18]，举三十二城：此蚩尤之兵也[19]，非人之力也，天之福也[20]。今已据敖仓之粟，塞成皋之险，守白马之津，杜太行之阪[21]，距蜚狐之口，天下后服者先亡矣。王疾先下汉王，齐国社稷可得而保也；不下汉王，危亡可立而待也。”田广以为然，乃听郦生，罢历下兵守战备，与郦生日纵酒。

【注释】

　　①画：计谋。②戮力：并力；合力。③咸阳：古都邑名。在今陕西省咸阳市东北。公元前350年，秦孝公自栎（yuè）阳（今陕西省西安市临潼区北）迁都到这里。④汉中：郡名。约当今陕西省秦岭以南和湖北省西北部。郡治南郑（今陕西汉中市）。⑤迁杀义帝：秦末农民起义时，项梁立战国末楚怀王的孙熊心为王，仍称楚怀王，秦亡后，项羽自立为西楚霸王，表面上尊怀王为义帝，让他迁都长沙郴县，在迁徙途中，暗令英布、吴芮、共

敖击杀义帝。⑥蜀汉：约当今四川中部和陕西南部。⑦关：指函谷关，古关名。在今河南省灵宝市东北。⑧方船：两船相并。⑨倍约：违背协议。倍，通"背"。⑩负：负义。罪过。⑪用事：掌权。⑫邧（wán）同"玩"。抚摩。⑬畔：通"叛"。⑭坐而策：不费力地驱使。⑮西河：在今陕西大荔县，因这一带位于黄河西岸故名西河。涉西河：指汉二年（公元前205年）刘邦派韩信率军从西河临晋关上游偷渡黄河破魏豹事。外，黄河以西、以南皆称外，以北、以东称内。⑯援上党之兵：即统领上党之兵。上党之兵原属魏豹，魏豹破，归属韩信。援，拔。牵引，征用。上党：秦郡名。辖今山西东南部。郡治壶关（今山西长治市北）。⑰成安君：赵相陈馀的封号。⑱北魏：项羽封魏王豹为西魏王，其地在河东（今山西南部），位于黄河以北，故这里称北魏。⑲蚩尤：传说中九黎族的首领，在神话中地位近似战神。⑳福：赐福；保佑。㉑太行之阪（bǎn）：太行之阪，即羊肠阪道（在今山西晋城市天井关南），地形险要。

　　淮阴侯闻郦生伏轼下齐七十余城①，乃夜度兵平原袭齐②。齐王田广闻汉兵至，以为郦生卖己③，乃曰："汝能止汉军，我活汝④；不然，我将亨汝⑤！"郦生曰："举大事不细谨，盛德不辞让⑥。而公不为若更言⑦！"齐王遂亨郦生，引兵东走。

【注释】

　　①伏轼：俯身在车轼（车前的横木）上。②度兵平原：使军队从平原渡口过黄河。度，通"渡"。动词。平原，平原津。渡口名，在今山东省平原县西南。③卖：欺哄。④活汝：让你活。活，使动用法。⑤亨（pēng）：通"烹"。⑥举大事不细谨，盛德不辞让：成就大事的人不拘小节，有很高道德的人不推辞别人的责难。让：责备。⑦而：你；你的。若：你。

　　汉十二年①，曲周侯郦商以丞相将兵击黥布有功②，高祖举列侯功臣③，思郦食其。郦食其子疥数将兵，功未当侯，上以其父故，封疥为高梁侯④。后更食武遂⑤，嗣三世。元狩元年中⑥，武遂侯平坐诈诏衡山王取百斤金⑦，当弃市⑧，病死，国除也。

【注释】

　　①汉十二年：公元前195年。②黥布：即英布六县（今安徽省六安

市）人。③举：举拔；分封。④高梁：古邑名。在今山西省临汾市东北。⑤武遂：汉置县。在今河北武强县西北（此据谭其骧《中国历史地图集》，旧说在武强县东北）。⑥元狩：汉武帝年号（前122—前117年）。⑦坐诈诏：由于假冒诏书而犯罪。衡山王：刘邦孙刘勃的封号。⑧当：判罪。

陆贾者，楚人也①。以客从高祖定天下，名为有口辩士②，居左右，常使诸侯。

陆贾像，选自清·顾沅辑《古圣贤像传略》。

【注释】

①楚：国名。芈（mǐ）姓，始祖鬻熊。②口辩：能言善辩。

及高祖时，中国初定①，尉他平南越②，因王之。高祖使陆贾赐尉他印为南越王。陆生至，尉他魋结箕倨见陆生③。陆生因进说他曰："足下中国人，亲戚昆弟坟墓在真定。今足下反天性，弃冠带④，欲以区区之越与天子抗衡为敌国⑤，祸且及身矣。且夫秦失其政，诸侯豪桀并起，唯汉王先入关，据咸阳。项羽倍约，自立为西楚霸王，诸侯皆属，可谓至强。然汉王起巴、蜀，鞭笞天下⑥，劫略诸侯⑦，遂诛项羽灭之。五年之间，海内平定，此非人力、天之所建也。天子闻君王王南越，不助天下诛暴逆⑧，将相欲移兵而诛王，天子怜百姓新劳苦，故且休之，遣臣授君王印，剖符通使⑨。君王宜郊迎，北面称臣⑩，乃欲以新造未集之越⑪，屈强于此⑫。汉诚闻之，掘烧王先人冢⑬，夷灭宗族，使一偏将将十万众临越，则越杀王降汉，如反覆手耳。"

【注释】

①中国：我国古代华夏族建国于黄河南北的中原地区，自称为"中国"，而称四周的少数民族地区为四方。②尉他（tuó）：一作"尉佗"。南越：古代南方越人的一支，也称南粤。分布在今广东、广西和湖南省南部地区。③魋结（zhuī jì）：通"椎髻"。④弃冠带：指抛弃中原地区的穿戴习俗。冠带，帽子和带子。⑤抗衡：即两衡相对抗。比喻敌对。衡，车辕上的横木。⑥鞭笞：用鞭子打人。这里意为驱使。⑦劫略：以威力征服和控制。⑧暴逆：指凶暴和背信弃义的人。⑨剖符：把表示凭证的符分成两半，朝廷和受封的人各执一半，以示信用。⑩北面：古代君主南面而坐，臣子朝见君主则面向北方，所以向人称臣便叫"北面"。⑪新造：新建立。未集：未安定。⑫屈强（jué jiàng）：通"倔强"。刚强不屈。这里指态度强硬。⑬冢（zhǒng）：坟墓。

于是尉他乃蹶然起坐①，谢陆生曰："居蛮夷中久②，殊失礼义。"因问陆生曰："我孰与萧何、曹参、韩信贤③？"陆生曰："王似贤。"复曰："我孰与皇帝贤？"陆生曰："皇帝起丰沛④，讨暴秦，诛强楚，为天下兴利除害，继五帝三皇之业⑤，统理中国。中国之人以亿计⑥，地方万里，居天下之膏腴⑦，人众车舆⑧，万物殷富，政由一家，自天地剖泮未始有也⑨。今王众不过数十万，皆蛮夷，崎岖山海间，譬若汉一郡，王何乃比于汉！"尉他大笑曰："吾不起中国，故王此。使我居中国，何渠不若汉⑩？"乃大说陆生⑪，留与饮数月。曰："越中无足与语，至生来，令我日闻所不闻。"赐陆生橐中装直千金⑫，他送亦千金⑬。陆生卒拜尉

他为南越王，令称臣奉汉约。归报，高祖大悦，拜贾为太中大夫[14]。

【注释】

①蹶（guì）然：惊起的样子。②蛮夷：我国古代对南方各族的泛称，有时也用来指四方的外族。③萧何：刘邦的重要谋臣，西汉王朝的第一任丞相。曹参：刘邦的得力将领，萧何死后继任丞相。④丰：古邑名，秦时属沛县，汉置县（今江苏省丰县）。沛（pèi）：县名，在今江苏沛县。⑤五帝：传说中的上古五个帝王。⑥亿：极言其多，非实指。⑦膏腴（yù）：肥沃。⑧众：多。辇：通"舆"两手对举之车，手推车。⑨天地剖泮：开天辟地。⑩渠（jù）：通"遽"。遽，岂。⑪说：通"悦"。⑫橐中装：指旅行袋中所装的珠宝之类。⑬他送：赠送的其他物品。⑭太中大夫：在皇帝左右掌议论的官员。

陆生时时前说称《诗》《书》[1]。高帝骂之曰："乃公居马上而得之，安事《诗》《书》！"陆生曰："居马上得之，宁可以马上治之乎？且汤、武逆取而以顺守之[2]，文武并用，长久之术也。昔者吴王夫差、智伯极武而亡[3]；秦任刑法不变，卒灭赵氏[4]。乡使秦已并天下[5]，行仁义，法先圣，陛下安得而有之？"高帝不怿而有惭色[6]，乃谓陆生曰："试为我著秦所以失天下，吾所以得之者何，及古成败之国。"陆生乃粗述存亡之征[7]，凡著十二篇。每奏一篇，高帝未尝不称善，左右呼万岁，号其书曰《新语》[8]。

【注释】

①《诗》《书》：《诗经》和《尚书》。儒家经典。②汤武逆取而以顺守之：陆贾从儒家正统观念出发，认为商汤、周武王以诸侯身分凭武力夺取王位，是逆取；即位后，"偃武修文"，以"仁义之道"治理国家，是顺守。③夫差（fū chā）：春秋末期吴国国君，在位二十三年（前495—前473年），曾带兵攻破越国国都（今浙江会稽）后又大败齐军，与晋争霸，最终被越国战败，自杀身死。智伯：一作"知伯"。春秋末期晋国大夫，为当时晋国六卿（韩氏、赵氏、魏氏、范氏、中行氏、知氏）之一。④赵氏：指秦王朝。秦始皇祖先的一支造父曾被封于赵城，因此姓赵。⑤乡使：假使，当初。乡，通"向"。⑥不怿（yì）：不高兴。⑦征：事物初表露的迹象。⑧《新语》：今本分两卷，共十二篇。

孝惠帝时①，吕太后用事②，欲王诸吕，畏大臣有口者③，陆生自度不能争之，乃病免家居④。以好畤田地善⑤，可以家焉⑥。有五男，乃出所使越得橐中装卖千金，分其子，子二百金，令为生产。陆生常安车驷马⑦，从歌舞鼓琴瑟侍者十人，宝剑直百金，谓其子曰："与汝约：过汝，汝给吾人马酒食，极欲、十日而更。所死家，得宝剑车骑侍从者。一岁中往来过他客，率不过再三过⑧，数见不鲜⑨，无久恩公为也⑩。"

【注释】

①孝惠帝：刘盈。刘邦的儿子。前194—前188年在位。②吕太后：吕雉。刘邦的正妻。汉惠帝之母，详见《吕太后本纪》。③有口者：指能据理力争的人。④病免：因病辞官。⑤好畤（zhì）：汉置县，在今陕西省乾县东。⑥家：安家。动词。⑦安车驷马：用四匹马拉的适合老年人乘坐的舒适的车辆。⑧率（shuài）大概；大抵。⑨数见不鲜：谓常相见则惹人厌。⑩恩（hùn）：打扰，烦劳。

吕太后时，王诸吕，诸吕擅权，欲劫少主①，危刘氏。右丞相陈平患之②，力不能争，恐祸及己，常燕居深念③。陆生往请，直入坐，而陈丞相方深念，不时见陆生。陆生曰："何念之深也？"陈平曰："生揣我何念？"陆生曰："足下位为上相④，食三万户侯，可谓极富贵无欲矣。然有忧念，不过患诸吕、少主耳。"陈平曰："然。为之奈何？"陆生曰："天下安，注意相；天下危，注意将。将相和调，则士务附⑤；士务附，天下虽有变，即权不分。为社稷计，在两君掌握耳。臣常欲谓太尉绛侯⑥，绛侯与我戏，易吾言⑦。君何不交欢太尉，深相结？"为陈平画吕氏数事。陈平用其计，乃以五百金为绛侯寿⑧，厚具乐饮；太尉亦报如之。此两人深相结，则吕氏谋益衰。陈平乃以奴婢百人，车马五十乘，钱五百万，遗陆生为饮食费⑨。陆生以此游汉廷公卿间，名声藉甚⑩。

【注释】

①少主：惠帝皇后无子，假装怀孕，以后宫妃嫔之子冒充己子，立为太子。②陈平：刘邦的重要谋臣，封曲逆侯。惠帝、吕后时任丞相，因吕氏专权，不治事。③燕居：静居；闲居。④上相：秦汉时以右为尊，陈平为右丞相，所以称他为上相。⑤务附：亲近归附。⑥太尉绛侯：指周勃。⑦易：轻视。⑧寿：祝福。动词。⑨遗（wèi）：馈赠。⑩藉甚：狼藉得

很。藉，狼藉，纵横交错杂乱。

  及诛诸吕，立孝文帝①，陆生颇有力焉。孝文帝即位，欲使人之南越。陈丞相等乃言陆生为太中大夫，往使尉他，令尉他去黄屋称制②，令比诸侯③，皆如意旨。语在《南越》语中④。陆生竟以寿终⑤。

【注释】

  ①孝文帝：刘恒。刘邦子。前179—前157年在位。②黄屋：古代帝王乘坐的车子用黄色丝绸做车盖，叫作"黄屋"。③比：并列；等同。④《南越》语：指《史记·南越列传》。⑤寿终：年老正常死亡。

  平原君朱建者①，楚人也。故尝为淮南王黥布相，有罪去，后复事黥布。布欲反时，问平原君，平原君止之，布不听而听梁父侯②，遂反。汉已诛布，闻平原君谏不与谋，得不诛。语在《黥布》语中③。

【注释】

  ①平原君：朱建的封号，非封邑名。②梁父侯：史已失名。③语在黥布语中：《史记·黥布列传》未载朱建谏黥布事。

  平原君为人辩有口①，刻廉刚直，家于长安。行不苟合②，义不取容③。辟阳侯行不正④，得幸吕太后⑤。时辟阳侯欲知平原君⑥，平原君不肯见。及平原君母死，陆生素与平原君善，过之。平原君家贫，未有以发丧⑦，方假贷服具⑧，陆生令平原君发丧。陆生往见辟阳侯，贺曰："平原君母死。"辟阳侯曰："平原君母死，何乃贺我乎？"陆贾曰："前日君侯欲知平原君，平原君义不知君，以其母故。今其母死，君诚厚送丧，则彼为君死矣。"辟阳侯乃奉百金往税⑨。列侯贵人以辟阳侯故，往税凡五百金。

【注释】

  ①有口：有口才。②苟合：无原则的附和。③取容：曲从讨好，取悦于人。④辟阳侯：审食其（yì jī），刘邦的同乡，长期侍奉吕后，深受吕后宠幸，官至左丞相。⑤得幸：受到宠爱。⑥知：结交。⑦发丧：举办丧事。⑧服具：指办丧事所用的各种仪仗、服饰、棺具等。⑨税：赠送。特指赠送丧礼。

辟阳侯幸吕太后，人或毁辟阳侯于孝惠帝，孝惠帝大怒，下吏，欲诛之。吕太后惭，不可以言。大臣多害辟阳侯行①，欲遂诛之。辟阳侯急，因使人欲见平原君。平原君辞曰："狱急，不敢见君。"乃求见孝惠幸臣闳籍孺②，说之曰："君所以得幸帝，天下莫不闻。今辟阳侯幸太后而下吏，道路皆言君谗③，欲杀之。今日辟阳侯诛，旦日太后含怒④，亦诛君。何不肉袒为辟阳侯言于帝⑤？帝听君出辟阳侯，太后大欢。两主共幸君，君贵富益倍矣。"于是闳籍孺大恐，从其计，言帝，果出辟阳侯。辟阳侯之囚，欲见平原君，平原君不见辟阳侯，辟阳侯以为倍己，大怒。及其成功出之，乃大惊。

【注释】

①害：痛恨。②闳（hóng）籍孺：《史记·佞幸列传》记载：高帝时有籍孺，惠帝时有闳孺。③道路：借指"世人"。④旦日：明日。⑤肉袒：解开上衣，露出肉体，表示请罪。

吕太后崩①，大臣诛诸吕，辟阳侯于诸吕至深，而卒不诛。计画所以全者，皆陆生、平原君之力也。

【注释】

①崩：隐喻帝王死，犹之山陵崩塌。

孝文帝时，淮南厉王杀辟阳侯①，以诸吕故，文帝闻其客平原君为计策，使吏捕欲治。闻吏至门，平原君欲自杀。诸子及吏皆曰："事未可知，何早自杀为？"平原君曰："我死祸绝，不及而身矣。"遂自刭②。孝文帝闻而惜之，曰："吾无意杀之。"乃召其子，拜为中大夫③。使匈奴，单于无礼④；乃骂单于，遂死匈奴中。

【注释】

①淮南厉王杀辟阳侯：汉高帝十一年（前196年），封其子刘长为淮南王。厉王，是刘长死后的谥号。②自刭（jǐng）：以刀割颈自杀。③中大夫：皇帝备顾问的官名。④单于（chán yú）：匈奴君主的称号。

初①，沛公引兵过陈留，郦生踵军门上谒曰②："高阳贱民郦食其，窃闻沛公暴露③，将兵助楚讨不义，敬劳从者，愿得望见，口画天下便

事。"使者入通，沛公方洗，问使者曰："何如人也？"使者对曰："状貌类大儒，衣儒衣，冠侧注④。"沛公曰："为我谢之，言我方以天下为事，未暇见儒人也。"使者出谢曰："沛公敬谢先生，方以天下为事，未暇见儒人也。"郦生瞋目案剑叱使者曰⑤："走！复入言沛公，吾高阳酒徒也，非儒人也。"使者惧而失谒⑥，跑拾谒，还走，复入报曰："客，天下壮士也，叱臣，臣恐，至失谒。曰'走！复入言，而公高阳酒徒也'。"沛公遽雪足杖矛曰⑦："延客入！"

【注释】

①初：起初。叙事过程中表示追溯已往之词。②踵（zhǒng）军门：到军营门前。③暴（pù）露：指奔走于战场，冒犯风雨寒暑。暴，日晒。露，露淋。④侧注：儒冠。一名高山冠。⑤瞋（chēn）目：发怒时睁大眼睛。⑥失谒：因恐惧将手中的名片失落在地。⑦雪：揩拭。

郦生入，揖沛公曰："足下甚苦，暴衣露冠，将兵助楚讨不义，足下何不自喜也①？臣愿以事见，而曰'吾方以天下为事，未暇见儒人也'。夫足下欲兴天下之大事而成天下之大功，而以目皮相②，恐失天下之能士。且吾度足下之智不如吾③，勇又不如吾。若欲就天下而不相见；窃为足下失之。"沛公谢曰："乡者闻先生之容④，今见先生之意矣。"乃延而坐之，问所以取天下者。郦生曰："夫足下欲成大功，不如止陈留。陈留者，天下之据冲也⑤，兵之会地也⑥，积粟数千万石，城守甚坚。臣素善其令，愿为足下说之。不听臣，臣请为足下杀之，而下陈留。足下将陈留之众，据陈留之城，而食其积粟，招天下之从兵⑦；从兵已成，足下横行天下，莫能有害足下者矣。"沛公曰："敬闻命矣。"

【注释】

①自喜：自爱，自重。②以目皮相：只看表面。③度（duó）：估计。④乡（xiàng）：通"向"，以往。⑤据冲：义同"要冲"。⑥兵之会地：军事家必争之地。⑦招：招募。从兵：跟从抗秦之兵。从，随从，跟从。

于是郦生乃夜见陈留令，说之曰："夫秦为无道而天下畔之，今足下与天下从则可以成大功。今独为亡秦婴城而坚守①，臣窃为足下危之。"陈留令曰："秦法至重也，不可以妄言，妄言者无类②，吾不可以应。先生所以教臣者，非臣之意也，愿勿复道。"郦生留宿卧，夜半时斩陈留令首，逾城而下报沛公。沛公引兵攻城，县令首于长竿以示城上人[3]，曰："趣下[4]，而令头已断矣！今后下者必先斩之！"于是陈留人见令已死，遂相率而下沛公。沛公舍陈留南城门上，因其库兵，食积粟，留出入三月，从兵以万数，遂入破秦。

【注释】

①婴城而坚守：指靠着城防死守。婴：以城自绕。②无类：无遗类。③县：通"悬"。④趣（cù）下：赶快投降。趣，疾，快。下，降。

太史公曰：世之传郦生书，多曰汉王已拔三秦，东击项籍而引军于巩洛之间，郦生被儒衣往说汉王[1]。乃非也。自沛公未入关，与项羽别而至高阳，得郦生兄弟。余读陆生《新语》书十二篇，固当世之辩士。至平原君子与余善[2]，是以得具论之[3]。

【注释】

①被：穿着。②平原君子：其名不详。③具论：完备地叙述。

傅靳蒯成列传第三十八

　　阳陵侯傅宽①，以魏五大夫骑将从②，为舍人③，起横阳④。从攻安阳、杠里⑤，击赵贲军于开封⑥，及击杨熊曲遇、阳武⑦，斩首十二级⑧，赐爵卿⑨。从至霸上⑩，沛公立为汉王⑪，汉王赐宽封号共德君⑫。从入汉中⑬，迁为右骑将⑭。从定三秦⑮，赐食邑雕阴⑯。从击项籍⑰，待怀⑱，赐爵通德侯⑲。从击项冠、周兰、龙且⑳，所将卒斩骑将一人敖下㉑，益食邑㉒。

【注释】

　　①阳陵侯：傅宽最后的封号。阳陵：县名。在今陕西省高陵县西南。②魏：国名。楚汉之际建立，在今山西西南部，都平阳（今临汾市西南）。国王先后为魏咎，魏豹。五大夫：爵位名。③舍人：家臣。战国及汉初王公贵官左右亲近的随从官员。④横阳：邑名。在今河南省商丘市西南。⑤安阳：邑名。在今山东省曹县东北。杠里：县名。在今山东省鄄城县南。⑥赵贲（bēn）：秦将。开封：县名。在今河南省开封市西南。⑦杨熊：秦将。曲遇：即曲遇聚。邑名。在今河南省中牟县东。阳武：县名。在今河南省原阳县东南。⑧首级：秦制以斩敌多少论功晋级，后称斩下的人头为"首级"。⑨卿：官爵名。帝王、诸侯所属的高级长官称卿。⑩霸上：亦作"灞上"。地名。在今陕西省西安市东南。⑪沛公：刘邦初起兵于沛（今江苏省沛县）称沛公。⑫共（gōng）德君：美号。食禄比照封君，无邑。⑬汉中：郡名。在今陕西省南部和湖北省西北部，治所在南郑（今陕西省汉中市）。⑭迁：调任；升任。右：古时尚右，在同名的官职中，右为上。⑮三秦：指项羽在关中分封的雍、塞、翟三个王，这三个诸侯国均原秦地，故合称"三秦。"⑯食邑：古代帝王、诸侯赐给臣下为世禄的封地。雕阴：县名。在今陕西省富县北。⑰项籍：项羽名籍。⑱怀：县名。在今河南省武陟县西南。⑲通德侯：封爵的美号。无封邑。⑳项冠：项羽的将领。龙且（jū）：齐国人。㉑敖下：敖仓之下。敖仓，旧址在今河南省郑

州市西北邱山上。㉒益：增加。

　　属淮阴①，击破齐历下军②，击田解③。属相国参④，残博⑤，益食邑。因定齐地，剖符世世勿绝⑥，封为阳陵侯，二千六百户，除前所食。为齐右丞相⑦，备齐⑧。五岁，为齐相国⑨。

【注释】

　　①淮阴：指韩信。淮阴（今江苏省淮安市淮阴区西南）人。初属项羽，继归刘邦，被任为大将。②历下：邑名。在今山东省济南市。③田解：齐王田广的将领，驻军历下。④参、即曹参。⑤博：邑名。在今山东省泰安市东南。⑥剖符：古代帝王分封诸侯或功臣，把表示凭证的符卷（竹符或铁卷）分成两半，双方各执一半，以示信用。⑦为齐右丞相：担任齐王韩信的右丞相。⑧备齐：因齐王田广、相田横未投降，故屯兵防备。⑨为齐相国：担任齐王刘肥的相国。

　　四月①，击陈豨②，属太尉勃③，以相国代丞相哙击豨④。一月⑤，徙为代相国⑥，将屯⑦。二岁，为代丞相，将屯。

【注释】

　　①四月：指汉高帝十一年（前196年）四月。②陈豨（xī）：宛朐（今山东省菏泽市西南）人。③太尉：武官名。与丞相、御史大夫并称三公。为全国最高军事长官。勃：指周勃。④哙：即樊哙。沛县人。初随刘邦起兵，以军功封贤成君。⑤一月：指高帝十二年一月。⑥代：汉初封国名。地在今山西省北部，河北省西北部和内蒙古自治区东南部，建都代县（今河北省蔚县东北），后徙都中都（今山西省平遥县西南）。⑦将屯：统领驻防军队。

　　孝惠帝五年卒①，谥为景侯②。子顷侯精立，二十四年卒。子共侯则立，十二年卒。子侯偃立，二十一年，坐与淮南王谋反③，死，国除。

【注释】

　　①孝惠帝五年：相当于公元前190年。孝惠，汉惠帝刘盈，前194—前188年在位。②谥（shì）：君主时代帝王、贵族、大臣等死后，根据他的生前事迹所给予的表示褒贬的称号。③坐：由于（特指犯罪

的因由）。淮南王（前179—前122年）：刘安。

　　信武侯靳歙[1]，以中涓从[2]，起宛朐[3]。攻济阳[4]，破李由军[5]。击秦军亳南、开封东北[6]，斩骑千人将一人[7]，首五十七级，捕虏七十三人，赐爵封号临平君[8]。又战蓝田北[9]，斩车司马二人[10]，骑长一人[11]，首二十八级，捕虏五十七人。至霸上。沛公立为汉王，赐歙爵建武侯[12]，迁为骑都尉[13]。

【注释】

　　①信武侯：靳歙（jìn xī）最后的封号。②中涓：亦作"涓人"。③宛朐（yuān qú）：县名。在今山东省菏泽市西南。④济阳：邑名。在今河南省兰考县东北。⑤李由：秦丞相李斯之子，任三川郡（今河南省西部）守。⑥亳（bó）：都邑名。在今河南省商丘市南。⑦骑千人将：号为千人的骑将。⑧临平君：食禄比封君的美号。⑨蓝田：县名。在今陕西省蓝田县西。⑩司马：掌军政和军赋的官员。⑪骑长：骑兵之长。⑫建武：县名。⑬都尉：武官名。职位比将军略低。

　　从定三秦。别西击章平军于陇西[1]，破之，定陇西六县，所将卒斩车司马、候各四人[2]，骑长十二人。从东击楚[3]，至彭城。汉军败还，保雍丘[4]，去击反者王武等[5]。略梁地[6]，别将击邢说军菑南[7]，破之，身得说都尉二人，司马、候十二人，降吏卒四千六百八十人。破楚军荥阳东[8]。三年，赐食邑四千二百户。

【注释】

　　①章平：雍王章邯之弟。陇西：郡名。地在今甘肃省东部，治所在狄道（今临洮县南）。②候：军候。担任侦察工作的军官。③楚：指项羽。④雍丘：县名。在今河南省杞县。⑤王武：原属项羽，在外黄（今河南省民权县西北）被汉军击破，降汉。⑥梁：战国时魏惠王迁都大梁（今河南省开封市），此后，河南省东部称梁地。⑦邢说（yuè）：项羽的将领。菑（zī）：县名。在今河南省民权县东北。⑧荥（xíng）阳：县名。在今河南省荥阳市东北。

　　别之河内[1]，击赵将贲赫军朝歌[2]，破之，所将卒得骑将二人，车

马二百五十四。从攻安阳以东，至棘蒲[3]，下七县。别攻破赵军，得其将司马二人，候四人，降吏卒二千四百人。从攻下邯郸[4]。别下平阳[5]，身斩守相[6]，所将卒斩兵守、郡守各一人[7]，降邺[8]。从攻朝歌、邯郸，及别击破赵军，降邯郸郡六县。还军敖仓，破项籍军成皋南[9]，击绝楚饷道[10]，起荥阳至襄邑[11]。破项冠军鲁下[12]。略地东至缯、郯、下邳[13]，南至蕲、竹邑[14]。击项悍济阳下[15]。还击项籍陈下[16]，破之。别定江陵[17]，降江陵柱国、大司马以下八人[18]，身得江陵王[19]，生致之雒阳[20]，因定南郡[21]。从至陈，取楚王信[22]，剖符世世勿绝，定食四千六百户，号信武侯。

【注释】

①之：往；去。河内：地区名。春秋战国时，黄河以北地区称河内。②贲（féi）赫：殷王司马的将领。朝歌：都邑名。在今河南省淇县。③棘蒲：邑名。在今河北省大名县西北。④邯郸：都邑名。在今河北省邯郸市。⑤平阳：邑名。在今河北临漳县西南。⑥守相：代理相国。⑦兵守：即领兵郡守，指郡尉。⑧邺：县名。在今河北省临漳县西南。⑨成皋：邑名。在今河南省荥阳市氾水镇。⑩饷道：运送军粮的道路。⑪襄邑：县名。在今河南省睢县。⑫鲁：县名。在今山东曲阜市。⑬缯、郯、下邳：均县名。缯在今山东省枣庄市东北，郯在今山东省郯城县北，下邳在今江苏省邳州市西南。⑭蕲（qí）：县名。在今安徽省宿州市东南。竹邑：县名。在今安徽省宿州市北。⑮项悍：项羽的部属。⑯陈：县名。在今河南省淮阳县。⑰江陵：县名。即今湖北省江陵县。⑱柱国：官名。战国时楚置。大司马：武官名。⑲江陵王：指项羽所封临江王共敖之子共尉。⑳雒阳：都邑名。在今河南省洛阳市东北。㉑南郡：郡名。㉒楚王信：即淮阴侯韩信。

以骑都尉从击代，攻韩信平城下[1]，还军东垣[2]。有功，迁为车骑将军，并将梁、赵、齐、燕、楚车骑，别击陈豨丞相敞[3]，破之，因降曲逆[4]。从击黥布有功[5]，益封定食五千三百户。凡斩首九十级，虏百三十二人；别破军十四，降城五十九，定郡、国各一，县二十三；得王、柱国各一人，二千石以下至五百石三十九人[6]。

【注释】

①韩信：战国韩襄王的后代，曾领兵随刘邦入汉中。②东垣：县名。在今河北石家庄市东。③敞：侯敞。陈豨自立为代王时，任侯敞为丞相。④曲逆：县名。在今河北省顺平县东南。⑤黥布：六县（今安徽省六安市）人。⑥二千石（shí）：秦汉官阶以俸禄的多少计算。除三公号称万石（实际年俸四千二百斛）外，其余官吏二千石（月俸一百二十斛，一斛即一石，皆为十斗）递减至百石（月俸为十六斛）为止。

高后五年①，歙卒，谥为肃侯。子亭代侯。二十一年，坐事国人过律②，孝文后三年③，夺侯，国除。

【注释】

①高后五年：前183年。高后，汉高帝皇后吕雉。②事：役使。过律：超过法律规定。③孝文后三年：前161年。孝文：汉文帝刘恒。

蒯成侯缫者①，沛人也②，姓周氏③。常为高祖参乘④，以舍人从起沛。至霸上，西入蜀、汉⑤，还定三秦，食邑池阳⑥。东绝甬道⑦，从出度平阴⑧，遇淮阴侯兵襄国⑨，军乍利乍不利⑩，终无离上心。以缫为信武侯，食邑三千三百户。高祖十二年⑪，以缫为蒯成侯，除前所食邑。

【注释】

①蒯（kuǎi）成侯：周缫（xiè）最后的封号。蒯成：乡聚名。在今陕西省宝鸡市东。②沛：县名。在今江苏省沛县。③姓周氏："姓"为标志家族系统的称号，"氏"为姓的分支。④参乘（shèng）：即"骖乘"，亦称陪乘。为近侍警卫，居东厢右侧。⑤蜀：郡名。地在今四川省中西部，治所在成都（今成都市）。汉：指汉中郡。⑥池阳：县名。在今陕西省泾阳县西北。⑦甬道：两侧筑有墙壁的通道，用来输送军粮，以防敌人劫夺。⑧平阴：渡口名。在今河南省孟津县东北。⑨襄国：县名。在今河北省邢台市。⑩乍：忽然。⑪高祖十二年：前195年。

上欲自击陈豨，蒯成侯泣曰："始秦攻破天下①，未尝自行。今上常自行，是为无人可使者乎②？"上以为"爱我"，赐入殿门不趋③，杀人

不死。

【注释】

①始：原先；从前。②使：派遣。③趋：快步走。古代臣见君时应小步快走，以示敬意。

至孝文五年[1]，缧以寿终[2]，谥为贞侯。子昌代侯，有罪，国除。至孝景中二年[3]，封缧子居代侯。至元鼎三年[4]，居为太常[5]，有罪，国除。

【注释】

①孝文五年：前 175 年。②寿终：老死。③孝景中二年：前 148 年。孝景：汉景帝刘启。④元鼎三年：前 114 年。元鼎，汉武帝年号。⑤太常：官名。九卿之一。掌宗庙礼仪。

太史公曰：阳陵侯傅宽，信武侯靳歙皆高爵，从高祖起山东[1]，攻项籍，诛杀名将，破军降城以十数，未尝困辱，此亦天授也。蒯成侯周缧操心坚正[2]，身不见疑，上欲有所之，未尝不垂涕，此有伤心者然[3]，可谓笃厚君子矣[4]。

【注释】

①山东：地区名。战国、秦、汉时，通称崤山或华山以东为山东。②操心坚正：心志坚定不移。③然：如此；这样。④笃厚：诚实忠厚。

刘敬叔孙通列传第三十九

　　刘敬者①，齐人也②。汉五年③，戍陇西④，过洛阳⑤，高帝在焉⑥。娄敬脱挽辂⑦，衣其羊裘⑧，见齐人虞将军曰⑨："臣愿见上言便事⑩。"虞将军欲与之鲜衣⑪，娄敬曰："臣衣帛⑫，衣帛见；衣褐⑬，衣褐见：终不敢易衣⑭。"于是虞将军入言上。上召入见，赐食。

【注释】

　　①刘敬：本姓娄，后受赐姓刘。②齐：国名。姜姓，战国时为大臣田氏所取代。③汉五年：汉高帝五年，公元前202年。④戍：驻防；守备。陇西：郡名。地在今甘肃省东部，治所在狄道（今临洮县南）。⑤洛阳：都邑名。"洛"本作"雒"。⑥高帝（前256—前195年）：汉高帝。刘邦。焉：相当于"于此"。兼词。⑦挽：牵拉。辂（lù）：绑在车辕上以备人牵拉的横木。⑧衣（yì）：穿着。动词。裘：毛皮衣。⑨虞将军：汉高帝将领。生平不详。⑩臣：古人自称的谦辞，不限于对君主。上：皇上。指汉高帝。便事：《汉书》同传作"便宜"，犹言应办的事，特指对国家有利的事。⑪鲜衣：华美的衣服。⑫帛：丝织品的总称。⑬褐（hè）：兽毛或粗麻制成的短衣，古时贫贱人穿着。⑭不敢：有"不愿意"或"不屑于"的意思。

　　已而问娄敬，娄敬说曰①："陛下都洛阳②，岂欲与周室比隆哉③？"上曰："然。"娄敬曰："陛下取天下与周室异。周之先自后稷④，尧封之邰⑤，积德累善十有余世⑥。公刘避桀居豳⑦。大王以狄伐故⑧，去豳，杖马箠居岐⑨，国人争随之。及文王为西伯⑩，断虞、芮之讼⑪，始受命⑫，吕望、伯夷自海滨来归之⑬。武王伐纣⑭，不期而会孟津之上八百诸侯⑮，皆曰纣可伐矣，遂灭殷⑯。成王即位⑰，周公之属傅相焉⑱，乃营成周洛邑⑲，以此为天下之中也，诸侯四方纳贡职⑳，道里均矣，有德则易以王㉑，无德则易以亡。凡居此者，欲令周务以德致人㉒，不欲依阻险㉓，令后世骄奢以虐民也。及周之盛时，天下和洽㉔，四夷乡风㉕，慕义怀德，附离而并事天子㉖，不屯一卒㉗，不战一士㉘，八夷大国之民莫不宾服㉙，效其贡职㉚。及周之衰也，分而为两㉛，天下莫朝，周不能制也。非其德薄也，而形势弱也。今陛下起丰击沛㉜，收卒三千人，以之径往而卷蜀、汉㉝，定三秦㉞，与项羽战荥阳，争成皋之口㉟，大战七十，小战四十，使天下之民肝脑涂地㊱，父子暴骨中野㊲，不可胜数，哭泣之声未绝，伤痍者未起㊳，而欲比隆于成、康之时㊴，臣窃以为不侔也㊵。且夫秦地被山带河㊶，四塞以为固㊷，卒然有急㊸，百万之众可具也㊹。因秦之故，资甚美膏腴之地㊺，此所谓天府者也㊻。陛下入关而都之㊼，山东虽乱㊽，秦之故地可全而有也。夫与人斗，不搤其亢㊾，拊其背㊿，未能全其胜也。今陛下入关而都[51]，案秦之故地[52]，此亦搤天下之亢而拊其背也。"

【注释】

①说（shuì）：用话劝说别人使听从自己的意见。②陛下：对帝王的尊称。③周室：周王朝。姬姓。④后稷：古代周部族的始祖，名弃。他善于种植庄稼，曾在尧、舜时代做过农官，教民耕种。⑤尧：传说中父系氏族社会后期部落联盟领袖。封：帝王把爵位或土地赏赐臣子。邰（tái）：邑名。在今陕西省武功县西南。⑥有（yòu）：通"又"。用在整数和零数之间。⑦公刘：周族领袖，相传为后稷曾孙，夏代末年率领周族迁到豳（bīn。今陕西省彬县东北），观察地形水利，开垦荒地，安定居处。桀（jié）：夏朝末代君主。⑧太王：周族领袖，名古公亶（dǎn）父，相传为后稷十二代孙。他因戎、狄族侵逼，迁到岐山下的周（今陕西省岐山县北），建筑城郭宫室，设置官吏，改革风俗，开垦荒地，发展农业生产，使周族逐渐强盛。⑨杖马棰（chuí）：意思是赶着马匹行进。杖，执持，动词。棰，鞭子。⑩文王为西伯：周文王姬昌，是商代末年周族领袖，商纣时作西伯（西方诸侯的首长）。他统治期间，国势强盛，建设丰邑（今西安市长安区西南）作为国都。⑪断虞、芮（ruì）之讼：周文王时，虞、芮二国争田，文王用自己国内民众普遍谦让的榜样感化了他们，促使他们自动平息了争端，并归附于周。虞国，姬姓，地在今山西省平陆县北；芮国，姬姓，地在今山西芮城县西。另一说在今陕西省大荔县境，恐非。⑫受命：承受天命。⑬吕望：姜姓，吕氏，名尚，一名牙。伯夷：商代末年

孤竹君长子，墨胎氏。孤竹君曾经想要用次子叔齐作继承人，孤竹君死后，叔齐让位，伯夷不受，结果兄弟俩都投奔周国。孤竹国，在今河北卢龙县一带。⑭武王：周武王。姬发。他继承其父文王遗志，联合许多部族，推翻商纣，建立周朝。纣（zhòu）：商朝末代君主。⑮孟津：古黄河渡口名。在今河南省孟津县东北。相传周武王曾在此盟会诸侯并渡过黄河进攻商纣。⑯殷：商朝第二十位国王盘庚从奄（今山东省曲阜市）迁都到殷（今河南省安阳市西北），共经十二王，时间颇长，因而商也被称为殷，或兼称商殷、殷商。⑰成王：周成王。姬诵。⑱周公：姬旦。周武王之弟。因采邑在周，称为周公。⑲成周洛邑：周公营建洛邑作为东都，分筑王城和成周城，王城在今河阳市西部，周平王从镐京迁都于此；成周城在今洛阳市东部，周敬王又从王城迁都于此。又相对于"宗周镐京"而统称"成周洛邑"。⑳贡职：也称贡赋、贡税，指土贡和赋税。土贡是指臣民或藩属向君主进献的土产、珍宝和其他财物，是赋税的原始形式。㉑王（wàng）：统一天下，成就王业。动词。㉒务：务必；必须。致：招引；团结。㉓阻险：同"险阻"。指山川艰险梗塞的地势。㉔洽：协和；和睦。㉕四夷：指四方各部族。这是古代对华夏族以外各族的贬称。下文"八夷"与此相类似。乡（xiàng），通"向"。㉖附离：使离者相附。事：侍奉；服事。动词。㉗卒：古代指步兵。㉘士：古代指战车上的射手。㉙莫：没有人。无指代词。宾服：诸侯或属国按时进贡朝见皇帝，表示服从。㉚效：献出。㉛分而为两：指战国后期，周朝的直属领地分裂成为西周、东周两个小国。㉜起丰沛：刘邦是沛县丰邑人，初起兵时曾称沛公。㉝卷蜀、汉：汉元年（前206年），项羽分封诸侯，立刘邦为汉王，领有巴郡（今四川省东部）、蜀郡（今四川省中西部）、汉中郡（今陕西省南部、湖北省西北部），建都南郑（今陕西省汉中市）。㉞定三秦：项羽分封诸侯时，把秦国本土关中地区分为三国，封秦朝降将章邯为雍王，领有今陕西省西部和甘肃省东部地区；司马欣为塞王，领有今陕西省东部地区；董翳为翟王，领有今陕西省北部地区：合称三秦。㉟与项羽战荥阳，争成皋（gāo）之口：项羽（前232—前202年），项籍的表字，泗水郡下相县（今江苏省宿迁市西南）人。陈胜起义后，他随叔父项梁在吴县（今江苏省苏州市）起兵响应。荥阳，县名，在今河南省荥阳市东北。成皋，邑名，原名虎牢，有险关，在今荥阳市汜水镇。公元前205年至前203

年，刘邦和项羽曾经在这个地区展开激烈的争夺战，进行多次战略决战。㊱肝脑涂地：形容流血惨死。㊲暴（pù）骨：暴露尸骨。中野：旷野之中。㊳伤痍（yí）：创伤。㊴成、康之时：周成王、康王（姬钊）的时代，自从周公建立了周朝的典章制度，又主张“明德慎刑”以缓和阶级矛盾，他们都相继推行这种政策，加强了统治，旧史称为“成康之治”。㊵侔（móu）：相等。㊶且夫（fú）：提起连词。秦地：指战国时秦国本土，主要指今陕西省中部地区，有时也包括甘肃省东部和陕西省全境。被山带河：倚靠华山，濒临黄河。㊷四塞（sài）：四面都有天险，可作屏障。㊸卒（cù）然：突然；忽然。卒，通“猝”。㊹具：完备；齐备。㊺资：凭借；依靠。㊻天府：称自然条件优越，形势险固，物产丰富的地方。㊼关：指函谷关，旧址在今河南省灵宝市东北。㊽山东：战国、秦、汉时代，通称崤山或华山以东为山东，一般专指黄河流域，有时也泛指战国时秦国以外的六国领土。㊾搤：通“扼”。卡；掐。亢（gāng）：通“吭”。咽喉。比喻要害处。㊿拊（fǔ）：拍；轻击。(51)今：有“如果”的意思。假设连词。(52)案：通“按”。据有。

高帝问群臣，群臣皆山东人，争言周王数百年①，秦二世即亡，不如都周②。上疑未能决。及留侯明言入关便③，即日车驾西都关中④。

【注释】

①王（wàng）：统治天下。动词。②周：指东周都城洛阳。东周王朝在此挂名统治了五百多年。③留侯（？—前186年）：张良。颍川郡城父县（今河南平顶山市西北）人。④车驾：皇帝外出时所乘的车马，因用为皇帝的代称。西都：西行定都。连动结构。关中：秦朝建都咸阳（今咸阳市东北），汉朝建都长安（今西安市西北），因这个地区位于函谷关以西、散关以东、武关以北、萧关以南，处四关之中，故称关中。

于是上曰：“本言都秦地者娄敬，‘娄’者乃‘刘’也。”赐姓刘氏①，拜为郎中②，号为奉春君③。

【注释】

①赐姓：古代帝王常将自己的姓氏赏赐功臣，以表示恩宠，并扩大自己的势力。②拜：用一定的礼节授予官职、爵位。郎中：官名。始于战

留侯张良像，出自清·顾沅辑《古圣贤像传略》。

国。③奉春君：春季是一年的开始，因为他创议建都关中，所以称为奉春君。

汉七年，韩王信反①，高帝自往击之。至晋阳②，闻信与匈奴欲共击汉③，上大怒，使人使匈奴④。匈奴匿其壮士肥牛马⑤，但见老弱及羸畜⑥。使者十辈来，皆言匈奴可击。上使刘敬复往使匈奴，还报曰："两国相击，此宜夸矜见所长⑦。今臣往，徒见羸瘠老弱⑧，此必欲见短，伏奇兵以争利⑨。愚以为匈奴不可击也⑩。"是时汉兵已逾句注⑪，二十余万兵已业行⑫。上怒，骂刘敬曰："齐虏！以口舌得官⑬，今乃妄言沮吾军⑭。"械系敬广武⑮。遂往，至平城⑯，匈奴果出奇兵围高帝白登⑰，七日然后得解。高帝至广武，赦敬，曰："吾不用公言，以困平城。吾皆已斩前使十辈言可击者矣。"乃封敬二千户，为关内侯⑱，号为建信侯⑲。

【注释】

①韩王信：战国韩襄王后代，在楚汉战争中，刘邦立为韩王，领地原在颍川（今河南省中部），后迁到太原（今山西省北部）。②晋阳：县名，在今山西省太原市西南。③匈奴：北方部族名，秦汉时期强盛起来，游牧民族，也称胡。④使（shì）匈奴：出使匈奴。使，名词用作动词。⑤匿：隐藏。⑥见（xiàn）：通"现"。显现；出示。嬴（léi）：瘦弱。⑦夸矜（jīn）：同"矜夸"。夸耀。炫耀。⑧徒：但；只。瘠：瘦。⑨奇兵：出奇制胜的军队。⑩愚：愚见。自谦之辞。⑪是：此；这。指示代词。句（gōu）注：山名。在今山西省代县西北。⑫已业：同"业已"。已经。业，事已为而未成。⑬虏：俘虏；奴隶。转为对敌对者的蔑称。口舌：指言辞、说话。⑭沮（jǔ）：阻止；败坏。⑮械：桎梏（zhì gù）；木制的镣铐。广武：县名。在今代县西南。⑯平城：县名。在今山西省大同市东北。⑰白登：山名。在今大同市东北。⑱关内侯：爵位名。⑲建信：县名。在今山东省高青县西北。

高帝罢平城归，韩王信亡入胡①。当是时，冒顿为单于②，兵强，控弦三十万③，数苦北边④。上患之，问刘敬。刘敬曰："天下初定，士卒罢于兵⑤，未可以武服也。冒顿杀父代立，妻群母⑥，以力为威，未可以仁义说也。独可以计久远子孙为臣耳⑦，然恐陛下不能为。"上曰："诚可⑧，何为不能⑨！顾为奈何⑩？"刘敬对曰⑪："陛下诚能以适长公主妻之⑫，厚奉遗之⑬，彼知汉适女送厚，蛮夷必慕以为阏氏⑭，生子必为太子，代单于。何者？贪汉重币⑮。陛下以岁时汉所余彼所鲜数问遗⑯，因使辩士风谕以礼节⑰。冒顿在，固为子婿；死，则外孙为单于。岂尝闻外孙敢与大父抗礼者哉⑱？兵可无战以渐臣也⑲。若陛下不能遣长公主，而令宗室及后宫诈称公主⑳，彼亦知，不肯贵近，无益也。"高帝曰："善。"欲遣长公主。吕后日夜泣㉑，曰："妾唯太子、一女㉒，奈何弃之匈奴！"上竟不能遣长公主，而取家人子名为长公主㉓，妻单于。使刘敬往结和亲约㉔。

【注释】

①亡：逃亡；流亡。②冒顿（mò dú。？—前174年）：姓挛鞮（dī）。公元前209年杀父头曼自立。③控弦：张弓；弯弓。指射手。④数（shuò）：

频繁；屡次。副词。苦：困苦；苦害。使动用法。⑤罢（pí）：通"疲"。兵：战争。⑥妻（qì）：以之为妻。意动用法。⑦独：仅；只。副词。"以计"下疑有缺文如"俾""令"之类。表示限止的语气助词。⑧诚：如果；果真。副词。⑨何为：为何；为什么。⑩顾：特；但。转折连词。奈何：怎么；怎么办。⑪对：回答。用于卑幼辈对尊长辈。⑫适（dí）：通"嫡"。宗法社会中称正妻为嫡，称正妻所生的子女为嫡出或仅冠以嫡字。妻（qì）：以女嫁人。动词。⑬奉遗（wèi）：恭敬地赠送。⑭蛮夷：古代对外族的贬称。慕：仰慕；敬爱。阏氏（yān zhī）：匈奴王后的称号。⑮币：礼物；财物。古时对金、玉、钱、璧、帛、皮皆称币。⑯岁时：一年中的季节。鲜（xiǎn）：少；不多。问遗：慰问并赠送。⑰辩士：能言善辩之士。⑱大父：祖父；外祖父。抗礼：用彼此平等的礼节对待。⑲无：不。否定副词。臣：使之臣服。使动用法。⑳宗室：同一祖宗的贵族，指帝王的宗族。㉑吕后（前241—前180年）：吕雉。砀郡单父（shàn fǔ）县（今山东省单县）人。汉高祖皇后。㉒妾：古代妇女自称的谦辞。太子：指汉惠帝刘盈。一女：指鲁元公主。㉓家人子：汉代平民家女子被选入宫廷后尚未获得职号者的称呼。㉔和亲：原意是和好亲善，以后成为一个历史政治概念，指汉族王朝和少数民族首领或少数民族首领相互之间具有一定政治目的的通婚姻。

刘敬从匈奴来，因言："匈奴河南白羊、楼烦王①，去长安近者七百里②，轻骑一日一夜可以至秦中。秦中新破，少民，地肥饶，可益实。夫诸侯初起时③，非齐诸田④，楚昭、屈、景莫能兴⑤。今陛下虽都关中，实少人，北近胡寇，东有六国之族⑥，宗强，一日有变，陛下亦未得高枕而卧也。臣愿陛下徙齐诸田，楚昭、屈、景、燕、赵、韩、魏后，及豪桀名家居关中⑦。无事，可以备胡；诸侯有变⑧，亦足率以东伐。此强本弱末之术也⑨。"上曰："善。"乃使刘敬徙所言关中十余万口⑩。

【注释】

①河南：秦、汉时对今内蒙古自治区河套一带的称呼。白羊：匈奴的一部。②长安：汉高帝五年设县，后定都于此。③夫（fú）：那（些）。指示代词。④齐诸田：战国时，齐国王族姓田；诸田，指田氏各支派。⑤楚

昭、屈、景：楚国王族本为芈姓，熊氏。⑥六国之族：指战国时期东方六国王族的后代，即下文所历数者。⑦桀（jié）：通"杰"。⑧诸侯：指此时的异姓诸王英布、彭越、张敖、卢绾、吴芮等。⑨强本弱末：加强中央政权，削弱地方势力。强，弱，使动用法。⑩此句意为"徙所言（者于）关中（凡）十余万口"。《资治通鉴》对这件事就是这样叙述的。

叔孙通者①，薛人也②。秦时以文学征③，待诏博士④。数岁，陈胜起山东⑤，使者以闻⑥，二世召博士诸儒生问曰⑦："楚戍卒攻蕲入陈，于公如何？"博士诸生三十余人前曰⑧："人臣无将⑨，将即反，罪死无赦。愿陛下急发兵击之。"二世怒，作色⑩。叔孙通前曰："诸生言皆非也。夫天下合为一家，毁郡县城，铄其兵⑪，示天下不复用。且明主在其上，法令具于下，使人人奉职，四方辐辏⑫，安敢有反者⑬！此特群盗鼠窃狗盗耳⑭，何足置之齿牙间⑮。郡守尉今捕论⑯，何足忧。"二世喜曰："善。"尽问诸生，诸生或言反⑰，或言盗。于是二世令御史案诸生言反者下吏⑱，非所宜言。诸言盗者皆罢之⑲。乃赐叔孙通帛二十匹⑳，衣一袭㉑，拜为博士。叔孙通已出宫，反舍㉒，诸生曰："先生何言之谀也㉓？"通曰："公不知也，我几不脱于虎口㉔！"乃亡去，之薛㉕，薛已降楚矣。及项梁之薛㉖，叔孙通从之。败于定陶，从怀王。怀王为义帝㉗，徙长沙㉘，叔孙通留事项王㉙。汉二年，汉王从五诸侯入彭城㉚，叔孙通降汉王。汉王败而西㉛，因竟从汉。

【注释】

①叔孙通：姓叔孙，名通，一名何。②薛：战国时齐邑，地在今山东省滕县南；秦代设郡，地在今山东省中南部，治所在鲁县（今曲阜市）。③文学：文章博学；文献典籍。④待诏：候命；等待任用。博士：学官名。始于战国，秦和汉初沿设，其职责为备古今史事顾问和保管书籍。⑤陈胜（？—前208年）：字涉，汝南郡阳城县（今河南省登封市）人。⑥闻：上闻；上报。⑦二世（前230—前207年）：秦二世皇帝。嬴胡亥。秦始皇少子。儒生：通晓儒家经典的读书人。⑧前：走上前。动词。⑨将：意在图谋叛乱。《公羊传·庄公》说："君亲无将，将而诛焉。"这就是封建时代的所谓"诛心之论"。⑩作色：变脸色。⑪铄（shuò）：熔化。兵：武器。⑫辐辏（còu）：车辐凑集到毂（gǔ）上，比喻人或物聚集

在一起。⑬安：谁；哪里；怎么。疑问代词。⑭特：只；不过。鼠窃狗盗：小偷小抢。⑮齿牙：指言谈、议论。⑯郡守尉：郡守，官名，始设于战国时，起初是防守边郡的武官，后来逐渐成为地方长官。⑰或：有人；有的。虚指代词。⑱御史：官名。春秋、战国时始设，其职责是掌管文书和记事，秦代御史兼有弹劾纠察的职权。案：通"按"。考问；查究。下吏：交给执法的官吏（审问办罪）。⑲罢：作罢；不予查究。⑳匹：计算布帛的单位，古代以长四丈为一匹。㉑一袭：一套。㉒反：通"返"。㉓谀（yú）：奉承；谄媚。㉔几（jī）：几乎；将近。虎口：比喻危险的境地。㉕之：前往；去到。动词。㉖项梁（？—前208年）：项羽叔父。㉗怀王为义帝：项梁战死后，楚怀王进驻彭城（今江苏省徐州市），与项羽有矛盾。㉘长沙：郡名。地在今湖南省中南部，治所在临湘（今长沙市）。㉙项王：指项羽。㉚从：使之从己。使动用法。五诸侯：指常山王张耳、河南王申阳、韩王郑昌、魏王魏豹、殷王司马卬（áng）。㉛西：西行。动词。

叔孙通儒服①，汉王憎之，乃变其服，服短衣②，楚制③，汉王喜。

【注释】

①儒服：意思是穿着儒生服装。名词作谓语用。②服：穿着。动词。③楚制：楚地的式样。

叔孙通之降汉，从儒生弟子百余人，然通无所言进①，专言诸故群盗壮士进之。弟子皆窃骂曰："事先生数岁，幸得从降汉，今不能进臣等，专言大猾②，何也？"叔孙通闻之，乃谓曰③："汉王方蒙矢石争天下④，诸生宁能斗乎⑤？故先言斩将搴旗之士⑥。诸生且待我，我不忘矣。"汉王拜叔孙通为博士，号稷嗣君⑦。

【注释】

①进：推荐。②大猾：大刁徒；大奸贼。③谓：告诉。④蒙：冒犯。矢石：箭和擂（léi）石。古代射击武器。⑤宁（nìng）：岂；难道。⑥搴（qiān）：拔取。⑦稷嗣君：有三说：一、赞扬叔孙通的道德学问足以继承齐国稷下的流风余韵。稷下是战国时齐国都城临淄稷门附近地区，是当时各学派荟萃的中心。二、稷嗣是邑名。三、刘邦希望叔孙通能够像后稷辅

佐唐尧一样辅佐自己。

汉五年，已并天下，诸侯共尊汉王为皇帝于定陶[1]，叔孙通就其仪号[2]。高帝悉去秦苛仪法[3]，为简易。群臣饮酒争功，醉或妄呼，拔剑击柱，高帝患之。叔孙通知上益厌之也[4]，说上曰："夫儒者难与进取，可与守成。臣愿征鲁诸生[5]，与臣弟子共起朝仪[6]。"高帝曰："得无难乎[7]？"叔孙通曰："五帝异乐[8]，三王不同礼[9]。礼者，因时世人情为之节文者也[10]。故夏、殷、周之礼所因损益可知者[11]，谓不相复也[12]。臣愿颇采古礼与秦仪杂就之。"上曰："可试为之，令易知，度吾所能行为之[13]。"

【注释】

①诸侯：指楚王韩信、韩王韩信、淮南王英布、梁王彭越、原衡山王吴芮、赵王张敖、燕王臧荼。②就：成就；制定。他动词。③悉：尽量；全部。仪法：礼仪规则。④益：稍稍；逐渐。⑤鲁：国名。姬姓。地在今山东省西南部，建都曲阜（今曲阜市）。⑥朝仪：朝会的礼仪。⑦得无：能不；该不会。表示反问。⑧五帝：传说中的上古帝王，有三说：一、黄帝、颛顼（zhuān xū）、帝喾（kù）、唐尧、虞舜；二、太皓、炎帝、黄帝、少昊、颛顼；三、少昊、颛顼、帝喾、唐尧、虞舜。乐：乐制；乐教。⑨三王：夏禹、商汤、周文王（或包括周武王）。礼：广义指礼制，即规定人们行动的法则、规范、仪式的总称；狭义指礼仪，即祭祀、丧葬、军旅、朝会、冠婚等方面的仪式。⑩因：根据；适应。⑪夏：我国历史上第一个朝代，相传为夏后氏部落领袖禹的儿子启所建立的奴隶制国家，先后建都阳城、安邑（今山西省夏县西北）等地，传到桀，被商汤灭亡。约当前21世纪至前16世纪左右。⑫谓：说；说明。⑬度（duó）：推测；估计。动词。

于是叔孙通使[1]，征鲁诸生三十余人。鲁有两生不肯行，曰："公所事者且十主[2]，皆面谀以得亲贵。今天下初定，死者未葬，伤者未起，又欲起礼乐。礼乐所由起，积德百年而后可兴也。吾不忍为公所为。公所为不合古，吾不行。公往矣，无污我[3]！"叔孙通笑曰："若真鄙儒也[4]，不知时变[5]。"

【注释】

①使（shì，今读 shǐ）：奉派作使者。动词。②且：将近。③无：莫；不要。禁戒副词。④若：你（们）。鄙：鄙陋；固执不通。⑤时变：时势的变化。

遂与所征三十人西，及上左右为学者与其弟子百余人为绵蕞野外①。习之月余，叔孙通曰："上可试观。"上既观，使行礼，曰："吾能为此。"乃令群臣习肄②，会十月③。

【注释】

①左右：指近臣。为学：素有学术修养。绵蕞（zuì）：古代演习朝会礼仪时，牵引绳索以表示演习处所称它为绵，树立茅草以表示尊卑位次称它为蕞。②习肄（yì）：学习；练习。③会：举行朝会。动词。

汉七年，长乐宫成①，诸侯、群臣皆朝十月。仪：先平明②，谒者治礼③，引以次入殿门，廷中陈车、骑，步卒、卫宫④，设兵，张旗志⑤。传言"趋"⑥。殿下郎中侠陛⑦，陛数百人。功臣列侯、诸将军、军吏以次陈西方，东乡⑧；文官丞相以下陈东方⑨，西乡。大行设九宾⑩，胪句传⑪。于是皇帝辇出房⑫，百官执职传警⑬，引诸侯王以下至吏六百石以次奉贺⑭。自诸侯王以下莫不振恐肃敬⑮。至礼毕，复置法酒⑯。诸侍坐殿上皆伏抑首⑰，以尊卑次起上寿⑱。觞九行⑲，谒者言"罢酒"。御史执法举不如仪者辄引去⑳。竟朝置酒㉑，无敢谨哗失礼者㉒。于是高帝曰："吾乃今日知为皇帝之贵也。"乃拜叔孙通为太常㉓，赐金五百斤。

【注释】

①长乐宫：西汉主要宫殿之一。②先（xiàn）：在先；在前。③谒者：官名。春秋、战国时始设，替君主掌管传达。秦、汉沿设，属于郎中令，掌管傧赞事宜。④陈：排列。车：指战车（包括驾马和人员）。骑（jì）：骑兵（包括一人一马）。⑤志：通"帜"。⑥趋：快步走。表示敬意。⑦侠：通"挟""夹"。⑧列侯：爵位名。秦、汉二十等爵位的最高一级为彻侯，后改通侯，又称列侯。将军：武官名。战国时始设，至汉代有各种名号的将军。军吏：指将军下属的佐人员。乡（xiàng）：通"向"。⑨丞相：官名。⑩大行：官名。西周时始设，原称大行人；汉初称典客，后改名大行，也作大行令。掌管交际礼仪。九宾：有三说：一、九种规格不同

的礼节，二、九个接待宾客的官员，三、九种地位不同的礼宾官员。⑪胪（lú）句（gōu）传：从上传语告下为胪；下传语告上为句。⑫辇（niǎn）：古代指由人推拉的车子，秦、汉以后特指皇帝、后妃乘坐的车子。⑬职：通"帜"。《汉书》同传作"戟"，也可通。传警：传呼警戒。⑭诸侯王：汉代所封的王，其地位相当于古代的诸侯，故又连称诸侯王。六百石（shí）：汉代官吏俸禄等级，实际每月得七十斛。这里作为官阶的代称。⑮振：通"震"。⑯法酒：朝廷的正式宴会。⑰抑：屈；俯。⑱上寿：敬酒祝福。⑲觞（shāng）：盛酒器。这里是敬酒的意思。⑳举：凡。辄：就；总是。㉑竟朝：行朝会礼自始至终。㉒讙（huān）哗：大声说笑或叫喊。㉓太常：官名。秦代设奉常，掌管宗庙礼仪；汉初沿设，景帝时改称太常。

　　叔孙通因进曰①："诸弟子儒生随臣久矣，与臣共为仪，愿陛下官之②。"高帝悉以为郎③。叔孙通出，皆以五百斤金赐诸生。诸生乃皆喜曰："叔孙生诚圣人也④，知当世之要务⑤。"

【注释】

　　①进：进言。②官：任命他们做官。使动用法。③郎：帝王侍从官的通称。④生："先生"的省称，指才学之士。诚：真正；的确。副词。⑤当世之要务：照应前文，指战争时期和和平时期的不同任务。

　　汉九年，高帝徙叔孙通为太子太傅①。汉十二年，高祖欲以赵王如意易太子②，叔孙通谏上曰③："昔者晋献公以骊姬之故废太子④，立奚齐，晋国乱者数十年，为天下笑。秦以不蚤定扶苏⑤，令赵高得以诈立胡亥，自使灭祀⑥，此陛下所亲见。今太子仁孝，天下皆闻之；吕后与陛下攻苦食啖⑦，其可背哉⑧！陛下必欲废適而立少，臣愿先伏诛⑨，以颈血污地。"高帝曰："公罢矣⑩，吾直戏耳⑪。"叔孙通曰："太子天下本，本一摇天下振动，奈何以天下为戏！"高帝曰："吾听公言。"及上置酒，见留侯所招客从太子入见⑫，上乃遂无易太子志矣。

【注释】

　　①徙：迁调；提升。太子太傅：官名。②高祖：汉高帝刘邦的庙号。赵王如意：刘如意，封赵王。③谏：规劝。用于卑幼辈对尊长辈。④晋献公：姬诡诸。⑤蚤：通"早"。扶苏：秦始皇长子。他因劝阻秦始皇镇压

儒生，被派往上郡（今陕西省北部、内蒙古自治区南部一带）监督边防驻军。⑥灭祀：灭绝后代。祀，祭祀。⑦攻苦食啖（dàn）：经历苦难，饮食粗淡。攻，冒犯。啖，通"淡"，清淡。⑧其：岂；难道。⑨伏诛：受死刑。⑩罢：作罢；算了。⑪直：但；只。副词。⑫留侯所招客：指东园公、角（lù）里先生、绮里季、夏黄公。

　　高帝崩①，孝惠即位②，乃谓叔孙生曰："先帝园陵寝庙③，群臣莫能习④。"徙为太常，定宗庙仪法⑤。及稍定汉诸仪法⑥，皆叔孙生为太常所论著也⑦。

【注释】

　　①崩：古代称皇帝死为崩，意思是借"山陵崩"做比喻。②孝惠（前216年—前188年）：汉惠帝，刘盈。③先帝：称去世的皇帝。园：帝王的墓地。陵：帝王的坟墓。④莫能习：不熟悉。莫，否定副词。⑤宗庙：帝王、诸侯祭祀祖先的处所。⑥稍：逐渐。⑦论著（zhù）：议论著述。

　　孝惠帝为东朝长乐宫①，及间往来②，数跸烦人③，乃作复道④，方筑武库南⑤。叔孙生奏事，因请间⑥，曰："陛下何自筑复道，高寝衣冠月出游高庙⑦？高庙，汉太祖⑧，奈何令后世子孙乘宗庙道上行哉⑨？"孝惠帝大惧，曰："急坏之。"叔孙生曰："人主无过举⑩。今已作，百姓皆知之，今坏此，则示有过举。愿陛下为原庙渭北⑪，衣冠月出游之，益广多宗庙，大孝之本也。"上乃诏有司立原庙⑫。原庙起，以复道故。

【注释】

　　①东朝长乐宫：这时惠帝住在未央宫，地址在当时长安城西南角上；吕后住在长乐宫，地址在该城东南角上。②间（jiàn）往：在正式朝拜以外，中间小谒见。③跸（bì）：帝王出行时，开路清道，禁止通行。④复道：也称阁道。在高楼间修建的架空的通道。⑤方：正当；正好。武库：储藏武器的库房，是未央宫的组成部分之一。⑥请间（jiàn）：请空隙的时候。⑦这句话的意思是"您怎么擅自修建复道于高寝衣冠每月出游高庙的通道上面"。⑧汉太祖：汉朝的始祖。⑨宗庙道：即指汉高帝衣冠出游的通道。⑩人主：国君。过举：错误的行动。⑪原庙：正庙以外的别庙。

原，再。渭北：渭河北岸。渭河流经当时长安城西北。⑫诏：皇帝颁发的命令文告。这里作动词用。有司：指官吏。设官分职，各有专司，所以称为有司。

孝惠帝曾春出游离宫①，叔孙生曰："古者有春尝果②，方今樱桃孰，可献，愿陛下出，因取樱桃献宗庙。"上乃许之。诸果献由此兴③。

【注释】

①离宫：帝王正宫以外临时居住的宫室。②春尝果：古代帝王在春季鲜果成熟时最先享用，并进献宗庙祭祀祖先。③果献：向宗庙进献果品的典礼。

太史公曰：语曰"千金之裘①，非一狐之腋也②；台榭之榱③，非一木之枝也；三代之际④，非一士之智也"。信哉！夫高祖起微细，定海内⑤，谋计用兵，可谓尽之矣。然而刘敬脱挽辂一说，建万世之安，智岂可专邪⑥！叔孙通希世度务制礼⑦，进退与时变化⑧，卒为汉家儒宗⑨。"大直若诎，道固委蛇"⑩，盖谓是乎⑪！

【注释】

①语曰：引用别人的话而不具体交代出处时，常常这样引起。裘：毛皮衣。②腋：胳肢窝。特指兽腋下的毛皮。③榭（xiè）：建在台上的高屋。榱（cuī）：椽子。④三代之际：意思是说夏、商、周三代盛世的功业。⑤海内：古代传说我国的四周都有大海环绕，所以称全国范围为四海之内或海内。⑥邪（yé）：通"耶"。表疑问的语气助词。⑦希世度（duó）务：迎合世俗，考虑事务。⑧进退：去留。⑨卒：终于；到底。儒宗：儒家大师。⑩大直若诎（qū），道固委蛇（wēi yí）：引语本于《老子》。意思是说，最正直的人，并非顽固死硬。⑪盖：有"大概""也许"的意思。疑商副词。

季布栾布列传第四十

季布者，楚人也①。为气任侠②，有名于楚。项籍使将兵③，数窘汉王④。及项羽灭，高祖购求布千金⑤，敢有舍匿⑥，罪及三族⑦。季布匿濮阳周氏⑧。周氏曰："汉购将军急，迹且至臣家⑨，将军能听臣，臣敢献计；即不能，愿先自刭⑩。"季布许之。乃髡钳季布⑪，衣褐衣⑫，置广柳车中⑬，并与其家僮数十人⑭，之鲁朱家所卖之⑮。朱家心知是季布，乃买而置之田，诫其子曰："田事听此奴，必与同食。"朱家乃乘轺车之洛阳⑯，见汝阴侯滕公⑰。滕公留朱家饮数日。因谓滕公曰："季布何大罪，而上求之急也⑱？"滕公曰："布数为项羽窘上，上怨之，故必欲得之。"朱家曰："君视季布何如人也？"曰："贤者也。"朱家曰："臣各为其主用，季布为项籍用，职耳⑲。项氏臣可尽诛邪？今上始得天下，独以己之私怨求一人⑳，何示天下之不广也！且以季布之贤而汉求之急如此，此不北走胡即南走越耳㉑。夫忌壮士以资敌国，此伍子胥所以鞭荆平王之墓也㉒。君何不从容为上言邪㉓？"汝阴侯滕公心知朱家大侠，意季布匿其所㉔，乃许曰："诺。"待间㉕，果言如朱家指㉖。上乃赦季布。当是时，诸公皆多季布能摧刚为柔㉗。朱家亦以此名闻当世。季布召见，谢㉘，上拜为郎中㉙。

【注释】

①楚：国名。芈（mǐ）姓。始祖鬻（yù）熊。②为气：好逞意气。任侠：以"侠义"自任；凭借气力打抱不平。③项籍：项羽名籍。④汉王：公元前206年，项羽立刘邦为汉王。⑤购求：悬赏征求。⑥舍匿（nì）：收留隐藏。⑦三族：一说指父母、兄弟、妻子；一说指父族、母族、妻族。⑧濮阳：县名。在今河南省濮阳县西南。⑨迹：追踪。动词。⑩自刭（jǐng）：割颈自杀。⑪髡（kūn）钳：古代刑罚名。⑫衣（yì）褐衣：穿上粗布衣服。⑬广柳车：运载货物的大车。一说为载棺材的丧车。⑭家僮（tóng）：私家蓄养的奴婢。⑮朱家：鲁（今山东省曲阜市）人，汉初著名

游侠。⑯辎（yáo）车：一马驾驶的轻便车。洛阳：都邑名。在今河南省洛阳市东北。⑰汝阴侯：即夏侯婴。⑱上：皇上。指汉高帝。⑲职：职分内的事。⑳独：仅；只。㉑不北走胡即南走越：不是向北逃奔匈奴，便是向南逃奔南越。㉒伍子胥鞭荆平王：伍子胥之父伍奢、兄伍尚为楚平王所杀，伍子胥逃亡吴国。后伍子胥帮助吴王阖闾夺得王位，辅佐阖闾率领吴军攻破楚国郢都，伍子胥掘楚平王墓，出其尸，鞭之三百。以报父仇。荆，楚国的别称。㉓从容（cōng róng）：自然地；仿佛不是有意地。㉔意：料想。㉕待间（jiān）：等待机会。㉖指：通"旨"，旨意。㉗多：推重。㉘谢：认错；谢罪。㉙拜：用一定的礼节授予官职。郎中：官名。战国始设，汉代沿设，属郎中令。

孝惠时①，为中郎将②。单于尝为书嫚吕后③，不逊，吕后大怒，召诸将议之。上将军樊哙曰④："臣愿得十万众，横行匈奴中⑤。"诸将皆阿吕后意⑥，曰"然"。季布曰："樊哙可斩也！夫高帝将兵四十余万众，困于平城⑦，今哙奈何以十万众横行匈奴中，面欺！且秦以事于胡⑧，陈胜等起⑨。于今创痍未瘳⑩，哙又面谀，欲摇动天下。"是时殿上皆恐，太后罢朝⑪，遂不复议击匈奴事。

【注释】

①孝惠：汉惠帝刘盈，前194—前188年在位。②中郎将：官名。统领皇帝侍卫的官。③单（chán）于：匈奴君主的称号。嫚：侮辱。④樊哙：沛县（今属江苏）人。⑤横行：纵横驰骋，无所阻挡。⑥阿（ē）：迎合；附和。⑦困于平城：汉七年（前200年），韩王信勾结匈奴在太原谋反，汉高帝带兵往击，在平城（今山西省大同市东北）被匈奴冒顿（mò dú）单于围困七日，后用陈平计脱围。⑧以事于胡：因为对匈奴用兵。⑨陈胜：秦末农民起义军领袖。⑩创痍（yí）未瘳（chōu）：创伤还没有医治好。痍，创伤。瘳，病愈。⑪罢朝：停止朝会。

季布为河东守①，孝文时②，人有言其贤者，孝文召，欲以为御史大夫③。复有言其勇，使酒难近④。至，留邸一月⑤，见罢。季布因进曰："臣无功窃宠⑥，待罪河东⑦。陛下无故召臣⑧，此人必有以臣欺陛下者⑨；今臣至无所受事，罢去，此人必有以毁臣者⑩。夫陛下以一人

汉高祖与匈奴作战，在平城被围，刘邦采纳陈平
的计策，打发一个使者带着美女图与珠宝去见匈
奴阏氏求和。

之誉而召臣，一人之毁而去臣，臣恐天下有识闻之[11]，有以窥陛下
也[12]。"上默然惭，良久曰："河东吾股肱郡[13]，故特召君耳。"布辞
之官[14]。

【注释】

①河东：郡名。地在今山西省西南部，治所在安邑（今夏县西北）。
②孝文：汉文帝刘恒。前179—前157年在位。③御史大夫：官名。④
使酒难近：过饮任性，难以成为皇帝的亲近大臣。⑤邸：客馆。⑥窃宠：
窃取宠信。谦辞。⑦待罪：听候治罪。⑧陛下：臣下对帝王的尊称。陛
本为宫殿的台阶，群臣对帝王说话，不敢直指，故呼在陛下者告之，因
卑达尊之意。⑨"此人必有以臣欺陛下者"，应理解为"此人必有以誉
臣在欺陛下者"。"誉臣"，与后一分句中的"毁臣"相对举。⑩毁：

毁谤。⑪有识：指有见识的人。⑫窥：窥测；洞察。⑬股肱（gōng）：比喻左右得力的辅佐。股，大腿；肱：手臂。⑭辞之官：辞别皇上，回到河东郡守的原任。

　　楚人曹丘生①，辩士②，数招权顾金钱③。事贵人赵同等④，与窦长君善⑤。季布闻之，寄书谏窦长君曰："吾闻曹丘生非长者⑥，勿与通⑦。"及曹丘生归，欲得书请季布⑧。窦长君曰："季将军不说足下⑨，足下无往。"固请书，遂行。使人先发书，季布果大怒，待曹丘。曹丘至，即揖季布曰⑩："楚人谚曰'得黄金百斤，不如得季布一诺'，足下何以得此声于梁、楚间哉⑪？且仆楚人⑫，足下亦楚人也。仆游扬足下之名于天下⑬，顾不重邪⑭？何足下距仆之深也⑮！"季布乃大说，引入，留数月，为上客，厚送之。季布名所以益闻者，曹丘扬之也。

【注释】

　　①曹丘生：犹言曹丘先生。②辩士：擅长辞令的人。③招权：借重权势。④赵同：指受汉文帝宠幸的宦官赵谈。⑤窦长君：汉文帝窦皇后的哥哥。⑥长者：性情谨厚的人。⑦通：交往。⑧请：进见。⑨说（yuè）：通"悦"。足下：称对方的敬辞。⑩揖：行拱手礼，表示不卑不亢。⑪梁楚：泛指战国时梁国（魏国的别称）和楚国旧地。⑫仆：自称的谦辞。⑬游扬：四处宣扬。⑭重：有力。⑮距：通"拒"。

　　季布弟季心，气盖关中①，遇人恭谨②，为任侠，方数千里，士皆争为之死。尝杀人，亡之吴③，从袁丝匿④。长事袁丝⑤，弟畜灌夫，籍福之属⑥。尝为中司马⑦，中尉、郅都不敢不加礼⑧。少年多时时窃籍其名以行⑨。当是时，季心以勇，布以诺，著闻关中。

【注释】

　　①关中：古地区名。②恭谨：谦恭谨慎。③吴：汉初封国。在今江苏省、浙江省、安徽省一带，都广陵（今江苏省扬州市西北）。④袁丝：即袁盎，字丝。历任齐相、吴相。详见《袁盎晁错列传》。⑤长事：用对待兄长的礼节对待。⑥畜（xù）：养育；对待。灌夫：汉景帝时以军功任中郎将。武帝时任太仆，后徙为燕相，因事获罪免官。终因忤丞相田蚡，被杀。详见《魏其武安侯列传》。籍福：田蚡的门客。⑦中司马：官名。中

尉（掌京都治安的武官）下属的辅佐官员。⑧郅都：汉景帝时任济南太守，后提升为中尉。⑨窃籍（jiè）其名：偷偷地假借他的名义。籍，通"借"，假托。

季布母弟丁公①，为楚将。丁公为项羽逐窘高祖彭城西②，短兵接③，高祖急，顾丁公曰："两贤岂相厄哉④！"于是丁公引兵而还，汉王遂解去。及项王灭，丁公谒见高祖⑤。高祖以丁公徇军中⑥，曰："丁公为项王臣不忠，使项王失天下者，乃丁公也。"遂斩丁公，曰："使后世为人臣者无效丁公！"

【注释】

①丁公：丁固。薛（今山东省滕州市南）人。②彭城：县名。在今江苏省徐州市。项羽建都地。③短兵：指短柄兵器刀剑等。④厄：为难；迫害。⑤谒（yè）见：进见。⑥徇（xùn）：对众宣示。

栾布者，梁人也。始梁王彭越为家人时①，尝与布游②。穷困，赁佣于齐③，为酒人保④。数岁，彭越去之巨野中为盗⑤，而布为人所略卖⑥，为奴于燕⑦。为其家主报仇，燕将臧荼举以为都尉⑧。臧荼后为燕王，以布为将。及臧荼反，汉击燕，虏布。梁王彭越闻之，乃言上，请赎布以为梁大夫⑨。

【注释】

①彭越：昌邑（今山东省金乡县西北）人。②游：交游；来往。③赁（lìn）佣：受人雇佣。齐：国名。战国七雄之一。地在今山东省北部和东部。④保：佣工。⑤巨野：即巨野泽，在今山东省巨野县东北。⑥略：劫持。⑦燕（yān）：国名。地在今河北省北部和辽宁省西端。⑧臧荼：秦末燕王韩广的部将。都尉：武官名。战国始设，职位比将军略低。⑨赎布：替栾布赎罪。

使于齐①，未还，汉召彭越，责以谋反②，夷三族。已而枭彭越头于雒阳下③，诏曰④："有敢收视者⑤，辄捕之⑥。"布从齐还，奏事彭越头下⑦，祠而哭之⑧。吏捕布以闻⑨。上召布，骂曰："若与彭越反邪⑩？吾禁人勿收，若独祠而哭之，与越反明矣。趣亨之⑪。"方提趣汤⑫，布顾曰："愿一言而死。"上曰："何言？"布曰："方上之困于彭城，败荥阳、成皋间[13]，项王所以不能遂西[14]，徙以彭王居梁地[15]，与汉合从苦楚也[16]。当是之时，彭王一顾[17]，与楚则汉破[18]，与汉而楚破。且垓下之会[19]，微彭王[20]，项氏不亡。天下已定，彭王剖符受封[21]，亦欲传之万世。今陛下一征兵于梁，彭王病不行，而陛下疑以为反，反形未见[22]，以苛小案诛灭之[23]，臣恐功臣人人自危也。今彭王已死，臣生不如死，请就亨。"于是上乃释布罪，拜为都尉[24]。

【注释】

①齐：汉初封国名。②责以谋反：以谋反罪责罚彭越。③枭（xiāo）：悬头示众。雒（luò）阳：即洛阳。④诏：皇帝颁发的命令、文告。⑤收视：收殓看顾。⑥辄：立即。⑦奏：报告。⑧祠：祭祀。⑨闻：使人知道。指报告皇上。⑩若：你（们）。⑪趣（cù）亨（pēng）之：赶快烹杀栾布。⑫提：举起。趣（qù）：向着。汤：滚水。⑬荥（xíng）阳：县名。在今河南省荥阳市东北。成皋：邑名。在今河南省荥阳市汜水镇。⑭遂西：顺利西进。⑮徙：迁。⑯合从（zōng）：即合纵。这里指联合。苦：使动用法。⑰一顾：偏重一边。⑱与：亲附；支援。⑲垓下：地名。在今安徽省灵璧县东南。⑳微：非；无。㉑剖符：把表示凭证的符（用金、玉、铜、竹或木制成）分成两半，受封者和朝廷各执一半，以示信用。㉒见（xiàn）：通"现"。显露。㉓苛小：苛求小事。㉔拜：授予官职或爵位。

孝文时，为燕相，至将军。布乃称曰[1]："穷困不能辱身下志[2]，非人也；富贵不能快意[3]，非贤也。"于是尝有德者厚报之，有怨者必以法灭之。吴、楚反时[4]，以军功封俞侯[5]，复为燕相。燕齐之间皆为栾布立社，号曰栾公社。

【注释】

①称：宣称；扬言。②辱身下志：委屈自己的心意。③快意：心意满足。④吴、楚反：汉景帝三年（前154年），吴王刘濞、楚王刘戊等七个诸侯国发动武装叛乱，史称"吴楚七国之乱"。⑤军功：指栾布带兵平定了齐地的胶西、胶东、菑川、济南等国。俞（shū）：县名。在今山东省平原县西南。

景帝中五年薨①。子贲嗣②，为太常③，牺牲不如令④，国除⑤。

【注释】

①景帝中五年：相当公元前 145 年。②嗣：继承。③太常：官名，九卿之一。④牺牲：古代祭祀用牲畜的通称。⑤国除：封国被废除。

太史公曰：以项羽之气，而季布以勇显于楚①，身屦典军搴旗者数矣②，可谓壮士。然被刑戮③，为人奴而不死，何其下也！彼必自负其材④，故受辱而不羞，欲有所用其未足也⑤，故终为汉名将。贤者诚重其死⑥。夫婢妾贱人感慨而自杀者⑦，非能勇也，其计画无复之耳⑧。栾布哭彭越，趣汤如归者，彼诚知所处，不自重其死。虽往古烈士⑨，何以加哉！

【注释】

①显：显扬、闻名。②屦（jù）军搴（qiān）旗：战胜敌军拔取敌旗。屦，践踏。③被刑戮：遭受刑罚，指被髡钳。④自负其材：相信自己的材力。⑤用其未足：发挥他还没有施展的才能。⑥重：看重；珍惜。⑦感慨：感触愤慨。⑧计画无复之：谋虑无法实现。⑨烈士：指重义轻生或有志于建功立业的人。

袁盎晁错列传第四十一

　　袁盎者，楚人也①，字丝②。父故为群盗，徙处安陵③。高后时④，盎尝为吕禄舍人⑤。及孝文帝即位⑥，盎兄哙任盎为中郎⑦。

【注释】

　　①楚：国名。芈（mǐ）姓，始祖鬻（yù）熊。西周时立国于荆山一带，建都丹阳（今湖北省秭归县东南）。②字：表字；别名。③安陵：县名。在今陕西省咸阳市东北。④高后：即吕后。汉高帝皇后吕雉。汉惠帝死后，她临朝称制，直接掌握政权。死后诸吕发动叛乱。⑤吕禄：吕后侄，先后被封为胡陵侯、武信侯、赵王，并统率北军（京城卫戍部队）。吕后死后，吕禄等图谋叛乱，被太尉周勃等诛杀。舍人：家臣。战国及汉初王公贵官家均置。⑥孝文帝：汉文帝刘恒。前179—前157年在位。详见《孝文本纪》。⑦中郎：官名。担任宿卫侍从，首长称中郎将。任：保举。汉制，凡职位在二千石以上的官员，任职满三年的，可保举自己的儿子或同胞兄弟一人为郎。

　　绛侯为丞相①。朝罢趋出②，意得甚。上礼之恭③，常自送之。袁盎进曰：“陛下以丞相何如人④？”上曰：“社稷臣⑤。”盎曰：“绛侯所谓功臣，非社稷臣。社稷臣主在与在，主亡与亡⑥。方吕后时，诸吕用事，擅相王，刘氏不绝如带⑦。是时绛侯为太尉，主兵柄⑧，弗能正⑨。吕后崩，大臣相与共畔诸吕⑩，太尉主兵，适会其成功⑪，所谓功臣，非社稷臣。丞相如有骄主色，陛下谦让，臣主失礼，窃为陛下不取也⑫。”后朝，上益庄⑬，丞相益畏。已而绛侯望袁盎曰⑭：“吾与而兄善⑮，今儿廷毁我⑯！”盎遂不谢。

【注释】

　　①绛侯：周勃。沛县（今属江苏）人。②朝：古代诸侯见帝王、臣子见国君，称“朝”。趋：快走。③上：皇上。④陛下：臣下对帝王的尊称。

⑤社稷臣：关系国家安危的大臣。社稷，土神和谷神，古代君主所祭，因此常用社稷代表国家。⑥主在与在，主亡与亡：指社稷臣与国君祸福与共。国君在时，与国君共同管理政事；国君虽亡，仍不废其政。⑦不绝如带：像带子一样连接着，几乎断绝。比喻局面危急。⑧柄：权柄。⑨正：匡正扶救。⑩畔：通"叛"。⑪适：恰好。⑫窃：谦敬副词。⑬庄：严肃。⑭望：怨恨；责怪。⑮而：尔；你。⑯儿：小子（骂人的话）。毁：诋毁；毁谤。

及绛侯免相之国①，国人上书告以为反，征系清室②，宗室诸公莫敢为言，唯袁盎明绛侯无罪。绛侯得释，盎颇有力。绛侯乃大与盎结交。

【注释】

①之：往；到。动词。国：封国。②清室：也作"请室"。

淮南厉王朝①，杀辟阳侯②，居处骄甚。袁盎谏曰："诸侯大骄必生患③，可適削地④。"上弗用。淮南王益横。及棘蒲侯柴武太子谋反事觉⑤，治⑥，连淮南王，淮南王征，上因迁之蜀⑦，辒车传送⑧。袁盎时为中郎将，乃谏曰："陛下素骄淮南王，弗稍禁，以至此，今又暴摧折之⑨。淮南王为人刚，如有遇雾露行道死，陛下竟以为天下之大弗能容，有杀弟之名，奈何？"上弗听，遂行之。

【注释】

①淮南厉王：刘长。汉高帝少子。淮南，封国名。厉王，谥号。②辟阳侯：审食其（yì jī），吕后的宠臣。官至左丞相。③诸侯：西周、春秋时分封的各国国君称诸侯，汉代的封国国王相当于古代的诸侯。④適（zhé）通"谪"。惩罚。⑤棘蒲侯：柴武的封号。棘蒲：邑名。在今河北大名县西北。⑥治：追查惩办。⑦迁：流放。蜀：郡名。地在今四川省西部，治所在成都（今成都市）。⑧辒（jiàn）车：囚车。⑨暴：猛烈。

淮南王至雍①，病死，闻，上辍食②，哭甚哀。盎入，顿首请罪③。上曰："以不用公言至此。"盎曰："上自宽，此往事，岂可悔哉！且陛下有高世之行者三，此不足以毁名。"上曰："吾高世行三者何事？"盎

纳谏赐金图。选自明·张居正《帝鉴图说》，讲述
汉文帝纳袁盎之谏，并给予赏赐之事。

曰："陛下居代时④，太后尝病⑤，三年，陛下不交睫⑥，不解衣，汤药非陛下口所尝弗进。夫曾参以布衣犹难之⑦，今陛下亲以王者修之⑧，过曾参孝远矣。夫诸吕用事，大臣专制⑨，然陛下从代乘六乘传驰不测之渊⑩，虽贲育之勇不及陛下⑪。陛下至代邸⑫，西向让天子位者再，南面让天子位者三。夫许由一让⑬，而陛下五以天下让，过许由四矣。且陛下迁淮南王。欲以苦其志，使改过，有司卫不谨⑭，故病死。"于是上乃解，曰："将奈何？"盎曰："淮南王有三子，唯在陛下耳。"于是文帝立其三子皆为王。盎由此名重朝廷。

【注释】

①雍：汉置县。在今陕西省凤翔县东南。②辍（chuò）：停止。③顿

1610

首：叩头。④代：封国名。汉十一年（前196年），刘邦封刘恒为代王。地辖今山西省北部、河北省西部。治所在中都（今山西平遥县西南）。⑤太后：指汉文帝母薄太后。⑥交睫（jié）：合眼。睫：眼睫毛。⑦曾参：春秋末鲁国武城（今山东省费县西南）人。⑧修：实行。⑨专制：独断专行。⑩乘传（shèng zhuàn）：四匹下等马驾的传车。传，指驿站或驿站的车马。⑪贲育：指孟贲、夏育，皆古代勇士。⑫代邸：代王在京城的官邸。⑬许由：传说尧要把君位让给他，他逃跑到箕山下，农耕而食。⑭有司：职有专司。

　　袁盎常引大体慷慨，宦者赵同以数幸[1]，常害袁盎，袁盎患之。盎兄子种为常侍骑[2]，持节夹乘[3]，说盎曰："君与斗，廷辱之，使其毁不用[4]。"孝文帝出，赵同参乘[5]，袁盎伏车前曰："臣闻天子所与共六尺舆者，皆天下豪英。今汉虽乏人，陛下独奈何与刀锯余人载[6]！"于是上笑，下赵同。赵同泣下车。

【注释】

　　①赵同：本名赵谈，司马迁为避父司马谈名讳改。②种：袁种。③持节夹乘：手持符节在皇帝左右护卫。④毁：毁谤。⑤参乘：坐在车右陪同乘车的侍卫。⑥刀锯余人：受过宫刑的人，指宦官。

　　文帝从霸陵上[1]，欲西驰下峻阪[2]。袁盎骑，并车揽辔[3]。上曰："将军怯邪？"盎曰："臣闻千金之子坐不垂堂[4]，百金之子不骑衡[5]，圣主不乘危而徼幸[6]。今陛下骋六骓[7]，驰下峻山，如有马惊车败，陛下纵自轻，奈高庙、太后何？"上乃止。

【注释】

　　①霸陵：县名。在今陕西西安东北。②峻阪（bǎn）：高峻的山坡。③揽辔（pèi）：挽住马缰绳。④垂堂：靠近屋檐处。⑤骑：靠着。衡：楼台边的栏杆。⑥徼幸：希望偶然获得成功或免去不幸。⑦骓（fēi）、古代驾车的马，在中间的叫服，在两旁的叫骓。

　　上幸上林[1]，皇后、慎夫人从[2]。其在禁中[3]，常同席坐。及坐，郎署长布席[4]，袁盎引却慎夫人坐[5]。慎夫人怒，不肯坐。上亦怒，起，入禁中。盎因前说曰：“臣闻尊卑有序则上下和。今陛下既已立后，慎夫人乃妾，妾主岂可与同坐哉！适所以失尊卑矣。且陛下幸之⑥，即厚赐之。陛下所以为慎夫人，适所以祸之⑦。陛下独不见‘人彘’乎⑧？”于是上乃说⑨，召语慎夫人⑩。慎夫人赐盎金五十斤。

【注释】

①幸：封建时代帝王到达某地称“幸”。②皇后：指窦皇后。慎夫人：汉文帝妾。③禁中：即宫中。因宫中门户均有卫士把守，非侍御者不能入，故称。④郎署：上林苑中侍卫皇帝的官署。⑤引却：拉向后退。⑥幸：宠爱。⑦祸：使动用法。⑧人彘（zhì）：人猪。⑨说（yuè）：通“悦”。⑩语（yù）：告诉。

然袁盎亦以数直谏，不得久居中，调为陇西都尉①。仁爱士卒，士卒皆争为死。迁为齐相②。徙为吴相③，辞行，种谓盎曰：“吴王骄日久④，国多奸。今苟欲劾治⑤，彼不上书告君，即利剑刺君矣。南方卑湿，君能日饮，毋何，时说王曰毋反而已⑥。如此幸得脱。”盎用种之计，吴王厚遇盎。

【注释】

①陇西：郡名。都尉：武官名。辅佐郡守，并掌握全郡军事。②迁：调动；提升。齐：封国名。建都临菑（今山东省淄博市东北）。③吴：封国名。建都广陵（今江苏省扬州市）。④吴王：刘濞（bì）。⑤劾（hé）治：揭发罪行，予以惩罚。⑥说（shuì）：劝说。

盎告归，道逢丞相申屠嘉①，下车拜谒②，丞相从车上谢袁盎。袁盎还，愧其吏，乃之丞相舍上谒③，求见丞相。丞相良久而见之。盎因跪曰：“愿请间④。”丞相曰：“使君所言公事⑤，之曹与长史掾议⑥，吾且奏之；即私邪，吾不受私语。”袁盎即跪说曰⑦：“君为丞相，自度孰与陈平、绛侯⑧？”丞相曰：“吾不如。”袁盎曰：“善，君即自谓不如。夫陈平、绛侯辅翼高帝⑨，定天下，为将相，而诛诸吕，存刘氏；君乃为材官蹶张⑩，迁为队率⑪，积功至淮阳守⑫，非有奇计攻城野战之功。且陛下从代来，每朝，郎官上书疏⑬，未尝不止辇受其言⑭，言不可用置之，言可受采之，未尝不称善。何也？则欲以致天下贤士大夫。上日闻

所不闻，明所不知，日益圣智；君今自闭钳天下之口而日益愚[15]。夫以圣主责愚相，君受祸不久矣。"丞相乃拜曰："嘉鄙野人，乃不知，将军幸教。"引入与坐，为上客。

【注释】

①申屠嘉：梁（今河南省东部）人。②拜谒：进见上级时，行拜礼。③上谒：送上名片。④请间：请求隔开旁人，单独接见。⑤使：假使。⑥曹：古代分科办事的官署。掾（yuàn）：古代属官的通称。⑦跪：《汉书》作"起"，是对的。⑧陈平：阳武（今河南省原阳县）人。⑨辅翼：辅佐护卫。⑩材官：勇武的步卒。蹶张：脚踏强弓，使它张开。⑪队率：小军官。⑫淮阳：郡名。地在今河南省东部，治所在淮阳（今淮阳县）。⑬书疏：给皇上的报告。⑭辇（niǎn）：原指人推挽的车，秦、汉后特指帝、后所乘坐的车。⑮闭钳：封闭；关住。

盎素不好晁错[1]，晁错所居坐，盎去；盎坐，错亦去：两人未尝同堂语。及孝文帝崩，孝景帝即位[2]，晁错为御史大夫[3]，使吏案袁盎受吴王财物[4]，抵罪[5]，诏赦以为庶人[6]。

【注释】

①晁错：颍川（今河南省禹县）人。②孝景帝：汉景帝刘启。前157—前141年在位。③御史大夫：官名。秦汉时仅次于丞相的中央长官。主掌监察、执法，兼管重要文书图籍。④案：通"按"。查核。⑤抵罪：因犯罪受到应得的惩罚。⑥庶人：西周时对农业劳动者的称呼。

吴楚反[1]，闻，晁错谓丞史曰[2]："夫袁盎多受吴王金钱，专为蔽匿，言不反。今果反，欲请治盎宜知计谋。"丞史曰："事未发，治之有绝。今兵西乡[3]，治之何益！且袁盎不宜有谋。"晁错犹与未决[4]。人有告袁盎者，袁盎恐，夜见窦婴[5]，为言吴所以反者，愿至上前口对状[6]。窦婴入言上，上乃召袁盎入见。晁错在前，及盎请辟人赐间[7]，错去，固恨甚[8]。袁盎具言吴所以反状，以错故，独急斩错以谢吴[9]，吴兵乃可罢。其语具在《吴事》中[10]。使袁盎为太常[11]，窦婴为大将军[12]。两人素相与善。逮吴反，诸陵长者长安中贤大夫争附两人[13]，车随者日数百乘。

【注释】

①吴楚反：汉初所封同姓诸侯，逐渐形成割据势力。②丞史：御史大夫的辅佐官。御史大夫有两丞。丞史，谓丞及史。③西乡（xiàng）：向西进发。乡，通"向"。④犹与：通"犹豫"。⑤窦婴：观津（今河北省武邑县东南）人，窦太后堂侄。⑥对状：即对质。指受审问时陈述事状。⑦辟（bì）人赐间：避开旁人，给予单独接见。辟，通"避"。⑧固：通。⑨独：只有。⑩《吴事》：指《吴王濞列传》。⑪太常：官名。九卿之一。⑫大将军：将军的最高称号，职掌统兵征战。⑬诸陵：指长安附近的长陵、安陵、霸陵等县。

及晁错已诛，袁盎以太常使吴。吴王欲使将，不肯。欲杀之，使一都尉以五百人围守盎军中。袁盎自其为吴相时，尝有从史从史尝盗爱盎侍儿①，盎知之，弗泄，遇之如故。人有告从史，言"君知尔与侍者通"，乃亡归。袁盎驱自追之，遂以侍者赐之，复为从史。及袁盎使吴见守②，从史适为守盎校尉司马③，乃悉以其装赍置二石醇醪④，会天寒，士卒饥渴，饮酒醉，西南陬卒皆卧⑤，司马夜引袁盎起，曰："君可以去矣，吴王期旦日斩君⑥。"盎弗信，曰："公何为者？"司马曰："臣故为从史盗君侍儿者。"盎乃惊谢曰："公幸有亲⑦，吾不可以累公。"司马曰："君弟去⑧，臣亦且亡，辟吾亲⑨，君何患！"乃以刀决张⑩，道从醉卒隧直出⑪。司马与分背，袁盎解节毛怀之⑫，杖，步行七八里，明，见梁骑⑬，骑驰去，遂归报。

【注释】

①从史：从属的官吏。只随从主官，不掌专职。侍儿：婢女。②见守：被看守。③校尉司马：校尉（位次于将军的武官）属下掌军政和军需的官员。④装赍（jī）：随身携带的财物。⑤陬（zōu）：隅；角落。⑥期：约定。⑦亲：父母。⑧弟：但；只管。⑨辟（bì）：通"避"。隐藏。使动用法。⑩决张（zhàng）：决开军营帐幕。⑪隧：道路。⑫节：使臣所持的信物，又称旄节。节毛：即节旄。⑬梁：封国名。地在今河南省东部和安徽省交界处，治所在睢阳（今河南省商丘市南）。

吴楚已破，上更以元王子平陆侯礼为楚王①，袁盎为楚相。尝上书有所言，不用。袁盎病免居家②，与闾里浮沉③，相随行，斗鸡走狗。雒阳剧孟尝过袁盎④，盎善待之。安陵富人有谓盎曰："吾闻剧孟博徒⑤，将军何自通之⑥？"盎曰："剧孟虽博徒，然母死，客送葬车千余乘，此亦有过人者。且缓急人所有⑦。夫一旦有急叩门，不以亲为解⑧，不以存亡为辞，天下所望者，独季心、剧孟耳⑨。今公常从数骑，一旦有缓急，宁足恃乎！"骂富人，弗与通。诸公闻之，皆多袁盎⑩。

【注释】

①平陆侯礼：楚元王刘交的儿子刘礼，初封平陆侯。②病免：称病辞职。③闾（lú）里：乡里。浮沉：随俗上下。④雒阳：都邑名。在今河南省洛阳市东北。⑤博徒：专爱赌博的人。⑥通：结交；往来。⑦缓急：偏义复洞，用"急"字义。⑧解：解说推脱。⑨季心：季布之弟，著名游侠，以勇气闻名关中，曾因杀人，躲藏在袁盎家。⑩多：推崇；赞美。

袁盎虽家居，景帝时时使人问筹策①。梁王欲求为嗣②，袁盎进说，其后语塞③。梁王以此怨盎，曾使人刺盎。刺者至关中④，问袁盎，诸君誉之皆不容口⑤。乃见袁盎曰："臣受梁王金来刺君，君长者，不忍刺君。然后刺君者十余曹⑥，备之！"袁盎心不乐，家又多怪，乃之棓生所问占⑦。还，梁刺客后曹辈果遮刺杀盎安陵郭门外⑧。

【注释】

①筹策：计谋策略。②梁王：刘武。汉景帝弟。③语塞：因袁盎等大臣的谏阻，"求为嗣"的议论被阻止。④关中：秦都咸阳，汉都长安，这个地区位于四关（东函谷、西散关、南武关、北萧关）之中，故称关中。⑤不容口：口不能容。⑥曹：辈。⑦棓（péi）生：术数士。⑧遮：拦住。郭：外城。

晁错者，颍川人也。学申商刑名于轵张恢先所①，与雒阳宋孟及刘礼同师②。以文学为太常掌故③。

【注释】

①申商：指申不害和商鞅，都是战国时法家的代表人物。张恢先：即张恢先生。先，即"先生"之意。②宋孟：人名。刘礼：人名。③太常掌故：太常的属官。

错为人峭直刻深①。孝文帝时，天下无治《尚书》者②，独闻济南伏生故秦博士③，治《尚书》，年九十余，老不可征④，乃诏太常使人往受之。太常遣错受《尚书》伏生所。还，因上便宜事⑤，以《书》称说⑥。诏以为太子舍人、门大夫、家令⑦。以其辩得幸太子，太子家号曰"智囊"。数上书孝文时，言削诸侯事，及法令可更定者。书数十上，孝文不听，然奇其材⑧，迁为中大夫⑨。当是时，太子善错计策，袁盎诸大功臣多不好错。

【注释】

①峭直：严正刚直。刻深：苛刻严峻。②治：研究。《尚书》：儒家经典之一，亦称《书经》。相传由孔丘编选而成。③济南：郡名。地在今山东省中西部，治所在东平陵（今章丘市西）。伏生：伏胜。西汉今文《尚书》的最早传授者。博士：官名。④征：征聘；征召。⑤便宜事：便国宜民之事。⑥称说：称引解说。⑦太子舍人、门大夫、家令：均太子的属官。⑧奇：奇特。意动用法。⑨中大夫：官名。掌议论，备顾问。

景帝即位，以错为内史①。错常数请间言事，辄听，宠幸倾九卿②，法令多所更定。丞相申屠嘉心弗便，力未有以伤。内史府居太上庙壖中③，门东出，不便，错乃穿两门南出，凿庙壖垣。丞相嘉闻，大怒，欲因此过为奏请诛错。错闻之，即夜请间，具为上言之④。丞相奏事，因言错擅凿庙垣为门，请下廷尉诛。上曰："此非庙垣，乃壖中垣，不致于法。"丞相谢。罢朝，怒谓长史曰："吾当先斩以闻，乃先请，为儿所卖，固误。"丞相遂发病死。错以此愈贵。

【注释】

①内史：官名。秦始设，掌治京畿地方，相当于后世的京兆尹。②九卿：秦汉时，中央九个行政官职的总称。③太上庙：指汉高帝父太上皇庙。壖（ruán）：同"堧"。余地；空地。此指太上庙内外墙之间的空地。④具：通"俱"。完全。

迁为御史大夫，请诸侯之罪过，削其地，收其枝郡①。奏上，上令公卿列侯宗室集议②，莫敢难③，独窦婴争之，由此与错有郤④。错所更令三十章，诸侯皆喧哗疾晁错⑤。错父闻之，从颍川来，谓错曰："上初即位，公为政用事，侵削诸侯，别疏人骨肉，人口议多怨公者，何也？”晁错曰：“固也。不如此，天子不尊，宗庙不安。”错父曰：“刘氏安矣，而晁氏危矣，吾去公归矣！”遂饮药死⑥，曰：“吾不忍见祸及吾身。”死十余日，吴楚七国果反，以诛错为名。及窦婴、袁盎进说，上令晁错衣朝衣斩东市⑦。

【注释】

①枝郡：诸侯国边缘上的郡。②公卿：原指三公九卿，后来泛指朝廷的大臣。列侯：爵位名。宗室：皇族。③莫：没有谁。无指代词。④郤（xì）：通“隙”。嫌隙；隔阂。⑤疾：痛恨。⑥药：指毒药。⑦衣（yì）朝衣：穿着朝服。东市：汉代长安市街，常作为执行死刑的地方。

晁错已死，谒者仆射邓公为校尉①，击吴楚军为将。还，上书言军事，谒见上。上问曰：“道军所来，闻晁错死，吴楚罢不②？”邓公曰：“吴王为反数十年矣，发怒削地，以诛错为名，其意非在错也。且臣恐天下之士嗫口③，不敢复言也！”上曰：“何哉？”邓公曰：“夫晁错患诸侯强大不可制，故请削地以尊京师④，万世之利也。计画始行，卒受大戮⑤，内杜忠臣之口，外为诸侯报仇，臣窃为陛下不取也。”于是景帝默然良久，曰：“公言善，吾亦恨之⑥。”乃拜邓公为城阳中尉⑦。

【注释】

①谒者：官名。②不（fǒu）：通“否”。③嗫（jìn）：闭口不言。④京师：首都。此指朝廷。⑤卒：竟。⑥恨：悔恨。⑦城阳：封国名。中尉：武官名。掌管王国军事。

邓公，成固人也①，多奇计。建元中②，上招贤良③，公卿言邓公，时邓公免，起家为九卿④。一年，复谢病免归。其子章以修黄老言显于诸公间⑤。

【注释】

①成固：县名。在今陕西省城固县东。②建元：汉武帝年号（前140—前135年）。③贤良：科举的一种。④起家：由平民起用。⑤黄老：黄帝和老子。黄老言，指道家学说，主张无为而治。

太史公曰：袁盎虽不好学，亦善傅会①，仁心为质②，引义慷慨。遭孝文初立，资适逢世③。时以变易④，及吴楚一说⑤，说虽行哉，然复不遂⑥。好声矜贤，竟以名败。晁错为家令时，数言事不用；后擅权，多所变更。诸侯发难，不急匡救，欲报私仇，反以亡躯。语曰"变古乱常，不死则亡。"，岂错等谓邪！

【注释】

①傅会：通"附会"。②仁心：仁爱之心。③资：才能。④以：通"已"。⑤吴楚一说：指建议杀晁错以平息吴楚叛乱。⑥遂：顺利；成功。

张释之冯唐列传第四十二

　　张廷尉释之者①，堵阳人也②，字季。有兄仲同居③。以訾为骑郎④，事孝文帝⑤，十岁不得调⑥，无所知名⑦。释之曰："久宦减仲之产⑧，不遂⑨。"欲自免归⑩。中郎将袁盎知其贤⑪，惜其去⑫，乃请徙释之补谒者⑬。释之既朝毕⑭，因前言便宜事⑮，文帝曰："卑之⑯，毋甚高论⑰，令今可施行也⑱。"于是释之言秦汉之间事⑲，秦所以失而汉所以兴者久之⑳。文帝称善，乃拜释之为谒者仆射㉑。

【注释】

　　①廷尉：官名。②堵（zhě）阳：县名。治所在今河南省方城县东六里。③仲：古人常以排行为表字，张释之字季，当为"老三"，其兄仲，当为"老二"。同居：一起生活。④訾：通"赀"，家财。骑（jì）郎：官名。皇帝外出时，骑马护卫皇帝的郎官。按：西汉时，家有五百万钱的财产，可以为郎官。⑤事：奉事。孝文帝：汉文帝刘恒。前179—前157年在位。⑥岁：年。调（diào）：升迁。按《汉书·百官公卿表》载：孝文帝三年（前177年）"中郎将张释之为廷尉。"此处说"事孝文帝，十岁不得调"，可能有误。⑦无所知名：没有什么人知道他。⑧宦：仕宦。此处指做郎官。按，因当时做郎官的必须自备车马服饰，所以有此耗减家产的话。⑨不遂：不安。遂，安。⑩免归：免职回家。⑪中郎将：官名。袁盎（àng）：楚人，后徙安陵（今陕西咸阳市东北）。此时为张释之的长官。在此之前，任过中郎。此后曾任吴相。吴楚七国之乱时，他借机向汉景帝建议诛杀了告发过他的御史大夫晁错，前148年，因事被梁孝王派人刺死。袁盎，即爰盎。⑫惜：舍不得。⑬乃：于是。时间副词。请徙（xǐ），奏请迁调。谒（yè）者：官名。⑭既朝毕：朝见完毕。⑮因：趁。前，上前。动词。便宜（biàn yí）事：指便国宜民之事。⑯卑：下。使动用法。之，代词。代指所言之事。卑之：意为使你的话切近现状一些。⑰毋甚高论：意为不要高谈阔论，说多么古远的事。⑱令今可施行

也：意为要使当前能够实行的。令，使。可，可以；能够。能愿动词。
⑲秦汉之间事：即下文所谓"秦所以失而汉所以兴者"。"閒"通"间"。上古无"间"字。⑳秦所以失而汉所以兴者：秦朝灭亡的原因和汉朝兴起的原因。所以，相当于"……的原因""……的缘故"。久之，许久。㉑拜：用一定的礼节授予官职、爵位。谒者僕射（yè）：谒者长官。

　　释之从行①，登虎圈②。上问上林尉诸禽兽簿③，十余问④，尉左右视⑤，尽不能对⑥，虎圈啬夫从旁代尉对上所问禽兽簿甚悉⑦，欲以观其能口对响应无穷者⑧。文帝曰："吏不当若是邪⑨？尉无赖⑩！"乃诏释之拜啬夫为上林令⑪。释之久之前曰⑫："陛下以绛侯周勃何如人也⑬？"上曰："长者也⑭。"又复问："东阳侯张相如何如人也⑮？"上复曰："长者。"释之曰："夫绛侯、东阳侯称为长者⑯，此两人言事曾不能出口⑰，岂教此啬夫谍谍利口捷给哉⑱！且秦以任刀笔之吏⑲，吏争以亟疾苛察相高⑳，然其敝徒文具耳㉑，无恻隐之实㉒。以故不闻其过㉓，陵迟而至于二世㉔，天下土崩㉕。今陛下以啬夫口辩而超迁之㉖，臣恐天下随风靡靡㉗，争为口辩而无其实㉘。且下之化上疾于景响㉙，举错不可不审也㉚。"文帝曰："善㉛。"乃止不拜啬夫。

【注释】

　　①从行：跟随皇帝出行。②圈（juàn）：关禽兽的场地。③上：皇上。指汉文帝。上林尉：上林苑中管理事务的官员。④十余问：问了十几个问题。⑤左右视：左瞅右瞧。⑥对：回答。⑦虎圈啬夫：掌管虎圈的小吏。甚悉：很详尽。⑧观：显示。能：才能；本领。口对响应无穷：对答敏捷，没有穷尽。"口对响应无穷"为"能"的后移定语，"者"是定语后置的标志。⑨当：应当。若是：像这样。邪（yé）：吗。通"耶"。疑问语气助词。⑩无赖：无能。没有可以依赖的才能。不可靠。⑪诏（zhào）：皇帝发命令的行为和所发的命令都叫诏。上林令：上林苑首长。⑫前：上前。⑬陛下：古时对皇帝的专称。以：以为；认为。绛（jiàng）侯：周勃的封号。周勃，泗水郡沛县（今江苏沛县）人。⑭长（zhǎng）者：有才能有德行的人。⑮东阳侯：张相如的封号。⑯夫：发语助词。⑰曾（cēng）：竟然；连……也。副词。表示事出意外的语气。⑱岂：难道。反诘副词。教（xué）：通"学"。谍谍：同"喋喋"，形容说话多。利口：口

才好。捷给（jié jǐ）：来得快。哉：呢。语气助词。⑲且：提挈助词。以：因为。任：任用。刀笔之吏：掌管公文案牍的书吏。⑳以：拿；用。亟（jí）：紧急。疾：快速。苛：深刻。察：督责。相高：互比高低。㉑敝：通"弊"。弊病；流弊。徒：徒然。文具：具备官样文书。耳：罢了。语气助词。㉒无恻隐之实：意为没有出自内心的实情。㉓以故：因此缘故。过：过失；错误。㉔陵迟：意同"陵夷"。衰落；败坏。有一天坏似一天的意思。二世：秦二世胡亥。秦朝的第二代皇帝。前210—前207年在位。㉕天下：指国家政权。土崩：比喻彻底崩溃。㉖口辩：有口才。超迁：越级升官。之：他。代词，指啬夫。㉗臣：官吏，百姓对君主的自称。天下：普天下。随风靡靡：随风附和。靡，随顺附和。㉘无其实：即"无恻隐之实"。㉙下之化上：为"下之化于上"的省语。指下面受到上面的感化。之，结构助词。化，感化。疾于景响：比影子和回声还来得快。景（jǐng）通"影"，影子。响，回声。㉚举错不可审：意为办什么不办什么不可不谨慎。举，兴办。错，通"措"。停置；停办。审，慎重。㉛善：好：答应之词。

上就车①，召释之参乘②，徐行③，问释之秦之敝。具以质言④。至宫，上拜释之为公车令⑤。

【注释】

①就车：上车。②召：呼唤。参乘：同"骖乘"。③徐：缓慢。④具：全部。质：实。⑤公车令：即公车司马令。官名，始于秦，汉沿置。

顷之①，太子与梁王共车入朝②，不下司马门③，于是释之追止太子、梁王无得入殿门④。遂劾不下公门不敬⑤，奏之⑥。薄太后闻之⑦，文帝免冠谢曰⑧："教儿子不谨"⑨。薄太后乃使使承诏赦太子、梁王⑩，然后得入。文帝由是奇释之⑪，拜为中大夫⑫。

【注释】

①顷之：不久。②太子：皇帝所指定的继承人。此处指汉景帝刘启。刘启是汉文帝的长子，前157—前141年在位。梁王：梁孝王刘武。刘恒子，刘启弟。以爱好文学著称。封于梁，国在今河南、安徽两省交界地区，都睢阳（在今河南省商丘市南）。共车：同乘一辆车。③不：

没有。动词。司马门：宫廷外门。④于是：当时。追止：追上前去制止。无得：不得；不能。⑤遂：于是；就。劾（hé）：弹劾；揭发罪状。公门：君门。此处指司马门。不敬：即"大不敬"。⑥奏：臣子向君主进言、上书。⑦薄太后：薄姬。高祖妾。文帝生母。⑧免冠谢：脱帽谢罪。免冠，脱帽。表示谢罪，失敬。⑨教：教育；教导。谨：严。⑩使使（shǐshì）：派遣使者。前一个"使"为动词，后一个"使"为名词。承：接受；承受。⑪由是：从这件事。奇释之：认为释之与众不同。奇，不寻常；罕见。此处作意动词，即"以……为奇"。⑫中大（dà）夫：官名。

　　顷之，至中郎将①。从行至霸陵②，居北临厕③。是时慎夫人从④，上指示慎夫人新丰道⑤，曰："此走邯郸道也⑥。"使慎夫人鼓瑟⑦，上自倚瑟而歌⑧，意惨凄悲怀⑨，顾谓群臣曰⑩："嗟乎⑪！以北山石为椁⑫，用纻絮斫陈⑬，蔡漆其间⑭，岂可动哉⑮！"左右皆曰⑯："善。"释之前进曰⑰："使其中有可欲者⑱，虽锢南山犹有郄⑲；使其中无可欲者，虽无石椁，又何戚焉⑳！"文帝称善。其后拜释之为廷尉㉑。

【注释】

　　①至中郎将：官升到中郎将。②霸陵：汉文帝陵墓。在今陕西省西安市东北。③厕：同"侧"。旁边。居北临厕：意为坐在霸陵上面的北边远望。④是时：此时。慎夫人：汉文帝宠姬。⑤指示：用手指给人看。新丰道：去新丰县（治所在今陕西省西安市临潼区东北）的路。⑥走（zǒu）：向。此走邯郸道也：这就是向邯郸去的路啊。⑦使：令；让。鼓：弹奏。瑟（sè）：一种拨弦乐器，有二十五根弦。⑧上：指文帝。自：自己。倚（yǐ）瑟而歌：合着瑟的曲调唱歌。⑨意：情意。惨凄：悲惨凄凉。凄，通"凄"。悲怀：伤心。⑩顾：回头望着。谓：动词。相当于"对……说。"⑪嗟（jiē）乎：相当于"唉"。感叹词。⑫以北山石为椁（guǒ）：拿京师北山上的好石头做外椁。椁通"椁"。棺材外面套的大棺材。⑬纻（zhù）：苎麻。絮：棉絮。斫（zhuó）：斩；剁。陈：施加。⑭蒘（rú）：通"絮"。丝绵。漆：动词。间：夹缝；间隙空隙。上下句意为：把苎麻、棉絮剁细，充塞在石椁的缝隙，再用漆粘合。⑮岂：难道。反诘副词。此处还含有希望的语气。可：能。动：触动。指打开棺柩。⑯左右：近侍；近臣。⑰前进：走上前。⑱使：假使；如果。假设连词。其：之。代指霸

不用俐口图。选自明·张居正《帝鉴图说》，讲述
张释之与汉文帝同游上林苑，劝谏汉文帝不要只凭
口舌之俐就拔擢人才之事。

陵。有可欲者：有能引起人的贪欲的东西。⑲虽：即使。锢（gù）：用
熔化的金石堵塞空隙。郄（xì）：空隙；裂缝。通"郤""隙"。⑳戚：
忧虑；悲伤。动词。焉：呢。语气词。㉑其：此，指示代词。

　　顷之，上行出中渭桥①，有一人从桥下走出②，乘舆马惊③。于是使
骑捕④，属之廷尉⑤。释之治问⑥。曰⑦："县人来⑧，闻跸⑨，匿桥下⑩。
久之，以为行已过⑪，即出⑫，见乘舆车骑⑬，即走耳⑭。"廷尉奏当⑮，
一人犯跸⑯，当罚金⑰。文帝怒曰："此人亲惊吾马⑱，吾马赖柔和⑲，令
他马⑳，固不败伤我乎㉑？而廷尉乃当之罚金㉒！"释之曰："法者天子所

与天下公共也㉓。今法如此而更重之㉔，是法不信于民也㉕。且方其时㉖，上使立诛之则已㉗。今既下廷尉㉘，廷尉，天下之平也㉙，一倾而天下用法皆为轻重㉚，民安所措其手足㉛？唯陛下察之㉜。"良久㉝，上曰："廷尉当是也㉞。"

【注释】

①行出；行经。中渭桥：在汉长安城（今西安市西北）北。②走：跑。③乘舆（shèng yú）：帝王所乘的车子。④骑（jì），随从的骑士。⑤属（zhǔ）之廷尉：把他交付给廷尉。之，他。代词，代指被捕的人。⑥治问：审问。⑦曰：当为被审问者的供词。⑧县人：长安县乡下人。与京城相对而言。⑨跸（bì）：帝王出行时开路清道，禁止他人通行。⑩匿（nì）：躲藏。⑪行已过：天子的仪仗队已经过去。⑫即：便。⑬车骑（jì）：随从乘舆的车马卫队。⑭即走耳：立即逃跑了。⑮当（dāng）：判罪。意为处以相当的刑罚。⑯一：当作"此"。犯跸：违犯清道戒严的号令。⑰当罚金：应当处以罚金。汉法"跸先至而犯者罚金四两。"⑱亲惊吾马：亲自惊吓了我的乘马。⑲赖：幸亏，依赖。柔和：脾性温和。⑳令：如果；假使。假设连词。他马：别的马。㉑固：本来。副词，表示必然的语气。败伤：摔伤；伤害。乎：吗。语气词。表示反问。㉒而：然而。转折连词。乃：仅。㉓此句意为：法律是天子和天下人所共同遵循的东西。㉔更重之：使它变重。更，改变。重：使动用法。之：它，代词，称代"法"。㉕不信：不能取信。也：啊。语气词，表感叹。㉖且：况且。提起连词，表进层关系。方：当。其：那个。㉗使立诛（zhū）之：让人立即杀掉他。诛，杀戮。㉘既下廷尉：即既然下交给廷尉治罪。㉙天下之平：意为天下公平的象征。平：公平；公正。按《汉书·百官公卿表》云："廷尉，秦官。"因此，张释之在这儿说："廷尉，天下之平也。"㉚倾：侧；偏。用法皆为轻重：意为使用法律时都会任意或轻或重。㉛安所：何处。措：放置。㉜唯：副词。表祈使语气。㉝良久：很久。㉞当是也：判处的对啊。

其后有人盗高庙坐前玉环①，捕得②，文帝怒，下廷尉治。释之案律盗宗庙服御物者为奏③，奏当弃市④。上大怒曰："人之无道⑤，乃盗先帝庙器⑥，吾属廷尉者⑦，欲致之族⑧，而君以法奏之⑨，非吾所以共承宗庙意也⑩。"释之免冠顿首谢曰："法如是足也⑪。且罪等⑫，然以逆

顺为差⑬。今盗宗庙器而族之⑭，有如万分之一⑮，假令愚民取长陵一抔土⑯，陛下何以加其法乎⑰？"久之，文帝与太后言之⑱，乃许廷尉当⑲。是时⑳，中尉条侯周亚夫与梁相山都侯王恬开见释之持议平㉑，乃结为亲友。张廷尉由此天下称之㉒。

【注释】

①其，那。远指代词。其后：那以后。高庙：汉朝君臣供奉高祖刘邦的庙。坐：神座。②捕得：意为吏士捕得盗窃玉环的人。此处主语、宾语皆省。③此句意为释之按照律令中"盗宗庙御服物"的条文奏上。案：通"按"。按照；依照。律：律条。服御物：帝王所用的服饰、车马等物。"盗宗庙服御物"为"律"的后置定语，"者"是定语后置的标志。④奏当弃市：奏请判决斩首。弃市，斩首。⑤人：那人。之：结构助词。用以突出"无道"。无道：胡作非为。⑥乃：竟；居然。语气副词。先帝：旧称死去的皇帝。庙器：宗庙中的器物。⑦者：语气助词。表示有待申明其原因。⑧欲致之族：想使他抵灭族的罪。致，给予。族，灭族，古代的一种刑罚。一人有罪，诛杀其三族或者九族。⑨法：通常的法律条文。⑩以：用来。共：通"恭"。恭敬。承：承奉。⑪顿首：叩头。谢：这里作谢罪讲不妥，当是相告之意，含有解释之意。法：依法判处。足也：达到极限了；只能如此了。⑫且：况且，转接连词。⑬然：然而。以：介词。介绍论事标准。此处作："以……论"。为：有。以逆顺为差：以逆顺的程度（即犯罪轻重程度）而论有差别。⑭族之：诛杀他的全族。族，作动词。⑮有如：如果；假如。假设连词。万分之一：万一。⑯假令：亦为假设连词。长陵：汉高祖刘邦的陵墓，在今咸阳市东北。一抔（póu）土：一捧土。此处不说偷掘长陵，只说取长陵一抔土，也是委婉的说法。⑰何以："以何"的倒装。意思相当于"拿什么"。⑱太后：薄太后。与：和。言之：谈论了这件事。⑲许：准许；批准。⑳是时：这个时候。㉑中尉：官名。秦汉为武职掌京师治安，汉代兼守卫京师的屯卫兵（北军）。汉武帝时改称执金吾。条侯：周亚夫的封号。周亚夫为周勃之子。梁相：梁国的丞相。山都侯：王恬开的封号。王恬开：本名恬启，因避景帝讳，改"启"为"开"。持议平：掌握议论公正。㉒天下：天下的人。称：称颂；称道；称赞。

后文帝崩①，景帝立②，释之恐③，称病④。欲免去⑤，惧大诛至⑥；欲见谢⑦，则未知何如⑧。用王生计⑨，卒见谢⑩，景帝不过也⑪。

【注释】

①崩：古代称帝王或王后死叫"崩"。②立：登上帝王或诸侯的位置叫"立"。③恐：恐惧；害怕。④称病：托病请假。⑤免去：辞官离开。⑥惧大诛至：害怕更大更重的刑罚（杀身之祸）随之而来。⑦见谢：当面谢罪。⑧则：然而；却。未知何如：不知怎样才好。⑨王生：姓王的先生。详见下段。计：计谋；办法。⑩卒：终于。副词。⑪不：没有。作动词。过：谴责；责备。动词。

王生者，善为黄老言①，处士也②。尝召居廷中③，三公九卿尽会立④，王生老人，曰："吾韈解⑤"，顾谓张廷尉："为我结袜⑥！"释之跪而结之。既已⑦，人或谓王生曰⑧："独奈何廷辱张廷尉⑨，使跪结袜？"王生曰："吾老且贱⑩，自度终无益于张廷尉⑪。张廷尉方今天下名臣，吾故聊辱廷尉⑫，使跪结袜，欲以重之⑬。"诸公闻之⑭，贤王生而重张廷尉⑮。

【注释】

①善：善于；擅长。黄老言：黄老之术。黄：黄帝。老：老子。春秋末期道家的创始人。②处士：隐居不仕的人。③尝：曾经。时间副词。召：召见。廷：朝廷。④三公：当时指丞相（主管行政）、太尉（主管军事）、御史大夫（主管监察）。为中央最高官吏。九卿：概指中央各部门高级官吏。三公九卿尽会立：公卿大臣都相聚而立。⑤韈（wà）：通"袜"。解（xiè）：同"懈"。袜解：即"袜系解"，意为袜带子松脱了。按：当时群臣上殿，必须脱去鞋子，单穿着袜子行走。所以会有"袜解"的事。⑥结（xì）：拴；绑。通"系"。结袜：把袜带子绑好。⑦既已：过后。⑧人或：有人。虚指代词。⑨独：偏偏。奈：通"奈"。奈何；怎么；为什么。疑问代词。廷辱：在朝廷上侮辱。状动结构。廷：名词作状语。⑩贱：卑贱。与"高贵"相对。⑪度（duó）：揣度；料想。⑫故：故意。⑬欲以重（zhòng）之：想以此加重他的名望。重，加重，动词。⑭诸公：各公卿。⑮贤：认为贤能。意动用法。重：看重；敬重。动词。

张廷尉事景帝岁余①，为淮南王相②，犹尚以前过也③。久之，释之卒。其子曰张挚④，字长公，官至大夫⑤，免。以不能取容当世⑥，故终身不仕⑦。

【注释】

①岁余：一年多。②淮南王：当时为刘安。③犹尚以前过也：也还是因为从前的过错。犹，还是。尚，还。（指从前劾景帝"不敬"之罪的事）④曰：叫作。⑤大夫；官名。掌议论。当时有太中大夫、中大夫等，属郎中令。⑥取容：取悦。即讨人喜欢。当世：指当时的权贵。⑦终身：指自免职到死。

冯唐者，其大父赵人①。父徙代②。汉兴徙安陵③，唐以孝著④，为中郎署长⑤，事文帝。文帝辇过⑥，问唐曰："父老何自为郎⑦？家安在⑧？"唐具以实对。文帝曰："吾居代时⑨，吾尚食监高祛数为我言赵将李齐之贤⑩，战于钜鹿下⑪。今吾每饭⑫，意未尝不在钜鹿也⑬。父知之乎⑭？"唐对曰："尚不如廉颇、李牧之为将也。⑮"上曰："何以⑯？"唐曰："臣大父在赵时，为官率将⑰，善李牧⑱。臣父故为代相⑲，善赵将李齐，知其为人也。"上既闻廉颇、李牧为人⑳，良说㉑，而搏髀曰㉒："嗟乎！吾独不得廉颇、李牧时为吾将㉓，吾岂忧匈奴哉㉔！"唐曰："主臣㉕！陛下虽得廉颇、李牧，弗能用也㉖。"上怒，起入禁中㉗。良久，召唐让曰㉘："公奈何众辱我㉙，独无闲处乎㉚？"唐谢曰："鄙人不知忌讳㉛。"

【注释】

①大父：祖父。赵：战国七雄之一。②徙（xǐ）：迁移。代：古国名。治所在今河北省蔚县东北。公元前475年为赵襄子所灭。襄子把它封给其侄赵周，称为代成君。③安陵：县名。在今咸阳市东北，本西周程邑，汉惠帝在此筑安陵，并置安陵县。按：据《汉书·地理志》载，汉兴，曾"世世徙吏二千石，商贾富人及豪杰并兼之家于诸陵"。冯唐父由代徙安陵，当属此类情况。④以孝著：因为孝行著名。⑤中郎：官名。秦置，为近侍之官。汉代沿置，属郎中令。中郎署长：中郎署的长官。⑥辇（niǎn）：用人拉挽的车子。过：经过。指从郎署经过。⑦父老：老者的通称。何自："自何"的倒装，意思相当于"从何"。⑧安在：在哪里。⑨居

代时：指做代王时。⑩尚食监：管理膳食的官吏。亦称太官。高祛（qū）：代王尚食监，其他不详。数（shuò）：多次；屡次。副词。⑪钜鹿：古县名。秦置。治所在今河北省平乡县西南。战于钜鹿下：当指公元前208年，秦将王离在钜鹿围赵王歇时，赵将李齐与秦兵在钜鹿城下激战的事。⑫每饭：每逢吃饭。⑬未尝：不曾。意未尝不在钜鹿也：意为没有不想到高祛所说的李齐大战于钜鹿的故事。⑭父：父老。之：他。为指示代词。代指李齐。⑮此句意为李齐当将领还不如廉颇、李牧。廉颇：战国时赵国的名将。李牧：战国末赵国名将。长期为赵国防守北部边疆，甚得军心，打败东胡、林胡、匈奴。赵王迁三年（前233年），率军向秦反攻，在肥（今河北省晋州市西）大败秦军，因功封武安君。⑯何以："以何"的倒装。意为"凭什么""根据什么"。⑰官率将：《汉书》本传作官帅将。为百人之长。率，通"帅"。⑱善：交好；友好。动词。⑲故：以前。代相：当为代王赵嘉的相。⑳既：已。㉑良说（yuè）：很高兴。㉒而：于是。搏髀（bó bì）：拍打着大腿。㉓此句意为我偏偏没有廉颇、李牧这样的人作我的将领。㉔匈奴：古代北方少数民族，以游牧为主，汉初以来，屡次骚扰和侵犯汉朝边境。㉕主臣：其含义历来说法不一。㉖弗（fú）：不。用：任用。㉗禁：宫。㉘让：埋怨；责怪。㉙众辱：当着众人的面侮辱。㉚独：难道。反诘副词。闲处：闲隙之处。㉛鄙人：自称的谦辞。

　　当是之时①，匈奴新大入朝那②，杀北地都尉卬③。上以胡寇为意④，乃卒复问唐曰⑤："公何以知吾不能用廉颇、李牧也？"唐对曰："臣闻上古王者之遣将也⑥，跪而推毂⑦，曰阃以内者⑧，寡人制之⑨；阃以外者，将军制之。军功爵赏皆决于外⑩，归而奏之。此非虚言也。臣大父言，李牧为赵将居边，军市之租皆自用飨士⑪，赏赐决于外，不从中扰也⑫。委任而责成功⑬，故李牧乃得尽其智能⑭，遣选车千三百乘⑮，彀骑万三千⑯，百金之士十万⑰，是以北逐单于⑱，破东胡⑲，灭澹林⑳，西抑强秦㉑，南支韩、魏㉒。当是之时，赵几霸㉓。其后会赵王迁立㉔，其母倡也㉕。王迁立，乃用郭开谗㉖，卒诛李牧㉗，令颜聚代之㉘。是以兵破士北㉙，为秦所禽灭㉚。今臣窃闻魏尚为云中守㉛，其军市租尽以飨士卒，出私养钱㉜，五日一椎牛㉝，飨宾客军吏舍人㉞，是以匈奴远避，不近云

中之塞[35]。虏曾一入[36]，尚率车骑击之[37]，所杀甚众[38]。夫士卒尽家人子[39]，起田中从军[40]，安知尺籍伍符[41]。终日力战，斩首捕虏[42]，上功莫府，[43]一言不相应[44]，文吏以法绳之[45]。其赏不行而吏奉法必用[46]。臣愚[47]，以为陛下法太明，赏太轻，罚太重。且云中守魏尚坐上功首虏差六级[48]，陛下下之吏[49]，削其爵[50]，罚作之[51]。由此言之，陛下虽得廉颇、李牧，弗能用也。臣诚愚[52]，触忌讳[53]，死罪死罪！"文帝说[54]。是日令冯唐持节赦魏尚[55]，复以为云中守[56]，而拜唐为车骑都尉[57]，主中尉及郡国车士[58]。

【注释】

①当是之时：当此之时；正当这时。②朝那（zhū nuó）：《汉书》本传作"朝那"。古县名。治所在今宁夏回族自治区固原市原州区东南。③北地：郡名。地处当今甘肃省东北部及宁夏回族自治区一部分，治马领县（今甘肃环县东南）。都尉：官名。掌管一郡的武备军卒，位次于郡守。卬（áng）：孙卬。④胡：通常指古代北方少数民族。这里指匈奴。⑤卒：终于。时间副词。⑥遣将：派遣将领出征。⑦毂（gǔ）：车轮中心的圆木。此处指车。推毂：推车前进。⑧阃（kǔn）：门槛。此处指国门。者：的。代词，代事。⑨寡人：古时君王对下的自称，意为寡德之人。⑩外：阃外。此处指掌管国门以外事情的将军。飨（xiǎng）：用酒食招待人。⑪军市：军中所设的交易市场。租：租税。⑫中：阃中。此处指朝廷。扰：干预。⑬委任：把任务委托给他。⑭乃得：这才得以。⑮选车：挑选合格的车士。一千三百乘（shèng）：一千三百辆。⑯彀骑（gòu jì）：张弓的骑兵。万三千：一万三千。⑰百金之士：指战士之功可赏百金者，系勇猛的士卒。⑱是以："以是"的倒装，意思相当于"因此"。是：指代上文。北逐：在北边驱逐。状动结构。⑲东胡：居住在燕国北部的游牧民族。乌桓、鲜卑的祖先，今称通古斯族。因其国在匈奴的东部，所以称东胡。⑳澹林（dàn lín）：即"澹林之胡"，又称"林胡"。居住在赵国代郡以北。今河北张北县以北一带。㉑抑（yì）：抑制。秦：战国七雄之一。春秋时建都于雍（今陕西省凤翔县东南）战国时经过商鞅变法，国力富强，迁都咸阳（今咸阳市东北）。此后不断夺得毗邻的魏、韩、赵、楚等国地。公元前221年，秦王嬴政统一了中国，建立了秦朝。详见《秦本纪》和《秦始皇本纪》。㉒支：抗拒。韩：战国七雄之一。魏：战国七雄之一。㉓几（jī）

霸：几乎称霸中原。㉔会：恰巧。迁：指赵王迁。公元前236年继其父悼襄王赵偃为赵王。㉕倡（chàng）：歌舞演员。即所谓“乐家女子”。㉖郭开：赵王的宠臣。㉗公元前229年，秦将王翦率大军攻赵，赵将李牧、司马尚坚守抵御，秦国以重金贿赂郭开，到处散布李牧、司马尚要造反的流言，赵王迁中反间计，捕杀了李牧，罢免了司马尚。㉘颜聚：本为齐将。㉙破：失败。被动用法。北：打了败仗，往回跑。兵破士北：即军破兵败，指在秦军的攻击下，赵忽的军队被打败，颜聚逃离了赵国。㉚为秦所禽灭：指公元前229年，赵国兵败，赵王迁降秦，秦军攻破赵国，赵公子嘉率宗室数百人北逃到了代，自立为代王，赵国实际上覆亡的事。禽，通“擒”。㉛窃：谦辞。私下；私自。云中：郡名。地当今内蒙古自治区呼和浩特市以西以南地区。治云中县（今内蒙古自治区托克托县东北）。守（shòu）：官名。㉜出：拿出。私养钱：私人应得的养活家口的月俸钱。即所谓的“俸给”或“私奉养”。㉝椎（chuí）：槌子，敲击的器具。椎牛：用椎子去杀牛。“椎”在此作动词用。五日一椎牛：每五天杀一回牛。㉞军吏：将军下属的佐贰人员。舍人：对亲近属官或门客的通称。战国及汉初的王公贵官都有舍人。㉟塞（sài）边界上的险要地。㊱虏（lǔ）：对敌人的蔑称。此处指匈奴。㊲车骑（jì）：泛指兵马。车，指战车。骑，用作名词，一人一马。此处指骑兵。㊳所杀甚众：所杀死的敌兵很多。所：特指代词，表示“所……的人”。㊴家人子：平民百姓家的子弟。㊵起：出身。㊶安知：哪儿知道。尺籍伍符：泛指军法制度。㊷首：首级。虏：俘虏。㊸上：极。莫府：莫府本是将帅出征时随时驻扎的大帐，以后就称大将的官府为幕府。莫，通“幕”。㊹一言：一句话。不相应：不相符合。㊺文吏：司法官。即“刀笔之吏”。绳：纠正；制裁。动词。㊻行：实行。奉法必用：奉行的法令必定获得信用。㊼愚：愚蠢。㊽且：况且。坐：为着；由于。原因介词。坐上功首虏差六级：为着呈报斩首和俘虏的数目时差六个首级。㊾下之吏：将他交付给司法的官吏。㊿削：剥夺。爵：爵位。(51)罚作之：判了他一年徒刑。按：当时一岁刑为“罚作”。(52)诚愚：的确愚蠢。(53)触：触犯。(54)说（yuè）：同“悦”。(55)是日：当日。节：饰有犛毛的竹杆，使者所持信物。(56)以为：“以之为”的省略。复以为云中守：又以魏尚为云中郡守。(57)车骑都尉：官名。(58)郡国：汉初，郡和王国同为地方高级行政区划。郡直属朝廷，王国由分封的诸王统治。

　　七年①，景帝立，以唐为楚相②，免③。武帝立④，求贤良⑤，举冯唐。唐时年九十余，不能复为官⑥，乃以唐子冯遂为郎⑦。遂字王孙，亦奇士⑧，与余善⑨。

【注释】

　　①七年：汉文帝后元七年（前 157 年）。这年文帝死。②楚：汉初封国。地在今江苏省、山东省、河南省、安徽省交界地区，建都彭城（今江苏徐州市）。国王当时为楚元王（刘邦弟）之孙刘戊。③免：免职。④武帝：刘彻。景帝第七子，汉朝的第五代皇帝。前 141—前 87 年在位。⑤贤良：汉代选拔统治人才的科目之一。⑥复：再。⑦郎：帝王侍从官的通称。⑧奇士：杰出的人才。⑨余：我。即《史记》作者司马迁。善：交好。

　　太史公曰①：张季之言长者②，守法不阿意③，冯公之论将率④，有味哉⑤！有味哉！语曰"不知其人⑥，视其友⑦"。二君之所称诵⑧，可著廊庙⑨。《书》曰"不偏不党⑩，王道荡荡⑪；不党不偏，王道便便⑫"。张季、冯公近之矣⑬。

【注释】

　　①太史公：当时人尊称太史令为太史公。②指张释之在上林苑称赞绛侯、东阳侯为长者的话。③阿意：迎合权贵的心意。阿（ē），褊袒；迎合。④指冯唐评论李牧、魏尚为将的话。率：同"帅"。⑤是说张释之、冯唐的言论语意深远，耐人寻味，大有道理。哉：啊。语气词，表示感叹。⑥语曰：俗话说。不知其人：不了解那个人。⑦视其友：看他的朋友。⑧二君之所称诵：张、冯二君所论述和赞美长者、将帅的话。⑨可：可以；能够。著：标著。廊庙：朝廷。⑩《书》：亦称《尚书》。儒家经典之一。引语出《书·洪范》。偏：偏心。党：阿私。⑪王道：圣王之道。即儒家以仁治天下的主张。荡荡：宽广。⑫便便（pián pián）：通"辩辩"。平平。⑬近：接近。动词。之：代词，代指上文。矣：了。助词。

万石张叔列传第四十三

　　万石君名奋①，其父赵人也②，姓石氏。赵亡，徙居温③。高祖东击项籍，过河内④，时奋年十五，为小吏，侍高祖。高祖与语，爱其恭敬，问曰："若何有⑤？"对曰："奋独有母，不幸失明。家贫。有姊，能鼓琴。"高祖曰："若能从我乎？"曰："愿尽力。"于是高祖召其姊为美人⑥，以奋为中涓⑦，受书谒⑧，徙其家长安中戚里⑨，以姊为美人故也。其官至孝文时，积功劳至大中大夫⑩。无文学⑪，恭谨无与比。

【注释】

　　①万石（shí）君：因石奋和他的四个儿子都担任俸禄二千石的官员，所以称他为万石君。②赵：国名。③温：县名。在今河南省温县境。④河内：郡名。地在今河南省北部，治所在怀县（今河南武陟县西南）。⑤若：你（们）。⑥美人：妃嫔的称号。⑦中涓：官名。⑧书谒：名帖。⑨戚里：汉代京城中外戚居住的地方。⑩大中大夫：官名。掌论议。⑪文学：文章学问。

　　文帝时，东阳侯张相如为太子太傅①，免。选可为傅者，皆推奋，奋为太子太傅。及孝景即位，以为九卿②；迫近，惮之③，徙奋为诸侯相。奋长子建，次子甲，次子乙④，次子庆，皆以驯行孝谨，官皆至二千石。于是景帝曰："石君及四子皆二千石，人臣尊宠乃集其门。"号奋为万石君。

【注释】

　　①张相如：汉高帝时，因战功封东阳侯。太傅：官名。②九卿：秦、汉时中央九个行政长官的总称。③惮：畏惧。④次子甲次子乙：史失其名，故以甲乙名之。

　　孝景帝季年①，万石君以上大夫禄归老于家，以岁时为朝臣②。过宫门阙，万石君必下车趋③，见路马必式焉④。子孙为小吏，来归谒，万石君必朝服见之⑤，不名⑥。子孙有过失，不谯让⑦，为便坐⑧，对案不食⑨。然后诸子相责，因长老肉袒固谢罪⑩，改之，乃许。子孙胜冠者在侧，虽燕居必冠⑪，申申如也⑫。僮仆䜣䜣如也⑬。唯谨。上时赐食于家，必稽首俯伏而食之，如在上前。其执丧，哀戚甚悼。子孙遵教，亦如之。万石君家以孝谨闻乎郡国，虽齐鲁诸儒质行⑭，皆自以为不及也。

【注释】

①季年：晚年。②岁时；一年中的季节。③趋：疾行，表示恭敬。④路马：亦作"辂马"。路，大。式：通"轼"。车上的横木，即伏手板。古人用手俯按板上，表示敬意。⑤朝服：朝会时所穿的礼服。⑥不名：不称呼人名。⑦让：谴责。⑧便坐：非正式的座位。坐通"座"。⑨案：几桌。指狭长的桌子。⑩因：通过。长老：年高者。固：坚决。⑪燕居：安乐闲居。⑫申申：整齐严肃貌。⑬䜣䜣（yín yín）：敬谨貌。䜣䜣，和悦貌。⑭质：诚信；庄重。

建元二年①，郎中令王臧以文学获罪②。皇太后以为儒者文多质少③，今万石君家不言而躬行，乃以长子建为郎中令，少子庆为内史④。

【注释】

①建元：汉武帝第一个年号（前140—前135年）。②郎中令：官名。王臧：兰陵（今山东省苍山县西南）人。③皇太后：指窦太后。④内史：官名。掌治京师，职位相当于郡守。

建老白首，万石君尚无恙①。建为郎中令，每五日洗沐归谒亲②，入子舍③，窃问侍者，取亲中裙厕牏④，身自浣涤⑤，复与侍者，不敢令万石君知，以为常。建为郎中令，事有可言，屏人恣言⑥，极切；至廷见，如不能言者。是以上乃亲尊礼之。

【注释】

①恙：疾病。②洗沐：沐浴。③子舍：小房，非正堂。④中裙：内裤。厕牏（tóu）：盛大小便的器皿。⑤浣（huàn）涤：洗涤。⑥屏（bìng）：退避。恣言：尽情说。

万石君徙居陵里①。内史庆醉归，入外门不下车。万石君闻之，不食。庆恐，肉袒请罪，不许。举宗及兄建肉袒②，万石君让曰③："内史贵人④，入闾里⑤，里中长老皆走匿⑥，而内史坐车中自如⑦，固当⑧！"乃谢罢庆⑨。庆及诸子弟入里门，趋至家。

【注释】

①陵里：里名。在今陕西省兴平市。②举宗：指全族人。③让：责备。④贵人：指地位显贵的人。⑤闾里：乡里。⑥匿：躲避。⑦自如：自若；不变常态。⑧固：本来。⑨谢罢：吩咐离开。

万石君以元朔五年中卒①。长子郎中令建哭泣哀思，扶杖乃能行。岁余，建亦死。诸子孙咸孝，然建最甚，甚于万石君。

【注释】

①元朔：汉武帝第三个年号（前128—前123年）。

建为郎中令，书奏事，事下，建读之，曰："误书！'马'者与尾当五①，今乃四，不足一。上谴死矣！"甚惶恐。其为谨慎，虽他皆如是。

【注释】

①马者与尾当五：当时隶书"马"字下部有五画，像马尾和四足的形状。

万石君少子庆为太仆，御出，上问车中几马，庆以策数马毕，举手曰："六马。"庆于诸子中最为简易矣①，然犹如此。为齐相，举齐国皆慕其家行，不言而齐国大治，为立石相祠。

【注释】

①诸子：指石庆的兄弟。简易：简略而便易。

元狩元年①，上立太子，选群臣可为傅者，庆自沛守为太子太傅②，七岁迁为御史大夫。

【注释】

①元狩：汉武帝第四个年号（前122—前117年）。②沛：郡名。

　　元鼎五年秋①，丞相有罪②，罢。制诏御史③："万石君先帝尊之，子孙孝，其以御史大夫庆为丞相，封为牧丘侯。"是时汉方南诛两越④，东击朝鲜，北逐匈奴，西伐大宛⑤，中国多事。天子巡狩海内⑥，修上古神祠，封禅，兴礼乐。公家用少，桑弘羊等致利⑦，王温舒之属峻法⑧，儿宽等推文学至九卿⑨，更进用事⑩，事不关决于丞相，丞相醇谨而已。在位九岁，无能有所匡言⑪。尝欲请治上近臣所忠、九卿咸宣罪⑫，不能服，反受其过，赎罪。

【注释】

　　①元鼎：汉武帝第五个年号（前116—前110年）。②丞相：指赵周。③制诏：帝王的命令、文告。命为制，令为诏。④两越：南越、东越。⑤大宛（yuān）：西域国名。⑥巡狩（shòu）：也作"巡守"。⑦桑弘羊：洛阳人。曾任大司农、御史大夫。主张重农抑商，制定、推行盐铁酒类的官营专卖，设立平准，均输机构控制全国商品。⑧王温舒：阳陵（今陕西省高陵县西南）人。⑨兒（ní）宽：千乘（今山东省高青县境）人。曾任御史大夫，参与制定《太初历》。⑩用事：当权。⑪匡：纠正。⑫治：惩处。所忠：人名。咸（jiǎn）宣：杨县（今山西省洪洞县东南）人。

　　元封四年中①，关东流民二百万口，无名数者四十万②，公卿议欲请徙流民于边以適之③。上以为丞相老谨，不能与其议，乃赐丞相告归④，而案御史大夫以下议为请者。丞相惭不任职，乃上书曰："庆幸得待罪丞相，罢驽无以辅治⑤，城郭仓库空虚，民多流亡，罪当伏斧质⑥，上不忍致法⑦。愿归丞相侯印，乞骸骨归⑧，避贤者路。"天子曰："仓廪既空⑨，民贫流亡，而君欲请徙之，摇荡不安，动危之，而辞位，君欲安归难乎？"以书让庆⑩，庆甚惭，遂复视事⑪。

【注释】

　　①元封：汉武帝第六个年号（前110—前105年）。②名数：户籍。③適（zhé）：通"谪"。惩罚；流放。④告归：请假回家。⑤罢（pí）：通"疲"。驽：比喻才能低劣。⑥斧质：也作"斧锧""铁锧"。古代杀人的刑具。⑦致法：交司法处理。⑧乞骸骨：古代官吏因年老请求退职，称乞骸骨或乞骸。⑨仓廪（lǐn）：贮藏米谷的仓库。⑩让：责备。⑪视事：就职；办事。

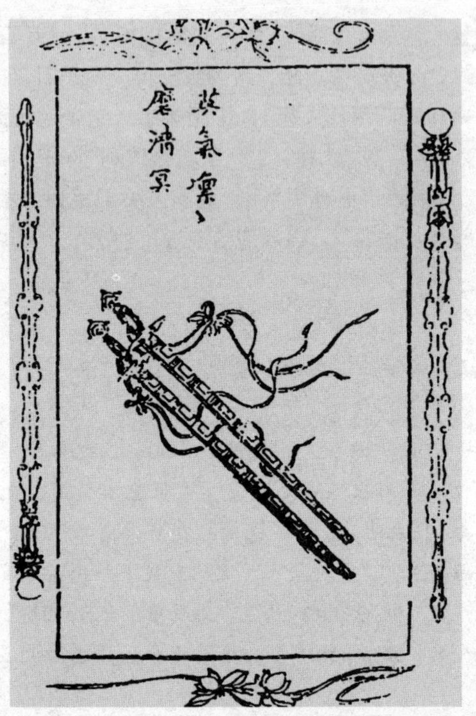

剑，古代兵器。有时君主会以剑赐臣下，汉文帝即曾赐六剑于卫绾。

庆文深审谨[1]，然无他大略[2]，为百姓言。后三岁余，太初二年中[3]，丞相庆卒，谥为恬侯[4]。庆中子德，庆爱用之，上以德为嗣，代侯。后为太常，坐法当死，赎免为庶人。庆方为丞相，诸子孙为吏更至二千石者十三人[5]。及庆死后，稍以罪去，孝谨益衰矣。

【注释】

①文深：深文，细抠法律条文，甚至作节外生枝的解释。②大略：远大的谋略。③太初：汉武帝第七个年号（前104—前101年）。④谥（shì）：古代帝王、贵族、大臣、士大夫死后，根据他生前事迹给予的表示褒贬的称号。⑤更：连续；交替。

建陵侯卫绾者[1]，代大陵人也[2]。绾以戏车为郎[3]，事文帝，功次迁为中郎将[4]，醇谨无他。孝景为太子时，召上左右饮，而绾称病不行。

文帝且崩时⑤，属孝景曰："绾长者，善遇之。"及文帝崩，景帝立，
岁余不嚾呵绾⑥，绾日以谨力⑦。

【注释】

①建陵：县名。地在今江苏省新沂市南。②代：郡名。地在今河北
省西北部、山西省东北部，治所在代县（今河北省蔚县东北）。大陵：县名。
在今山西省文水县东北。③戏车：指在车上表演杂技。④次：顺序；等
第。⑤且：将要。⑥嚾呵（jiào hē）：斥责。嚾，通"谯""诮"。⑦力：
尽力。

景帝幸上林①，诏中郎将参乘②，还而问曰："君知所以得参乘乎？"
绾曰："臣从车士幸得以功次迁为中郎将，不自知也。"上问曰："吾
为太子时召君，君不肯来，何也？"对曰："死罪，实病！"上赐之剑。
绾曰："先帝赐臣剑凡六③，剑不敢奉诏。"上曰："剑，人之所施易④，
独至今乎？"绾曰："具在。"上使取六剑，剑尚盛⑤，未尝服也。郎
官有谴，常蒙其罪，不与他将争；有功，常让他将。上以为廉，忠实无
他肠⑥，乃拜绾为河间王太傅。吴楚反，诏绾为将，将河间兵击吴楚有
功⑦，拜为中尉⑧。三岁，以军功，孝景前六年中封绾为建陵侯。

【注释】

①幸：指帝王驾临。上林：苑名。②参乘：陪乘。古代乘车，尊者在左，
御者在中，一人在右，称参乘。③凡：总共；总计。④施（yí）易：交换，
买卖。⑤盛（chéng）：以器受物，即谓剑在套中。⑥无他肠：心肠内
没有其他恶念。⑦河间：封国名。地在今河北省中南部，治所在乐成（献
县东南）。⑧中尉：官名。

其明年，上废太子①，诛栗卿之属②。上以为绾长者，不忍，乃赐绾告归，
而使郅都治捕栗氏③。既已，上立胶东王为太子④，召绾，拜为太子太傅。
久之，迁为御史大夫。五岁，代桃侯舍为丞相⑤，朝奏事如职所奏⑥。然
自初官以至丞相，终无可言。天子以为敦厚⑦，可相少主，尊宠之，赏
赐甚多。

【注释】

①太子：指刘荣。景帝长子，栗姬所生。②栗卿：栗太子的舅父。

③郅都：河东大阳（今山西省平陆县东北）人。④胶东王：即汉武帝刘彻。
⑤舍：刘舍。曾封桃侯。⑥如职所奏：意谓只办例行公事，对于应兴应
革事宜，无所建议。⑦敦厚：诚朴宽厚。

为丞相三岁，景帝崩，武帝立。建元年中，丞相以景帝疾时诸官
囚多坐不辜者①，而君不任职②，免之。其后绾卒，子信代。坐酎金
失侯③。

【注释】

①坐：由于。特指办罪的因由。②君不任职：指因病不能亲自过问
朝政，而丞相应当理事政，而卫绾只守职分，不为无辜者申冤。③酎（ zhòu ）
金：汉代皇帝祭祀宗庙时诸侯助祭献金，叫"酎金"。

塞侯直不疑者①，南阳人也。为郎②，事文帝。其同舍有告归③，误
持同舍郎金去，已而金主觉，妄意不疑④，不疑谢有之⑤，买金偿。而告
归者来而归金，而前郎亡金者大惭，以此称为长者。文帝称举⑥，稍迁
至大中大夫⑦。朝廷见，人或毁曰⑧："不疑状貌甚美，然独无奈其善盗
嫂何也⑨！"不疑闻，曰："我乃无兄。"然终不自明也。

【注释】

塞（ sài ）：地名。即桃林塞。②郎：官名。帝王侍从官的通称。③
同舍：同居一处馆舍。④妄意：妄自怀疑。⑤谢：认错；道歉。⑥称举：
称道，选拔。⑦迁：提升。⑧毁：诽谤。⑨盗：私通。

吴楚反时，不疑以二千石将兵击之①。景帝后元年，拜为御史大
夫②。天子修吴楚时功③，乃封不疑为塞侯。武帝建元年中，与丞相绾
俱以过免。

【注释】

①二千石：汉代内自九卿郎将，外至郡守尉的俸禄等级都是二千石
（月俸一百二十斛，一斛等于十斗，即一石），后即用以指代这些官吏。
②拜：授予官职，爵位。③修：表彰。

不疑学《老子》言①。其所临②，为官如故，唯恐人知其为吏迹也。

不好立名称，称为长者。不疑卒，子相如代。孙望，坐酎金失侯。

【注释】

①《老子》：书名。也称《道德经》。②临：莅临；来到。

郎中令周文者，名仁，其先故任城人也①。以医见。景帝为太子时，拜为舍人②，积功稍迁，孝文帝时至太中大夫。景帝初即位，拜仁为郎中令。

【注释】

①任（rén）城：县名。②舍人：家臣。

仁为人阴重不泄①，常衣敝补衣溺裤②，期为不洁清③，以是得幸④。景帝入卧内⑤，于后宫秘戏，仁常在旁。至景帝崩，仁尚为郎中令，终无所言。上时问人⑥，仁曰："上自察之。"然亦无所毁。以此景帝再自幸其家。家徙阳陵⑦。上所赐甚多，然常让，不敢受也。诸侯群臣赂遗，终无所受。

【注释】

①阴重：缜密持重。②衣（yì）：穿。动词。溺（niào）裤：可以吸干尿的小裤。溺，通"尿"。③期：常。④是：此；这。⑤卧内：寝宫。⑥问人：指询问别人的善恶。⑦阳陵：县名。

武帝立，以为先帝臣，重之①。仁乃病免，以二千石禄归老②，子孙咸至大官矣。

【注释】

①重：器重。②归老：辞官养老。

御史大夫张叔者，名欧，安丘侯说之庶子也①。孝文时以治刑名言事太子。然欧虽治刑名家②，其人长者。景帝时尊重，常为九卿。至武帝元朔四年，韩安国免，诏拜欧为御史大夫。自欧为吏，未尝言案人③，专以诚长者处官④。官属以为长者，亦不敢大欺。上具狱事⑤，有可却⑥，却之；不可者，不得已，为涕泣面对而封之⑦。其爱人如此。

【注释】

　　①说(yuè)张说。汉初以军功封安丘侯。②治：研究。刑名：也作"形名"。③案：通"按"。弹劾；惩办。④诚长者：诚实忠厚的人。⑤具狱：指狱案已成，判词已准备就绪。⑥却：退回。⑦封：密封。

　　老病笃①，请免。于是天子亦策罢②，以上大夫禄归老于家。③家于阳陵。子孙咸至大官矣。

【注释】

　　①病笃：病重。②亦：特。③上大夫：官。周制，卿以下有大夫，分上、中、下三等，汉制为次于九卿的官阶。

　　太史公曰：仲尼有言曰'君子欲讷于言而敏于行'①，其万石、建陵、张叔之谓邪？是以其教不肃而成②，不严而治③。塞侯微巧④，而周文处谄⑤，君子讥之，为其近于佞也⑥。然斯可谓笃行君子矣⑦！

【注释】

　　①讷(nè)：语言迟钝。敏：敏捷。语出《论语·里仁》。②肃：峻急。③严：猛烈。④微巧：精妙机巧。微，微妙，精妙。⑤处：居于；陷于。谄：谄媚。⑥佞(nìng)：用花言巧语谄媚人。⑦笃行：行为敦厚。笃，真诚；忠厚。

田叔列传第四十四

田叔者，赵陉城人也①。其先，齐田氏苗裔也②。叔喜剑，学黄老术于乐巨公所③。叔为人刻廉自喜④，喜游诸公⑤。赵人举之赵相赵午⑥，午言之赵王张敖所⑦，赵王以为郎中⑧。数岁，切直廉平，赵王贤之⑨，未及迁⑩。

【注释】

①赵：此处指战国后期赵国。陉（xíng）城：县名。即苦陉县（今河北省无极县东北）。汉属冀州中山国。战国时中山国为赵国所灭。②齐田氏：春秋时，陈国的公子完避祸奔齐，称田氏。苗裔（yì）：后代。③黄老：黄帝、老子。二人被尊为道家的祖师。他们的"无为"思想为汉初统治者所提倡，收到了与民休养生息的效果。术：学术，学说。乐巨公：本燕人，乐毅之后。所：处所。④刻：刻峭方正。自喜：自重自爱。⑤游：交游。公：这里指年高有德的人。⑥相（xiàng）：汉初，地方王国与中央一样设置丞相，统管王国众官。⑦言：称道；汇报。张敖（？—公元前182年）：赵王张耳的儿子，刘邦长女鲁元公主的丈夫。张耳死，继立为赵王。⑧郎中：官名，始于战国。⑨贤：贤良，有德有才。以动用法。⑩迁：调动；提升。

会陈豨反代①，汉七年，高祖往诛之②，过赵，赵王张敖自持案进食③，礼恭甚，高祖箕踞骂之④。是时赵相赵午等数十人皆怒。谓张王曰："王事上礼备矣⑤，今遇王如是⑥，臣等请为乱。"赵王啮指出血⑦，曰："先人失国⑧，微陛下⑨，臣等当虫出⑩。公等奈何言若是⑪！毋复出口矣⑫！"于是贯高等曰⑬："王长者⑭不倍德⑮。"卒私相与谋弑上⑯。会事发觉，汉下诏捕赵王及群臣反者⑰。于是赵午等皆自杀，唯贯高就系⑱。是时汉下诏书："赵有敢随王者罪三族⑲。"唯孟舒、田叔等十余人赭衣自髡钳⑳，称王家奴㉑，随赵王敖至长安㉒。贯高事明白，赵王敖得

出，废为宣平侯[23]，乃进言田叔等十余人[24]。上尽召见，与语，汉廷臣毋能出其右者[25]，上说[26]，尽拜为郡守、诸侯相[27]。叔为汉中守十余年[28]，会高后崩[29]，诸吕作乱[30]，大臣诛之，立孝文帝[31]。

【注释】

①会：正巧。时间副词。陈豨：刘邦的将领，任赵国的丞相。代：汉初王国名。②高祖（前256—前195年）：汉高帝，刘邦。泗水郡沛县（今江苏省沛县）人。西汉王朝的创建者。诛：讨伐。③案：木制的托盘，有脚，用来盛食物。④箕踞：古人席地而坐，随意伸开两腿，像个簸箕，是一种傲慢的坐法。⑤上：皇上。这里指刘邦。⑥遇：对待。⑦啮（niè）：咬。⑧先人：张敖自称死去的父亲张耳。失国：汉元年（公元前206年），张耳从项羽入关，项王分赵地立他为常山王。次年，被陈馀袭击，失国，投奔刘邦。又次年，与韩信破赵，斩陈馀及赵王歇，才被刘邦封为赵王。⑨微：假若没有。但只用于事后的假设。陛下：借称皇帝。这里指刘邦。⑩虫出：死后无人收尸，蝇类产卵生蛆，爬出尸外。⑪奈何：怎么。⑫毋：不要。禁戒副词。⑬贯高：也是赵相，为人尚气，主谋暗杀刘邦未成。⑭长（zhǎng）者：年高有德的人。⑮倍：违背。⑯弑（shì）：杀。古代贬义词，专用于臣杀君，子杀父。⑰诏：皇帝颁发的命令文告。⑱就系：投案受捕。⑲罪：惩处；判罪。动词。三族：说法不一。一般指父族、母族、妻族。⑳赭（zhě）衣：古代囚犯所穿的赤褐色的衣服。髡（kūn）：古代剃去男子头发的刑罚。钳：古代套在罪犯脖子上的刑具，用金属制成。㉑家奴：私家所蓄的奴隶。㉒长安：西汉国都。在今陕西省西安市西北。㉓宣平：地名。不详所在。㉔进：向上级推荐。㉕毋：通“无”。无指代词。右：上。古人以右为尊。㉖说（yuè）：通“悦”。㉗拜：授给官职。诸侯：汉时诸王，虽名为王，其实如古之诸侯。㉘汉中：郡名。辖境约当今陕西省秦岭以南及湖北省西北部。治所在南郑（今陕西省汉中市东）。㉙高后：刘邦的嫡妻吕雉，又称吕后。崩：死。君主时代专指帝王的死。如山陵崩之意。㉚诸吕：吕后统治时期，大封她娘家吕氏侄子、侄孙为王、侯。吕后死，诸吕谋夺刘氏政权。㉛孝文帝（前202—前157年）：汉文帝，刘恒。刘邦子，先为代王。前179年至前157年在位。

孝文帝既立，召田叔问之曰："公知天下长者乎？"对曰："臣何足以知之①！"上曰："公，长者也，宜知之。"叔顿首曰②："故云中守孟舒③，长者也。"是时孟舒坐虏大入塞盗劫④，云中尤甚，免⑤。上曰："先帝置孟舒云中十余年矣⑥，虏曾一入，孟舒不能坚守，毋故士卒战死者数百人⑦。长者固杀人乎⑧？公何以言孟舒为长者也⑨？"叔叩头对曰⑩："是乃孟舒所以为长者也⑪。夫贯高等谋反，上下明诏，赵有敢随张王，罪三族。然孟舒自髡钳，随张王敖之所在⑫，欲以身死之⑬，岂自知为云中守哉！汉与楚相距⑭，士卒罢敝⑮。匈奴冒顿新服北夷⑯，来为边害，孟舒知士卒罢敝，不忍出言，士争临城死敌⑰，如子为父⑱，弟为兄，以故死者数百人⑲。孟舒岂故驱战之哉⑳！是乃孟舒所以为长者也。"于是上曰："贤哉孟舒！"复召孟舒以为云中守。

【注释】

①足以：能。助动词。②顿首：磕头。③故：从前的。云中：郡名。④是：这。坐：犯罪；触犯法律。虏：我国古代对北方外族的贬称。这里指匈奴。塞（sài）：险要地方。这里指长城。⑤免：罢免；撤销职务。⑥先帝：对已死的君主的称呼。这里指高祖刘邦。置：安置在某一官职上。⑦毋：通"无"。⑧固：乃；岂。表反问。⑨何以：以何；凭什么。⑩叩头：磕头。⑪是：这。乃：是。判断词。所以：名词性词组，表原因。⑫之：往。所在：存在的地方。⑬死：为动用法。⑭汉与楚相距：指汉王刘邦与西楚霸王项羽进行长期战争。⑮罢（pí）敝：疲劳困苦。罢通"疲"。⑯匈奴：古代我国北方民族之一。也称胡。⑰死敌：死战；拼命作战。⑱为（wèi）：帮助。他动词。⑲以故："以此故"之省。故，原因。名词。⑳岂：难道；哪里。副词，表反问。故：故意；特地。战：使动用法。

后数岁，叔坐法失官。梁孝王使人杀故吴相袁盎①，景帝召田叔案梁②，具得其事③，还报。景帝曰："梁有之乎？"叔对曰："死罪④！有之。"上曰："其事安在⑤？"田叔曰："上毋以梁事为也⑥。"上曰："何也？"曰："今梁王不伏诛⑦，是汉法不行也⑧；如其伏法⑨，而太后食不甘味⑩，卧不安席⑪，此忧在陛下也。"景帝大贤之，以为鲁相⑫。

【注释】

①梁孝王（？—公元前144年）：袁盎（àng）（？—公元前148

年）：楚国人，后徙安陵（今陕西省咸阳市东北）。②景帝（前188—前141年）：刘启。与弟梁孝王同为汉文帝刘恒妾窦姬所生。案：按察；查办。③具：通"俱"。副词。引申为尽；完全。④死罪：奏章书信中的套语，意为"冒死罪"。⑤安：哪。疑问代词。⑥毋：不要。禁戒副词。为：办理；追究。⑦今：若。假设连词。伏诛：受死刑。⑧是：这样。状语。⑨伏法：犯法被处死刑。⑩太后：皇帝的母亲。食不甘味：吃东西不知道滋味好。甘，以动用法。⑪卧不安席：躺在床席上不能安稳入睡。安，以动用法。⑫鲁：王国名。在今山东省南部一带。治所在鲁县（今山东省曲阜市）。

鲁相初到①，民自言相，讼王取其财物百余人②。田叔取其渠率二十人③，各笞五十④，余各搏二十⑤，怒之曰："王非若主邪⑥？何自敢言若主⑦！"鲁王闻之大惭，发中府钱⑧，使相偿之。相曰："王自夺之，使相偿之，是王为恶而相为善也。相毋与偿之⑨。"于是王乃尽偿之。

【注释】

①初：才；刚。副词。②王：指鲁共王刘馀，景帝子。③渠率：同"渠帅"。首领。旧时统治阶级称敌对方面的首脑。④笞（chī）：用竹板、荆条打犯人。⑤搏：打；拍。当为用竹板打犯人手掌。⑥若：你；你们。邪（yé）：疑问语气词。后来写作"耶"。⑦何自：何以。⑧中府：内库。⑨与（yù）：参加。

鲁王好猎，相常从入苑中①，王辄休相就馆舍②，相出，常暴坐待王苑外③。王数使人请相休④，终不休，曰："我王暴露苑中，我独何为就舍！"鲁王以故不大出游。

【注释】

①苑（yuàn）：古代畜养草木禽兽以便狩猎的园林。②辄（zhé）：总是。休：休息。使动用法。③暴（pù）：晒。④数（shuò）：屡次。

数年，叔以官卒①，鲁以百金祠②，少子仁不受也，曰："不以百金伤先人名。"

【注释】

①以：于；在。②祠：春祭。这里泛指祭祀。

仁以壮健为卫将军舍人①，数从击匈奴②。卫将军进言仁，仁为郎中。数岁，为二千石丞相长史③，失官。其后使刺举三河④。上东巡，仁奏事有辞⑤，上说⑥，拜为京辅都尉⑦。月余，上迁拜为司直⑧。数岁，坐太子事⑨。时左丞相自将兵⑩，令司直田仁主闭守城门⑪，坐纵太子，下吏诛死⑫。仁发兵，长陵令车千秋上变仁⑬，仁族死⑭。陉城今在中山国⑮。

【注释】

①卫将军：卫青（？—前105年），字仲卿，河东平阳（今山西省临汾市西南）人。卫皇后弟。将军：官名。始于春秋。战国时为武官名。汉代有大将军、骠骑将军等。临时出征有别加称号的。舍人：战国至汉初，王公贵官的侍从宾客、亲近左右，通称舍人。②数（shuò）：多次。③二千石（shí）：秦汉官阶的高低，常按俸禄的多少计算，从二千石递减至百石为止。汉代官吏俸禄等级，内自九卿郎将，外至郡守尉都是二千石，分四等：每月中二千石得百八十斛（即石），真二千石得百五十斛，二千石得百二十斛，比二千石得百斛。丞相长史：官名。丞相府属官之长。秩千石。月俸谷八十斛。本文“丞相长史”之上冠以“二千石”，当为例外。④刺举：检举揭发。三河：河南郡（治所雒阳，今河南省洛阳市东北）、河内郡（治所怀县，今河南省武陟县西南）、河东郡（治所安邑，今山西省夏县西北）。⑤辞：口供。⑥说（yuè）：通“悦”。⑦京辅都尉：官名。⑧司直：官名。掌佐丞相举不法。秩比二千石。⑨太子事：元狩元年（公元前122年），汉武帝立子刘据为太子。江充专宠于汉武帝，征和二年（前91年），刘据为江充所诬，就发兵杀死江充，与丞相刘屈氂等战于长安，兵败逃出城门。不久为吏围捕，自杀。后谥为戾太子。⑩左丞相：官名。⑪主：主管。⑫下吏：交法官审讯。⑬长陵：古县名。汉高帝刘邦十二年（公元前195年）筑陵置县。治所在今咸阳市东北。刘邦死后葬此。车千秋：本姓田氏，祖先是齐国田完的后代，汉初徙长陵。⑭族死：犯灭族罪被杀死。⑮陉城今在：此句前人亦疑非司马迁原文，当是传首“赵陉城人也”的注文的错简。现暂仍其旧。中山国：汉初王国名。辖

境包括今河北省满城、唐县、新乐、无极、蠡县。安国、保定市。建都
卢奴县（今河北省定县）。

　　太史公曰：孔子称曰"居是国必闻其政①"，田叔之谓乎！义不忘贤②，
明主之美以救过③。仁与余善，余故并论之。

【注释】

　　①据《论语·学而》"子禽问于子贡曰：'夫子至于是邦也，必闻
其政……'"是孔子被学生称赞。②义：通"议"。贤：这里指孟舒。③主：
这里指鲁王。

　　褚先生曰①：臣为郎时，闻之曰：田仁故与任安相善。任安，荥阳
人也②。少孤贫困，为人将车之长安③，留，求事为小吏，未有因缘也④。
因占著名数⑤，家于武功⑥。武功，扶风西界小邑也⑦，谷口蜀划道近山⑧。
安以为武功小邑，无豪，易高也⑨。安留，代人为求盗亭父⑩。后为亭
长⑪。邑中人民俱出猎，任安常为人分麋鹿雉兔，部署老小当壮剧易
处⑫，众人皆喜，曰："无伤也⑬，任少卿分别平⑭，有智略。"明日复合会。
会者数百人，任少卿曰："某子甲何为不来乎？"诸人皆怪其见之疾
也⑮。其后除为三老⑯，举为亲民⑰，出为三百石长⑱，治民。坐上行出游
共帐不办⑲，斥免。

【注释】

　　①褚先生：名少孙，是汉朝元、成间（前48—前7年）一个博士。
②荥阳：县名。属司隶部河南郡。治所在今河南省荥阳市东北。③将车：
步行推挽车子前进。与御不同。之：往。④因缘：机会。⑤占：隐度；
暗自估量。著：著录。名数：户籍。⑥武功：县名。属右扶风。⑦扶风：
"右扶风"省称。郡名。⑧谷口：骆谷之入口。骆谷在今陕西周至县西
南。蜀划（chǎn）道：通蜀郡的栈（zhàn）道。蜀郡，治所在成都（今
四川省成都市）。辖十五县。属益州。栈道，在险绝之地傍山架木而成
的道路。⑨易高：容易提高地位当官。⑩求盗：亭卒。掌逐捕盗贼。亭
父：亦亭卒。掌关闭扫除。⑪亭长：汉时十里一亭，亭有一长，两卒。
⑫部署：安排。当壮：丁壮；壮丁。剧易：难易。⑬无伤：无妨；没什
么关系。⑭分别：分析辨别。⑮见：知；认识。⑯三老：汉代基层官吏名。

⑰亲民：《史记会注考证》以为掌乡邑事。⑱三百石长：小县的县长。汉制：万户以上为令，秩千石至六百石；减万户为长，秩五百石至三百石。⑲共帐（gōng zhàng）：陈设帷帐等用具以供宴会或行旅的需要；也指陈设之物。

　　乃为卫将军舍人，与田仁会，俱为舍人，居门下，同心相爱。此二人家贫，无钱用以事将军家监①，家监使养恶啮马②。两人同床卧，仁窃言曰："不知人哉家监也！"任安曰："将军尚不知人，何乃家监也③！"卫将军从此两人过平阳主④，主家令两人与骑奴同席而食⑤，此二子拔刀列断席别坐⑥。主家皆怪而恶之⑦，莫敢呵⑧。

【注释】

　　①家监：家臣；管家。②恶啮（niè）马：烈马。③乃：仅。④从：使动用法。过：访；探望。平阳主：汉武帝姊。平阳，在今山西临汾市西南。⑤主家：管家。骑奴：侍从骑马者的家奴。⑥列：分割。今写作"裂"。⑦恶（wù）：厌恶。⑧呵（hē）：大声呵斥。

　　其后有诏募择卫将军舍人以为郎①，将军取舍人中富给者②，令具鞍马、绛衣、玉具剑③，欲入奏之。会贤大夫少府赵禹来过卫将军④，将军呼所举舍人以示赵禹。赵禹以次问之⑤，十余人无一人习事有智略者⑥。赵禹曰："吾闻之，将门之下必有将类⑦。传曰：'不知其君，视其所使；不知其子，视其所友⑧'。今有诏举将军舍人者；欲以观将军而能得贤者文武之士也⑨。今徒取富人子上之⑩，又无智略，如木偶人衣之绮绣耳⑪，将奈之何⑫？"于是赵禹悉召卫将军舍人百余人，以次问之，得田仁、任安，曰："独此两人可耳⑬，余无可用者。"卫将军见此两人贫，意不平⑭。赵禹去，谓两人曰："各自具鞍马新绛衣。"两人对曰："家贫无用具也。"将军怒曰："今两君家自为贫⑮，何为出此言？鞅鞅如有移德于我者⑯，何也？"将军不得已，上籍以闻⑰。有诏召见卫将军舍人，此二人前见，诏问能略，相推第也⑱。田仁对曰："提枹鼓立军门⑲，使士大夫乐死战斗⑳，仁不及任安。"任安对曰："夫决嫌疑，定是非，辩治官㉑，使百姓无怨心，安不及仁也。"武帝大笑曰："善。"使任安护北军㉒，使田仁护边田谷于河上㉓。此两人立名天下㉔。

【注释】

①募择：招募选择。②富给：富裕丰足。③绛衣：汉宿卫士所穿的深红色服装。玉具剑：剑口和把手部分用玉制成的剑。④少府：官名。九卿之一。赵禹：西汉斄（tái 今陕西省武功县西南）人。武帝时历任御史、太中大夫（中央顾问官）、廷尉等职，为人廉平倨傲，治狱严峻。晚年为少府九卿，变得平缓。⑤以次：按顺序。⑥习事：晓事。⑦语意见《史记·孟尝君列传》，该传作"将门必有将"。将门，世代为将之家。⑧语意见《荀子·性恶》。⑨而：之；的。结构助词。变主谓结构为偏正结构的词组。⑩徒：仅。⑪衣（yì）：动词。给人穿衣。绮（qǐ）绣：绣花的丝织物。⑫将：打算。⑬独：仅。⑭不平：愤慨不满。⑮为（wèi）贫：因为贫穷〔出仕〕。见《孟子·万章下》"仕……有时为贫"。⑯鞅（yāng）鞅：同"怏怏"。不服气、不满意的神情。移（yí）：施予。⑰上籍：写好簿册。⑱能略：才能谋略。相推第：相推为次第。⑲桴（fú）：通"枹"。鼓槌。⑳士大夫：将帅的佐属；部下。㉑辩：通"辨"。分别。治官：治理职司的百官。见《尚书·周官》。㉒护：监护。北军：汉京城卫戌部队。㉓边田谷：边塞的屯田和谷物。河上：黄河岸边。当时汉军占领了河套、河西等地，设有开田官。㉔立名：立刻扬名。

其后用任安为益州刺史①，以田仁为丞相长史。

【注释】

①益州：州名。治所在成都（今四川省成都市）。刺史：官名。汉武帝元封五年（公元前106年），分全国为十三部（州），每部置一刺史，是朝廷派往各部监察政务的官员，秩六百石。

田仁上书言："天下郡太守多为奸利①，三河尤甚，臣请先刺举三河。三河太守皆内倚中贵人②，与三公有亲属③，无所畏惮，宜先正三河以警天下奸吏。"是时河南、河内太守皆御史大夫杜父兄子弟也④，河东太守石丞相子孙也⑤，是时石氏九人为二千石，方盛贵。田仁数上书言之。杜大夫及石氏使人谢，谓田少卿曰⑥："吾非敢有语言也，愿少卿无相诬污也⑦。"仁已刺三河⑧，三河太守皆下吏诛死。仁还奏事，武帝说⑨，以仁为能，不畏强御⑩，拜仁为丞相司直，威振天下⑪。

【注释】

①为奸利：用犯法的手段谋私利。②中贵人：宫中贵人。③三公：西汉时以丞相（大司徒）、太尉（大司马）、御史大夫（大司空）合称三公，为辅助皇帝掌握军政大权的最高长官。④御史大夫：官名，副丞相。三公之一。杜：杜周。南阳杜衍（今河南省南阳市西南）人，为酷吏张汤的廷尉史。⑤石丞相：石庆。温（今河南省温县西南）人。元鼎五年（公元前112年）为丞相。⑥谢：道歉。少卿：可能是田仁的字。⑦无：通"毋"。相诬污：用诬告来玷污我们。相，代词。这里指杜、石两家。⑧刺：刺举。⑨说：通"悦"。⑩强御：横暴有势力的人。⑪振：通"震"。

其后逢太子有兵事，丞相自将兵，使司直主城门。司直以为太子骨肉之亲，父子之间不甚欲近①，去之诸陵②过③。是时武帝在甘泉④，使御史大夫暴君下责丞相⑤："何为纵太子？"丞相对言："使司直部守城门而开太子⑥。"上书以闻，请捕系司直⑦。司直下吏，诛死。

【注释】

①近：接近。②去：离开。之：往。诸陵：汉以来刘邦等帝王的陵寝。③过：使动用法。④甘泉：宫名。在今陕西省淳化县西北甘泉山。⑤暴君：暴胜之。太始三年（前94年）至征和二年（前91年）为御史大夫。⑥部：总；统辖。开：开释；纵放。⑦捕系：逮捕。

是时任安为北军使者护军，太子立车北军南门外①，召任安，与节令发兵②。安拜受节，入，闭门不出。武帝闻之，以为任安为详邪③，不傅事④，何也？任安笞辱北军钱官小吏，小吏上书言之，以为受太子节，言"幸与我其鲜好者"⑤。书上闻，武帝曰："是老吏也，见兵事起，欲坐观成败，见胜者欲合从之⑥，有两心。安有当死之罪甚众，吾常活之，今怀诈，有不忠之心。"下安吏，诛死。

【注释】

①立车：停车。②节：符节。发兵：调派北军、三辅士兵。③详：通"佯"。假装。邪（yé）：通"耶"。疑问语气助词。④傅：通"附"。附会；附和。⑤幸：希望。⑥合从：附和随从。

夫月满则亏，物盛则衰，天地之常也。知进而不知退，久乘富贵①，祸积为祟②。故范蠡之去越③，辞不受官位，名传后世，万岁不忘，岂可及哉④！后进者慎戒之⑤。

【注释】

①乘：守；居。②祸：毁；诽谤。祟：鬼神给人的灾祸。③范蠡：春秋末政治家。楚国宛（yuān）（今河南省南阳市）人。④及：比得上。一说：涉及，指灾祸临头。⑤戒：以动用法。

扁鹊仓公列传第四十五

　　扁鹊者①，勃海郡郑人也②，姓秦氏③，名越人。少时为人舍长④。舍客长桑君过⑤，扁鹊独奇之⑥，常谨遇之⑦。长桑君亦知扁鹊非常人也⑧。出入十余年⑨，乃呼扁鹊私坐⑩，间与语曰⑪："我有禁方⑫，年老⑬，欲传与公⑭，公毋泄⑮。"扁鹊曰："敬诺⑯。"乃出其怀中药予扁鹊⑰："饮是以上池之水⑱，三十日当知物矣⑲。"乃悉取其禁方书尽与扁鹊⑳。忽然不见，殆非人也㉑。扁鹊以其言饮药三十日㉒，视见垣一方人㉓，以此视病㉔，尽见五藏症结㉕，特以诊脉为名耳㉖。为医或在齐㉗，或在赵㉘。在赵者名扁鹊。

【注释】

　　①扁鹊：传说为远古时的一位名医。②勃海郡：郡名，是西汉高帝时所设置的行政区域，辖今河北省东南部和山东省西北部。郑：春秋时的小国，在今河南省新郑市一带。勃海郡无郑县。"郑"当为"鄚"的形误。据《河间府志》记载：唐玄宗开元十三年（725 年）因"鄚"与"郑"（郑）相类似，将"鄚"改为"莫"。鄚，即今河北省任丘市北的鄚州镇，曾为赵国鄚县故城，公元前294 年归属于燕国。③姓秦氏：在上古时，姓与氏有区别。④少：古时一般指十八岁至二十岁为少。为（wéi）人舍长（zhǎng）：做人家客馆的主管人。舍，客馆，供客人食宿的地方。⑤长（cháng）桑：复姓。过：古代称一般的经过叫"过"。⑥独奇之：唯独（扁鹊）认为他（长桑君）奇特不凡。独，唯独，独自，仅仅，只。副词。奇之，以之为奇，认为他奇特不平凡。奇，形容词意动用法。之，他，代指长桑君。⑦常谨遇之：时常恭敬地接待他。谨，恭敬。⑧亦：也。副词。常人：一般人，平常人。⑨馀：表示整数后不定的零数。⑩乃：于是，才。呼：呼叫，呼唤。私：私下，私自。⑪间（jiàn）与语：秘密地同他谈话。间，静，悄悄，秘密，私下。与，跟，同。介词。与后省去宾语"之"（指代扁鹊）。⑫禁方：秘方，不对外公开的方子。⑬老：古时一

般指六十岁以上为老。⑭与：给。公：对人的尊称。⑮毋（wú）：通"无"。别，不要。表示禁止。⑯敬诺：恭敬地应诺。⑰予：给予，授予。予通与。⑱饮是以上池之水：喝这个药要用未落地的水露调引。饮，喝。是，这，这个。指长桑君给扁鹊的药。上池之水，未直接落地的水露，如草木上的水露等。⑲当知物矣：会洞察事物啦。当，应当，应该，会。知，知道，了解。引申为洞察。矣，在表示将要出现的事情时，可译为"啦"。语气词。⑳悉取：全部拿取出来。悉，全部，范围副词。尽与：全部给予。㉑殆非人也：大概他不是凡人。殆，大概。副词。㉒以其言：按照他的话。㉓垣（yuán）一方人：墙那一边的人。垣，短墙。方，方位。《太平御览》："垣"下有"外"字。㉔以此视病：凭着这种本领看病。以，凭借。介词。此，这。指透视的本领。近指代词。㉕五藏（zàng）：心、肝、脾、肺、肾五个脏器的总称。藏，通"脏"。症结：腹内结块。引申为病根的部位。㉖特以诊脉为名耳：只是以诊脉为名罢了。特，只，仅。范围副词。耳，相当于"而已""罢了"。语气词。㉗为医：从事医疗活动，即行医。齐：古国名。㉘赵：古国名。赵国是战国七雄之一。

　　当晋昭公时①，诸大夫强而公族弱②，赵简子为大夫③，专国事④。简子疾⑤，五日不知人，大夫皆惧，于是召扁鹊⑥。扁鹊入视病，出，董安于问扁鹊⑦，扁鹊曰："血脉治也⑧，而何怪⑨！昔秦穆公尝如此⑩，七日而寤⑪。"寤之日，告公孙支与子舆曰⑫："我之帝所甚乐⑬。吾所以久者⑭，适有所学也⑮。"帝告我："晋国且大乱⑯，五世不安⑰。其后将霸⑱，未老而死⑲。霸者之子且令而国男女无别⑳"。公孙支书而藏之，秦策于是出㉑。夫献公之乱㉒，文公之霸，而襄公败秦师于殽而归纵淫㉓，此子之所闻。今主君之病与之同㉔，不出三日必间㉕，间必有言也。

【注释】

　　①当：值，在。介词。晋昭公：姓姬，名夷，春秋时晋国国君，前531—前526年在位。②诸：众。公族：国君的宗族。③赵简子（？—前458年）：春秋时晋国的大夫，为晋国六卿之一。④专国事：独揽国家政治大事。⑤简子疾：赵简子生了病。疾，病。古时一般的生病称疾，重病称病。秦汉时疾与病常通用。据《史记·赵世家》记载：赵简

子病在晋定公十二年（前 500 年）。赵简子病案，少涉医理，多及神话。⑥于是：在这时。召：召请，召见。古代指上级叫下级来见面。⑦董安于：赵简子的家臣。晋定公十六年（前 496 年）自杀而死。⑧血脉治也：人体血脉正常，治，管理有秩序，引申为太平、正常。⑨而何怪：你惊怪什么？而，你。第二人称代词。何怪，即怪何，惊怪什么？疑问代词"何"作前置宾语。⑩昔：从前。秦穆公：秦国国君，春秋五霸之一。姓赢，名任好，前 659—前 621 年在位，共 39 年，是秦国发展史上的重要时期。尝：曾经。⑪寤（wǔ）：醒。⑫公孙支：秦国的大夫，又叫子桑。子舆：秦国大夫，又叫子车。⑬我之帝所甚乐：我到天帝的宫廷很快乐。之，到，去。所：处所。甚，很，非常。副词。⑭所以：相当于"……的缘故。"⑮适：正好。有所学：指天帝教命。⑯且：将，将要。⑰五世不安：指晋献公、奚齐、卓子、惠公和怀公五代国君在位时国内都不安定。⑱其后将霸：此后将要称霸。⑲未老而死：称霸不久长霸主就要死去。老，长久。晋文公在外十九年，六十二岁回国即位，在位九年便死去，称霸时间不长。⑳男女无别：男女不会离别，概指晋襄公释放战俘之事。㉑秦策于是出：秦国史册上记载的事在晋国出现了。策，编成的竹简。㉒献公之乱：指晋献公时为立太子而出现的一场内乱。献公宠爱骊姬，生庶子奚齐、卓子以后，疏远嫡子，继而逼太子申生自杀，重耳被追杀逃到翟国，夷吾逃到梁国。献公死后，奚齐、悼子又被里克杀害，迎公子重耳立位未遂，在秦齐两国帮助下迎回夷吾，立为晋国国君，即晋惠公。晋国这场历时十多年的内乱到此才暂时平息下来。㉓襄公败秦师于殽（xiáo）而归纵淫：晋襄公元年（前 627 年），秦军侵犯滑晋边境，襄公于同年四月发兵在殽山歼灭秦军，俘虏秦将孟明视、西乞秋、白乙丙。襄公听信了秦穆公之女（晋文公夫人）的话，释放了秦国三员将。自后第三年秦国派孟明视率军伐晋报仇。殽，崤山，在今河南省洛宁县西北。纵淫，放纵惑乱。㉔今：现在。主君：扁鹊对赵简子的尊称。主，君，长。㉕必间（jiàn）：必然病愈。必，一定，必然。殽，病愈，病见好转。

　　居二日半①，简子寤，语诸大夫曰："我之帝所甚乐，与百神游于钧天②，广乐九奏万舞③，不类三代之乐④，其声动心。有一熊欲援我⑤，帝命我射之，中熊，熊死。有罴来，我又射之，中罴，罴死⑥。帝甚喜，赐我二笥，皆有副⑦。吾见儿在帝侧⑧，帝属我一翟犬⑨，曰：'及而子之壮也以赐之⑩。'帝告我：'晋国且世衰⑪，七世而亡⑫。嬴姓将大败周人于范魁之西⑬，而亦不能有也。'"董安于受言，书而藏之。以扁鹊言告简子，简子赐扁鹊田四万亩⑭。

【注释】

①居：本义是"蹲"。用在时间名词前面，常表示停留或相隔了一段时间。②钧天：天的中央。③广乐：多种乐器合奏的音乐。万舞：文舞与武舞兼有的各种舞蹈。④类：类似，像。三代：指夏、商、周三个朝代。⑤有一熊欲援我……罴死：据《史记·赵世家》所载：赵简子遵照天帝命令，射死的熊和罴，是指荀氏（即中行氏）、范氏的先祖。荀寅、范吉射曾合兵讨伐赵简子。赵简子后来消灭了二氏。射熊、射罴是特指此事。⑦赐我二笥（sì）皆有副：天帝赐给我两个笥，都有副品。笥（sì），盛饭食或衣物的一种方形竹器。⑧儿：儿童。据《史记·赵世家》记载：特指赵简子的儿子赵襄子。⑨属（zhǔ）：委托，交付。翟犬：翟族地区所特产的一种狗。翟，通狄。⑩及：到，至。壮：壮年，古人称三十岁以上为壮。以：用。介词。赐：赏赐。⑪世衰：一代一代衰弱。世，代，一代人称为一世。⑫七世而亡：指晋定公、出公、哀公、幽公、烈公、孝公、静公。在静公二年（前376年），韩、赵、魏三家瓜分晋国。⑬嬴姓将大败周人：嬴姓国将要大规模战败周人。这里特指赵国。范魁：古地名。该地战国时曾为卫国所辖，后属齐国。在今河南省范县境内。⑭亩：土地单位。据山东临沂银雀山出土的竹简所载，春秋末年，赵国曾把百步为亩的旧制改为二百四十步为亩。

其后扁鹊过虢①。虢太子死②，扁鹊至虢宫门下，问中庶子喜方者曰③："太子何病，国中治穰过于众事④？"中庶子曰："太子病血气不时⑤，交错而不得泄⑥，暴发于外⑦，则为中害⑧。精神不能止邪气⑨，邪气畜积而不得泄⑩，是以阳缓而阴急⑪，故暴蹶而死⑫。"扁鹊曰："其死何如时⑬？"曰："鸡鸣至今⑭。"曰："收乎⑮？"曰："未也，其死未能半日也⑯。""言臣齐勃海秦越人也⑰，家在于郑，未尝得望精光侍谒于前也⑱。闻太子不幸而死，臣能生之⑲。"中庶子曰："先生得无诞之乎⑳？何以言太子可生也㉑？臣闻上古之时，医有俞跗㉒，治病不以汤液醴洒㉓，镵石挢引㉔，案扤毒熨㉕，一拨见病之应㉖，因五藏之输㉗，乃割皮解肌㉘，诀脉结筋㉙，搦髓脑㉚，揲荒爪幕㉛，湔浣肠胃㉜，漱涤五藏㉝，练精易形㉞。先生之方能若是㉟，则太子可生也；不能若是而欲生之，曾不可以告咳婴之儿㊱。"终日㊲，扁鹊仰天叹曰："夫子之为方也㊳，若以管窥天㊴，以郄视文㊵。越人之为方也，不待切脉㊶、望色、听声、写形㊷，言病之所在。闻病之阳㊸，论得其阴㊹；闻病之阴，论得其阳。病应见于大表㊺，不出千里㊻。决者至众㊼，不可曲止也㊽。子以吾言为不诚㊾，试入诊太子，当闻其耳鸣而鼻张㊿，循其两股以至于阴㈤，当尚温也。"

【注释】

①其后：那以后。其，那。指示代词。虢（guó）：古国名。西周至春秋时曾有几个虢国。东虢在河南荥阳东北，公元前767年被郑国所灭。西虢又名城虢，在今陕西宝鸡市。周平王东迁洛阳时，随周王室迁徙后改称南虢，建都上阳，故城在今河南陕县东南，春秋时被晋国所灭。其支族在周室东迁时仍留原地，更名小虢，公元前687年被秦所灭。北虢，为虢仲之后所建，在今山西平陆县，后改作郭国。其地当在今山西或河北境内。如卫国被狄人灭掉之后，遗民迁国，总共仅有七百余人。②太子：国君的儿子中已经确定继位的儿子。③中庶子喜方者：爱好医方的中庶子。中庶子，古代官名。为太子的属官，负责对太子进行教育以及管理等。喜方，爱好医方。"喜方"是"中庶子"的后置定语。④国：国都，京城。治穰：举办祈祷的事情。穰，向鬼神祈祷消灾免难。穰通禳。于：比。表示比较。⑤病：作"患"解。名词用做动词。不时：不按时，不定期，没有规律。⑥交错而不得泄：交会错乱而且不能疏泄。⑦暴发：猛然发作。于：在。介词。⑧则为中害：却是内脏受伤害引起。⑨精神：指人体的正气。止：制止。邪气：不正之气。这里泛指致病因素和病理的损害。⑩畜（xù）积：积聚储存。畜，通蓄。⑪是以阳缓而阴急：因此阳跷脉弛缓，可是阴跷脉拘急。是以，因此。⑫故：所以。蹙（jué）：忽然昏晕，不知人事，四肢厥冷。可由多种病因引起。蹙，通"厥"。⑬何如时：在什么时候。⑭鸡鸣：这里特指凌晨雄鸡鸣叫的时辰。相当现代13时。⑮收：收殓。⑯未能：没有能够。指没有到，或不足。⑰臣：古代官吏、百姓对君主的自称。⑱精光：神采光泽，引申为尊容。侍谒：侍奉拜见。

⑲臣能生之：我能使他复生。生，即“使……生”。使动用法。⑳先生得无诞之乎：先生莫不是哄骗我吧？先生，老师。引申为对年长有德行的人的敬称，或泛用于对人的敬称。㉑何以言：即“以何言”，凭什么说。㉒俞跗：古代医家。古书中有“踰跗”“俞附”“榆拊”“臾跗”等不同写法。一说认为是上古轩辕黄帝时的医家。另一说据《鹖冠子·世贤篇》记载，春秋早期楚国的医官叫俞跗，又称为中古时的医家。㉓汤液：汤剂，汤药。醴洒（lǐ sǎ）：酒剂。为甜酒、清酒之类。㉔镵（chán）石：镵针和砭石。挢引：即导引，古代的一种医疗体操。挢，举起，翘起，指举手活动身体。引，引伸身体。㉕案扤（wù）：按摩。案，用手压或摁。案通按。扤，撼动。毒熨（yùn）：用烈性药物在患处熨帖。属外治法的一种。㉖一拨见病之应：一进行诊察就能发现疾病的反应症候。拨，拨开衣物或拨动身体。㉗因：顺着。输：指五脏六腑的腧穴，输，通腧。㉘解肌：剖割开肌肉。㉙诀脉：疏导血脉和经脉。诀，通决。结筋：结扎筋腱。㉚搦（nuò）髓脑：按治髓脑。搦，按。髓脑，脊髓和脑。㉛揲（shé）荒：触动肓。揲，触动，取。荒，通肓。指心脏与横隔膜之间。古代谓膏则指心尖脂肪。爪幕：疏理横膈膜。爪，用手指疏理。爪，通抓。幕，指横膈膜。幕，通“膜”。㉜湔浣（jiān huàn）：洗涤。㉝漱涤：清洗。㉞练精易形：修炼精气，改变形体神态。㉟方：医疗技术。若是：像这（俞跗的医术）。㊱曾（zēng）：竟，表示事出意外。副词。用在“不”的前边，以加强否定的语气。咳（hāi）婴之儿：刚会发笑的婴儿。咳，婴儿的笑声。古作“孩”。㊲终日：一整天。这里当“好久”，或“良久”解释较妥。㊳夫子之为方：你处方治病。夫子，古代除了称大夫为夫子外，对男子表示尊敬时，也称其人为“夫子”。这里是用作对中庶子的敬称。㊴以管窥天：从管子中看天。㊵以郄视文：从缝隙里看斑纹。㊶不待：不须。切脉：诊脉，按脉。㊷写形：审察病人的神态。㊸闻：听说，听到。引申为了解到。㊹论得：推论得知。㊺病应见（xiàn）于大表：体内病的反应出现在体表。见，通“现”。㊻不出千里：意为不出千里，根据病人体表的一些症状，可决断千里之远的病人的吉凶。㊼决者至众：决断的方法极多。至，最，太，极。副词。㊽不可曲止：不可以停止在一个角度看问题。曲，弯曲，与直相对，指一隅之见。止，停止。㊾诚：实在，确实。㊿耳鸣：耳内有响声。鼻张：鼻翼搧动。(51)循：指由此及彼抚摩。阴：外生殖

器的通称。指阴部。

　　中庶子闻扁鹊言，目眩然而不瞚①，舌挢然而不下②，乃以扁鹊言入报虢君。虢君闻之大惊，出见扁鹊于中阙③，曰："窃闻高义之日久矣④，然未尝得拜谒于前也⑤。先生过小国，幸而举之⑥，偏国寡臣幸甚⑦。有先生则活，无先生则弃捐填沟壑⑧，长终而不得反⑨。"言未卒⑩，因嘘唏服臆⑪，魂精泄横⑫，流涕长潸⑬，忽忽承睫⑭，悲不能自止，容貌变更。扁鹊曰："若太子病⑮，所谓'尸蹷'者也⑯。夫以阳入阴中⑰，动胃繵缘⑱，中经维络⑲，别下于三焦、膀胱⑳，是以阳脉下遂㉑，阴脉上争㉒，会气闭而不通㉓，阴上而阳内行㉔，下内鼓而不起㉕，上外绝而不为使㉖，上有绝阳之络㉗，下有破阴之纽㉘，破阴绝阳之色已废，脉乱㉙，故形静如死状。太子未死也。夫以阳入阴支兰藏者生㉚，以阴入阳支兰藏者死㉛。凡此数事㉜，皆五藏蹷中之时暴作也。良工取之㉝，拙者疑殆㉞。"

【注释】

　　①目眩然而不瞚（shùn）：眼睛昏花而不能眨动。形容惊讶而呆滞的样子。瞚，眨眼。瞚，通"瞬"。②舌挢（jiǎo）然而不下：舌头翘起来而且不能放下。挢：伸出，此处意为舌头抬起来。③于中阙（què）：到皇宫前楼台中间的道路上。于，到，表示所至。阙，皇宫前面对称的楼台，中间有道路。④窃：私自，私下。谦辞。高义：崇高的道德行为。义，合宜的道德行为或道理。⑤然：可是，然而，但是，却。转折连词。得：表示情况允许，有"能够""可以"的意思。拜谒（yè）：拜见。谒，拜见，请见。⑥幸而举之：幸运地救助我。⑦偏国寡臣：偏远之国，寡小之臣。这是虢君的自谦之词。幸甚：幸运非常。⑧弃捐填沟壑（hè）：抛弃填埋到山沟中。指掩埋尸体。弃、捐，义同为"抛弃"。壑，山谷。⑨长终：永远死去。终，死的别称。反：返回。指复生。反，通"返"。⑩卒（zú）：完毕，结束，终了。⑪因嘘（xū）唏（xī）服（bì）臆（yì）：就哭泣和抽咽起来，气满屏息。因，就，于是。嘘唏：哭泣时抽咽的声音。服臆，气满郁结，屏住了呼吸。服臆，通"愊忆"，气满。⑫魂精泄横：精神恍惚，情态散乱。错杂，散乱。⑬涕，眼泪。长潸（shān）：长时间地流眼泪。⑭忽忽：泪珠流动很快的样子。承睫（jié）：泪珠挂在睫毛上。

睞，眼睫毛，睞，通"睫"。⑮若：你，您。第二人称代词。⑯所谓：所说的。尸蹶：病名。昏迷假死，体态如死尸。⑰以阳入阴中：是由于阳气下陷入阴。以：因，因为，由于。⑱动胃繵缘：胃受绕动。繵，通"缠"。缘，绕。⑲中经维络：经脉受损伤，络脉被阻塞。中，伤害。经，经脉。维，结，阻塞。络，络脉，是由经脉分出来的呈网状的大小分支。⑳别下于三焦、膀胱：身体的阳气下陷，分别下于三焦、膀胱。㉑是以：因此。遂：通坠。㉒争：争夺、竞争。㉓会气闭而不通：指阴气与阳气交会的地方闭塞不通。会，俞会，广义指脏、腑、筋、髓、血、骨、脉、气等八会，本文主要指气会等。㉔阴上而阳内行：下、内为阴，而阴气反而上逆，上、外为阳，但阳气却向内运行。这都是气会不通而出现的逆乱症状。㉕下内鼓而不起：阳气在身体的下部和内部鼓动，也不能够外达和上升。㉖上外绝而不为使：在上在外的阳气被隔绝，不能被阴所遣使。指阴阳失调，阳不能与阴平衡的情况。㉗上有绝阳之络：身体上部有隔绝阳气的络脉。㉘下有破阴之纽：身体下部有破坏阴气的筋纽。㉙色废脉乱：容颜失去正常气色，经脉和血脉发生紊乱。㉚以阳入阴支蘭藏者生：因阳气侵入阴分而隔阻了脏气的病人，是能够生存的，可以救活。支蘭，都是指遮拦、阻隔的意思。㉛以阴入阳支蘭藏者死：因阴气侵入阳分而隔阻脏气的病人，是死症，难以救治。㉜凡此数事：凡是这几种情况。数，几，几个，表示不定的数目。㉝良工：医术精良的医生。取，攻下，夺取，指治愈疾病。㉞拙者疑殆：医术拙劣的人疑惑不决。疑，怀疑，疑惑，犹豫不决。

扁鹊乃使弟子子阳厉针砥石①，以取外三阳五会②。有间③，太子苏。乃使子豹为五分之熨④，以八减之齐和煮之⑤，以更熨两胁下⑥。太子起坐。更适阴阳⑦，但服汤二旬而复故⑧。故天下尽以扁鹊为能生死人⑨。扁鹊曰："越人非能生死人也，此自当生者⑩，越人能使之起耳⑪。"

【注释】

①厉针砥石：磨利针石。厉，通砺。厉、砥，都是磨的意思。针，是金属针。石，是石针，又称砭石，或砭针。②以取外三阳五会：用针石来刺头顶中央的三阳五会穴。三阳五会，是今常用的百会穴的异名，穴位在

人头顶中央的部位。因穴为手足三阳、督脉之会，故名。③有闲（jiān）：不久，一会儿。闲，通"间"。④五分之熨（yùn）：历来注家意见不一，或谓五分热度的熨法，或谓温热之气入体五分的熨法，或谓只熨帖身体五分大的面积，或谓五分剂量的熨药。笔者认为，是指用熨药原剂量的十分之五，即减半的剂量。⑤八减之齐（jì）：一般认为是指八减方的药剂，或八减方。还有人认为该剂是由碱味八物组成的药剂。齐，通"剂"。之，代指"五分之熨"的药。⑥以更熨两胁下：用"五分之熨"与"八减之剂"合煮，拿这种混合的药物交替热熨太子两胁下。更，更换、交替。⑦更适阴阳：再进一步调适阴阳。⑧但：仅仅。二旬：二十天。复故：康复如往日。故，往故。⑨以扁鹊为能生死人：认为扁鹊能使死人复生。生，使动用法。⑩此自当生者：这是他自身当活而不当死的。⑪起：振作起来，即活起来。

  扁鹊过齐，齐桓侯客之①。入朝见②，曰："君有疾在腠理③，不治将深。"桓侯曰："寡人无疾④"。扁鹊出，桓侯谓左右曰："医之好利也⑤，欲以不疾者为功⑥。"后五日，扁鹊复见，曰："君有疾在血脉，不治恐深。"桓侯曰："寡人无疾。"扁鹊出，桓侯不悦。后五日，扁鹊复见，曰："君有疾在肠胃闲⑦，不治将深。"桓侯不应。扁鹊出，桓侯不悦。后五日，扁鹊复见，望见桓侯而退走⑧。桓侯使人问其故。扁鹊曰："疾之在腠理也，汤熨之所及也；在血脉，针石之所及也；其在肠胃，酒醪之所及也⑨；其在骨髓，虽司命无奈之何⑩。今在骨髓，臣是以无请也⑪。"后五日，桓侯体病，使人召扁鹊，扁鹊已逃去。桓侯遂死。

【注释】

  ①齐桓侯：在春秋战国时期，齐国没有齐桓侯，而有两个齐桓公：一个是春秋五霸之一的齐桓公姜小白，前685—公元前642年在位；另一个是战国时期的齐桓公田午，前375—公元前357年在位。可是，在《韩非子·喻老》中所述"扁鹊见蔡桓公"的事，与本传的扁鹊见齐桓侯的事基本相同。司马迁在这里不称蔡桓公，而称齐桓侯，必有所据。"齐桓侯"即"齐桓公"。有人根据《战国策·秦二》中所记扁鹊见秦武王（前310—前307年在位）的时间推测，认为扁鹊所见的齐桓侯，当为田午。②入朝见：进入到朝廷拜见。见，进见，谒见。③腠（còu）

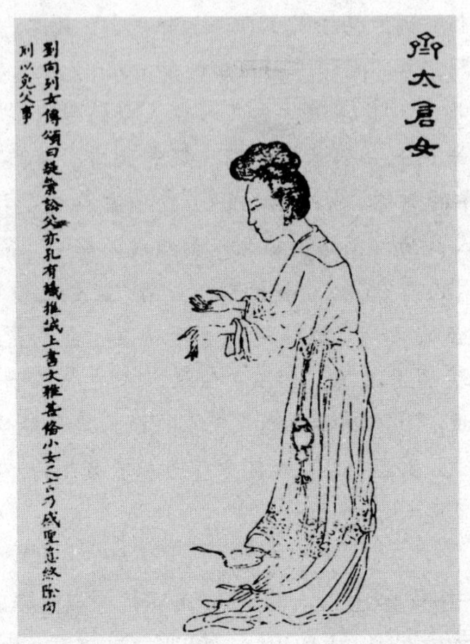

淳于缇萦像，选自清·上官周绘《晚笑堂画传》。汉太仓令淳于意之女。淳于意犯罪应该被施以肉刑，缇萦上书汉文帝，请求使自己成为女奴来为父亲赎罪。汉文帝既同情又感动，下诏废除肉刑。

理：指皮肤的纹理与皮下肌肉之间的空隙。④寡人：即寡德之人。多用于帝王自己谦称。⑤医之好（hào）利：医生喜爱利惠。好，喜爱。⑥欲以不疾者为功：想拿没有病的人来显示自己治病的本领，作为功劳。⑦閒，通"间"。⑧退走：退出来跑开。走，跑。⑨醪（láo）：指醇酒或浊酒，这里当指醇酒作药用。⑩虽司命无奈之何：即使掌管人命的神也不能对它怎么样。虽，即使，连词。表示退让。无，不能。奈之何，即奈何之，对他怎么样（办）。⑪臣是以无请：我因此不再请求给桓侯治病了。

　　使圣人预知微①，能使良医得蚤从事②，则疾可已③，身可活也。人之所病④，病疾多；而医之所病，病道少⑤。故病有六不治：骄恣不论于理⑥，一不治也；轻身重财⑦，二不治也；衣食不能适⑧，三不治也；阴阳并⑨，藏气不定⑩，四不治也；形羸不能服药⑪，五不治也；信巫不信医，六不治也。有此一者，则重难治也⑫。

【注释】

①使圣人预知微：假如是道德智能极高的人，预先知道还没有显露症状的疾病。圣人，谓道德智能极高的人。微：微细，隐匿。②蚤，通"早"。③已：停止，完毕。指疾病治愈。④病，用如动词，作担忧解。以下三个"病"字与此相同。⑤道：治病的方法。⑥骄恣不论于理：骄横放纵不讲道理。骄，骄横，骄傲。⑦轻身重财：轻视身体健康，注重钱财。⑧衣食不能适：衣着饮食不能调节适当。⑨阴阳并：阴阳偏胜或错乱。⑩藏气不定：五脏失去正常的功能。⑪形羸（léi）：形体极度消瘦虚弱。⑫重（zhòng）：深，甚，非常，极。

扁鹊名闻天下。过邯郸①，闻贵妇人②，即为带下医③；过雒阳④，闻周人爱老人⑤，即为耳目痹医⑥；来入咸阳⑦，闻秦人爱小儿，即为小儿医；随俗为变⑧。秦太医令李醯自知伎不如扁鹊也⑨，使人刺杀之⑩。至今天下言脉者，由扁鹊也⑪。

【注释】

①邯郸（hán dān）：春秋时卫邑，后属晋，公元前386年，赵敬侯从晋阳迁都于邯郸。②贵：重视。形容词用如动词。③带下医：妇科医生的古称。带下：广义指带脉以下的疾病，即一切妇科病的总称。狭义指妇人的带下病。④雒（luò）阳：即洛阳，公元前770年周平王迁都于此，其地在今河南洛阳市王城公园一带。雒，通洛。战国时洛邑，汉代改为雒阳，曹魏时又改名洛阳。⑤周人：指东周洛阳一带的人。⑥耳目痹医：治耳目痹病的医生。⑦咸阳：地处九嵕山南，渭河北岸。山南、水北都称阳，故名。在今陕西省咸阳市东北三十里姚店镇附近。⑧随俗为变：随着各地的习惯风俗来改变行医的科别。⑨太医令：官员。主管医药行政的最高长官。战国时秦国最早设太医令。李醯（xī）：盖秦武王（前310—前307年在位）时的太医令。伎：指医疗技艺。伎，通"技"。⑩使人刺杀之：派人刺杀了扁鹊。扁鹊被害于秦国，据《陕西通志》《临潼县志》记载：扁鹊墓，在临潼县东北三十里。即今南陈村（原名芦底村）东北隅的扁鹊墓遗址。⑪由：依从，遵循。

太仓公者，齐太仓长①，临菑人也②，姓淳于氏，名意。少而喜医方术③。高后八年④，更受师同郡元里公乘阳庆⑤。庆年七十余，无子⑥，使意尽去其故方⑦，更悉以禁方予之⑧，传黄帝、扁鹊之脉书⑨，五色诊病⑩，知人死生，决嫌疑⑪，定可治⑫，及药论⑬，甚精。受之三年，为人治病，决死生多验⑭。然左右行游诸侯⑮，不以家为家⑯，或不为人治病⑰，病家多怨之者。

【注释】

①齐太仓长：齐国管理都城粮仓的官吏。又称齐太仓令。齐，汉初所封的诸侯国，其地在今山东省。太仓，国家粮仓，设在京师长安及各诸侯国的都城。②临菑（zī）：齐国都城，其地在今山东省淄博市东北。③医方术：医疗技术。④高后八年：公元前180年。⑤更受师：再次拜师学习。同郡，犹言同乡。元里；里巷名称，阳庆的居里。公乘：爵位名，《汉书·百官公卿表》列为第八爵。阳庆：姓阳，名庆，又名杨中倩，阳，通"杨"。⑥无子：这里可能是指阳庆的子嗣不能继承其医道，因为下文两次提到阳庆有子。⑦尽去其故方：全部抛弃过去所学的医方。⑧更悉以禁方予之：再把所有的秘方授予他。⑨黄帝、扁鹊之脉书：相传为黄帝、扁鹊所著的医书。脉书，论述脉理的书，又泛指医学理论著作。⑩五色诊病：通过观察面部五种色泽的变化以诊断疾病。⑪决嫌疑：决断疑难复杂的病症。嫌疑，原意指疑惑难明的事理。⑫定可治：有的版本写作"定可治否"，即确定是否可以治疗。⑬及：以及，并有，连词。药论：论述药理的书。⑭验：灵验，有效。⑮左右行游诸侯：往来于齐国附近的诸侯国之间行医求学。左右，犹言东、西，四处。行游，出游，游学，这里指出外行医和求学。⑯不以家为家：不把家当作家。指淳于意经常外出，不安居在齐国的老家。⑰或不为人治病：有时不为人治病。或，有时，选择连词。

文帝四年中①，人上书言意②，以刑罪当传西之长安③。意有五女，随而泣。意怒，骂曰："生子不生男④，缓急无可使者！"⑤于是少女缇萦伤父之言⑥，乃随父西。上书曰："妾父为吏⑦，齐中称其廉平⑧，今坐法当刑⑨。妾切痛死者不可复生而刑者不可复续⑩，虽欲改过自新，其道莫由⑪，终不可得⑫。妾愿入身为官婢⑬，以赎父刑罪⑭，使得改行自新也。"书闻⑮，上悲其意⑯，此岁中亦除肉刑法⑰。

【注释】

①文帝四年：前 176 年。文帝，汉文帝刘恒。详见《孝文本纪》。②上书：写信给朝廷。言：说，议论，控告的婉辞。③刑罪：应当处以肉刑的罪。传（zhuàn）：传车，即驿站的车马，主要用来递送公文，这里指用传车押送。名词用如动词。长安：西汉京城，其地在今陕西省西安市西北，位于齐国以西。④子：孩子，男孩、女孩的统称。⑤缓急无可使者：紧急关头，没有可以使唤的人。缓急，紧急，复词偏义。使，支使，使唤。⑥少女缇（tí）萦（yíng）伤父之言：小女儿缇萦被父亲的话刺伤了。⑦妾：我。古代妇女对自己的谦称。⑧廉平：廉洁公正。⑨坐法当刑：由于犯法，应当处以肉刑。⑩切痛：深切悲痛。续，联，接续。⑪其道莫由：犹言无路可走。道，指改过自新之道。莫，不能。副词。由，行。⑫终不可得：最终得不到机会。⑬入身为官婢：没收入官府，充当奴婢。入，没入，使动用法。⑭赎（shú）：用财物或行为解除刑罚。⑮书闻：所上的书传知于汉文帝。闻，传知，达，上报。⑯上悲其意：皇上怜悯她的心意。上，皇上，指汉文帝。悲，悲怜。意，意愿。⑰此岁中亦除肉刑法：根据本书《孝文本纪》和《汉书·刑法志》的记载，废除对犯人施行墨、劓、刖三种肉刑的法律，是在文帝十三年，同时，其中所载关于淳于意坐法当刑、被押送到长安，以及缇萦上书诸事，也都发生在文帝十三年，而不在文帝四年。

意家居，诏召问所为治病死生验者几何人也①，主名为谁。

诏问故太仓长臣意："方伎所长②，及所能治病者③？有其书无有？皆安受学④？受学几何岁？尝有所验⑤，何县里人也？何病？医药已，其病之状皆何如⑥？具悉而对⑦。"臣意对曰：

自意少时，喜医药，医药方试之多不验者。至高后八年，得见师临菑元里公乘阳庆。庆年七十余，意得见事之⑧。谓意曰："尽去而方书⑨，非是也⑩。庆有古先道遗传黄帝、扁鹊之脉书⑪，五色诊病，知人生死，决嫌疑，定可治，及药论书，甚精。我家给富⑫，心爱公，欲尽以我禁方书悉教公。"臣意即曰："幸甚，非意之所敢望也。"臣意即避席再拜谒⑬，受其脉书上下经、五色诊、奇咳术、揆度阴阳外变、药论、石神、接阴阳禁书[14]，受读解验之[15]，可一年所[16]。明岁即验之[17]，有验，然尚未精也。要事之三年所[18]，即尝已为人治[19]，诊病决死生，有验，精良。今庆已死十年所，臣意年尽三年，年三十九岁也[20]。

【注释】

①诏召：皇上下命令叫来。几何人：多少人。②方伎所长：医疗技术的特长。方伎，医技，包括治病、养生两方面的技术。伎，通"技"。③及所能治病者：以及能用来治什么病。这里应为：及所能治何病者，省略了"何"字。④皆安受学：都是怎么学到的。安，如何，怎样。疑问副词。⑤尝有所验：曾经有些效验。尝，曾经。时间副词。⑥医药已，其病之状皆何如：治疗服药后，病人的情况都怎样。已，停止，完了。⑦具：通"俱"，都，全部。副词。⑧事：服事，侍奉。⑨尽去而方书：全部扔掉你的方书。而，你的，人称代词。方书，载有医方的书。⑩非是也：那些方书不正确。这里省略了主语"方书"。⑪古先道：古代先辈医家。⑫给（jǐ）富：足富。给，足够。副词。⑬避席：离座而起。拜谒（yè）：行礼请求。⑭脉书：即黄帝、扁鹊之脉书。上下经：两部古代医书。根据《黄帝内经素问·病能论》的记载，《上经》主要是论述人体与自然界的关系，《下经》主要是讨论疾病的变化。五色诊：属于望诊的古代医书。《黄帝内经素问》中有《五色》这部书的书名，《灵枢经》中有《五色篇》。奇咳（jī gāi）术：有三解，一、属于听诊方面的医学著作，"咳"，看作是病人发出的声音；二、记载各种奇特医术的著作。"咳"，看作是"侅"的假借字，奇侅，非常；三、疑即《奇恒》这部古代医书。根据《黄帝内经素问·病能论》的记载，《奇恒》是一部论述各种奇病的医书。揆度阴阳外变：通过观察外表的变化以测度体内阴阳的盛衰，这是属于诊断学的古代医书。揆度，测度。也有人认为，《揆度》是一本书，《黄帝内经素问》中提到过此书，《阴阳外变》是另一本书。石神：有关针灸方面的著作。石，砭石，石制的针，用来刺浅表部位或割除痈脓。接阴阳禁书：有二解，一、同《阴阳外变》一样，是研究阴阳学说的古代医书。二、指接受以上各种未公开流传的医书。⑮受读解验：接受，诵读，解析，体验。⑯可一年所：大约一年左右。可，大约。所，通"许"，左右。计约之辞。⑰明岁：第二年。验：检验。⑱要事之三年所：总共约服事了三年左右。要，总约。⑲即尝已为人治：就试着为人治病。⑳臣意年尽三年，年三十九

岁：有二解：一、淳于意于高后八年（前 180 年）拜阳庆为师学医，期满三年，正值文帝四年，时年三十九岁，与前文所载"文帝四年中，人上书言意"及"此岁中亦除肉刑法"相吻合。二、淳于意于高后八年拜阳庆为师学医，刚满三年，阳庆即死，受读三年的时间，加上阳庆已死十年左右，正值文帝十三年，时年三十九岁，与《史记·孝文本纪》及《汉书·刑法志》所载"文帝十三年"废肉刑相吻合。"三年"应作"十三年"，脱"十"字。

齐侍御史成自言病头痛[1]，臣意诊其脉，告曰："君之病恶[2]，不可言也"。即出，独告成弟昌曰："此病疽也[3]，内发于肠胃之间，后五日当臃肿[4]，后八日呕脓死"。成之病得之饮酒且内[5]。成即如期死。所以知成之病者，臣意切其脉，得肝气[6]。肝气浊而静[7]，此内关之病也[8]。脉法曰[9]："脉长而弦，不得代四时者，其病主在于肝[10]。和即经主病也，代则络脉有过[11]。"经主病和者，其病得之筋髓里[12]。其代绝而脉贲者[13]，病得之酒且内。所以知其后五日而臃肿，八日呕脓死者，切其脉时，少阳初代[14]。代者经病，病去过人，人则去。络脉主病[15]，当其时，少阳初关一分[16]，故中热而脓未发也[17]，及五分，则至少阳之界[18]，及八日，则呕脓死[19]，故上二分而脓发[20]，至界而臃肿，尽泄而死。热上则熏阳明[21]，烂流络[22]，流络动则脉结发[23]，脉结发则烂解[24]，故络交[25]。热气已上行，至头而动，故头痛。

【注释】

①侍御史：御史大夫属下的办事官员。病：患有。名词作动词。②恶：严重。③疽：生于体内的毒疮。④臃肿：肌肤肿突。臃，肉起状。⑤内：指性生活，即房事。⑥得肝气：切得肝脏有病的脉气。⑦肝气浊而静：肝脉的跳动重浊而静缓。这是邪气盛，人体正气被抑遏不能舒展的一种脉象。⑧内关之病：这是一类内部严重而外部不显露的疾病，病人往往不感到痛苦，或痛苦很小。⑨脉法：阐述脉理的古医书，原书已佚。⑩脉长而弦，不得代四时者，其病主在于肝：脉象长而弦，不能随四季的变化而更替的，这是肝脏有病。长，长脉，指搏动部位长而过于本位的脉象。弦，弦脉，指硬直而长，如按琴弦的脉象。代，更代，替换。动词。四时，春、夏、秋、冬四季。⑪和即经主病也，代则络脉有过：脉来长弦，

但尚均匀和调的，这是肝的经脉有病，如果脉的节律、大小不均匀的，这是肝的络脉有病。⑫经主病和者，其病得之筋髓里：肝的经脉有病，脉象和调的，这是筋髓患病所导致。根据中医脏象学说，肝主筋，肾主骨、主髓，筋、髓得病，可以直接或间接影响肝经，使之得病。⑬代绝而脉贲：脉搏的跳动极不匀调，忽而久久地歇止，像要断绝，忽而贲涌，似乎有力。⑭少阳初代：诊察少阳经络疾病的切脉部位，开始出现代脉。⑮代者经病，病去过人，人则去。络脉主病：对于这四句，诸注家存疑不释。⑯少阳初关一分：在左手关部一分的地方，开始出现了代脉。少阳初关，即少阳初代（见注⑭）。⑰中热：体内有邪热。脓未发：痈脓尚未发作。⑱及五分，则至少阳之界：代脉在左手关部达到五分，则到了少阳脉位的边界。这种将每部脉分作五分，以五分为界，从而确定疾病转变日期和规律的方法比较独特，在其他医籍中没有记载。⑲呕脓死：生于体内的毒疮（内疽）至晚期多溃烂，病人呕脓，脓尽则死。⑳上二分而脓发：代脉上达于左手关部二分处，则痈脓发作。㉑热上则熏阳明：热邪往上走则熏灼阳明经脉。㉒烂流络：灼伤细小的络脉。烂，灼伤。流络，支络，络脉的分支。㉓流络动则脉结发：支络发生了变化，则络脉之间相交的地方受到连累而发病。动，变动。结，结系之处。发，发动、发病。㉔烂解：糜烂、离解。㉕络交：络脉交互阻塞。

　　齐王中子诸婴儿小子病①，召臣意诊切其脉，告曰："气鬲病②。病使人烦懑③，食不下，时呕沫。病得之少忧，数忔食饮④"。臣意即为之作下气汤以饮之⑤，一日气下⑥，二日能食，三日即病愈。所以知小子之病者，诊其脉，心气也⑦，浊躁而经也⑧，此络阳病也⑨。脉法曰"脉来数病去难而不一者⑩，病主在心"。周身热，脉盛者，为重阳⑪。重阳者，逿心主⑫。故烦懑食不下则络脉有过，络脉有过则血上出，血上出者死⑬。此悲心所生也⑭，病得之忧也。

【注释】

　　①齐王：刘将间，于汉文帝十六年（前164年）被封为齐王，受封之前为阳虚侯。小子：指男孩子。②气鬲病：气机阻塞在胸膈之间所导致的病。鬲，通"膈"，胸膈；又通"隔"，阻隔。③懑：抑郁烦闷。④病得之心忧，数忔（yì）食饮：病得自于心情忧虑，经常厌食。⑤下气汤：

原方已佚。据证测方，原方应有降气和胃、清热宁心的作用。⑥气下：往上逆行的气平降下来。⑦心气：心有病的脉气。⑧浊躁而经：心脉重浊、躁动而轻浮。浊，脉来重浊，这是有邪气。躁，脉来躁动不安，这是有热。经，当作"轻"，心病的脉多轻浮，这种脉切合心有热邪，气逆于上的病机。⑨络阳病：有人认为络是"结"字之误，结阳病即阳气郁结于胸隔之间所导致的疾病，又称为"鬲气"。⑩脉来数（shuò）疾去难而不一：医生感觉病人的脉搏达于指下时迅速而流畅，离开指下时艰难而滞涩，前后不统一。⑪重（chóng）阳：阳气重叠在一起。周身发热，是阳热有余的证候，脉搏旺盛，是阳热有余的脉，证与脉都属于阳热过盛，所以称作重阳。⑫迿（táng）心主：扰乱心神。迿，通"荡"，摇荡；冲击。⑬故烦懑食不下则络脉有过，络脉有过则血上出，血上出者死：意思是：在"重阳"情况下，治不及时，则热伤血络，络脉受伤，则血从上出而死。⑭悲心：伤心。

　　齐郎中令循病①，众医皆以为蹶入中②，而刺之③。臣意诊之，曰："涌疝也④，令人不得前后溲⑤"。循曰："不得前后溲三日矣。"臣意饮以火齐汤⑥，一饮得前溲，再饮大溲⑦，三饮而疾愈。病得之内。所以知循病者，切其脉时，右口气急⑧，脉无五脏气⑨，右口脉大而数。数者中下热而涌⑩，左为下，右为上⑪，皆无五脏应⑫，故曰涌疝。中热，故溺赤也⑬。

【注释】

　　①郎中令：守卫宫殿门户的官员。循：人名。②蹶入中：一股往上逆行的气进入胸腹之中。③刺之：用针刺法治疗。④涌疝（shàn）：类似于冲疝，病人腹痛，大小便困难，并感觉有股气从小腹向上冲涌。⑤前后溲：解大小便。前溲指小便，后溲指大便。⑥火齐汤：原方已佚。⑦大溲：大、小便大为通畅。⑧右口：右手寸口脉。寸口，又称气口，指两手桡骨头内侧桡动脉经过的部位，这是当时中医进行脉诊的重要部位之一，后来逐渐成为中医最主要的诊脉部位。气急：脉气急迫。⑨脉无五脏气：脉搏反映不出五脏的疾病。五脏，指肝、心、脾、肺、肾五个重要脏器。气，病气。⑩数者中下热而涌：脉数是因为病人身体的中下部热邪涌动。⑪左为下，右为上：左手寸口脉大而数，是热邪往下行走，右手寸口脉大

而数，是热邪往上行走。上、下，副词作动词。⑫皆无五脏应：从脉上相应的部位都诊不到五脏的疾病，与"脉无五脏气"同一意思。⑬溺赤：小便黄赤。

齐中御府长信病①，臣意入诊其脉，告曰："热病气也②。然暑汗③，脉少衰④，不死。"曰："此病得之当浴流水而寒甚，已则热⑤。"信曰："唯，然⑥！往冬时⑦，为王使于楚⑧，至莒县阳周水⑨，而莒桥梁颇坏，信则擥车辕未欲渡也⑩，马惊，即堕，信身入水中，几死⑪，吏即来救信，出之水中，衣尽濡⑫，有间而身寒⑬，已热如火，至今不可以见寒。"臣意即为之液汤火齐逐热⑭，一饮汗尽，再饮热去，三饮病已。即使服药，出入二十日⑮，身无病者。所以知信之病者，切其脉时，并阴⑯。脉法曰"热病阴阳交者死⑰"。切之不交，并阴。并阴者，脉顺清而愈⑱，其热虽未尽，犹活也。肾气有时间浊⑲，在太阴脉口而希⑳，是水气也。肾固主水㉑，故以此知之。失治一时，即转为寒热㉒。

【注释】

①中御府长：又称中御府令，少府属官，管理王室的事务。②热病气：患有热病的脉气。③暑汗：因为天气炎热而出汗。④脉少衰：脉搏稍有减弱。少，通"稍"。⑤当浴流水而寒甚，已则热：正在流水中洗浴而感到冷得厉害，寒冷停止后，身上就发热。已，停止。⑥唯，然：嗯，是的。⑦往冬：去年冬天。⑧为王使于楚：替齐王出使楚国。⑨莒（jǔ）县：在今山东省莒县。阳周：莒县所属地名。⑩擥（lǎn）：通"揽"，抓住。⑪几（jī）死：几乎淹死。⑫濡（rú）：沾湿。⑬有间（jiàn）：顷刻，一会儿。间，"间"的本字。⑭液汤火齐：原为已佚。液汤，即汤液，古代用来治病的一种药液，具体制法不详，只知道是以稻薪为燃料，用稻米或其他粮食酿制的。⑮出入二十日：前后二十余天。⑯并阴：热邪归并于里。这是热病过程中的一种病理状态。患者汗出之后，体表的热随汗外泄，只剩下里热稽留，并，归于，归并。阴，指里。⑰阴阳交：表热，里热交缠在一起。这是热病过程中的另一种病理状态。患者汗出之后，接着又发热，神志错乱，不能饮食，脉搏躁动而疾数，不因为汗出而有所减弱。阴阳，指表里而言，表为阳，里为阴。交，交缠。⑱脉顺清而愈：笔者认为，这句应读作"脉顺，清而愈"。脉顺，脉与病情相顺应，即上文

所说的因暑热汗出之后，脉搏也随之有所衰减。清，清法，中医治病用药的八类方法之一，指采用性质寒凉的药物来清除热邪的方法。⑲肾气有时间（jiàn）浊：肾脉有时微微重浊。間，同"间"，微。⑳太阴脉口：即寸口，因为手太阴肺经循行路线经过这个部位，所以寸口又称太阴脉口。希，通"稀"，稀疏。㉑肾固主水：肾脏原本是主管水液运行的。固，本来。㉒寒热：病名。患者在长时期内经常、反复出现恶寒、发热症状。

齐王太后病①，召臣意入诊脉，曰："风瘅客脬②，难于大小溲，溺赤"。臣意饮以火齐汤，一饮即前后溲，再饮病已，溺如故③。病得之流汗出滫。滫者，去衣而汗晞也④。所以知齐王太后病者，臣意诊其脉，切其太阴之口，湿然风气也⑤。脉法曰"沈之而大坚，浮之而大紧者，病主在肾⑥"。肾切之相反也⑦，脉大而躁。大者，膀胱气也⑧；躁者，中有热而溺赤。

【注释】

①齐王太后：齐王刘将闾的母亲。②风瘅（dān）客脬（pāo）：风热袭入膀胱。瘅，热。客，由外而入。作动词。③溺如故：解小便同从前一样正常。④病得之流汗出滫（xiǔ），滫者，去衣而汗晞（xī）也：病得自于流汗时解小便，除掉衣裤时汗被吹干。滫，"滫"的假借字。⑤切其太阴之口，湿然风气也：在切寸口脉时，触到病人的手腕湿润，这是感受了风热。⑥沈（chén）之而大坚，浮之而大紧者，病主在肾：脉沉取时大而坚实有力，浮取时大而紧张有力，这是肾脏有病。沈，同"沉"，沉之，即切脉时用力较重，重按至骨。浮之，即切脉时用力较轻，贴在皮肤表面。⑦肾切之相反：切到的脉与肾病的脉不同，即下文所说的"脉大而躁"，沉取不坚，浮取不紧。⑧膀胱气：膀胱病的脉气。

齐章武里曹山跗病①，臣意诊其脉，曰："肺消瘅也②，加以寒热③。"即告其人曰："死，不治。适其共养，此不当医治④。"法曰⑤"后三日而当狂，妄起行，欲走⑥；后五日死"。即如期死。山跗病得之盛怒而以接内⑦。所以知山跗之病者，臣意切其脉，肺气热也。脉法曰"不平不鼓⑧，形弊⑨"。此五脏高之远数以经病也⑩，故切之时不平而代。

不平者，血不居其处^⑪；代者，时参击并至，乍躁乍大也^⑫。此两络脉绝^⑬，故死不治。所以加寒热者，言其人尸夺^⑭。尸夺者，形弊；形弊者，不当关灸镵石及饮毒药也^⑮。臣意未往诊时，齐太医先诊山跗病^⑯，灸其足少阳脉口，而饮之半夏丸^⑰，病者即泄注，腹中虚；又灸其少阴脉^⑱，是坏肝刚绝深^⑲，如是重损病者气^⑳，以故加寒热^㉑。所以后三日而当狂者，肝一络连属结绝乳下阳明^㉒，故络绝，开阳明脉^㉓，阳明脉伤，即当狂走^㉔。后五日死者，肝与心相去五分^㉕，故曰五日尽^㉖，尽即死矣。

【注释】

①章武里：里巷名称。②肺消瘅（dān）：即肺消，属于消渴病之一。瘅，热。肺消多伴有口渴、尿黄的内热证。③加以寒热：加上有乍寒乍热的证状。所以说"加"。④适其共（gōng）养，此不当医治：有二解，一指满足病人的要求，给以生活上的调养、照顾，不必进行医治，二指根据病情，给以恰当的饮食调养。不应当用针灸药物治疗。适，满足，适合。共，通"供"，供给。⑤法：有二解，一指法则，指疾病发展规律，二怀疑即下文的"脉法"。⑥妄起行，欲走：胡乱起来行走，想跑。走，跑。⑦盛怒而以接内：大发脾气之后而又接着行房事。⑧不平不鼓：脉搏起伏不定，鼓动无力。⑨形弊：形体衰败。败坏。⑩五脏高之远数以经病：五脏从上至下已经有几脏得了病。⑪血不居其处：血液不留居在肝脏。其，指肝脏。中医脏象学说认为，肝脏有藏血的功能，肝一旦被损害，则不能藏血。⑫代者，时参击并至，乍躁乍大也：代脉的形象，是时而杂乱，时而密集，忽而躁动，忽而洪大。参，杂。并至，一起来。乍，忽然。⑬两络脉绝：肝与肺的络脉断绝。⑭尸夺：神散肉脱如尸。⑮形弊者，不当关灸镵（chán）石及饮毒药：形体衰败的病人，不应当通过艾灸、针刺及饮服攻治疾病的药物来治疗。⑯齐太医：齐国宫廷医生。⑰半夏丸：原方已佚。方中主药半夏辛温，能燥湿化痰，降气止咳，和胃止呕，但用以治疗肺消瘅不宜，丸中又可能含有泄药，所以病人服后腹泻如注。⑱少阴脉：即足少阴肾经，属于人体十二条经脉之一，它的循行路线是，在体内，属肾，络膀胱，在体表，由足小趾，经足心、内踝、下肢内侧后面、腹部、止于胸部。⑲是坏肝刚绝深：这些治法严重坏了肝脏的阴气。是，这个，这些，代词。肝刚，肝脏的阳气。刚，阳。绝深，极深。

⑳如是重（chóng）损病者气：像这样多次损伤病人的元气。气，元气。
㉑以故加寒热：因此增添了肝阳上越的寒热证。以故，因此。表原因的固定词组。㉒肝一络连属结绝乳下阳明：肝经的一条络脉横过乳下与阳明经相连结。结，结系。绝，横过。阳明，指足阳明胃经，循行路线经过乳房下面。㉓故络绝，开阳明脉：因此，肝络被损坏后，病邪就侵入阳明经脉。开，打开，作累及、侵入讲。㉔阳明脉伤，即当狂走：根据中医经络学说的记载，发狂之类的精神病，是足阳明胃经患病的主要病证之一。㉕肝与心相去五分：肝脉与心脉相隔五分。去，离开，距离。五分，指两脉在寸口部位的间距。㉖五日尽：五日后，肝脏的元气已经耗尽。

　　齐中尉潘满如病少腹痛①，臣意诊其脉，曰："遗积瘕也②。"臣意即谓齐太仆臣饶③、内史臣繇曰④："中尉不复自止于内，则三十日死。"后二十余日，溲血死⑤。病得之酒且内。所以知潘满如病者，臣意切其脉深小弱，其卒然合合也，是脾气也⑥。右脉口气至紧小，见瘕气也⑦。以次相乘，故三十日死⑧。三阴俱搏者⑨，如法⑩；不俱搏者，决在急期⑪；一搏一代者，近也⑫。故其三阴搏，溲血如前止。

【注释】

　　①中尉：管理都城治安的武官。少腹：小腹。②遗：遗留。积瘕（jiǎ）：积聚症瘕，即腹腔内肿瘤一类的病。③太仆：九卿之一，管理君王的车马和马政。④内史：管理民政的官员。繇（yáo）：人名。⑤溲血：尿血。⑥切其脉深小弱，其卒然合合也，是脾气也：切到病人的脉沉、小、弱，这三种脉猝然聚合在一起，是脾脏有病的脉候。小、弱，脉体小，力量弱，多是气血不足。卒，通"猝"，突然。合合，聚合之貌。脾气，脾脏患病的脉气。⑦右脉口气至紧小，见（xiàn）瘕气也：右手寸口脉紧小，呈现出症瘕病的脉象。⑧以次相乘，故三十日死：按照五脏的次序相乘，所以三十日死。中医五行学说认为，五脏之间，存在着互相资生、互相克制的关系，相互克制太过，超过了正常范围，叫作相乘，这个病按五脏相乘的次序是脾乘肾，肾乘心，心乘肺，肺乘肝，肝再乘脾，五日乘一脏、脾被肝乘后又过五日死，所以是三十日死。⑨三阴俱搏（tuán）：三种阴脉一齐出现。三阴，指前面所说的沉、小、弱三种脉，因为这三种脉都反映了疾病属里、属虚的性质，所以称其为阴脉。搏，聚拢在一起。

⑩如法：符合规律。⑪不俱搏者，决在急期：三种阴脉不一齐出现的，短期内可以决断生死。⑫一搏一代者，近也：三种阴脉与代脉交替出现的，死期近了。

　　阳虚侯相赵章病①，召臣意。众医皆以为寒中②，臣意诊其脉曰："迵风③。"迵风者，饮食下嗌而辄出不留④。法曰"五日死"，而后十日乃死。病得之酒。所以知赵章之病者，臣意切其脉，脉来滑⑤，是内风气也⑥。饮食下嗌而辄出不留者，法五日死，皆为前分界法⑦。后十日乃死，所以过期者，其人嗜粥，故中藏实⑧，中藏实故过期⑨。师言曰"安谷者过期，不安谷者不及期"。

【注释】

　　①阳虚侯：齐悼惠王之子刘将闾，文帝十六年被封为齐王。②寒中：病名，因寒气入侵于里所致。③迵（dòng）风：古病名，其症状是饮食入里后，不能消化吸收，被迅速吐出或泻出。④嗌（yì）：咽喉。辄（zhé）总是，就。⑤滑：滑脉，指往来流利、应指圆滑的脉象。⑥内风气：内风病的脉气。内风，由于体内脏腑功能失调所引起的一类疾病，这类病有起病突然，变化迅速等类似于自然界"风"的特性。⑦前分界法：指前面"齐侍御史成"病案中所说的分界法。⑧藏：通"脏"。⑨中藏实故过期：胃中尚能容纳米粥，所以死期超过了预计的日子。中藏，指胃，胃居于人体中部。

　　济北王病①，召臣意诊其脉，曰："风蹶胸满②。即为药酒，尽三石③，病已。得之汗出伏地④。所以知济北王病者，臣意切其脉时，风气也，心脉浊。"病法⑤"过入其阳⑥，阳气尽而阴气入⑦"。阴气入张⑧，则寒气上而热气下，故胸满⑨。汗出伏地者，切其脉，气阴⑩。阴气者，病必入中⑪，出及瀺水也⑫。

【注释】

　　①济北王：刘志，齐悼惠王刘肥之子，汉文帝十六年立为济北王，汉景帝三年，徙为菑川王。②风蹶：由于外界风、寒、湿气侵入体内，逆行于上所致的疾病，主要症状为胸闷不舒。③三石（shí）：汉代一石重一百二十斤，三石重三百六十斤。一说"三石"是"三日"之误。④汗出伏

1672

地：汗出时，睡在地上。⑤病法：疾病发展的规律。⑥过入其阳：病邪进入人体肌表。过，过失，这里指病。阳，指肌表。⑦阳气尽而阴气入：卫外的阳气耗尽而寒气侵入人体。阳气，这里是指卫外的阳气，即行于体表、具有保卫肌表、抗御外邪作用的卫气。⑧入张：内盛。张，嚣张，扩张。⑨寒气上而热气下，故胸满：阴寒之气上逆而阳热之气下流，所以胸中满闷。根据中医的阴阳学说，人体胸部属阳，腹部属阴，阳气应居于上，阴气应居于下，如果出现上述异常情况，称作"阴邪占据阳位"，是产生胸闷的重要原因之一。⑩气阴：脉气有阴寒之邪。⑪阴气者，病必入中：切到有阴邪的脉气，必然是病已入内。⑫出及灊（chán）水：病邪将随着汗水而外出。及，随着，介词。灊，汗液。

　　齐北宫司空命妇出於病①，众医皆以为风入中②，病主在肺，刺其足少阴脉。臣意诊其脉，曰："病气疝③，客于膀胱，难于前后溲，而溺赤。病见寒气则遗溺④，使人腹肿"。出於病得之欲溺不得，因以接内。所以知出於病者，切其脉大而实，其来难，是蹶阴之动也⑤。脉来难者，疝气之客于膀胱也⑥。腹之所以肿者，言蹶阴之络结小腹也。蹶阴有过则脉结动⑦，动则腹肿。臣意即灸其足蹶阴之脉，左右各一所⑧，即不遗溺而溲清，小腹痛止。即更为火齐汤以饮之，三日而疝气散，即愈。

【注释】

　　①北宫：王后的居处。司空：管理工程的官员。命妇：有封号的妇女。出於（wū）：命妇名。②风入中：风邪侵入人体。③气疝：疝病之一，主要症状为腹中忽胀、忽减而疼痛。④遗溺：遗尿，小便失禁。⑤是蹶阴之动：这是足厥阴肝经经脉变动所产生的病。蹶阴，即足厥阴肝经，人体十二条经脉之一，它的循行路线是：在体内，属肝，络胆，在体表，由足大趾经下肢内侧、外阴部、腹部、止于侧胸部。⑥脉来难者，疝气之客于膀胱也：脉之所以来时艰难，是因为疝病牵连到膀胱，引起气结不舒。客，这里作影响、冲击讲。⑦蹶阴有过则脉结动：足厥阴肝经有病，它的络脉所分布的地方就发生变动。⑧一所：一次。所，量词。

　　故济北王阿母自言足热而懑①，臣意告曰："热蹶也②。"则刺其足心各三所，案之无出血③，病旋已④。病得之饮酒大醉。

【注释】

①故济北王：刘兴居，齐悼惠王刘肥之子，汉文帝二年立为济北王，文帝四年谋反，被诛。阿母：乳母。懑（mèn）：满闷。②热蹶：病名，主要症状是足心发热。③案之无出血：以手按住针孔，勿使出血。这是属于针刺中的补法。④旋已：马上好了。旋，旋即。

济北王召臣意诊脉诸女子侍者①，至女子竖，竖无病②。臣意告永巷长曰③："竖伤脾，不可劳，法当春呕血死④。"臣意言王曰："才人女子竖何能⑤？"王曰："是好为方⑥，多伎能⑦，为所是案法新⑧，往年市之民所⑨，四百七十万，曹偶四人⑩"。王曰："得毋有病乎⑪？"臣意对曰："竖病重，在死法中。"王召视之，其颜色不变，以为不然，不卖诸侯所。至春，竖奉剑从王之厕⑫，王去，竖后，王令人召之，即仆于厕，呕血死。病得之流汗⑬。流汗者，同法病内重⑭，毛发而色泽⑮，脉不衰，此亦内关之病也⑯。

【注释】

①女子侍者：侍女。定语后置。②竖无病：竖自己说没有病痛。③永巷：宫女所居的长巷。管理永巷的人叫永巷长。④竖伤脾，不可劳，法当春呕血死：根据中医五行学说，脾属土，肝属木，木能克土。⑤才人：才女。能：能耐，特长。⑥是好（hào）为方：她的才能是喜好作织绣之类的女工活。是，指"才能"。指示代词。⑦伎能：技能。伎，通"技"。⑧为所是案法新：笔者认为，这是"案法新为所是"的倒文，意思即，研究古代的织绣，从中变化出新的花样，这是她的嗜好。⑨市之民所：从民间买来。市，买。动词。⑩曹偶：等辈。⑪得毋：莫非。表疑问。毋，通"无"。⑫奉：通"捧"。之，去。⑬病得之流汗：指辛劳过度。⑭法病内重：按照规律是病重于内。⑮毛发而色泽：毛发与面像色都润泽。而，与，和。并列连词。⑯内关之病：见前"齐侍御史成"案注⑧。

齐中大夫病龋齿①，臣意灸其左太阳明脉②，即为苦参汤③，日嗽三升④，出入五六日，病已。得之风，及卧开口，食而不嗽。

【注释】

①中大夫：郎中令（汉武帝更名光禄勋）的属官，掌论议，提建议。

龋（qǔ）齿：蛀齿，俗称虫牙。②左大阳明脉：即左手阳明大肠经，它的循行路线是，在体内，属大肠，络肺；在体表，由食指端经过上肢伸向桡侧、肩部、颈部、颊部、止于对侧鼻孔旁。针灸这条经脉的穴位，可以治疗龋齿。③苦参汤：原方已佚。④嗽：通"漱"，含漱。这是治疗口腔病的一种投药方法。

菑川王美人怀子而不乳①，来召臣意。臣意往，饮以莨菪药一撮②，以酒饮之，旋乳。臣意复诊其脉，而脉躁。躁者有余病③，即饮以消石一齐④，出血，血如豆比五六枚⑤。

【注释】

①菑川王：刘贤，齐悼惠王刘肥之子，汉文帝十六年立为菑川王，汉景帝三年谋反，被诛。美人：妃嫔的称号之一。不乳：不生，难产。乳，生孩子，分娩。②莨（làng）菪（dàng）：即"莨菪"，多年生草本植物，全株都可以入药，种子名天仙子，性味苦寒、有毒，服少量可以镇静、安神、止痛，多服令人狂浪放荡。③余病：余留的病，这里是指产后胞宫内遗留的余血和浊液未排尽。④消石：即火硝，性味苦寒、无毒，有软坚破血，涤荡积热的作用。齐，通"剂"，量词。⑤血如豆比五六枚：阴道流出的血像豆粒一样大约有五六枚。

齐丞相舍人奴从朝入宫①，臣意见之食闺门外②，望其色有病气。臣意即告宦者平③。平好为脉④，学臣意所，臣意即示之舍人奴病，告之曰："此伤脾气也，当至春鬲塞不通，不能食饮，法至夏泄血死。"宦者平即往告相曰："君之舍人奴有病，病重，死期有日。"相君曰："卿何以知之⑤？"曰："君朝时入宫，君之舍人奴尽食闺门外⑥，平与仓公立，即示平曰，病如是者死。"相即召舍人而谓之曰："公奴有病不⑦？"舍人曰："奴无病，身无痛者。"至春果病，至四月，泄血死。所以知奴病者，脾气周乘五藏⑧，伤部而交⑨，故伤脾之色也，望之杀然黄，察之如死青之兹⑩。众医不知，以为大虫⑪，不知伤脾。所以至春死病者，胃气黄⑫，黄者土气也⑬，土不胜木，故至春死⑭。所以至夏死者，脉法曰"病重而脉顺清者曰内关⑮"，内关之病，人不知其所痛，心急然无苦⑯。若加以一病⑰，死中春⑱，一愈顺，及一时⑲。其所以四月死者，诊其人时愈顺。愈顺者，人尚肥也[20]。奴之病得之流汗数出，炙于火而以出见大风也[21]。

【注释】

①齐丞相舍人奴：齐国丞相家臣的奴仆。丞相，官名，总理齐国政务。②闺门：宫中小门。③宦者：宦官。平，人名。④好为脉：喜好看病。为脉，切脉，即看病。⑤卿：您。谦敬代词。⑥尽（jǐn）食：没完没了地吃东西。⑦公：您。谦敬代词。不（fǒu）：通"否"。表疑问。⑧脾气周乘五藏：脾脏的病气遍传五脏。⑨伤部而交：伤脾的颜色交错出现在面上各个色部。⑩望之杀（sà）然黄，察之如死青之兹：看上去暗淡枯黄，泛出死草一般的青灰色。杀，暗淡貌。死青，暗淡无光的青灰色。兹，草蓆，死草。⑪大虫：蛔虫。⑫胃气黄：脾病的脸色发黄。胃，这里即指脾。根据中医脏象学说，脾、胃是一对互为表里的脏腑，经常可以互称或并称。⑬黄者土气也：黄是脾土的色气。根据中医五行学说，脾属土，色黄，意思即脾脏的特点类似于土能生长万物，它的生理、病理变化可以通过面上黄色的正常与否反映出来。⑭土不胜木，故至春死：脾病耐受不住肝气的疏达，所以到春天病死。⑮脉顺清：即脉搏正常。顺，脉与时令相顺应。清，清宁，不重浊，即无邪气相干。⑯心急然无苦：有四解。一、过得迅速而不感到痛苦，急，通"疾"；二、心了然而不感到痛苦，急，当作"慧"；三、心中痛苦极小，急，当作"忽"，古代长度单位，十忽为一丝；四、心中虽然急躁，但并无痛苦。⑰加以一病：添加一种病。⑱中春：仲春，即阴历二月。一季三月，分孟、仲、季列次。正月为孟春，二月为仲春，三月为季春。⑲一愈顺，及一时：精神愉快，顺天养性，则可以延长一段时间。⑳人尚肥：病人的形体还丰腴。㉑炙（zhì）于火：受火烘烤。大风：外界剧烈的致病因素。

　　菑川王病，召臣意诊脉，曰："蹶上为重①，头痛身热，使人烦懑"。臣意即以寒水拊其头②，刺足阳明脉③，左右各三所，病旋已。病得之沐发未干而卧。诊如前，所以蹶，头热至肩。

【注释】

①蹶：郁热之气上逆。上为重：上部的症状突出。②以寒水拊其头：用冷水拍头，类似于现在的物理降温法。③刺足阳明脉：足阳明胃经循行

路线是由鼻部经过侧头部、面部、颈部，因此，针刺这条经脉的穴位，可以治头痛。

　　齐王黄姬兄黄长卿家有酒召客①，召臣意。诸客坐②，未上食。臣意望见王后弟宋建，告曰："君有病，往四五日，君要胁痛不可俛仰③，又不得小溲。不亟治④，病即入濡肾⑤。及其未舍五藏⑥，急治之。病方今客肾濡⑦，此所谓'肾痹'也⑧"。宋建曰："然，建故有要脊痛。往四五日，天雨，黄氏诸倩见建家京下方石⑨，即弄之⑩，建亦欲效之，效之不能起，即复置之。暮，要脊痛，不得溺，至今不愈。"建病得之好持重。所以知建病者，臣意见其色，太阳色干⑪，肾部上及界要以下者枯四分所⑫，故以往四五日知其发也。臣意即为柔汤使服之，十八日所而病愈。

【注释】

　　①姬（jī）：妾，小妻。②诸客：《太平御览》作"与诸客"。③要：通"腰"。④亟：通"急"。⑤濡（rú）肾：有三解，一、即肾脏，濡，湿。作形容词。二、浸渍于肾脏，濡，渍。作动词。三、指肾外膜湿润处。⑥舍（shè）：住宿。动词。犹言进入。⑦病方今客肾濡：笔者认为当读为"病今方客肾濡"，即病邪现在正侵入肾脏的外膜。⑧肾痹：病名，主要症状是腰疼，多因风寒湿气痹阻于肾所致，痹，同"痹"。⑨倩（qiàn）：女婿。京：仓廪。方石：筑房用基石。⑩即弄之：《太平御览》作"取弄之"，即拿来玩耍。⑪太阳色干：颧（quán）骨部位的颜色发干。⑫肾部上及界要以下者枯四分所：两颊上部的边缘有四分左右呈现枯干。界，边缘。要，通"腰"。

　　济北王侍者韩女病要背痛，寒热，众医皆以为寒热也①。臣意诊脉，曰："内寒②，月事不下也③"。即窜以药④，旋下，病已。病得之欲男子而不可得也。所以知韩女之病者，诊其脉时，切之，肾脉也，啬而不属⑤。啬而不属者，其来难，坚⑥，故曰月不下⑦。肝脉弦，出左口⑧，故曰欲男子不可得也。

【注释】

　　①寒热，众医皆以为寒热也：前"寒热"指恶寒、发热的症状，后

"寒热"指病名，即众医见到韩女有恶寒、发热的症状，误认为是寒热病。②内寒：里有寒。③月事不下：俗称闭经。月事，月经。④窜以药：有三解，一、用药熏洗；二、服辛香流窜的活血药使血行通畅；三、将药物作成栓剂纳入阴道，使月经通下，窜，繁体字为"竄"，《说文解字》说"竄，坠也，从鼠在穴中。"⑤肾脉也，啬而不属：肾脉艰涩而不连属。⑥其来难、坚：脉来艰难而坚实有力。属于虚证的病，涩脉多兼见虚细而迟的脉象；属于实证的病，涩脉多坚实有力。⑦月不下：当为"月事不下"，脱"事"字。⑧肝脉弦，出左口：左手关脉弦劲有力而长，超过本位，溢出寸口。肝脉，在左手寸口脉的关部。

临菑氾里女子薄吾病甚①，众医皆以为寒热笃②，当死，不治。臣意诊其脉，曰："蛲瘕③"。蛲瘕为病，腹大，上肤黄粗④，循之戚戚然⑤。臣意饮以芫华一撮⑥，即出蛲可数升，病已，三十日如故。病蛲得之于寒湿，寒湿气宛笃不发⑦，化为虫。臣意所以知寒薄吾病者，切其脉，循其尺，其尺索刺粗⑧，而毛美奉发⑨，是虫气也。其色泽者，中藏无邪气及重病。

【注释】

①氾（fán）里：里巷名。薄吾：患者名。②笃（dǔ）：病势沉重。③蛲瘕（jiǎ）：蛲虫积聚而形成瘕块。④氾：同"粗"。⑤循：顺着疾病的部位触按。戚戚然：忧惧的样子，形容病人拒按。一说戚，通"蹙"，蹙眉。⑥芫（yuán）华：即芫花，辛温有毒，能治疝瘕痈肿，并可杀虫。华，同"花"。⑦宛（wǎn）笃不发：蓄积很深，不能散发。⑧尺索刺粗：有二解，一、尺索，指尺脉紧，刺氾，脉现氾大，顶指如刺；二、指尺肤部干枯粗糙。尺，尺肤，两手肘关节下至寸口处的皮肤。⑨毛美奉发：有二解，一、指毛有光泽，上及于头发；奉，自下承上；二、从《医说》，作"毛焦卷发"，即毛发枯焦无光泽。

齐淳于司马病①，臣意切其脉，告曰："当病迵风②。迵风之状，饮食下嗌辄后之。病得之饱食而疾走。"淳于司马曰："我之王家食马肝③，食饱甚，见酒来，即走去，驱疾至舍④，即泄数十出。"臣意告曰："为火齐米汁饮之⑤，七八日而当愈。"时医秦信在旁，臣意去，信谓左右阁都尉曰⑥："意以淳于司马病为何？"曰："以为迥风，可治"。信即笑曰："是不知也。淳于司马病，法当后九日死。"即后九日不死，其家复召臣意。臣意往问之，尽如意诊。臣即为三火齐米汁，使服之，七八日病已。所以知之者，诊其脉时，切之，尽如法。其病顺⑦，故不死。

【注释】

①司马：管理军政及军赋的长官。淳于为姓。②迥风：即洞泄，参见"阳虚侯相赵章病"一案注。③马肝：马的肝脏，性热有毒，食之可杀人。④驱疾：跑得很快。⑤火齐米汁：可能是将火齐汤与米汁同熬，火齐汤清荡肠热，米汁则和调胃气。⑥都尉：比将军略低的武官。⑦其病顺：病与脉相顺应。

齐中郎破石病①，臣意诊其脉，告曰："肺伤，不治，当后十日丁亥溲血死"。②即后十一日，溲血而死。破石之病，得之堕马僵石上③。所以知破石之病者，切其脉，得肺阴气④，其来散，数道至而不一也⑤。色又乘之⑥。所以知其堕马者，切之得番阴脉⑦。番阴脉入虚里，乘肺脉⑧。肺脉散者，固色变也乘之⑨。所以不中期死者，师言曰"病者安谷即过期，不安谷则不及期。"其人嗜黍，黍主肺⑩，故过期。所以溲血者，诊脉法曰⑪"病养喜阴处者顺死，喜养阳处者逆死⑫。"其人喜自静，不躁，又久安坐，伏几而寐⑬，故血下泄。

【注释】

①中郎：君王的近侍。破石：人名。②后十日丁亥溲（sōu）血死：这是以十天干配五行推算五脏死期的方法，根据《素问·平人气象论》的记载，肝病见庚、辛日死，心病见壬、癸日死，脾病见甲、乙日死，肺病见丙、丁日死，肾病见戊、己日死。丙、丁属火，肺伤的病遇丙、丁日，则火来刑金，所以此病死于丁亥日。③堕马僵石上：从马上跌下，僵仆于石上。④肺阴气：肺阴脉。即肺的真脏脉，也就是肺的败脉。⑤其来散，数道至而不一：脉来散乱，一呼一吸之间，几次脉搏的跳动都不一致。⑥色又乘之：面上又出现心乘肺的颜色。肺病应当面呈白色，如果出现赤色，则是心乘肺。乘，战胜，压服，剋伐。⑦番阴脉：即反阴脉，在阴部见到阳脉。番，通"翻"，反。⑧番阴脉入虚里，乘肺脉：反阴脉进

入虚里，然后乘肺脉。⑨肺脉散者，固色变也乘之：笔者认为，当读为"肺脉散、固色变者，（心）乘之也"。意思即：肺部出现了散脉，原来的面色发生了改变，是因为心乘肺的缘故。⑩黍主肺：根据五行学说，五谷与五脏的配属是黍主肺，即黍有补养肺脏的作用。黍，又称黄黍，碾成米叫黄米，性粘，可酿酒。⑪诊脉法：即脉法。⑫病养喜阴处者顺死，喜养阳处者逆死：病人性喜安静的，则气血下行而死，病人性喜活动的，则气血上逆而死。⑬几：小桌。寐（mèi）：睡。

　　齐王侍医遂病①，自练五石服之②。臣意往过之，遂谓意曰："不肖有病③，幸诊遂也。"臣意即诊之，告曰："公病中热。论曰④'中热不溲者，不可服五石'。石之为药精悍⑤，公服之不得数溲，亟勿服⑥。色将发臃"。遂曰："扁鹊曰'阴石以治阴病，阳石以治阳病'。⑦夫药石者有阴阳水火之齐⑧，故中热，即为阴石柔齐治之⑨；中寒，即为阳石刚齐治之⑩。"臣意曰："公所论远矣。扁鹊虽言若是，然必审诊⑪，起度量，立规矩，称权衡⑫，合色脉表里有余不足顺逆之法，参其人动静与息相应⑬，乃可以论⑭。论曰'阳疾处内，阴形应外者⑮，不加悍药及镵石'。夫悍药入中，则邪气辟矣⑯，而宛气愈深⑰。诊法曰'二阴应外，一阳接内者⑱，不可以刚药'。刚药入则动阳⑲，阴病益衰⑳，阳病益箸㉑，邪气流行，为重困于俞㉒，忿发为疽㉓。"意告之后百余日，果为疽发乳上，入缺盆㉔，死。此谓论之大体也，必有经纪㉕。拙工有一不习㉖，文理阴阳失矣㉗。

【注释】

　　①侍医：宫廷医生。遂：人名。②练：通"炼"，熬炼。五石：五种矿物药，经炼制后，可做成"五石散"。③不肖：我。谦辞。④论：指《药论》一书。⑤精悍：精锐、剽悍，即药性燥烈的意思。⑥亟：通"急"，快。⑦阴石以治阴病，阳石以治阳病：性寒的石药，可用来治阴虚有热的病；性热的石药，可用来治阳虚有寒的病。⑧药石者有阴阳水火之齐：以药石组成的方剂有阴阳寒热之分。⑨柔齐：即柔剂，指药性柔和、有养阴清热作用的一类方剂。⑩刚齐：即刚剂，指药性刚燥、有温阳驱寒作用的一类方剂。⑪审诊：审慎地诊察。⑫起度量，立规矩，称权衡：制定和掌握诊断、用药的标准。起，立。度，计算长度的器具。量，计算体

积的器具。规，即今圆规。⑬动静与息相应：动作举止与呼吸相互协调的情况。⑭论：议，决定。⑮阳疾处内，阴形应外：热邪潜伏在内，寒证显露于外。这是表寒里热证，也有人认为是真热假寒证。⑯邪气辟（bì）：邪气更恣肆。⑰宛（yù）气：指蕴集在内的郁热。宛，通"郁"。⑱二阴应外，一阳接内：少阴寒证表现于外，少阳郁火蓄积于内，这是真热假寒证。二阴，指六经中的少阴，少阴多寒证。一阳，指六经中的少阳，少阳多郁火。⑲动阳：催动阳气。⑳阴病益衰：已不足的阴液更加衰减。㉑阳病益箸：已有余的阳气更加显著。箸，通"著"。㉒重（chóng）困于俞（shū）：邪气层层盘聚在腧穴周围。人体脏腑经络气血输注、出入的处所，进行针灸的部位。㉓恣发：怒发，发作得迅速、严重。㉔缺盆：锁骨上窝，又是足阳明胃经的输穴"缺盆穴"所在处。㉕经纪：纲纪，原则。㉖拙工：学识平庸的医生。有一不习：有一处没学到。有，一作"守"，守一不习，即守一家之偏，不善学习。㉗文理阴阳失：条理错乱，阴阳颠倒。

齐王故为阳虚侯时，病甚，众医皆以为蹶。臣意诊脉，以为痹[1]，根在右胁下，大如覆杯[2]，令人喘，逆气不能食。臣意即以火齐粥且饮[3]，六日气下；即令更服丸药，出入六日，病已。病得之内。诊之时不能识其经解[4]，大识其病所在[5]。

【注释】

[1]痹：这里是指邪气闭阻脏腑所引起的疾病，有人认为是"肝痹"，有人认为是"肺痹"，还有人认为是"息贲"病。[2]覆杯：倒扣的杯子。[3]火齐粥：方已佚，可能与火齐米汁内容相似，但煎煮方法有所不同。且饮：暂且服饮。[4]不能识其经解：不懂得如何用经脉理论解释这种病。[5]大识其病所在：大略知道疾病的所在部位。

臣意尝诊安阳武都里成开方[1]，开方自言以为不病，臣意谓之病苦沓风[2]，三岁四支不能自用[3]，使人瘖[4]，瘖即死。今闻其四支不能用，瘖而未死也。病得之数饮酒以见大风气。所以知成开方病者，诊之，其脉法奇咳言曰[5]："藏气相反者死。"切之，得肾反肺[6]，法曰："三岁死"也。

【注释】

①安阳：县名，故址在今山东省曹县的东面。武都里：里巷名。成开方：人名。②苦沓（tà）风：为沓风病所苦。③支：通"肢"。④瘖：失音不能言语。⑤奇咳（jī gāi）：即《奇咳术》一书。⑥切之，肾反肺：在肺的脉位切到肾病的脉。

安陵阪里公乘项处病①，臣意诊脉，曰："牡疝②。"牡疝在鬲下③，上连肺。病得之内。臣意谓之："慎毋为劳力事，为劳力事则必呕血死。"处后蹴踘④，要蹶寒⑤，汗出多，即呕血。臣意复诊之，曰："当旦日日夕死。"⑥即死。病得之内。所以知项处病者，切其脉得番阳⑦。番阳入虚里⑧，处旦日死。一番一络者，牡疝也⑨。

【注释】

①安陵：汉惠帝陵墓所在地，故址在今陕西省咸阳市东北，当时立有县。阪里：县中里巷名称。项处：人名。②牡疝：阳疝。③鬲：通"膈"，膈膜。④蹴（cù）踘（jū）：古代一种类似足球的运动，可以用作游戏或练兵。⑤要蹶寒：腰部寒冷。蹶，同"厥"，冷。⑥旦日日夕：明日黄昏。旦日，明天。⑦切其脉得番阳：番阳，即反阳脉，在阳部见到阴脉。⑧番阳入虚里：笔者认为：参考"齐中郎破石病"一案，可能在这句之后脱落了"乘肺脉"三字。⑨一番一络者，牡疝也：一则能切到反阳脉，一则疝痛上连于肺，这就是牡疝。络，连。

臣意曰：他所诊期决死生及所治已病众多①，久颇忘之，不能尽识②，不敢以对。

问臣意："所诊治病，病名多同而诊异，或死或不死，何也？"对曰："病名多相类，不可知，故古圣人为之脉法，以起度量，立规矩，县权衡③，案绳墨④，调阴阳⑤，别人之脉各名之，与天地相应，参合于人，故乃别百病以异之⑥，有数者皆异之⑦，无数者同之⑧。然脉法不可胜验，诊疾人以度异之，乃可别同名，命病主在所居⑨。今臣意所诊者，皆有诊籍⑩。所以别之者，臣意所受师方适成，师死，以故表籍所诊，期决死生，观所失所得者合脉法，以故至今知之"。

问臣意曰："所期病决死生，或不应期⑪，何故？"对曰："此皆饮食喜怒不节，或不当饮药，或不当针灸，以故不中期死也[12]。"

  问臣意："意方能知病死生，论药用所宜，诸侯王大臣有尝问意者不？及文王病时[13]，不求意诊治，何故？"对曰："赵王、胶西王、济南王、吴王皆使人来召臣意[14]，臣意不敢往。文王病时，臣意家贫，欲为人治病，诚恐吏以除拘臣意也[15]，故移名数左右[16]，不修家生[17]，出行游国中，问善为方数者事之久矣[18]，见事数师，悉受其要事[19]，尽其方书意[20]，及解论之[21]。身居阳虚侯国，因事侯。侯入朝，臣意从之长安，以故得诊安陵项处等病也。"

【注释】

  ①期：预期。治已：治愈。②认：记住。③县：通"悬"，悬挂。④案绳墨：掌握准绳，意同上文"起度量，立规矩，县权衡"。案，通"按"，按照。绳墨：量曲直的工具，喻法度、准绳。⑤调阴阳：调理阴阳的盛衰。调，调理。⑥异：分开。⑦有数者皆异之：医技精良的人，对病名相同的病，能区别其不同之处。数，术；技。此处指医技。⑧同：混同。⑨诊疾人以度异之，乃可别同名，命病主在所居：疾人，病人。度，法度；或脉度，即以分度脉，如前"肝与心相去五分"。命，道出。病主，犹言病根。这句是说，诊察病人，用以分度脉的方法来辨别，才能区分相同的病名，说出病根所在的部位。⑩诊籍：记录诊病经过的簿册。⑪应期：符合预计的日期。⑫中（zhòng）期：按期。⑬文王：齐文王刘侧，齐哀王刘襄之子，在位十四年（前179—前165年）。⑭赵王：刘遂，赵幽王的儿子，立于汉文帝元年。胶西王：名刘卬。济南王：名刘辟光。都是齐悼惠王的儿子，立于汉文帝十六年。吴王：刘濞，汉高祖刘邦的侄子。⑮诚恐吏以除拘臣意，实在害怕委任我为侍医而拘留我。⑯移：迁移。名数：名籍，即户籍。⑰不修家生：不治理家务，或不置家产。修，治。⑱方数：方术，这里是指医术。⑲要事：要点，主要内容。⑳尽其方书意：全部领会医书的精神实质。㉑解论：分析和评定。论，评议。

  问臣意："知文王所以得病不起之状？"臣意对曰："不见文王病，然窃闻文王病喘[1]，头痛，目不明。臣意心论之[2]，以为非病也。以为肥而蓄精[3]，身体不得摇[4]，骨肉不相任[5]，故喘，不当医治[6]。脉法曰

‘年二十脉气当趋⑦，年三十当疾步⑧，年四十当安坐，年五十当安卧，年六十已上气当大董’。⑨文王年未满二十，方脉气之趋也而徐之⑩，不应天道四时⑪。后闻医灸之即笃，此论病之过也⑫。臣意论之，以为神气争而邪气入⑬，非年少所能复之也，以故死。所谓气者⑭，当调饮食⑮，择晏日⑯，车步广志⑰，以适筋骨肉血脉，以泻气⑱。故年二十，是谓‘易贸，’⑲法不当砭灸，砭灸至气逐⑳。”

【注释】

①窃闻：私下听说。②心论：心想；主观分析。③蓄精：脂膏蓄积。④摇：动，活动。⑤骨肉不相任：肉多骨头支撑不起。任，胜任。⑥不当医治：不应当用针灸、药物等治疗。⑦脉气当趋：血脉正旺，应当多跑动。⑧疾步：快走。⑨气当大董：应当使元气深藏。董，深藏。⑩徐之：懒于走动。徐，徐缓；安舒。⑪天道四时：指四季春生、夏长、秋收、冬藏的自然规律。⑫论病之过：对病情分析判断的错误。⑬神气：精神气息。⑭所谓气者：对于脉气太旺的人。⑮调饮食：调节、控制饮食。⑯晏日：天气晴朗的日子。⑰车步广志：或者驾车，或者步行，以开阔胸怀。⑱以泻气：用以泻去有余的脉气。⑲易贸：有二解，一、形体容易改变。贸，“贸”俗字，变换。二、气血易实。贸，从《集解》引徐广作“质”，实。⑳砭：砭石，石质的医疗工具，主要用来割刺痈疽。

问臣意："师庆安受之？闻于齐诸侯不？"对曰："不知庆所师受。庆家富，善为医，不肯为人治病，当以此故不闻。庆又告臣意曰：‘慎勿令我子孙知若学我方也①。’"

问臣意："师庆何见于意而爱意，欲悉教意方？"对曰："臣意不闻师庆为方善也。"意所以知庆者，意少时好诸方事②，臣意试其方③，皆多验，精良。臣意闻菑川唐里公孙光善为古传方④，臣意即往谒之。得见事之，受方化阴阳及传语法⑤，臣意悉受书之⑥。臣意欲尽受他精方，公孙光曰：‘吾方尽矣，不为爱公所⑦。吾身已衰，无所复事之。是吾年少所受妙方也，悉与公，毋以教人。’臣意曰：‘得见事侍公前，悉得禁方，幸甚。意死不敢妄传人。居有闲⑧，公孙光闲处⑨，臣意深论方，见言百世为之精也⑩。师光喜曰：‘公必为国工⑪。吾有所善者皆疏，同产处临菑⑫，善为方，吾不若⑬，其方甚奇，非世之所闻也。吾年中时⑭，

尝欲受其方，杨中倩不肯[15]，曰"若非其人也"。胥与公往见之[16]，当知公喜方也。其人亦老矣，其家给富。'时者未往[17]，会庆子男殷来献马[18]，因师光奏马王所[19]，意以故得与殷善[20]。光又属意于殷曰[21]："'意好数[22]，公必谨遇之[23]，其人圣儒[24]'，即为书以意属阳庆，以故知庆。臣意事庆谨，以故爱意也"。

【注释】

①若：你。人称代词。②好诸方事：有二解，一、对于医学很爱好。诸，之于。代名词兼介词。方事，犹言医事，医学。二、喜好各家的医方。诸，许多。数量词。方事，医方。③其：这里指阳庆。④唐里：菑川的里巷名。公孙：复姓。光：名字。古传方：古代留传的医方。⑤受方化阴阳及传语法：当读作"受方，化阴阳，及传语法"，即接受了他的医方、阴阳变化的理论以及古代医家口头流传下来的治疗方法。⑥悉受书之：全部接受并记录下来。⑦不为爱公所：不对你有所吝惜。⑧居有閒：即居有间，过了些日子。閒，通"间"。⑨閒处：闲着没事。閒，通"闲"。⑩百世：犹言历代。精：精辟；深刻。⑪国工：举国闻名的良医。⑫同产：同胞兄弟，这里指阳庆。⑬不若：不如。⑭年中：即中年。⑮杨中倩：即阳庆。杨，通"阳"，庆为其名，中倩为其字。⑯胥：通"须"。⑰时者：当时。⑱会：恰逢。子男：儿子。一说是女婿。殷，名字。⑲因师光奏马王所：随着老师公孙光献马于齐王处。因，随。奏，进献。⑳善：熟悉；友好。㉑属：通"嘱"。㉒数：术数，这里是指医术。㉓谨遇之：恭敬地对待他。㉔圣儒：慕圣人之道的儒士，一说为高明的学者。

问臣意曰："吏民尝有事学意方，及毕尽得意方不？何县里人？"对曰："临菑人宋邑[1]。邑学，臣意教以五诊[2]，岁余。济北王遣太医高期、王禹学[3]，臣意教以经脉高下及奇络结[4]，当论俞所居[5]，及气当上下出入邪正逆顺[6]，以宜镵石，定砭灸处，岁余。菑川王时遣太仓马长冯信正方[7]，臣意教以案法逆顺[8]，论药法，定五味及和齐汤法[9]。高永侯家丞杜信[10]，喜脉，来学，臣意教以上下经脉五诊[11]，二岁余。临菑召里唐安来学[12]，臣意教以五诊上下经脉，奇咳，四时应阴阳重[13]，未成，除为齐王侍医。"

【注释】

①宋邑：《古今医统》说他"至性爱人，酷尚医术，就齐太仓公淳于意学五诊脉论之术，为当世良医。"邑，一作"昆"。②五诊：即前《五色诊》一书。③高期、王禹：《古今医统》载：高期、王禹，仕济北王太医令，王以期、禹术未精。④经脉高下：经脉上下分布的部位。奇络结：有人认为指奇经与络脉相交结之处。奇，奇经。络，络脉。笔者认为，是指异常络脉结系之处。奇，异。⑤当论俞所居：常论述俞穴分布之处。当，作"常"解。俞，通"腧"。腧穴，穴位。⑥气当上下出入邪正逆顺：经络之气通常上下出入的情况，及区别邪正、顺逆的方法。⑦太仓马长：太仓署中管理马政的长官。冯信：人名。⑧案法：按摩疗法。逆顺：正、反两种手法。⑨定：鉴定。五味：原意指食物和药物的酸、苦、甘、辛、咸五种味道，后来上升为中药药性理论之一。和齐汤：调和方剂制成汤药。⑩高永侯：不详。家丞：管家。⑪上下经脉：同"经脉高下"。⑫召里：里巷名。唐安：人名。⑬四时应阴阳重：有三解：一、四季与重阴、重阳这两种病相应的情况。二、经脉的阴阳与四季相应，而每一季都有所偏重。三、四季随阴阳的交替而变动。重，动。

问臣意："诊病决死生，能全无失乎？"臣意对曰："意治病人，必先切其脉，乃治之。败逆者不可治，其顺者乃治之。心不精脉①，所期死生视可治②，时时失之，臣意不能全也"。

【注释】

①精脉：精细切脉。②期：预料、预断。死生：偏义词，此处指死。

太史公曰：女无美恶，居宫见妒①；士无贤不肖，入朝见疑②。故扁鹊以其伎见殃③，仓公乃匿迹自隐而当刑④。缇萦通尺牍⑤，父得以后宁。故老子曰"美好者不祥之器"⑥，岂谓扁鹊等邪⑦？若仓公者，可谓近之矣⑧。

【注释】

①女无美恶，居宫见妒：女子不论美与丑，一进入宫中，就被人妒忌。见，被。助动词，表被动。②士无贤不肖，入朝见疑，士人不论贤能与不贤，一进入朝廷，就被人猜疑。不肖，不贤。③见殃：被害。殃，灾

难。④匿迹自隐：自愿隐匿行迹。⑤通尺牍：递交书信，这里指"缇萦上书"一事。通，通达，通过。尺牍，古代的书函。⑥美好者不祥之器：语出《老子》上篇第三十一章，但原文不是如此。原文为"夫佳兵者不祥之器"。⑦岂谓：难道说。等：等同。邪：同"耶"。语气词。⑧近之：指领会了老子的思想，近于通达世情，明哲保身。

吴王濞列传第四十六

　　吴王濞者①，高帝兄刘仲之子也②。高帝已定天下七年③，立刘仲为代王。而匈奴攻代，刘仲不能坚守，弃国亡④，间行走雒阳⑤，自归天子⑥。天子为骨肉故⑦，不忍致法⑧，废以为郃阳侯⑨。高帝十一年秋⑩，淮南王英布反⑪，东并荆地⑫，劫其国兵⑬，西度淮⑭，击楚⑮，高帝自将往诛之⑯。刘仲子沛侯濞年二十，有气力，以骑将从破布军蕲西会甀⑰，布走。荆王刘贾为布所杀⑱，无后。上患吴、会稽轻悍⑲，无壮王以填之⑳，诸子少，乃立濞于沛㉑，为吴王，王三郡五十三城㉒。已拜受印㉓，高帝召濞相之㉔，谓曰㉕："若状有反相㉖。"心独悔㉗，业已拜㉘，因拊其背㉙，告曰㉚："汉后五十年东南有乱者㉛，岂若邪㉜？然天下同姓为一家也，慎无反㉝？"濞顿首曰㉞："不敢。"

【注释】

　　①吴王濞（前215—前154年）：刘濞（bì）。泗水郡沛县（今江苏省沛县）人。②高帝（前256—前195年）：汉高帝。刘邦。泗水郡沛县人。汉朝的创建者，公元前202—前195年在位。③七年：《汉兴以来诸侯王年表》和《汉书纪、表》等均作"六年"，此误。④亡：逃亡。⑤间（jiàn）行：潜行；抄小路走。走：跑；逃跑。雒（luò）阳：都邑名。即今河南省洛阳市。当时是汉朝的临时都城。⑥自归：自首。⑦骨肉：比喻至亲。⑧致法：给予法律制裁。致，给予。⑨郃（hé）阳：县名。即今陕西省合阳县。⑩高帝十一年：相当于公元前196年。⑪英布：六（lù）县（今安徽省六安市东北）人。⑫荆：国名。领地范围与后来的吴国基本相同，建都吴县（今江苏省苏州市）。⑬劫：用强力夺取。⑭度：通"渡"。淮：淮河。⑮楚：国名。汉高帝少弟刘交封国，领有砀郡（今河南省东部、山东省西南部、安徽省北端）、薛郡（今山东省西南部）和东海郡（今山东省南部、江苏省北部），建都彭城（今江苏省徐州市）。⑯自将（jiàng）：自任主帅；自己统兵。将，动词。诛：杀戮；讨伐。⑰蕲

（qí）：县名。在今安徽省宿州市东南。会甀（guì chuí）：乡名。在蕲县西。
⑱刘贾：汉高帝从兄，高帝六年被封为荆王。⑲上：皇上。这里指汉高帝。吴、
会（kuài）稽：泛指春秋、战国时吴、越两国旧地。⑳填（zhèn）：通"镇"。
㉑立濞于沛：汉高帝这时行经沛县，做出了封刘濞为吴王的决定。㉒王
（wàng）：君临其地；统治。动词。㉓拜：用一定的礼节授予官职、爵位。
㉔相（xiàng）：迷信者观察人的相貌以测定他的命运。动词。㉕谓：告诉。
㉖若：你（们）。㉗独：单，暗自。㉘业已：已经。㉙拊（fǔ）：拍；抚摩。
㉚告：告诫。㉛汉后五十年东南有乱者：秦末以来，术士们制造所谓"东
南有乱，克期五十"的迷信谣言，当时曾广泛流传。㉜岂：莫非；莫不。
推度副词。邪（yé）：表示疑问的语气助词。㉝慎：禁戒之词。有告诫
之意。无：莫；不要。否定副词。㉞顿首：叩头。古代九拜中第二种恭
敬的礼节。

会孝惠、高后时①，天下初定，郡国诸侯各务自拊循其民②。吴有豫
章郡铜山③，濞则招致天下亡命者益铸钱④，煮海水为盐，以故无赋⑤，
国用富饶⑥。

【注释】

①会：正值；适逢。孝惠（前216—前188年）：汉惠帝。刘盈。
汉高帝次子。公元前195—前188年在位。高后（前241—前180年）：
吕雉。砀郡单父（shàn fǔ）县（今山东省单县）人。②郡国：汉代初期，
郡和王国同是地方最高行政区域，郡直属朝廷，王国由分封的国王统治。
历史上称为"郡国制"。诸侯：这里兼指郡守和国王。拊循：也作"抚
循"。安抚；抚慰。③豫章郡：鄣郡的讹文。因鄣郡也称章郡，"豫"
字是衍文。铜山：指铜矿。④则：乃；于是。承接连词。招致：招引；
招徕。亡命：谓改名换姓，逃亡在外。益：更加。当时朝廷允许私铸
钱，疑不存在盗铸问题。⑤赋：指按户口征收的税。⑥国用：国家的
开支。

孝文时①，吴太子入见②，得侍皇太子饮博③。吴太子师傅皆楚人④，
轻悍，又素骄，博，争道⑤，不恭，皇太子引博局提吴太子⑥，杀之。于
是遣其丧归葬。至吴，吴王愠曰⑦："天下同宗⑧，死长安即葬长安⑨，

何必来葬为⑩！”复遣丧之长安葬⑪。吴王由此稍失藩臣之礼⑫，称病不朝⑬。京师知其以子故称病不朝⑭，验问实不病⑮，诸吴使来，辄系责治之⑯。吴王恐，为谋滋甚⑰。及后使人为秋请⑱，上复责问吴使者，使者对曰⑲：“王实不病，汉系治使者数辈⑳，以故遂称病。且夫‘察见渊中鱼，不祥’㉑。今王始诈病，及觉，见责急㉒，愈益闭㉓，恐上诛之，计乃无聊㉔。唯上弃之而与更始㉕。”于是天子乃赦吴使者归之㉖，而赐吴王几杖㉗，老，不朝。吴得释其罪㉘，谋亦益解㉙。然其居国以铜盐故㉚，百姓无赋。卒践更㉛，辄与平贾㉜。岁时存问茂材㉝，赏赐闾里㉞。佗郡国吏欲来捕亡人者㉟，讼㊱，共禁弗予。如此者四十余年㊲，以故能使其众。

【注释】

①孝文（前 203—前 157 年）：汉文帝，刘恒。汉高帝四子。公元前 180—前 157 年在位。②吴太子：刘贤。③侍：陪伴。皇太子：指汉景帝刘启。博：古代游戏。博局（类似棋盘）分十二道，用六枚箸、十二枚棋竞赛。两人对赛，赛时先掷采（类似骰子），后行棋，棋到终点一次得两筹，以得筹多少定胜负。④师傅：指教授和辅导太子的太师、太傅等官员。楚：泛指春秋、战国时的楚国地域，约当今长江中下游一带。楚国在当时被中原地区称为南蛮，文化比较落后。⑤争道：争夺博局上的通道。⑥博局：博戏所使用的台盘。提（dǐ）：掷击。⑦愠（yùn）：含怒；怨恨。⑧天下同宗：天下同姓都是一家。⑨长安：汉都城。在今陕西省西安市西北。两“长安”之前都省略了介词“于”，介宾结构作补语而省略介词，在古汉语中是颇为常见的现象。⑩为：表示疑问的助词。⑪之：前往；去到。⑫稍：逐渐。⑬称病：托词害病。⑭京师：首都。这里代指朝廷。⑮验问：查问；考问。⑯辄：就；总是。系：拴缚；拘囚。⑰滋：愈益；更加。副词。⑱秋请（qǐng）：汉朝规定，诸侯王朝见皇帝，在春季称朝。在秋季称请。⑲对：回答。适用于卑幼辈对尊长辈。⑳辈：表示人的多数。㉑且夫：提起连词。察见渊中鱼，不祥：比喻尽知臣下阴私，使他畏罪生变，会酿成祸乱。㉒见：被。㉓闭：闭藏；隐秘。㉔无聊：无奈；无可如何。㉕唯：表示希望的意思。祈使副词。更始：除旧布新。㉖归：放回去。使动用法。㉗几（jī）杖：老年人坐时常须靠着几案，走动时常须拄着拐杖。古代常用赐几杖以表示敬老。㉘释：解脱；赦免。

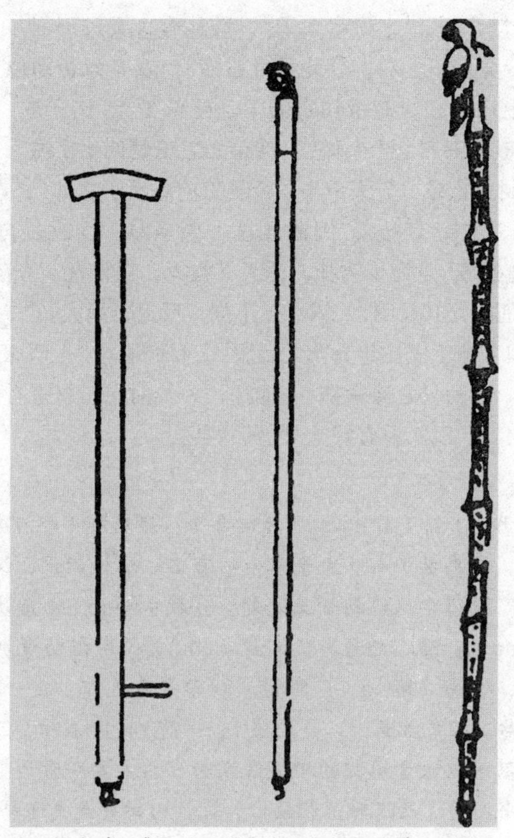

杖，选自清·《马骀画室》。古代几杖为养老用具，汉文帝赐吴王刘濞几杖即表示敬老。

㉙益：稍稍；逐渐。㉚居国：治国；处理国事。㉛卒践更：卒，指服现役的士兵。更，轮流服兵役。践更，谓自己去服兵役。㉜平贾（jià）：当时的代役金价格。贾，通"价"。㉝岁时：每年的一定季节。存问：慰问。茂材：有优秀才能的人。㉞闾里：二者都是古代居民组织单位，在乡聚称闾，在田野称里。㉟佗（tuō）：同"他"。亡人：逃亡的人。㊱讼（róng）：收容；庇护。㊲四十余年：刘濞从始封到败亡才四十一年，这里叙述他的笼络民心的政治措施，不应当作"四十余年"。下文他自己的反叛宣言也是说的"三十余年"，所以《汉书》同传作"三十余年"是对的。

　　晁错为太子家令[①]，得幸太子[②]，数从容言吴过可削[③]。数上书说孝文帝[④]，文帝宽，不忍罚，以此吴日益横[⑤]。及孝景帝即位[⑥]，错为御史大夫[⑦]，说上曰："昔高帝初定天下，昆弟少[⑧]，诸子弱，大封同姓，故王孽子悼惠王王齐七十余城[⑨]，庶弟元王王楚四十余城[⑩]，兄子濞王吴五十余城：封三庶孽，分天下半。今吴王前有太子之郄[⑪]，诈称病不朝，于古法当诛，文帝弗忍[⑫]，因赐几杖。德至厚，当改过自新。乃益骄溢[⑬]，即山铸钱[⑭]，煮海水为盐，诱天下亡人，谋作乱。今削之亦反，不削之亦反。削之，其反亟[⑮]，祸小；不削，反迟，祸大。"三年冬，楚王朝[⑯]，晁错因言楚王戊往年为薄太后服[⑰]，私奸服舍[⑱]，请诛之。诏赦[⑲]，罚削东海郡。因削吴之豫章郡、会稽郡[⑳]。及前二年赵王有罪[㉑]，削其河间郡[㉒]。胶西王卬以卖爵有奸[㉓]，削其六县。

【注释】

　　①晁（cháo）错（前200—前154年）：颍川郡（今河南省中南部，治所在阳翟，今禹县）人。太子家令：官名。秦代始设，汉代沿设。掌管太子家事。②得幸：得到帝王宠爱。③数（shuò）：屡次；频繁。从容（sǒngyǒng）：通"怂恿"。④说（shuì）：用话劝说别人使他听从自己的意见。⑤横（hèng）：骄横。⑥孝景帝（前188—前141年）：汉景帝，刘启。汉文帝长子。公元前157—前141年在位。⑦御史大夫：官名。秦、汉时仅次于丞相的中央最高长官，主要职责为监察、执法，兼管重要文书图籍。西汉时丞相缺位，往往由御史大夫递补，并和丞相、太尉合称三公。⑧昆弟：兄弟。⑨上"王（wàng）"字，意思是封他为王，使动用法。孽（niè）子：非正妻所生的儿子。也称庶子或庶孽。悼惠王：刘肥。汉高帝庶长子。⑩元王：即刘交。汉高帝异母弟。以爱好文学著称。⑪郄（xì）：通"郤""隙"。空隙；嫌隙。⑫弗：不；很不。⑬乃：竟。副词。⑭即：就着。⑮亟（jí）：急；迫切。⑯楚王：指刘戊。刘交孙。⑰薄太后：汉高帝妾，汉文帝生母。死于汉景帝前元二年。服：居丧。就是在一定时期内为死者尽礼，表示哀悼。俗称守服、守孝。⑱服舍：居丧时所住的屋子。⑲诏：皇帝颁发的命令文告。这里作动词用。⑳因削吴：从下文看，此事尚在拟议中，并未实行，叙述不准确。㉑赵王：刘遂。汉高帝六子刘友之子。㉒河间郡：地在今河北省献县一带。《楚元王世家》和《汉书》记此事，都说是常山郡。㉓胶西王卬（áng）：刘卬。

刘肥子。胶西，从齐国分出，建都高密（今高密市西南）。当时朝廷实行卖爵敛财的办法，准许平民用粟买得爵位。

　　汉廷臣方议削吴。吴王濞恐削地无已①，因以此发谋，欲举事②。念诸侯无足与计谋者，闻胶西王勇，好气，喜兵，诸齐皆惮畏③，于是乃使中大夫应高诮胶西王④。无文书，口报曰："吴王不肖⑤，有宿夕之忧⑥，不敢自外⑦，使喻其欢心⑧。"王曰："何以教之⑨？"高曰："今者主上兴于奸⑩，饰于邪臣⑪，好小善，听谗贼⑫，擅变更律令⑬，侵夺诸侯之地，征求滋多，诛罚良善，日以益甚。里语有之⑭，'舐糠及米'⑮。吴与胶西，知名诸侯也，一时见察，恐不得安肆矣⑯。吴王身有内病⑰，不能朝请二十余年，常患见疑，无以自白，今胁肩累足⑱，犹惧不见释。窃闻大王以爵事有適⑲，所闻诸侯削地，罪不至此，此恐不得削地而已。"王曰："然⑳，有之。子将奈何㉑？"高曰："同恶相助㉒，同好相留㉓，同情相成㉔，同欲相趋，同利相死。今吴王自以为与大王同忧，愿因时循理㉕，弃躯以除患害于天下㉖，亿亦可乎㉗？"王瞿然骇曰㉘："寡人何敢如是㉙！今主上虽急㉚，固有死耳㉛，安得不戴㉜！"高曰："御史大夫晁错，荧惑天子㉝，侵夺诸侯，蔽忠塞贤，朝廷疾怨㉞，诸侯皆有倍畔之意㉟，人事极矣㊱。彗星出㊲，蝗虫数起，此万世一时，而愁劳圣人之所以起也㊳。故吴王欲内以晁错为讨，外随大王后车㊴，彷徉天下㊵，所乡者降㊶，所指者下㊷，天下莫敢不服。大王诚幸而许之一言㊸，则吴王率楚王略函谷关㊹，守荥阳敖仓之粟㊺，距汉兵㊻，治次舍㊼，须大王㊽。大王有幸而临之㊾，则天下可并，两主分割㊿，不亦可乎？"王曰："善。"高归报吴王，吴王犹恐其不与〔51〕，乃身自为使，使于胶西〔52〕，面结之〔53〕。

【注释】

　　①已：止。②举事：起事；发难。③诸齐：指原由齐国分出来的齐、城阳、济北、济南、菑川、胶东、胶西等国，这些国王都是刘肥的子孙。④中大夫：官名。掌议论，备顾问。诮（tiào）：逗引；诱惑。⑤不肖：不像样；不贤能。⑥宿夕：旦夕；在很短的时间里。⑦自外：把自己看作外人，表示彼此有距离。⑧喻：晓喻；开导。⑨何以：以何；用什么。⑩兴：选拔；提拔。⑪饰：称赞；夸奖。⑫听：听信；听从。谗：说别人的

坏话。⑬律令：法令。⑭里语：流行于民间的通俗语句。⑮舐（shì）糠及米：由开头吃糠发展到后来吃米。舐，舔。⑯安肆：不受拘束；放纵。⑰内病：体内疾病，不显于外。⑱胁肩：耸起肩膀；收拢肩膀。累足：重足；迭足。这两种动作都是表示畏惧的情状。⑲窃：私自。谦敬副词。适（zhé）：通“谪”罪责。⑳然：是；对的。㉑子：古代对男子的尊称，类似先生。㉒同恶（wù）：有共同的憎恶或仇恨对象。㉓同好（hào）：爱好相同的人。㉔同情：同心；同气。㉕因时循理：顺应时势，遵循事理。㉖患害：祸害；灾难。㉗亿：通“臆”。预料；揣度。㉘瞿（jù）然：惊视的样子。㉙寡人：寡德之人。㉚急：指心地狭窄，行事操切。㉛固：但；只。㉜安：怎；怎么。㉝荧惑：迷惑；迷乱。㉞朝廷：指朝廷大臣，如申屠嘉、陶青、窦婴、袁盎等。疾：憎恨。㉟倍畔：通“背叛”。㊱人事：人世上的各种事情；人情事理。㊲彗（huì）星：俗称扫帚星，是一种形状很特别的天体，周期性回归。㊳愁劳：忧愁劳苦。指当时社会的艰难形势。㊴后车：副车；侍从之车。㊵彷徉（páng yáng）：徘徊，游荡。这里是纵横驰骋的意思。㊶乡（xiàng）：通“向”。㊷下：陷落。㊸诚：如果；果真。幸：表示希望、庆幸的意思。谦敬副词。㊹略：侵夺；强取。函谷关：关名。㊺荥阳：县名。在今河南省荥阳市东北。敖（áo）仓：秦、汉时代在荥阳市境敖山上所设的粮仓，是当时中央政府最重要的粮仓。旧址在今河南省郑州市西北邙山上。㊻距：通“拒”。㊼次舍：行营；行辕。行军中的停留处所。㊽须：等待。㊾有：倘或。疑商副词。㊿两主：指吴王和胶西王。(51)与：亲附；归向。(52)使（shì，今读 shǐ）：出使。(53)结：结交；结盟。

胶西群臣或闻王谋[①]，谏曰[②]：“承一帝，至乐也。今大王与吴西乡，弟令事成[③]，两主分争，患乃始结。诸侯之地不足为汉郡什二[④]，而为畔逆以忧太后[⑤]，非长策也[⑥]。”王弗听。遂发使约齐、菑川、胶东、济南、济北[⑦]，皆许诺，而曰“城阳景王有义[⑧]，攻诸吕[⑨]，勿与[⑩]，事定分之耳”。

【注释】

①或：有人。虚指代词。②谏：规劝。用于卑幼辈对尊长辈。③乡：通“向”。弟令：即令；即使。④为：相当。什二：十分之二。什，十成或十倍。⑤畔逆：通“叛逆”。忧：使他担忧。使动用法。太后：指胶西

王太后。⑥长策：良策；善策。⑦齐：原是刘肥的封国，后来陆续分为七国。这时的齐王是刘肥子刘将闾。菑（zī）川：刘肥子刘贤的封国，地在今山东省寿光市一带，建都剧县（今寿光市南）。胶东：刘肥子刘雄渠的封国，地在今山东省平度市一带，建都即墨（今平度市东南）。济南：刘肥子刘辟光的封国，地在今山东省济南市一带，建都东平陵（今章丘市西）。济北：刘肥子刘志的封国，地在今山东省济宁市一带，建都卢县（今济南市长清区西南）。⑧城阳景王，刘章。刘肥次子。⑨诸吕：吕后执政时，封她的侄儿吕台、吕产、吕禄等为王、侯，控制军政大权。吕后死后，吕产、吕禄等拟发动叛乱，被大臣周勃、陈平等所平定。⑩与：相亲与；联合。

　　诸侯既新削罚，振恐①，多怨晁错。及削吴会稽、豫章郡书至，则吴王先起兵，胶西正月丙午诛汉吏二千石以下②，胶东、菑川、济南、楚、赵亦然，遂发兵西。齐王后悔③，饮药自杀，畔约。济北王城坏未完，其郎中令劫守其王④，不得发兵。胶西为渠率⑤，胶东、菑川、济南共攻围临菑。赵王遂亦反，阴使匈奴与连兵⑥。

【注释】

　　①振：通"震"。②胶西：倒文，应当移到下句"胶东"的前面，《汉书》同传就是这样记载的。丙午：用干支纪日的日期。但这年正月没有丙午，在甲子之前只有丙辰或戊午。汉吏：当时各王国的重要官吏如太傅、丞相、中尉等，都由朝廷直接任免。二千石（shí）：秦、汉官阶的高低，常按俸禄多少计算，从二千石递减至百石为止。在汉代，从朝廷的九卿郎将到郡守郡尉都是二千石，其中又分中二千石、真二千石、二千石、比二千石四个小等级。月俸分别为一百八十斛，一百五十斛、一百二十斛，一百斛。在各王国，二千石是最高级官吏的俸禄等级。③齐王后悔：刘将闾开始知道刘濞、刘卬的阴谋，后来犹疑拒不参加，于是刘卬、刘雄渠、刘贤、刘辟光共同围攻临菑，刘将闾便与刘卬等通谋，谈判未成，汉军来到，刘卬等败走，汉军准备进攻刘将闾，他畏罪自杀。④郎中令：官名。劫守：强制看守。⑤渠率：魁首；首领。渠，大；率，通"帅"。⑥阴使（shì）：秘密派人出使。

七国之发也，吴王悉其士卒[1]，下令国中曰："寡人年六十二，身自将。少子年十四，亦为士卒先。诸年上与寡人比，下与少子等者，皆发。"发二十余万人。南使闽越、东越[2]，东越亦发兵从。

【注释】

①悉：全部；尽其所有。动词。②闽越、东越：古代越人的一支，秦、汉时分布在今福建省、浙江省一带，秦朝在那里设置了闽中郡。楚汉战争中，越人首领无诸、摇曾经帮助刘邦。汉初，先后封无诸为闽越王，建都东冶（今福建省福州市）；封摇为东海王，建都东瓯（今浙江省永嘉县西南）。

孝景帝三年正月甲子[1]，初起兵于广陵。西涉淮，因并楚兵。发使遗诸侯书曰[2]："吴王刘濞敬问胶西王、胶东王、菑川王、济南王、赵王、楚王、淮南王、衡山王、庐江王、故长沙王子[3]：幸教寡人！以汉有贼臣，无功天下，侵夺诸侯地，使吏劾系讯治[4]，以缪辱之为故[5]，不以诸侯人君礼遇刘氏骨肉，绝先帝功臣[6]，进任奸宄[7]，诖乱天下[8]，欲危社稷[9]。陛下多病志失[10]，不能省察[11]。欲举兵诛之[12]，谨闻教。敝国虽狭[13]，地方三千里；人虽少，精兵可具五十万[14]。寡人素事南越三十余年[15]，其王君皆不辞分其卒以随寡人[16]，又可得三十余万。寡人虽不肖，愿以身从诸王。越直长沙者[17]，因王子定长沙以北，西走蜀、汉中[18]，告越。楚王、淮南三王[19]，与寡人西面[20]；齐诸王与赵王定河间、河内[21]，或入临晋关[22]，或与寡人会雒阳；燕王、赵王固与胡王有约[23]，燕王北定代、云中，抟胡众入萧关[24]，走长安，匡正天子[25]，以安高庙[26]。愿王勉之！楚元王子、淮南三王或不沐洗十余年[27]，怨入骨髓，欲一有所出之久矣[28]，寡人未得诸王之意，未敢听。今诸王苟能存亡继绝[29]，振弱伐暴[30]，以安刘氏，社稷之所愿也。敝国虽贫，寡人节衣食之用，积金钱，修兵革[31]，聚谷食，夜以继日，三十余年矣。凡为此[32]，愿诸王勉用之。能斩捕大将者，赐金五千斤，封万户[33]；列将[34]，三千斤，封五千户；裨将[35]，二千斤，封二千户；二千石，千斤，封千户；千石[36]，五百斤，封五百户：皆为列侯[37]。其以军若城邑降者[38]，卒万人，邑万户，如得大将[39]；人户五千[40]，如得列将；人户三千，如得裨将；人户千，如得二千石；其小吏皆以差次受爵金[41]。佗封赐皆倍军法[42]。其

有故爵邑者㊸，更益勿因㊹。愿诸王明以令士大夫㊺，弗敢欺也。寡人金钱在天下者往往而有，非必取于吴，诸王日夜用之弗能尽。有当赐者告寡人，寡人且往遗之㊻。敬以闻㊼！"

【注释】

①孝景帝三年：相当公元前 154 年。甲子：用干支纪日的日期。②遗（wèi）：致送；赠予。③淮南王：刘安。汉高帝七子刘长长子。衡山王：刘勃。刘长子。封国在今安徽、湖北、河南交界地区，都六（今六安市东北）。他坚决拒绝参加这次叛乱。庐江王：刘赐。刘长子。封国在今安徽南部和湖北东端。都舒（今安徽庐江县西南）。他对这次叛乱抱模棱态度。故长沙王子：汉高帝时，吴芮封长沙王，封国在今湖南省、江西省一带，建都临湘（今湖南省长沙市），传到玄孙吴著死后，因无子国除。④劾（hé）：弹劾；检举。讯：审问。治：处分；惩罚。⑤缪（lù）辱：侮辱。故：事；能事。⑥先帝：去世的皇帝。这里指汉高帝、惠帝、文帝三代。⑦奸宄（guǐ）：指犯法作乱的人。宄，内乱。⑧诖（guà）乱：惑乱。诖，欺骗。⑨危：危害。动词。社稷：帝王、诸侯所祭祀的土神和谷神。常用作国家的代称。⑩陛下：对帝王的尊称。志失：神智失常。⑪省（xǐng）察：察看；检查。⑫举兵：兴兵；起兵。⑬敝：破旧。转为自谦之辞。⑭具：备办；征集。⑮南越：古代越人的一支，秦、汉时分布在今广东省、广西壮族自治区一带，秦朝在那里设置了南海郡、桂林郡和象郡。⑯王：指南越王赵佗。君：指南越部落首领。辞：推托；拒绝。⑰越：指南越。直：通"值"。说南越和长沙境界接连。⑱走：趋向；前往。蜀：郡名。地在今四川省西部，治所在成都（今成都市）。汉中：郡名。地在今陕西省南部、湖北省西北部，治所在西城（今陕西省安康县西北）。⑲淮南三王：指淮南、衡山、庐江三王。他们是三兄弟，是由原淮南国分立的。⑳西面：西向。面，向着，动词。㉑河内：郡名。地在今河南省东北部，治所在怀县（今武陟县西南）。㉒或：有的。虚指代词。临晋关：关名。旧址在今陕西省大荔县东，当时是长安通往河北地区的交通要道。㉓燕（yān）王：燕是汉高帝再从兄弟刘泽的封国，地在今河北省北部，建都蓟（jì）县（今北京市西南隅）。㉔抟（zhuān）：通"专"。统率。胡众：指匈奴军队。萧关：关名。旧址在今宁夏回族自治区固原市原州区东南，当时是长安通往塞北的交通要道。㉕匡正：纠正。㉖高庙：汉高帝祠庙，是汉朝的始

祖庙。用来指代皇室或朝廷。㉗楚元王子：指刘交之子刘礼、刘富、刘岁、刘芝、刘调，不沐洗：意思是说心志有所专注，忘记了洗发洗脚。㉘有所出之：有所行动。㉙苟：如果；假如。存亡继绝：使灭亡了的国家得以复存，断绝了的后代得以继续。㉚振弱伐暴：振救弱小，讨伐强暴。㉛兵：武器。㉜凡为此：全都是为了伺机发动叛乱，夺取全国政权这个目的。㉝封万户：封给食邑一万户，按照规定户数征收租税。封，帝王把土地或爵位赏赐臣子。㉞列将：将军；一般将领。㉟裨（pí）将：副将。㊱千石：当时如丞相长史、太尉长史、御史中丞、太中大夫等都是千石官。㊲列侯：秦、汉二十等爵位的最高一级称彻侯，后改通侯，又改列侯。㊳若：或者。选择连词。城邑：指郡、县。㊴如：按照；比照。㊵人户：指军队人数、城邑户数。㊶差（cī）次：分别等级班次。爵金：爵位和赏金。㊷倍军法：按照汉朝原来的军功法加倍。㊸故爵邑：原有的爵位和食邑。㊹更益勿因：更增加新爵邑，不止于旧爵邑。㊺士大夫：官吏；军士将佐。㊻且：将要。㊼闻：通报；传报。

七国反书闻天子[1]，天子乃遣太尉条侯周亚夫将三十六将军[2]，往击吴、楚；遣曲周侯郦寄击赵[3]，将军栾布击齐[4]，大将军窦婴屯荥阳[5]，监齐、赵兵[6]。

【注释】

①闻：上闻。被动用法。②太尉：武官名。秦代始设，汉代沿设，为全国军政首脑，和丞相、御史大夫合称三公。周亚夫（？—前143年）：泗水郡沛县人。初封条侯。汉文帝时，匈奴进攻，他任将军，防守细柳（今陕西省咸阳市西南），军令严整，深受文帝赏识。将（jiàng）：率领；统率。动词。③郦（lì）寄：陈留县（今河南省开封市东南）人。其父郦商封曲周侯，他继承了爵位，这时任将军。④将军：武官名。战国时始设，至汉代有各种名号的将军。栾布：梁地（今河南省东部）人。⑤大将军：武官名。战国时始设，汉代沿设，是将军的最高称号，职掌统兵征战。在汉代，窦婴（？—前131年）：清河郡观津县（今河北省衡水市东）人。汉文帝窦皇后从侄。⑥齐、赵兵：指齐、赵两条战线的汉军。

吴、楚反书闻，兵未发，窦婴未行，言故吴相袁盎[1]。盎时家居[2]，

诏召入见。上方与晁错调兵笇军食③，上问袁盎曰："君尝为吴相，知吴臣田禄伯为人乎④？今吴、楚反，于公何如？"对曰："不足忧也，今破矣⑤。"上曰："吴王即山铸钱，煮海水为盐，诱天下豪桀⑥，白头举事⑦。若比⑧，其计不百全，岂发乎？何以言其无能为也？"袁盎对曰："吴有铜盐利则有之，安得豪桀而诱之⑨！诚令吴得豪桀，亦且辅王为义，不反矣。吴所诱皆无赖子弟，亡命铸钱奸人，故相率以反。"晁错曰："袁盎策之善⑩。"上问曰："计安出⑪？"盎对曰："愿屏左右⑫。"上屏人，独错在。盎曰："臣所言，人臣不得知也⑬。"乃屏错。错趋避东厢⑭，恨甚。上卒问盎⑮，盎对曰："吴、楚相遗书，曰'高帝王子弟各有分地⑯，今贼臣晁错擅適过诸侯⑰，削夺之地⑱'。故以反为名，西共诛晁错，复故地而罢。方今计独斩晁错，发使赦吴、楚七国，复其故削地，则兵可无血刃而俱罢⑲。"于是上嘿然良久⑳，曰："顾诚何如㉑？吾不爱一人以谢天下㉒。"盎曰："臣愚计无出此㉓，愿上孰计之㉔！"乃拜盎为太常㉕，吴王弟子德侯为宗正㉖。盎装治行㉗。后十余日，上使中尉召错㉘，绐载行东市㉙。错衣朝衣斩东市㉚。则遣袁盎奉宗庙㉛，宗正辅亲戚㉜，使告吴如盎策。至吴，吴、楚兵已攻梁壁矣㉝。宗正以亲故，先入见，谕吴王使拜受诏㉞。吴王闻袁盎来，亦知其欲说己，笑而应曰："我已为东帝，尚何谁拜㉟？"不肯见盎而留之军中㊱，欲劫使将㊲。盎不肯，使人围守，且杀之，盎得夜出，步亡去，走梁军，遂归报。

【注释】

①袁盎（？—前148年）：右扶风安陵县（今陕西省咸阳市东北）人。②时：此时。③调（diào）：计算。笇（suàn）：通"算"。④田禄伯：刘濞部下大将。⑤今：即；立刻。⑥桀（jié）：通"杰"。⑦白头：白发。说明年老，经过了深思熟虑。⑧若：似；像。⑨安：哪里。疑问代词。⑩策：计谋；策略。⑪计：计谋；策略。⑫屏（bǐng）：退避。使动用法。左右：指身边侍候的人。⑬人臣：臣下。这里指晁错。⑭趋：快步走。厢：正房前面两旁的房屋。⑮卒：终；终于。⑯分（fèn）地：各所统治的地区。⑰適（zhé）过：谴责；责备。適，通"谪"。⑱之：其。表示领属关系。⑲无：无须；不要。血刃：血沾刀口。血，动词。⑳嘿（mò）：通"默"。良久：好久；很久。㉑顾：特；但。转折连词。㉒谢：认错；道歉；请罪。㉓出：超出；超过。㉔孰计：仔细考虑。孰，通"熟"。

周亚夫细柳式车图，选自清·马骀《百将传图》。
周亚夫为西汉名将，以治军严整著称，汉景帝时率兵平定了七国之乱。

㉕太常：官名。㉖德侯：刘濞弟刘广封德侯，这时已经由刘广子刘通继承爵位。宗正：官名。秦代始设，汉代沿设，掌管皇族事务，多由皇族中人担任。㉗装：装作；做作。㉘中尉：武官名。秦代始设，管理京城的治安；汉代沿设，并统率京城的卫戍部队。㉙绐（dài）：诳骗。行（xíng）：按行；巡视。东市：长安东市是汉代执行死刑的场所，后世常用东市指代刑场。㉚上"衣（yì）"字用作动词，穿着的意思。朝衣：朝会时所穿的礼服。斩：被动用法。㉛奉宗庙：用祖宗的名义。㉜辅亲戚：加上亲属的关系。亲戚，古代包括血亲和姻亲。㉝梁：汉文帝少子刘武的封国，地在今河南省、安徽省交界地区，建都睢（suī）阳（今河南省商丘市南）。壁：营垒。㉞谕：上告下。㉟何谁：阿谁；谁人。㊱留：扣留。㊲劫：威胁；强迫。

条侯将乘六乘传①，会兵荥阳。至雒阳，见剧孟②，喜曰："七国反，吾乘传至此，不自意全③。又以为诸侯已得剧孟④，剧孟今无动⑤。吾据荥阳，以东无足忧者。"至淮阳⑥，问父绛侯故客邓都尉曰⑦："策安出？"客曰："吴兵锐甚，难与争锋⑧。楚兵轻，不能久。方今为将军计，莫若引兵东北壁昌邑⑨，以梁委吴⑩，吴必尽锐攻之。将军深沟高垒⑪，使轻兵绝淮泗口⑫，塞吴饷道⑬。彼吴梁相敝而粮食竭⑭，乃以全强制其罢极⑮，破吴必矣。"条侯曰："善。"从其策，遂坚壁昌邑南⑯轻兵绝吴饷道。

【注释】

①乘传（zhuàn）：传，指驿站或驿站的车马。②剧孟：洛阳市人。著名的游侠，在河南地区势力很大。③不自意全：不料自己竟能安全抵达。④诸侯：指吴、楚等国。⑤无动：没有异动。⑥淮阳：汉景帝子刘馀的封国，地在今河南省东部，建都陈县（今淮阳县）。⑦绛（jiàng）侯：周勃。汉初曾任太尉、丞相，封绛侯。客：门下的食客。都尉：武官名。⑧争锋：争胜。⑨莫若：不如。壁：这里作动词用，意思是安营扎寨。昌邑：县名。在今山东省巨野县东南。⑩委：丢弃；听任。⑪深沟高垒：军队扎营，挖下深的壕沟，筑起高的壁垒，准备长期坚守。⑫淮泗口：古泗水流入淮河的汇合口，地在今江苏省淮安市淮阴区西南。⑬塞：阻塞；隔绝。⑭敝：困；败。⑮罢（pí）：通"疲"。⑯坚壁：坚守营垒，不与敌方决战。

吴王之初发也，吴臣田禄伯为大将军。田禄伯曰："兵屯聚而西①，无佗奇道，难以就功②。臣愿得五万人，别循江、淮而上③，收淮南、长沙，入武关④，与大王会，此亦一奇也。"吴王太子谏曰⑤："王以反为名，此兵难以借人⑥，借人亦且反王，奈何？且擅兵而别⑦，多佗利害，未可知也，徒自损耳。"吴王即不许田禄伯⑧。

【注释】

①屯聚：聚集；集结。②就：成。③江：古代长江的专名。④武关：关名。旧址在今陕西省丹凤县东南丹江上，当时是长安通往南阳地区的交通要道。⑤吴王太子：刘子驹。⑥借：给予；委托。⑦擅：专；独揽。⑧即：便。许：许可；应许。

吴少将桓将军说王曰[1]："吴多步兵，步兵利险[2]；汉多车骑[3]，车骑利平地。愿大王所过城邑不下[4]，直弃去，疾西据雒阳武库[5]，食敖仓粟，阻山河之险以令诸侯[6]，虽毋入关[7]，天下固已定矣。即大王徐行[8]，留下城邑[9]，汉军车骑至，驰入梁、楚之郊[10]，事败矣。"吴王问诸老将[11]，老将曰："此少年推锋之计可耳[12]，安知大虑乎[13]！"于是王不用桓将军计。

【注释】

①少（shào）将：青年将领。②利：利于；宜于。险：险阻。③车骑（jì）：战车和骑兵。④城邑：郡、县中心城市。下：攻取。⑤疾：急速。武库：汉朝在洛阳设有重要武器库。⑥阻：倚仗；依靠。⑦毋：通"无"。不。否定副词。关：指函谷关。⑧即：倘若；如果。假设连词。徐：缓慢。⑨留：迟滞；耽搁。⑩郊：指平原地区。⑪诸："之于"的合音词。⑫推锋：手持兵器向前；冲锋。⑬大虑：大计。

吴王专[1]，并将其兵[2]；未度淮，诸宾客皆得为将、校尉、候、司马[3]，独周丘不得用[4]。周丘者，下邳人[5]，亡命吴，酤酒无行[6]，吴王濞薄之[7]，弗任[8]。周丘上谒[9]，说王曰："臣以无能，不得待罪行间[10]。臣非敢求有所将，愿得王一汉节[11]，必有以报王。"王乃予之。周丘得节，夜驰入下邳。下邳时闻吴反，皆城守[12]。至传舍[13]，召令[14]。令入户，使从者以罪斩令[15]。遂召昆弟所善豪吏告曰[16]："吴反兵且至，至，屠下邳不过食顷[17]。今先下[18]，家室必完，能者封侯矣。"出乃相告，下邳皆下。周丘一夜得三万人，使人报吴王，遂将其兵北略城邑。比至城阳[19]，兵十余万，破城阳中尉军[20]。闻吴王败走，自度无与共成功，即引兵归下邳。未至，疽发背死[21]。

【注释】

①专：专擅；独断独行。②并：兼；合。③将：将军。校尉：武官名。候：军候。担任侦察工作的军官。司马：军司马。大将军、将军、校尉的属官，分管指挥、参谋、军法、军需等工作。④周丘：刘濞门客。⑤下邳（pī）：县名。在今江苏省邳州市东南。⑥酤（gū）：酒；买酒；卖酒。无行（xìng）：没有好的品行。⑦薄：鄙薄；轻视。动词。⑧任：信任。⑨谒：请见；进见。⑩待罪：等着办罪。行（háng）间：行伍中间。

⑪节：古代使者所持以作凭证的信物，用竹或木制成。⑫城守（shòu）：一、城市守备。名词。二、据城防守。动词。⑬传（zhuàn）舍：古代供来往行人休息、住宿的处所。⑭令：秦、汉时辖区在万户以上的县官称令，在万户以下的称长。⑮从（cóng）者：随从的人。⑯善：要好。豪吏：有声望、有权势的长吏（如县丞、县尉等）。⑰屠：屠戮；屠杀。⑱今：有"如果"的意思。假设连词。⑲比（bì）：及；等到。⑳中尉：当时各王国也设有中尉，掌管军事，职位相当于郡尉。㉑疽（jū）：痈疽。一种毒疮。

二月中，吴王兵既破，败走，于是天子制诏将军曰①："盖闻为善者②，天报之以福；为非者，天报之以殃。高皇帝亲表功德③，建立诸侯，幽王、悼惠王绝无后④，孝文皇帝哀怜加惠，王幽王子遂、悼惠王子卬等，令奉其先王宗庙⑤，为汉藩国⑥，德配天地，明并日月⑦。吴王濞倍德反义，诱受天下亡命罪人，乱天下币⑧，称病不朝二十余年，有司数请濞罪⑨，孝文皇帝宽之，欲其改行为善。今乃与楚王戊、赵王遂、胶西王卬、济南王辟光、菑川王贤、胶东王雄渠约从反⑩，为逆无道，起兵以危宗庙，贼杀大臣及汉使者⑪，迫劫万民⑫，夭杀无罪⑬，烧残民家，掘其丘冢⑭，甚为暴虐⑮。今卬等又重逆无道，烧宗庙，卤御物⑯，朕甚痛之⑰。朕素服避正殿⑱，将军其劝士大夫击反虏⑲。击反虏者，深入多杀为功，斩首捕虏比三百石以上者皆杀之⑳，无有所置㉑。敢有议诏及不如诏者，皆要斩㉒。"

【注释】

①制诏：汉朝制度，皇帝文书有四种：策书，制书，诏书，戒敕（chì）。制书诏令三公，传达州郡；诏书布告臣民。这里汉景帝兼用了制诏形式，大概是为了表示郑重其事。②盖：发语词。③表：表彰。④幽王：汉高帝六子刘友，初封淮阳王，后迁为赵王，后来被吕后幽禁饿死。悼惠王：齐王刘肥传子刘襄，再传孙刘则，刘则死后因无子国除。同时封刘肥子刘兴居为济北王（后来因谋反被俘而自杀）；后来又加封刘肥子刘将闾为齐王、刘志为济北王、刘辟光为济南王、刘贤为菑川王、刘卬为胶西王、刘雄渠为胶东王。⑤先王：去世的国王。指齐悼惠王、赵幽王。⑥藩国：见前文"藩臣"注。⑦德配天地，明并日月：说汉高帝、文帝的德行可与天地匹配，英明可与日月并列。⑧乱天下币：指责刘濞拿吴国私铸

钱混乱汉朝的官钱。⑨有司：古代设官分职，各有专司，所以称官吏为有司，类似现在说负责人。请：请治。⑩约从（zòng）：联合。⑪贼杀：虐杀；残杀。大臣：指由朝廷任命的吴、楚等国的高级官吏，如楚国丞相张尚、太傅赵夷吾、赵国丞相建德、内史王悍等。⑫迫劫：逼迫，挟制。⑬夭杀：摧残，杀害。⑭丘冢（zhǒng）：坟墓。⑮甚：很；极。为：做；干。⑯卤（lǔ）：通"掳"。御物：帝王专用的衣服器物。这里指郡国宗庙中的服器。⑰朕（zhèn）：古人自称。从秦代起，专用作皇帝的自称。⑱素服避正殿：素服是古人居丧或遭遇其他凶事时穿着的白色冠服。⑲其：有"应当"的意思。祈使副词。劝：勉励；鼓励。虏：对敌对者的蔑称。⑳斩首：衍文。跟下文"皆杀之，无有所置"相抵触。比（bǐ）三百石：县长吏以上佐贰官员的俸禄等级。㉑无：不要；禁戒副词。置：释放。㉒要（yāo）斩：古代酷刑，把人拦腰斩断。要，通"腰"。

初①，吴王之度淮，与楚王遂西败棘壁②，乘胜前，锐甚。梁孝王恐③，遣六将军击吴，又败梁两将，士卒皆还走梁。梁数使使报条侯求救，条侯不许。又使使恶条侯于上④，上使人告条侯救梁，复守便宜不行⑤。梁使韩安国及楚死事相弟张羽为将军⑥，乃得颇败吴兵⑦。吴兵欲西，梁城守坚，不敢西，即走条侯军，会下邑⑧。欲战，条侯壁，不肯战。吴粮绝，卒饥，数挑战，遂夜犇条侯壁，惊东南。条侯使备西北，果从西北入。吴大败，士卒多饥死，乃畔散。于是吴王乃与其麾下壮士数千人夜亡去⑨，度江走丹徒⑩，保东越。东越兵可万余人⑪，乃使人收聚亡卒。汉使人以利啖东越⑫，东越即绐吴王，吴王出劳军⑬，即使人鈠杀吴王⑭，盛其头⑮，驰传以闻⑯。吴王子子华、子驹亡走闽越。吴王之弃其军亡也，军遂溃，往往稍降太尉、梁军。楚王戊军败，自杀。

【注释】

①初：起初；当初。在叙事过程中表示追溯往事的用词。②棘壁：地名。在今河南省宁陵县西南。③梁孝王：即刘武。④恶（wù）：中伤；说人家的坏话。⑤便宜：意思是说，斟酌事势机宜，自行处理，不必请示或不必执行命令。⑥韩安国（？——前127年）：梁国成安县（今河南省民权县东北）人。原任梁国中大夫。⑦颇：稍微；略微。⑧下邑：县名。在今安徽省砀山县。⑨麾（huī）下：帅旗下；部下。麾，古代用来指挥军

队的旗帜。⑩丹徒：县名。即今江苏省丹徒市。⑪可：大约。⑫啖（dàn）：引诱；利诱。⑬劳（lào）：犒劳；慰劳。⑭钡（cōng）：撞刺。这里为动词。⑮盛（chéng）：用容器装东西。⑯驰传：见前文"乘传"注。

三王之围齐临菑也①，三月不能下。汉兵至，胶西、胶东、菑川王各引兵归。胶西王乃祖跣②，席稿③，饮水④，谢太后。王太子德曰："汉兵远，臣观之已罢，可袭，愿收大王余兵击之，击之不胜，乃逃入海⑤，未晚也。"王曰："吾士卒皆已坏⑥，不可发用⑦。"弗听。汉将弓高侯颓当遗王书曰⑧："奉诏诛不义，降者赦其罪，复故⑨；不降者灭之。王何处⑩？须以从事⑪。"王肉袒叩头汉军壁⑫，谒曰⑬："臣卬奉法不谨，惊骇百姓，乃苦将军远道至于穷国⑭，敢请菹醢之罪⑮。"弓高侯执金鼓见之⑯，曰："王苦军事⑰，愿闻王发兵状⑱。"王顿首膝行对曰⑲："今者，晁错天子用事臣⑳，变更高皇帝法令，侵夺诸侯地。卬等以为不义，恐其败乱天下㉑，七国发兵，且以诛错。今闻错已诛，卬等谨以罢兵归㉒。"将军曰："王苟以错不善，何不以闻？乃未有诏虎符㉓，擅发兵击义国㉔。以此观之，意非欲诛错也。"乃出诏书为王读之。读之讫㉕，曰："王其自图㉖。"王曰："如卬等死有余罪。"遂自杀。太后、太子皆死。胶东、菑川、济南王皆死，国除㉗，纳于汉。郦将军围赵十月而下之，赵王自杀。济北王以劫故㉘，得不诛，徙王菑川㉙。

【注释】

①三王：前文说胶西等四王，大概是济南王早已撤走。②祖跣（tǎn xiǎn）：祖，脱去上衣；跣子。③席稿：坐卧稿上。席，以动用法。稿，用禾秆编织的席子。④饮水：不用酒浆等饮料，只喝白水。——以上三项行动都是古人表示请罪的方式。⑤乃：这才；才。⑥坏：衰败；一蹶不振。⑦发：兴起；奋起。用：使用；利用。⑧颓当：韩颓当。⑨复故：恢复原有的官职、爵位。⑩何处（chǔ）：何以自处。⑪从事：行事。⑫肉袒：脱去上衣，露出肢体。⑬谒：陈述；说明。⑭苦：害苦。使动用法。穷国：僻远的封国。⑮菹醢（zū hǎi）：古代酷刑，把人剁成肉酱。⑯金鼓：战斗中使用的指挥讯号工具。⑰苦：害苦。被动用法。⑱状：情况。实际指理由。⑲膝行：跪着前进，表示畏服。⑳用事：当权。㉑败乱：败

坏，扰乱。㉒以：通"已"。㉓虎符：战国、秦、汉时，帝王授予臣下兵权或调遣军队的信物。㉔义国：指拒绝参与叛乱的齐国。㉕讫：完毕；终了。㉖图：谋划；安排。㉗国除：封国被废除。㉘劫：劫持。被动用法。㉙徙：迁调。

　　初，吴王首反，并将楚兵，连齐、赵。正月起兵，三月皆破，独赵后下①。复置元王少子平陆侯礼为楚王②，续元王后。徙汝南王非王吴故地③，为江都王④。

【注释】

　　①下：攻克。被动用法。②置：设立。平陆侯礼：刘礼，原封平陆侯。国在今河南尉氏县东北。③汝南王非：汉景帝子刘非，封汝南王，国在今河南省东部、安徽省西北部，建都上蔡（今河南省上蔡县西南）。④江都：改吴国名为江都。

　　太史公曰：吴王之王，由父省也①。能薄赋敛②，使其众，以擅山海利③。逆乱之萌④，自其子兴。争技发难⑤，卒亡其本；亲越谋宗⑥，竟以夷陨⑦。晁错为国远虑，祸反近身。袁盎权说⑧，初宠后辱。故古者诸侯地不过百里⑨，山海不以封。"毋亲夷狄⑩，以疏其属⑪"，盖谓吴邪⑫？"毋为权首⑬，反受其咎⑭"，岂盎、错邪？

【注释】

　　①省：省封；贬低爵位。②薄：减轻。动词。赋敛（liǎn）：赋税的征收。③擅：专有；独占。山海利：指铜矿和海盐的利源。④萌：开始；发生。⑤争技：竞争技艺，比赛优劣。发难（nàn）：发动斗争。⑥越：统指东越、闽越、南越。宗：指汉朝皇族。⑦夷陨（yǔn）：毁坏；灭绝。⑧权说（shuì）：随机应变，善为说辞。⑨古者诸侯地不过百里：相传西周实行封建制，划分土地赐封诸侯，规定五等爵位，公、侯领地纵横各百里，伯爵七十里，子、男五十里。⑩毋：莫；不要。⑪属：亲属；家族。这里和下文的引语本于《逸周书》。⑫盖：有"大概""也许"的意思。谓：说；说明。⑬权首：指主谋或首先起事的人。⑭咎：灾祸；灾殃。